主要人物

繪圖◎Michael Lau、李澤寧

寇仲

較徐子陵長一歲，身形壯碩。兩人同為無父無母的孤兒，自小相依為命，情逾手足。本想投效義軍，但無意中得到《長生訣》，並照之習得武功後，寇仲漸漸不滿於現狀，生出爭天下的宏圖大志。

徐子陵

與寇仲同為揚州的市井小混混。自依著《長生訣》練功後，愈加清心寡欲，常有隱退山野獨居以了此終生之意。雖身形瀟灑，姿態俊秀，受眾女子愛慕，然不為所動。

宋玉致

寇仲的正品夫人，充滿陽剛美態的健康美女。由於她是宋閥的千金小姐，因此寇仲特別在她身上使力。

石之軒

石青璇之父，一個蓋世魔頭，人稱「邪王」。石之軒另一個身分就是楊廣最寵信的大臣裴矩，負責中外貿易，楊廣之所以遠征高麗，正是出於他的慫恿。

師妃暄

見過她的人不多，但舉凡見過她的都會被她那種超凡脫俗的氣質所懾，她就像代表這人世間最美好的某種事物，使人心生嚮慕。

侯希白

多情公子，師妃暄看得起的少數人物之一，曾與之共遊長江三峽，談古論今。多才多藝，能詩會文，武功深不可測。

婠婠

邪派傳人，具有致命吸引力的絕色美女。她的美麗會殺人，教人一見傾心，令人失魂落魄。

石青璇

精於簫藝，初登場時只以「聲」會友，並不現身，更添神祕感。曾以絕世簫藝化解了一場惡鬥。

宇文化及

年在三十許間，身形高瘦，一對眼神深邃莫測，予人狠冷無情的印象。本想找到《長生訣》，並假裝已破解其中難解文字，獻給隋煬帝來害死昏君。不料《長生訣》卻落入寇仲、徐子陵手中，從此開始追殺他兩人。

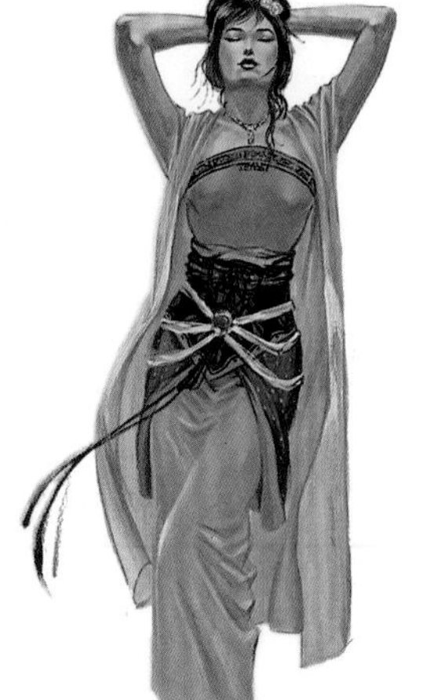

李秀寧

李世民之妹，寇仲一見傾心的氣質美女，既大方又溫柔美麗，氣質高雅動人。

李世民

未來的大唐皇帝。寇徐兩人初識他時，還是二十許的魁梧青年，生得方面大耳、形相威武，一派淵停嶽峙的氣度，教人心折。

杜伏威

隋末割據的群雄之一，寇徐兩人口中的「老爹」。是個大塊頭，頭頂高冠，年約五十，臉容古拙，有點死板板的味道，殘忍嗜殺。

跋鋒寒

高挺英偉，雖稍嫌臉孔狹長，卻是輪廓分明，完美得像個大理石雕像。乃突厥人氏，到中原來為的是挑戰武尊畢玄。

李靖

寇徐初闖江湖時結識的英雄人物，智勇雙全，行事俠義，寇徐兩人尊稱他為「李大哥」。

商秀珣

飛馬牧場場主，劍術高明，財富、權力、武功亦無一不具。因為寇仲想借重她的戰馬為其爭霸天下，遂混入其牧場當糕餅師傅。

楊虛彥

因其身形快如鬼魅，無人得見其貌而得名外號「影子刺客」。以其身手之高，能被他刺了一刀而不死的，徐子陵可算是第一人。

沈落雁

人如其名，具有沉魚落雁之姿，又富機巧智謀，是瓦崗軍的「俏軍師」。另有外號「蛇蠍美人」，可見其心腸之陰狠毒辣。

大唐雙龍傳
【修訂版】
黃易
作品集
卷
一

【目錄】

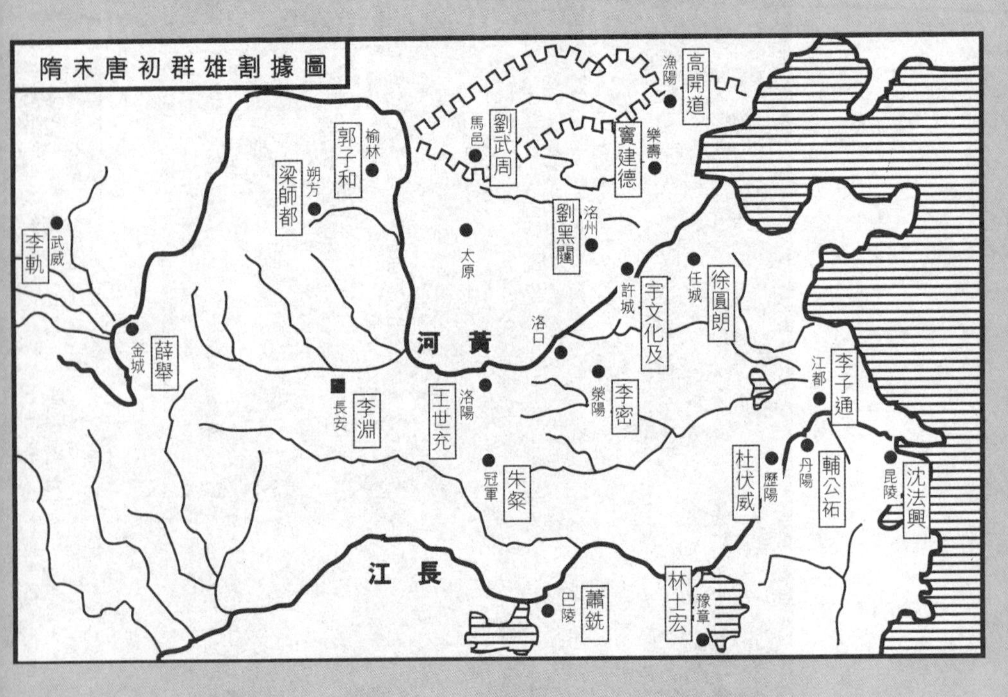
隋末唐初群雄割據圖
高開道
漁陽
劉武周
馬邑
竇建德
樂壽
郭子和
榆林
梁師都
朔方
李軌
武威
劉黑闥
洺州
太原
宇文化及
許城
徐圓朗
任城
洛口
黃河
薛舉
金城
李淵
長安
王世充
洛陽
李密
滎陽
李子通
江都
杜伏威
歷陽
輔公祏
丹陽
沈法興
昆陵
朱粲
冠軍
長江
蕭銑
巴陵
林士宏
豫章

第一章　相依爲命

第一章 相依為命

宇文化及卓立戰艦指揮台之上，極目運河兩岸。此時天尚未亮，在五艘巨艦的燈燭映照下，天上星月黯然失色，似在顯示他宇文門閥的興起，使南方士族亦失去往日的光輝。宇文化及年在三十許間，身形高瘦，手足頎長，臉容古拙，神色冷漠，一對眼神深邃莫測，予人狠冷無情的印象，但亦另有一股震懾人心的霸氣。

這五艘戰船乃已經作古的隋朝開國大臣楊素親自督建，名爲五牙大艦，甲板上樓起五層，高達十二丈，每艦可容戰士八百之衆。五桅布帆張滿下，艦群以快似奔馬的速度，朝運河下遊江都開去。宇文化及目光落在岸旁林木中冒起的殿頂，那是隋煬帝楊廣年前才沿河建成的四十多所行宮之一。隋煬帝楊廣即位後，以北統南，命人開鑿運河，貫通南北交通，無論在軍事上或經濟上，均有實際的需要。但大興土木，營造行宮，又沿河遍植楊柳，就是勞民傷財之舉。

站在他後側的心腹手下張士和恭敬地道：「天亮前可抵江都，總管這回倘能把《長生訣》取得獻給聖上，當是大功一件。」

宇文化及嘴角逸出一絲高深莫測的笑意，淡淡道：「聖上醉心道家煉丹的長生不死之術，實在令人可笑，若眞有此異術，早該有長生不死之人，可是縱觀道家先賢，誰不是難逃一死。若非此書是以玄金線織成，水火不侵，我們只要隨便找人假造一本，便可瞞混過去。」

張士和陪笑道：「聖上明查暗訪十多年，始知此書落在被譽爲揚州第一高手的『推山手』石龍手上，可笑那石龍奢望得書而不死，卻偏因此書而亡，實是諷刺之極。」

宇文化及冷哼一聲，低聲唸了「石龍」的名字，身上的血液立時沸騰起來。這些年來，由於位高權重，他已罕有與人交手，現在機會終於來到。

「漫天王」王須拔麾下的大將焦邪，領著十多名武藝高強的手下，沿長江催馬疾馳，驚碎了江岸旁的寧靜。王須拔乃欲與隋帝爭天下的其中一股叛變民軍的首領，聲勢頗大。自楊廣即帝位，由於好大喜功，多次遠征域外，又窮奢極欲，廣建宮室別院，四出巡幸，濫徵苛稅，弄得人民苦不堪言，乃至盜賊四起。各地豪雄，紛紛揭竿起義，自立爲王，隋室已無復開國時的盛況。

在黎明前的暗黑中，被隋帝設爲江都郡的揚州城矗立大江下游處，城外的江邊碼頭，泊滿大小船舶，點點燈火，有種說不出的在繁華中帶上蒼涼的味道。但焦邪的心神卻緊繫在懷內刻有「萬歲」兩字的古玉上，那是隋朝開國大將史萬歲著名的隨身寶玉。昔日隋文帝楊堅聽信讒言，廢太子楊勇而改立楊廣，史萬歲因受牽連冤死，抄他家者正是大臣楊素。

楊素是當時最有影響力的權臣，憑著南征北討，戰無不勝，而至功高震主，深爲文帝猜忌。楊素本身亦非易與之輩，密謀造反，又囤積兵器糧草財富，後楊素助楊廣登上帝位，不久病死，被楊廣一夜間盡殺其黨羽，卻始終找不到楊素的寶庫。自此即有傳言，誰若能尋得「楊公寶庫」便可一統天下。現在寶玉出世，遂成了追查寶庫的重要線索。七天前，有人拿此玉在丹陽一間押店典當，王須拔聞訊，立即發散了人手，追查百里，才盯上了目標人物。唯一令人難解處，就是典當者若尋得寶庫，儘可典當其他物品，爲何偏是這塊可輕易洩出寶庫秘密的名玉呢？

就在此時，焦邪生出警覺，朝與大江連接的運河一方望去，剛好見到似若在陸上行舟的那五艘五牙大艦黑壓壓一片的桅帆暗影和燈火。焦邪心中一懍，忙揚手發令，帶著手下離開江岸，沒進岸旁的密林裏。

揚州城東一個雜草蔓生的廢棄莊園中，大部分建築物早因年久失修，風侵雨蝕、蟻蛀蟲噬下而頹敗傾塌，唯只一間小石屋孤零零瑟縮一角，穿了洞的瓦頂被木板封著，勉強可作棲身之所。在屋內的暗黑裏，發出一聲呻吟，接著是身體轉動摩擦的響聲。

一把仍帶童音的聲音響起，低喚道：「小陵！小陵！還痛嗎？」

再一聲呻吟後，另一少年的聲音應道：「他娘的言老大，拳拳都是要命的，唉！下回若有上等貨，千萬不要再去算死草那處換錢，既刻薄又壓價，還要告訴言老大那狗賊，想藏起半個子兒都要吃盡拳打腳踢的苦頭。」

說話的是住宿在這破屋中的兩名小混混，他們的父母家人均在戰亂逃難中給盜賊殺死，變成無父無母的孤兒。兩名小子湊巧碰在一起，意氣相投，從此相依爲命，情逾兄弟。年紀較大的寇仲今年十七歲，小的一個叫徐子陵，剛滿十六歲。

黑暗中寇仲在地蓆上爬起來，到了徐子陵旁，安慰地道：「只要沒給他打得手足殘廢就成，任他言老大其奸似鬼，也要喝我們——嘿！喝我們揚州雙龍的洗腳水，只要我們多抓兩把銀子，就可夠盤纏去棄暗投明，參與義軍。」

徐子陵頹然躺在地上，撫著仍火燒般痛楚的下頷，問道：「究竟還差多少錢呢？我眞不想再見到言老賊那副奸樣子。」

寇仲有點尷尬地道：「嘿！還差二兩半共二十五個銖錢。」

徐子陵愕然坐起來，失聲道：「你不是說過還差一兩半嗎？爲何忽然變成二兩半呢？」

寇仲唉聲嘆氣道：「其實銀兩欠多少還不算重要，最要命還是那彭孝才不爭氣，只三兩下子就給官兵收拾掉。」接著又興奮起來，攬緊徐子陵的肩頭道：「不用擔心，我昨晚到春風樓偷東西吃時，聽到人說現在勢力最大的是李子通，他手下猛將如雲，其中的白信和秦超文均是武林中的頂尖高手，最近又收服了由左孝友率領的另一支起義軍，聲勢更盛。」

徐子陵懷疑地道：「你以前不是說最厲害的是彭孝才，接著便輪到那曾突襲楊廣軍隊的楊公卿嗎？爲何忽然又鑽了個李子通出來。其他你說過的還有甚麼李弘芝、胡劉苗、王德仁等等，他們又算甚麼角色呢？」

寇仲顯然答不了他的問題，支支吾吾一番後，陪笑道：「一世人兩兄弟，你不信我信誰？我怎會指一條黑路給你走呢，以我的眼光，定可揀得最有前途的起義軍，異日得了天下，憑我哥兒倆的德望才幹，我寇仲至小的都可當個丞相，而你則定是大將軍哩。」

徐子陵慘笑道：「只是個言老大，就打得我們爬不起來，何來德行才幹當大將軍？」

寇仲奮然道：「所以我每天逼你去偷聽白老夫子講學教書，又到石龍的習武場旁的大樹上偷看和偷學功夫。德望才幹是培養出來的，我們他日定會出人頭地，至少要回揚州當個州官，那時言老大就有難了。」

徐子陵眉頭大皺道：「我現在傷得這麼厲害，白老夫子那使人悶出鳥蛋來的早課明天可否免掉？」

寇仲咕噥兩聲後，讓步道：「明天放你一馬，但晨早那一餐卻得你去張羅，我想吃由貞嫂那對秀手弄出來的菜肉包子呢。」

徐子陵呻吟一聲，躺回地蓆上去。

由於天下不靖，盜賊四起，人人自危下，首先興旺起來是城內的十多間武館和道場。若論規模威望，則首推由揚州第一高手「推山手」石龍親自創辦的石龍武場。近十年來，石龍已罕有到場館治事，一切業務全交由弟子打理，但因武場掛的是他的名字，所以遠近慕名而來者，仍是絡繹於途。石龍的內外功均臻達第一流高手的境界，否則如何能數十年來盛名不衰。此人天性好道，獨身不娶，一個人居住於城郊一所小莊院裏，足不出戶，由徒弟定期遣人送來所需生活用品，終日埋首研玩道家秘不可測的寶典《長生訣》。據歷代口口相傳，此書來自上古黃帝之師廣成子，以甲骨文寫成，深奧難解，先賢中曾閱此書者，雖不乏智慧通天之輩，但從沒有人能融會貫通，破譯全書。全書共七千四百種字形，但只有三千多個字形算是被破譯了出來。書內還密密麻麻的布滿曾看過此書者的註釋，往往比原文更使人摸不著頭腦。猶幸書內有七幅人形圖，姿態無一相同，並以各式各樣的符號例如紅點、箭頭等指引，似在述說某種修練的法門。但不諳其意者不練猶可，若勉強依其中某種符號催動內氣，立時氣血翻騰，隨著更會走火入魔，危險之極。

石龍與此書日夕相對足有三年，但仍是一無所得，就像寶藏擺在眼前，卻苦無啟門的鑰匙。這天打坐起來，心中忽現警兆，怎也沒法集中精神到寶典內去，正沉吟間，一聲乾咳，來自廳門外。

石龍忙把寶典納入懷裏，腦際閃過無數念頭，嘆一口氣道：「貴客大駕光臨，請進來喝杯熱茶吧！」

只從對方來至門外，自己方生出感應，可知來者已到了一級高手的境界。

焦邪此時來到城外北郊一座密林處，與手下侍從跳下馬來，展開身法，穿過樹林，登上一個小丘，剛好可俯視下方一座破落的廟宇。

兩名手下現身出來，其中之一低聲在焦邪耳邊道：「點子在廟內待了一夜，半步沒出廟門，似乎在等甚麼人呢。」

焦邪沉吟片晌，發下命令。眾手下散了開去，潛往破廟四方，形成包圍之勢。

焦邪這才飛掠而下，直抵廟門前，朗聲道：「『漫天王』旗下『奪命刀』焦邪，奉天王之命，想向姑娘請教一事。」

「砰！」

本已破爛的廟門，化成碎片，激濺開去，同一時間，一位女子現身門口處。焦邪哪想到對方的反應既迅捷又激烈，心中大懍，手按到曾助自己屢屢殺敵致勝的奪命刀柄上去。

那女子一身雪白武士服，丰姿綽約的按劍而立。她頭頂遮陽竹笠，垂下重紗，掩住了香唇以上的俏臉，但只是露出的下頷部分，已使人可斷定她是罕有的美女。此女身形頗高，有種鶴立雞群的驕姿傲態，纖穠合度，體態美至難以形容。尤使人印象深刻的，是嘴角處點漆般的一顆小痣，令她倍添神秘的美姿。

焦邪目瞪口呆好半晌後，回過神來，正要說話，一把比仙籟還好聽的聲音由那女子的櫻唇吐出來道：「你們終於來了。」

焦邪嚇了一跳，暫時忘了楊公寶藏的事，大訝道：「姑娘在等我們嗎？」

白衣女子嘴角飄出一絲無比動人的笑意，柔聲道：「我是在等人來給我試劍呢！」

「鏘！」

那女子拔刃離鞘，森寒劍氣，席捲焦邪。焦邪大半生在江湖打滾，經驗老到至極，只從對手拔劍的姿態，便知遇上生平所遇最可怕的劍手。哪敢托大，狂喝一聲，退步抽刀，同時發出指令，教屬下現身圍攻。這麼彼此無仇無怨，甫見面即使出殺著的狠辣角色，他還是首次遇上。女子全身衣袂飄飛，劍芒暴漲。凜冽的殺氣，立時瀰漫全場。焦邪知道絕不能讓對方取得先機，再狂喝一聲，人隨刀進，化作滾滾刀影，往對方潮衝而去。此時眾手下紛紛趕來助陣。白衣女子嬌叱一聲，斜掠而起，飛臨焦邪頭頂之上，長劍閃電下劈。

「噹！」

劍刀交擊。一股無可抗禦的巨力透刀而入，焦邪胸口如受雷擊，竟吃不住劍勢，踉踉跌退。如此一個照面就吃了大虧，焦邪還是首次嘗到，可知白衣女的劍勁是如何霸道。白衣女凌空一個翻騰，落到剛趕至戰場的兩名大漢間，人旋劍飛，那兩人打著轉飛跌開去，再爬不起來。眾大漢均是刀頭舐血、好勇鬥狠之輩，反激起凶性，奮不顧身的撲上去。白衣女冷哼一聲，化出百千劍影，鬼魅般在眾大漢的強猛攻勢裏從容進退，刃鋒到處，總有人倒跌喪命。中劍者不論傷在何處，俱是劍到命殞，五臟給劍氣震碎而亡。

焦邪回過氣來時，只剩四名手下仍在苦苦支撐，不由熱血上湧，撲了過去。最後一名手下拋跌地上。劍芒再盛，與焦邪的奪命刀絞擊糾纏。焦邪用盡渾身解數，擋到第六劍時，精鋼打成的奪命刀竟給對方硬生生一劍劈斷。焦邪大駭下把斷剩一截的刀柄當作暗器往對方投去，同時提氣急退。嬌笑聲中，那女子一個旋身，不但避過激射過來的斷刀柄，還脫手擲出長劍。焦邪明明白白看著長劍朝自己飛來，還想到種種閃躲的方法，但偏是長劍透體而入時，仍無法作出任何救命的反應。

白衣女由焦邪身上抽回劍刃後，像作了毫不足道的小事般，飄然去了。

「達則兼濟天下，窮則自立其身，石兄打的眞是如意算盤，這等進可攻，退可守，怎樣都可爲自己的行爲作出心安理得的解釋，我宇文化及佩服佩服。」

石龍知對方借唸出自己掛在廳堂處的題字，來諷刺自己。他修養甚深，毫不動氣，仍安坐椅內，淡淡道：「原來是當今四姓門閥之一宇文閥出類拔萃的高手，宇文兄不是忙於侍候聖上嗎？爲何竟有閒情逸致來探訪我等方外野民？」

宇文化及負手背後，散步似的踱進廳堂，先溜目四顧，最後落在穩坐如山的石龍臉上，嘆道：「還不是石兄累人不淺，你得到修道之士人人艷羨的延生寶典，可是卻不獻予聖上，教他龍心不悅，我這受人俸祿的惟有作個小跑腿，來看看石兄可是個知情識趣的人？」

石龍心叫厲害，他還是首次接觸宇文閥的人。宇文家自以閥主宇文傷聲名最著，之下就是四大高手，其中又以這當上隋煬帝禁衛總管的宇文化及最爲江湖人士熟知，據說他是繼宇文傷後，第一位將家傳秘功「冰玄勁」練成的人，想不到外貌如此年輕，怎麼看都似不過三十歲。自魏晉南北朝以來，其中一個特色就是由世代顯貴的家族發展出來的勢族，又被稱爲高門或門閥，與一般人民的庶族涇渭分明。所謂「上品無寒門，下品無勢族」。士庶之間不能通婚、同坐，甚至往來。無論在經濟上或政治上，士族均享有極大特權。到隋代開國皇帝楊堅一統天下，以科舉取仕，門閥壟斷一切的局面才稍被打破。但門閥仍餘勢未消，名震江湖的四姓門閥，指的是宇文姓、李姓、獨孤姓和宋姓的四大勢族，在政治、經濟至乎武林中均有龐大的影響力。四姓中，只宋姓門閥屬南方望族，堅持漢人血統正宗。其他三姓，因地處北方，胡化頗深。宇文姓本身更是胡人，但已融和在中土的文化裏，並不被視爲外人。

石龍雖心念電轉，表面卻是好整以暇，油然道：「石某人一向狂野慣了，從不懂逢迎之道，更是吃軟不吃硬的人，說不定一時情急下，會拚個玉石俱焚，把書毀去。那時宇文兄豈非沒法向主子交差嗎？」

宇文化及細瞧石龍好一會，訝道：「若石兄能毀去寶書，那此書定非廣成子的《長生訣》，毀掉亦沒甚麼大不了。不過石兄這種態度，對貴道場的諸學子卻是有害無益，說不定還禍及他們的父母子女，道佛二家不都是講求積德行善嗎？石兄似乎有違此旨呢！」

兩人打一開始便唇槍舌劍，不肯善了，氣氛頓呈緊張起來。

石龍聽他威脅的語氣，更知他所言不假，終於臉色微變，就在心神略分的剎那，宇文化及立時出手，隔空一拳擊來。前天剛過大暑，天氣炎熱，可是宇文化及一出手，廳內的空氣立即變得奇寒無比，若非石龍內功精純，恐怕立要牙關打顫。不過他也絕不好受。換了是一般高手發出拳勁，必會清清楚楚的生出一股拳風，擊襲敵人。但宇文化及這一拳發出的寒勁，似無若有，就像四下的空氣全都給他帶動了，由上下四方齊往石龍擠壓過來，那種不知針對哪個目標以作出反擊的無奈感覺，最是要命。石龍仍安坐椅上，渾身衣衫鼓漲。

「蓬！」

氣勁交擊，形成一股漩渦，以石龍爲中心四處激蕩，附近傢俱桌椅，風掃落葉般翻騰破裂，滾往四方，最後只剩石龍一人一椅，獨坐廳心。宇文化及臉現訝色，收起拳頭。石龍老臉抹過一絲紅霞，倏又斂去。

宇文化及哈哈笑道：「不愧揚州第一人，竟純憑護體眞氣，硬擋我一拳。就看在此點上，讓我宇文化及再好言相勸，若石兄爽快交出寶典，並從此匿跡埋名，我可念在江湖同道份上，放石兄一馬，這是好意而非惡意，生榮死辱，石兄一言可決。」

石龍心中湧起無比荒謬的感覺。自得到道家瑰寶《長生訣》後，把腦袋想得都破了，仍是一無所得，心境反沒有得書前的自在平和。現在竟又爲此書開罪當今皇帝，甚至可令皇帝乘機把自己的弟子殺死，以至乎把當地所有武館解散，以消滅此一帶地方的武裝力量，這是否就是「懷寶之孽」呢？他當然不會蠢得相信宇文化及會因他肯交出《長生訣》而放他一馬，以楊廣的暴戾，哪肯放過自己。剛才與宇文化及過了一招，他已摸清楚對方的「冰玄勁」實是一種奇異無比的迴旋勁，比之一般直來直去的勁氣，難測難防多了，可是知道歸知道，他仍沒有破解之法。石龍乃江湖上有名堂的人物，就在此刻，他猛下狠心，決定就算拚死亦不肯讓寶書落到楊廣手上。否則以楊廣下面的濟濟人才，說不定眞能破譯書內所有甲骨文，掌握長生的訣要，變成永遠不死的暴君，那他石龍就萬死不足辭其咎。

石龍仰天大笑，連說兩聲好後，搖頭嘆道：「此書非是有緣者，得之無益有害，宇文兄若有本事，就拿此書回去給那昏君讀讀看，不過若讀死了他，莫怪我石龍沒有警告在先。」

一邊說話，一邊運聚全身功力。耳朵立時傳來方圓十丈所有細微響音，連蟲行蟻走的聲音都瞞不過他。登即聽到十多個人柔微細長的呼吸聲，顯示包圍著他者均是內外兼修的好手。

宇文化及仰首望往廳堂正中處的大橫樑，喟然道：「石兄不但不知情識趣，還是冥頑不靈，不過念在石兄成名不易，我宇文化及就任你提聚功力，好作出全力一擊，石兄死當目瞑。」

石龍驀地由座椅飛身而起，腳不沾地的掠過丈許空間，眨眼功夫來到宇文化及身前，雙掌前推，勁氣狂飈立即暴潮般往敵手湧去。同一時間，他先前坐的椅子四分五裂散落地上，顯示適才兩人過招時，石龍早吃了大虧，擋不住宇文化及的冰玄勁，累及椅子。

宇文化及雙目精芒電射，同時大感訝異，石龍明知自己的推山氣功敵不過他的冰玄勁，為何一出手竟是絲毫不留轉圜餘地、以硬碰硬的正面交鋒招數呢？此時已無暇多想，高手過招，勝敗只繫於一線之間，他雖自信可穩勝石龍，但若失去先機，要扳回過來，仍是非常困難，還動輒有落敗身亡之險。哪敢遲疑，先飄退三步，再前衝時，兩拳分別擊在石龍掌心處。

「轟！」勁氣交擊，往上洩去，登時沖得屋頂瓦片激飛，開了個大洞。以宇文化及之能，仍給石龍仗以橫行江湖的推山掌迫得往後飄退，好化解那驚人的壓力。石龍更慘，踉蹌後退。

宇文化及腳不沾地的滴溜溜繞了一個小圈，倏又加速，竟在石龍撞上背後牆壁前閃電追至，凌空虛拍。一股旋勁繞過石龍身體，襲往他背心處，角度之妙，教人嘆為觀止。

石龍張口一噴，一股血箭疾射而出，刺向宇文化及胸口處。同時弓起背脊，硬受宇文化及一記冰玄勁。宇文化及想不到石龍有此自毀式的奇招，忙剎止身形，拗腰後仰，以毫釐之差，險險避過血箭。石龍暗叫可惜時，全身劇震，護體真氣破碎，數十股奇寒無比的冰玄勁，由背心入侵體內。石龍知道能否保著《長生訣》，決定在這一刻，施展出催發潛力的奇功，狂喝一聲，硬抵著將他扯往前方的勁氣，加速往後牆退去。

宇文化及乃何等人物，見此情況，立知不妙，待身子再挺直時，運聚十成功力，隔空一拳擊去，但已遲了一步。石龍背脊撞在後牆上，一道活門立時把他翻了進去。「砰！」活門四分五裂，現出另一間小室，石龍則影蹤不見。宇文化及不慌不忙，撲在地上，耳貼地面，石龍在地道內狂掠的聲音，立時一分不漏的傳入他的耳內去。

揚州城逐漸熱鬧起來，城門於卯時中啓關後，商旅農民爭相出入城門。昨天抵達的舟船，貨物卸在碼頭，趁此時送入城來，一時車馬喧逐，鬧哄哄一片。從揚州東下長江，可出海往倭國、琉球及南洋諸地，故揚州成了全國對外最重要的轉運站之一，比任何城市更要繁忙緊張。不過今天的氣氛卻有點異樣，城裏城外都多了大批官兵，過關的檢查亦嚴格多了，累得大排長龍。不過雖是人人心焦如焚，卻沒有人敢口出怨言，因爲跑慣江湖的人，都看出在地方官兵中雜了不少身穿禁衛官服的大漢，除非想不要命，否則誰敢開罪來自京城最霸道的御衛軍。城內共有五個市集，其中又以面向長江的南門市集最是興旺，提供各類膳食的店家少說也有數十間，大小不一，乃準備到大江乘船的旅客進早膳的理想地點。

揚州除了是交通的樞紐外，更是自古以來名傳天下的煙花勝地，不論腰纏萬貫的富商公子，又或以文采風流自命的名士、擊劍任俠的浪蕩兒，若沒有到此一遊，就不算是風月場中的好漢。

其況之盛，可以想見。

南門的膳食店中，以老馮的菜肉包子最是有名。加上專管賣包子的老馮小妾貞嫂，生得花容月貌，更成爲招徠生意的活招牌。當老馮由內進的廚房托著一盤熱氣騰騰的菜肉包交到鋪前讓貞嫂售賣時，等得不耐煩的顧客紛紛搶著遞錢。

貞嫂正忙得香汗淋漓，驀地人堆裏鑽了個少年的大頭出來，眉花眼笑道：「八個菜肉包子，貞嫂你好！」

此子正是徐子陵，由於他怕給老馮看到，故意弓著身子，比其他人都矮了半截，形態惹人發噱。幸好他的長相非常討人歡喜，雙目長而精靈，鼻正樑高，額角寬廣，嘴角掛著一絲陽光般的笑意。若非臉帶油污，衣衫襤褸，兼之被言老大打得臉青唇腫，長相實在不俗。現在嘛！就教人不大敢恭維了。

貞嫂見到他，先擔心的回頭瞥一眼在內進廚房忙個不了的老馮和惡大婦，見他們看不到這邊的情況，方放下心來。她一邊應付其他客人，一邊假作嬌嗔道：「沒錢學人買甚麼包子？」

徐子陵陪笑道：「有拖無欠，明天定還給你。」

貞嫂以最快的手法執了四個包子，猶豫片刻，又多拿起兩個，用紙包好，塞到他手上，低罵道：「這是最後一次，唉！看你給人打成了甚麼樣子。」

徐子陵一聲歡呼，退出人堆外，腰肢一挺，立即神氣多了。原來他年紀雖輕，但已長得和成年漢子般高大，肩寬腰窄，只是因營養不良，比較瘦削。擠過一排蔬果攤，橫裏寇仲搶出來，探手抓起一個包子，往口裏塞去，含糊不清道：「是否又是最後一次呢？」

寇仲雖比他大上一歲，卻矮他半寸，肩寬膊厚，頗爲粗壯。他雖欠了徐子陵的俊秀，但方面大耳，輪廓有種充滿男兒氣概的強悍味道，神態漫不在乎的，非常引人；眼神深邃靈動，更絕不遜於徐子陵，使人感到此子他日定非池中之物。不過他的衣衫東補西綴，比徐子陵更污穢，比小乞丐也好不了多少。

徐子陵已在吃著第三個菜肉包，皺眉道：「不要說貞嫂長短好嗎？現在揚州有多少個像她那麼好心腸的人呢？只可惜她娘家欠人銀兩，老爹又視財如命，竟把她賣了給臭老馮作小妾，老天爺定是盲眼的。」

兩人此時走出市集，來到大街上，擠在出城的人流裏，朝南門走去。

寇仲塡飽肚子，搭著徐子陵的肩頭左顧右盼道：「今天的肥羊特多，最好找個上了點年紀，衣服華麗，單身一人，且又滿懷心事，掉了錢袋也不知的那種老胡塗蟲。」

徐子陵苦笑道：「那回就是你這混蛋要找老人家下手，後來見人搶地呼天，又詐作拾到錢袋還給人家，累得我給臭言老大狠揍一頓。」

寇仲哂道：「別忘了我只是準備還一半錢給那老頭，是你這傢伙要討那老頭歡心，硬要我原封不動全數還人，現在還來說我。嘿！不過我們盜亦有道，是眞正的好漢子。哈！你看！」

徐子陵循他目光望去，剛好瞥見一個五十來歲的老儒生，朝城門方向走著。此君衣著華麗，神色匆匆，低頭疾走，完全符合寇仲提出的所有條件。又會這麼巧的。兩人看呆了眼，目光落在他背後衣服微隆處，當然他是把錢袋藏到後腰去了。

寇仲湊到徐子陵耳旁道：「我們能否交得好運，須看這傢伙是否虛有其表。」

徐子陵急道：「我定要先還了貞嫂那筆錢的。」

兩人急步追去，忽然一隊官兵迎面而來，兩人大吃一驚，掉頭轉身，閃進橫巷，急步趕到橫巷另一端去，外面就是與城南平行的另一條大街。兩人頹然挨牆坐下來。

寇仲大嘆一會倒楣後，又忽發異想道：「不如我們試試報考科舉，我們的材料雖是偷聽白老夫子講學而來的，但至少卻強過交足銀兩聽書的那班廢料子，倘獲榜上題名，那時既不需盤纏，又不用冒長途跋涉的風險，就可以做大官。」

徐子陵光火道：「去投效義軍是你說的，現在又改口要去考科舉，說得就像去偷看春風院那些姑娘洗澡般輕鬆，究——」

寇仲一肘打在他脅下，擠眉弄眼。徐子陵朝來路望去，只見那老儒生也學他們般倉皇走來，對他們視如不見的奔往大街去。兩人喜出望外，跳了起來，往老儒生追去。行動的時刻來臨。

老儒生匆匆趕路，茫然不知身後衣服被割開一道裂縫。剛才他想由南門出城，給森嚴的關防嚇得縮了回來，知道此時不宜出去，又不敢返回家，找朋友更怕牽累別人，正心中徬徨，人影一閃，給人攔住去路。老儒生駭然大震，已左右給人挾持著，動彈不得。

攔路者正是宇文化及和一眾手下，這宇文閥的高手含笑來到老儒生身前，上上下下打量他幾眼，淡然道：「這位不是以詩文名揚江都的田文老師嗎？聽說老師乃石龍師傅的至交好友。剛才我們不嫌冒昧到貴府拜會田老師，竟無意在井底撈出石師傅的屍身，現在田老師又行色匆匆，不知所爲何事？」

田文臉色劇變，哪還說得出話來。此時路過者發覺有異，只是見到圍著田文的人中有本城的守備大人在，誰敢過問干涉？挾著田文那兩名大漢騰出來的手沒有閒著，搜遍田文全身，只是找不到理該在他身上的《長生訣》。

張士和親自出手，不片晌發覺田文背後的衣服給利器割破，色變道：「不好！《長生訣》給扒走了。」

宇文化及雙目閃過寒芒，沉聲道：「陳守備！」

平時橫行霸道的陳守備急步上前，與宇文化及的眼神一觸，立時雙腿發軟，跪了下來，顫聲道：「卑職在！」

宇文化及冷冷道：「立即封閉城門，同時把所有小偷地痞全給我揪來，若交不出聖上要的東西，他們休想再有命。」

徐子陵和寇仲兩人肩並肩，挨坐在城東一條幽靜的橫巷內，翻閱《長生訣》。

徐子陵失望地道：「下次扒東西，千萬別碰上這些看來像教書先生的人，這部鬼畫符般的怪書，比天書更難明。你仲少爺不是常吹噓自己學富五車嗎？告訴我上面寫的是甚麼東西？」

寇仲得意地道：「我哪會像你這小子般不學無術，這本必是來自三皇五帝時的武學秘笈，只要練成將可天下無敵，石師傅都要甘拜下風。只看這些人形圖像，當知是經脈行氣的秘訣，哈！這次得寶哩！看！你見過這種奇怪的紙質嗎？」

徐子陵失笑道：「不要胡吹大氣，讀兩個字來給我聽聽，看你怎麼學而有術？」

寇仲老氣橫秋，兩眼放光道：「只要有人寫得出來，必有人懂看，讓我們找到最有學問的老學究，請他譯出這些怪文字來，而我們揚州雙龍則專責練功，這就叫分工合作，各得其所，明白嗎？」

徐子陵頹然道：「你當自己是揚州總管嗎？誰肯這麼乖聽我們的吩咐，現在我們揚州雙蛇連下一餐都有問題，看來只好把藏起的盤纏拿出來換兩個包子塡飽肚子，還比較實際點呢。」

寇仲哈哈一笑，站起來，再以衣服蓋好書本，伸個懶腰道：「午飯由我仲少爺負責，來！我們先回家把銀兩起出來，到城外碼頭處再做他娘的兩單沒本錢買賣，然後立即遠遁，否則若讓臭老言發現我們身懷寶笈，那就糟透。」

徐子陵想起昨天那頓狠揍，猶有餘悸，跳了起來，隨寇仲偷偷摸摸的潛往那廢園內的「家」去。

宇文化及坐在總管府的大堂裏，喝著熱茶，陪侍他的是揚州總管尉遲勝。兩人不但是素識，關係更是非比尋常。在楊堅建立大隋朝前，他乃北周大臣，後來楊堅在周宣帝宇文贇病逝後，勾結內史上大夫鄭譯和御正大夫劉昉，以繼位的靜帝宇文闡年幼爲由，矯詔引楊堅入朝掌政。一年後，楊堅迫靜帝退位，自立爲帝。北周的宇文姓天下，從此由楊姓替代。但因宇文姓的勢力根深蒂固，楊堅雖當上皇帝，仍未能把宇文閥連根拔起，到兒子楊廣當上皇帝，宇文姓再次強大起來。嚴格來說，宇文姓雖看似忠心侍隋，其實只是把仇恨埋在內心深處罷了。楊堅攫取帝位後，分別有三位支持北周宇文家的大臣起兵作亂，就是相州總管尉遲迥、鄖州總管司馬消難及益州總管王謙，這批人不是與宇文家有親戚關係，就是忠於北周王室。其中的尉遲迥，正是尉遲勝的堂叔，由此已可見兩人的關係密切。故而兩人說起密話，一點顧忌也沒有。

宇文化及嘆道：「《長生訣》事關重大，我已預備能手，只要得到寶書，立即假作破譯成功，拿給那昏君去修練，保證不出三個月，就可把他練死。哪想得到本該手到擒來的東西，竟是一波三折，現在想假冒另一本出來也不行。」

尉遲勝冷哼道：「就算沒有寶書，恐他楊家仍要皇座難保。天祐大周，自這昏君即位後，對內橫征暴斂，大興土木；對外則窮兵黷武，東征高麗，三戰三敗。現在叛軍處處，我們只要把握機會，必可重復大周的光輝歲月。」

宇文化及雙目爆起寒芒，沉聲道：「楊廣的日子，已是屈指可數。惟可慮者，就是其他三姓門閥，其中又以李閥最不可輕視，閥主李淵乃獨孤太后的姨甥，故甚得楊家寵信，尤過於我宇文家。一日未能蕩平三姓門閥，我大周復辟勢必會遇到很大阻力。」稍頓再道：「至於外族方面，突厥是最大禍患。現在叛變的亂民，紛紛北連突厥，依附其勢，更使突厥坐大，而突厥以畢玄為首的一衆高手，武功更是出神入化，想想都教人擔心。」

尉遲勝道：「我以為化及你不須太顧慮李家，李淵雖是楊廣的姨表兄弟，但由於此人廣施恩德，結納豪傑，故深為楊廣所忌。李淵現在自保不暇，只要我們布下巧計，加深楊廣對李淵的猜疑，說不定可借刀殺人，使我們坐收漁人之利。」

宇文化及眼中露出笑意，點頭稱許，張士和進來報告道：「有點眉目了！」

宇文化及和尉遲勝大喜。

張士和道：「據田文口供，他被逮捕前，曾給兩個十五、六歲的小流氓撞了一下，看來該是這兩個小子盜去寶書。」

宇文化及欣然道：「士和必已查清楚兩個小流氓是何等人物，才來報喜。」

張士和笑道：「正是如此，兩人一叫寇仲，一叫徐子陵，是揚州最出色的小扒手，他們的老大叫言寬，現在給押著去找那兩個小傢伙。」

尉遲勝大笑道：「這就易辦，除非他們脅生雙翼，否則只要仍在城內，休想逃得過我們的指掌。」

宇文化及鬆一口氣，挨到椅背去，彷彿寶書已來到手上。

兩人尚未有機會把十多貫五銖錢起出來，負責把風的徐子陵窺見垂頭喪氣的言老大，被十多名大漢擁押著朝廢園走來。徐子陵人極精靈，雖大吃一驚，仍懂悄悄趕去與寇仲會合，一起躲到只剩下三堵爛牆的另一間破屋內，藏在專爲躲避言老大而掘出來的地穴去，還以僞裝地面，鋪滿落葉沙石泥屑的木板蓋著，只留下一小縫隙作透氣之用。「砰砰！砰砰！」翻箱倒物的聲音不斷由他們的小窩傳來。不一會聽到言老大的慘嚎聲，顯是給人毒打。他們雖恨不得有人揍死言老大，但聽到他眼下如此情況，仍覺心中不忍。又是大感駭然，不知發生甚麼事。言老大在揚州城總算有點名堂的人物，手下有二十多名兄弟，最近又拜了竹花幫的堂主常次作老大，但在這批大漢跟前，卻連豬狗也不如。

一把陰惻惻的聲音在那邊響起道：「給我搜！」

此語一出，揚州雙龍立即由龍變蛇，蜷縮一堆，大氣不敢呼出半口。

言老大顫抖的聲音傳來道：「各位大爺，請再給我一點時間，定可把書取回來，我可以人頭保證──呀！」顯然不是給打了一拳，就是蹬了一腳。

腳步聲在地穴旁響動，接著有人叫道：「找不到人？」

言老大沙啞痛苦的聲音求饒道：「請多給我一個機會，這兩個天殺的小子定是到了石龍武場偷看武場內的人練功夫，呀！」

那陰惻惻的聲音道：「石龍的武場今早給我們封了，還有甚麼好看的。」頓了頓道：「你們四個給我留在這裏，等他們回來。你這痞子則帶我們去所有這兩個小子會去溜躂的地方逐一找尋。快，拖他起來！」

腳步聲逐漸遠去。地穴內的寇仲和徐子陵面面相覷，均見到對方被嚇到臉無人色。同一時間兩人想起東門旁那道通往城外的暗渠，那是他們現在唯一的希望。

寇仲和徐子陵兩人脫得赤條條的，先把衣服在溪水邊洗乾淨，再掛在溪旁樹叢上，讓午後的陽光曬晾。《長生訣》放在一塊石上。然後兩人一聲呼嘯，暢泳溪流裏，好洗去鑽過暗渠時所沾染的污臭。兩人終是少年心性，亡命到這離開揚州城足有七、八里的山林處，已疲累得再難走動，又以爲遠離險地，心情轉佳。正嬉水爲樂，一聲嬌哼來自岸邊。兩人乍吃一驚，往聲音來處望去。一位頭戴竹笠、白衣如雪的女子俏立岸旁，俏目透過面紗，冷冷打量他們，一點沒因他們赤身裸體而有所避忌。兩個小子怪叫一聲，蹲低身子，還下意識地伸手掩著下身。

徐子陵怪叫道：「非禮勿視，大姐請高抬貴眼，饒了我們吧！」

寇仲亦嚷道：「看一眼收一文錢，姑娘似已最少看了百多眼，就當五或六折收費，留下百個銅錢，可以走哩。」

白衣女嘴角逸出冰冷的笑意，輕輕道：「小鬼討打。」伸出春蔥般的玉手，漫不經意彈了兩指。「卜卜」兩聲，兩人同時慘哼，翻跌到溪水裏，好一會再由水底裡掙扎著鑽出來，吃足苦頭。

白衣女淡淡道：「本姑娘問你們一句，就得老實回答一句，否則教你兩個小鬼再吃苦頭。」

寇仲和徐子陵兩人退到另一邊靠岸處，又不敢光著身子爬上岸去，進退不得，徬徨之極。

寇仲最懂見風轉舵，陪笑道：「小生知無不言，言無不盡，小姐請放膽垂詢。」

白衣女見他扮得文謅謅的，偏又不倫不類，冷哼道：「問你這小鬼須甚麼膽量？」

徐子陵大吃一驚道：「我這兄弟一向不懂說話，大小姐請隨便下問。」

白衣女木無表情，靜如止水般道：「你們是否居住在附近？」

寇仲和徐子陵對望一眼，然後一個點頭，一個搖頭。指風再到，兩人穴道受擊，膝頭一軟，再墮進水內，好一會方能勉力站起來，狼狽不堪。

白衣女若無其事道：「若我再聽到一句謊話，你們休想爬得起來。」

兩人對白衣女的狠辣均大爲驚懍，但他們早在臭老大言寬的欺壓下養就了一副硬骨頭。

寇仲陪笑道：「大士你誤會，我點頭因爲我確是住在附近的岳家村，他搖頭是因爲他住在城內，今天我這兄弟是專誠到城外來找我玩耍，所以現在給大士你看到我們清白的處子之軀。」

徐子陵聽得失聲而笑，忙又掩著大口，怕觸怒這惡羅刹。

白衣女卻一點不爲所動，冷冷道：「若再貧嘴，我會把你的舌根勾出來。你爲何喚我作大士？」

徐子陵怕寇仲口不擇言，忙道：「他只是因你長得像白衣的觀音大士，故敬稱大小姐作大士，只有尊敬之心，再無其他含意。」

此時的情景實在怪異之極，一位冷若冰霜、神秘莫測的女子，冷然對著兩個把裸體藏在溪水裏、既尷尬又狼狽的小子，若給旁人看到，想破腦袋也猜不透他們間的關係。

白衣女目光落在岸旁石上的《長生訣》處，道：「那是甚麼東西？」

寇仲不露絲毫心意，必恭必敬道：「那是白老夫子命我們讀的聖賢之書，大士要不要拿去一看。」

白衣女顯是不知此書關係重大，事實從表面看去，這書和一般書在外表上並沒有多大分別。所以她只瞥了兩眼，目光再落到兩人身上，沉聲道：「你們知道石龍這個人嗎？」

兩人見她不再理他們的《秘笈》，暗裏抹了把汗，同時搶著道：「當然認識！」

白衣女道：「那就告訴我，爲何他的家院駐滿官兵，揚州城的城門又提早關閉？」

寇仲故作驚奇道：「竟有此事，我們打大清早就在這裏捉魚兒，呀！小陵你這回慘了，怎麼回城去哩？」

徐子陵雖明知他說謊，但見他七情上臉的樣子，也差點信了他的假話，裝出苦臉，駭然道：「娘這回定要打死我了。」驀地感到寇仲碰了碰他，省悟道：「不行！我要立即回城。嘿！大士你可否暫背轉身，好讓我們上岸穿衣呢？」

白衣女毫無表示地看他們一會後，冷哼一聲，也不見她有任何動作，沒進林木深處去。

兩人頹然沉入水裏，再浮起來，寇仲嘆道：「這臭婆娘眞厲害，日後若我們練成蓋世武功，定要把她脫個精光看她娘的一個飽。」

徐子陵眞怕她會折回來，推他一把，往岸上爬去，苦笑道：「或者她長得很醜也說不定，你自己去看個夠吧！」

兩人穿好衣服後，寇仲把寶書藏好，眉頭大皺道：「石龍究竟犯了甚麼事呢？不但武場給封掉，連家都給抄了。」

徐子陵嘆道：「看來學曉武功都沒有甚麼用，快溜吧！只要想起那班打言老大的人，我就心驚肉跳了。」

寇仲哈哈笑道：「武功怎會沒用，看我的陸地提縱術。哎喲！」

他才衝了兩步，不巧絆著塊石頭，跌了個四腳朝天。徐子陵笑得捧腹跪地，站不起來。

兩個小子伏在小丘上的樹叢內，目瞪口呆地看著長江下游近城處三艘軍艦和以百計的快艇，正在檢查離開的船隻。

寇仲倒抽一口涼氣道：「我的爺！我們那本肯定是天書。」

徐子陵湊到他耳旁道：「請仲少爺你降低音量，以免驚擾別人，說不定是有義軍混進來，方會出現這麼大陣仗呢。」

寇仲摸了摸空空如也的餓肚子，駭然道：「江上如此，陸上恐怕亦是路不通行，不如找個地方躲躲。噢！我的天，這可不是狗吠的聲音。」

兩人細耳傾聽，同時臉色大變，犬吠的聲音，明顯來自小溪的方向，還夾雜著急劇的蹄音。心想若讓狗兒靈敏的鼻子在老窩處嗅過他們的氣味，那豈非糟糕之極。兩人打個寒噤，一聲發喊，亡命往山林深處逃去。再奔上一個小山丘，下坡時，徐子陵一步錯失，驚哼一聲，滾下坡來。

寇仲趕了過來，一把扯起他道：「快走！」

徐子陵慘然道：「我走不動哩，你快帶秘笈走吧！將來學曉蓋世神功，回來替我報仇，我們怎快也跑不過狗腿和馬腿，現在只有靠我引開敵人，你才有望逃出生天。」

寇仲想也不想，硬扯著他朝前方的疏林奔去，叫道：「要死就死在一塊兒，否則怎算兄弟。」心中一動，改變方向，望大江方向奔去，這時馬蹄聲和犬吠聲已清楚可聞。

徐子陵駭然道：「我們不是投江自盡吧！」

寇仲喘著氣道：「那是唯一生路，下水後，你怎也要抱緊我，否則若把你沖回揚州城去，就眞是送羊入虎口。」

徐子陵想起毒打言老大那群惡漢，暗忖淹死總勝過被打死，再不打話，奮盡所餘無幾的氣力，追在寇仲背後，往江旁的崖岸奔去。

寇仲狂叫一聲，反手拉起徐子陵的手，奮然叫道：「不要看，只要拚命一跳就成。」

江水滾流的聲音，在崖岸下隆隆傳來，令他們聽而心寒。「呀！」狂嘶聲中，兩人躍離高崖，往十多丈下的長江墮去。耳際風生。「咚咚！」兩人先後掉進浪花翻騰的江水裏，沉入水中。在急劇的江水裏，兩人掙扎浮到水面處。

徐子陵眼前金星直冒，死命摟著寇仲的肩頸，寇仲其實比他好不了多少，浮浮沉沉，猛喝江水，已給江水帶往下游十多丈處，不要說渡江，連把頭保持在江面上亦有困難。眼看小命不保時，橫裏一艘漁舟不知從何處駛來，同時飛出長索，準確無誤地捲在寇仲的脖子處。

寇仲本已給徐子陵箍得呼吸困難，江水又猛朝鼻口灌進去，現在更給索子套頸，以爲給官兵拿住，暗叫我命休矣，耳邊響起那白衣女好聽的聲音道：「蠢蛋！還不拿著繩索。」寇仲大喜，騰出一手，死命扯著索子。一股大力傳來，兩人竟被奇蹟的扯得離開江水，斜斜飛到小舟上。兩人滾地葫蘆般伏到甲板上去，只剩下半條人命。白衣女一手扯起小帆，油然坐在舟上，沒好氣的瞪著兩人。

寇仲先滾起來，見徐子陵仍然生存，呻吟一聲，求道：「我的觀音大士女菩薩，求你作作好心，快點開船，惡人來了。」

白衣女正側耳傾聽不住接近的蹄音犬吠，冷笑道：「你們有甚麼資格引來隋人的狗兵？他們敢情是衝著本姑娘來了。」

寇仲想起一事，慘叫道：「天！我的秘笈！」伸手往背上摸去。

那女子知道他是心切那本被浸壞了的聖賢書，對「秘笈」兩字毫不在意，操動風帆，往上游駛去。

徐子陵吐出兩口水後，爬起來駭然問道：「那本書？」

只見寇仲探到後背衣內猛摸幾下，臉上現出古怪之極的神情，向他作個一切妥當的眼神，坐了起來，背著白衣女向他擠眉弄眼道：「全濕透了，這次白老夫子定會打腫我的手心。」

白衣女怒哼道：「還要騙我，看我不把你兩個小鬼丟回江水裏？」

寇仲大吃一驚，還以爲給識穿秘笈的秘密，轉身道：「眞的沒騙你，那本書已完了。」

白衣女沒好氣道：「我不是說那本書，而是你兩個小鬼在弄甚麼把戲，不是說要回城嗎？爲何愈走愈遠？」

兩人正苦於無言以對，江岸處傳來喝罵聲。兩人抬頭仰望，十多騎沿江追來，大喝「停船」！白衣女一動不動，置若罔聞，連仰首一看都不屑爲之。驀地一聲長嘯，由遠而近，速度驚人之極。

白衣女訝道：「想不到竟遇上中土如此高明的人物。」

兩人聽得呆了一呆，難道白衣女竟是來自域外的異族女子。

白衣女霍地立起，手按劍柄，沉聲道：「兩個小鬼給我操帆。」

兩人愕然同聲道：「我們不懂！」

白衣女不耐煩道：「不懂也要懂，來了！」

兩人駭然望往上方，一道人影，由小而大，像一隻大鳥般向漁舟撲下來，聲勢驚人至極。兩人不由自主撲到船舵處，那人已飛臨小舟上方丈許遠近，強猛的勁氣，直壓下來。周遭的空氣冷得像凝結成冰，寒氣無孔不入地滲透而來，寇仲和徐子陵牙關打顫，東倒西歪。重紗覆面的白衣女教人看不到她的眞正表情，可是再無對付焦邪那批強徒時的揮灑自如，全身衣袂飄飛，卻仍沒有抬頭朝若魔神降臨般的宇文化及望去。風帆失去控制，又被江水衝擊，加上宇文化及冰玄勁的奇異渦漩勁，小舟斜傾打轉，隨時有覆舟之厄。

「鏘！」白衣女長劍出鞘，往上躍去。千萬道強芒，沖天而起，迎著宇文化及攻去。寒氣立時消滅大半，快要凍僵了的寇仲和徐子陵回復意識，兩大高手正面交鋒。

宇文化及知道若一擊不中，風帆立即遠去，所以這一擊實是出盡了壓箱底的本領。他身爲四姓門閥之一宇文閥閥主宇文傷之下最出類拔萃的高手，連名震揚州的石龍亦喪身在他的手底下，這般全力出手，自是非同小可。「轟！」掌劍交擊。電光石火間，白衣女向他刺了十二劍，他亦回應了十二掌。兩人乍合倏分。宇文化及一聲厲嘯，借力橫移，往岸旁的泥阜飛去。白衣女落回船上，長劍遙指宇文化及。

寇仲和徐子陵感到兩人交手時，整艘小漁舟往下一沉，然後再次浮起來，可知宇文化及的掌力是如何厲害。此時江岸上的人紛紛飛撲而至，寇徐兩人這才醒覺小漁舟被急流帶得往下游的江岸靠去，齊聲怪叫，搶往船舵處，手忙腳亂的控制漁舟。白衣女像完全不知有其他事般，只是凝神專注於落到岸旁一塊大石上的宇文化及身上去。漁舟忽然回復平衡，適巧一陣強風吹來，漁舟斜斜橫過江面，往對岸駛去。

寇徐兩人歡呼怪叫，得意洋洋，宇文化及的聲音傳過來道：「如此劍術，世所罕見，姑娘與高麗的

『弈劍大師』傅采林究竟是何關係？」

寇仲一擺船舵，漁舟㗖風，箭般逆流而上。白衣女對宇文化及的詢問一言不發，予人莫測高深的感覺。

宇文化及的聲音再次傳來道：「姑娘護著這兩個小子，實屬不智，宇文化及必會再請益高明。」

漁舟愈駛愈快，不片晌把敵人遠遠拋在後方。白衣女仍卓立船頭處，衣袂飛揚，似若來自仙界的女神。寇徐已對她敬若神明，差點要對她下跪膜拜。漁舟隨著河道轉彎，再見不到敵人。就在此時，白衣女的竹笠驀地四分五裂，撒往甲板，露出白衣女秀美無匹但亦蒼白無比的玉容。她嬌吟一聲，張口吐出一口鮮血，頹然坐倒在甲板處。兩小子大吃一驚，齊齊往她撲去。

寇仲大喝道：「你掌舵！我負責救她！」

白衣女忽又盤膝坐了起來，一掌把寇仲推回船舵處，啞聲道：「不准碰我！」接著閉目瞑坐。

兩人呆看著白衣女，均知她雖逼退宇文化及，但卻受了重傷，一時不知如何時好。小漁舟離揚州愈來愈遠。

寇仲湊到徐子陵耳旁低聲道：「這婆娘長得比春風院所有的紅阿姑更美呢。」

徐子陵正呆盯著白衣女寶相莊嚴的秀美玉容，聞言點頭同意，撐坐著的白衣女倏地張開眼睛，朝他們怒目而視。兩人大吃一驚，縮作一團。

白衣女嬌軀猛顫，旋又閉起雙目，好一會後睜開眼來，沒好氣地橫他們一眼，舒出一口氣道：「這是甚麼地方？」

兩人煞有其事的瀏目江河兩岸，然後一齊搖頭。

白衣女仰觀天色，見太陽快沉下山去，大江兩岸沐浴在夕照的餘暉中，知道自己撐坐足有兩個時辰，沉吟片晌，柔聲道：「宇文化及爲甚麼要追你們？」

寇徐兩人交換個眼色，猛力搖頭應道：「不知道！」

白衣女秀眸寒芒閃過，狠狠盯兩人一會，忽然噗哧笑道：「兩個小鬼給我立即跳下江水去！」

兩人早餓得手足發軟，聞言大驚失色，不知如何是好。

白衣女旋又嘆一口氣，淡淡道：「我要睡上三個時辰，你兩個小鬼給我好好掌舵，若翻了船，我會要你們的命。」

漫天星斗、月華斜照。在黯淡的月色下，這對相依爲命的好朋友挨作一團，忍著飢餓和江風的交侵，機械地掌舵。白衣女背著他們，面向船首，靜坐療傷，有若一尊玉石雕出來的美麗神像。她的髮髻給風吹散，如雲秀髮自由寫意地隨風飄拂。

寇仲啞聲以低無可低的音量在徐子陵耳旁道：「你猜她聽不聽得到我們說話？」

徐子陵正神思恍惚，一時聽不清楚，嚷起來道：「你說甚麼？」

寇仲氣得在他腿上捏了一記，嘆道：「那宇文化及不知是甚麼傢伙，看來比這婆——嘿比這惡婆娘更厲害。」

徐子陵駭然看著白衣女優美的背影，好一會才稍鬆一口氣。

寇仲已一肘打在他臂上，大喜道：「她果然聽不到。」

徐子陵問了最關心的事道：「秘笈眞沒有浸壞嗎？」

寇仲探手取出《長生訣》，翻了一遍後遞給他道：「你自己看吧！我早說這是貨眞價實的絕世異寶，否則那宇文化骨怎會這麼緊張，哈！眞好笑，都說化骨比化及更貼切點。」

徐子陵把書本來回翻了幾遍，若有所思道：「既是入水不侵，它也該火燒不壞——啊！」

寇仲劈手搶回去，珍而重之的重新藏好，咕噥道：「休想我會去試，哈！我們終於離開那可把人悶出鳥蛋來的揚州城，如今一切很好，除了我們的貴肚外。」

徐子陵給他提起，肚子立時不爭氣地「咕咕」叫起來，嘆道：「你猜這美麗的惡婆娘肯不肯借點盤纏給我們去開飯醫肚，畢竟她的眼睛佔了我們最大的便宜。」

寇仲雙目亮起來，落到她身旁的小包袱上，與徐子陵交換個眼色，悄悄往包袱爬去。徐子陵哪還不知道他又要作偷雞摸狗的賊勾當，一把抓著他的足踝，大力搖頭，神情堅決。

寇仲掙了兩下，無法掙脫，頹然坐回他旁，慘然道：「若仲少爺我變了餓死鬼，必會找你這另一頭餓死鬼算賬。」

徐子陵道：「別忘我們是英雄好漢，現在正攜手奔赴飛黃騰達、公侯將相之康莊坦途，這樣向一個弱質纖纖的女子出手，實有損我們揚州雙龍一向良好的聲望，何況她總算救了我們。」

寇仲道：「這惡婆娘都算身手不錯，卻又似弱質纖纖，噢！爲甚麼像要下雨。」

兩人舉頭望天，烏雲漫空而至，星月失色，大雨狂打而來。寧靜的江水不片時變成狂暴的湍流，大江黑壓壓一片，伸手難見五指。他們差點連白衣女都看不見，更不要說在這麼艱辛的環境裏操舟。漁舟在江流上拋跌不休，四周盡是茫茫暗黑。雨箭射來，濕透的衣衫，使兩人既寒冷又難受，手忙腳亂之際，「轟！」的一聲，漁舟不知撞上甚麼東西，立時傾側翻沉。兩人驚叫聲中，同時撲往白衣女去。江水鋪天蓋地猛撲而至，三人摟作一團，沉入怒江裏去。

在這風横雨暴、波急浪湧，伸手不見五指的湍流裏，加上徐子陵和寇仲又正飢寒交迫，給浪水迎頭拍來，才掙出水面，下一刻又已墮進水內去。兩人起始時的本意都是要救白衣女，但到後來變成徐子陵摟著她的脖子而寇仲則扯著她的腳。白衣女仍是沉睡不醒，但身體卻挺得筆直，無論風浪如何打來，始終她總是仰浮江上，反成爲兩個小鬼救命的浮筏。在做人或做水鬼的邊界掙扎不知有多久，雨勢漸緩。月兒又露少許臉龐出來。這才驚覺已被沖近江邊，大喜下兩人不知哪裏生出來的氣力，扯著白衣女往岸旁掙去。剛抵岸旁的泥阜，兩人再支持不住，伏在仰躺淺灘的白衣女兩旁。江潮仍一陣陣湧上來，但已不像剛才般疾急。兩人不住喘氣，反是白衣女氣息細長，就像熟睡了般。月兒又再被飄過的浮雲掩蓋，三人沒入江岸的暗黑裏。

江水下游的方向忽然傳來亮光。兩人勉強抬頭望去，駭然見到六艘五桅巨艦，燈火通明，沿江滿帆駛來，嚇得兩人頭皮發麻，伏貼淺灘，這時又恨不得江潮厲害一點了。片刻的時光，像千百世的漫長。寇徐兩人心中求遍所有認識或不認識的神佛，巨艦終於遠去，幸好艦身高起，三人伏處剛好是燈火不及的黑暗範圍，兼且此時仍是漫天細雨，視野不清，燈火難以及遠，使三人倖而避過大難。

兩人夾手夾腳，把白衣女移到江旁的草地，再力盡倒下。徐子陵首先一陣迷糊，再撐不下去，眼前一黑，昏睡過去。寇仲喚了他兩聲，摸了摸背後的「秘笈」，心神一鬆，亦睡過去。也不知睡了多久，寇仲首先醒來，只見陽光遍野，身體暖融融的，熱氣似若透進魂魄去，舒服得呻吟一聲，一時間還以爲仍在揚州城廢園的小窩內，直至聽到江水在腳下方向「轟隆」流過，省起昨天的事，一震醒來，猛睜雙目，坐了起來。

四周群山環繞，太陽早昇過山頂，大江自西而來，在身側流過。再看清楚點，不禁倒抽一口涼氣。原來這段河道水深流急，險灘相接，礁石林立，難怪會突然間弄得連船都沉掉。但錯有錯著，若非沉了船，說不定早給宇文「化骨」的戰艦趕上。徐子陵仍熟睡如死。天！為何不見那白衣女呢？

寇仲一陣失落，又疑神疑鬼，怕她自己滑回江水裏，忙爬到徐子陵旁，以一貫手法拍他的臉龐道：「小陵！小陵！快醒來！那惡婆娘失蹤了。」

徐子陵艱難地睜開眼睛，又抵受不住刺目的陽光，立即閉上，咕噥道：「唉！我剛夢到去向貞嫂討菜肉包呢！怎麼！那婆娘溜掉了。」猛地坐起來，左顧右盼，一臉失望的神色。

寇仲大笑道：「小陵！你不是愛上那婆娘吧！小心她要了你的小命呢，照我看！嘿！哈哈哈！噢！唉！空著肚子實不宜笑。」

徐子陵光火道：「我只是怕她夾帶私逃，拿走我們的秘笈哩！」

寇仲愕然摸往身後，倏地色變道：「直娘賊的臭婆娘，眞的偷走我們的秘笈！」

徐子陵還以為他是說笑，探手摸往他腰背處，慘叫一聲，躺了下來，攤開手腳以哭泣般的聲調道：「完了！人沒有、錢沒有、秘笈也沒有，又成了逃犯，老天啊！甚麼都完了。」

寇仲咬牙切齒站起來，握拳朝天狂叫道：「不！我怎也要把秘笈取回來！呀——」

橫裏飛來一件東西，正擲他臉上，寇仲慘叫一聲，倒跌地上。徐子陵駭然坐起來，只見丈許處一塊石上，白衣女俏臉若鋪上一層寒霜，杏目圓瞪，狠狠盯著他們。寇仲掙扎著爬起來，始發覺襲擊他的暗器正是他們兩人的心肝寶貝秘笈，一聲怪叫，重新收到背後衣內，一派視笈如命的可笑樣兒。

白衣女冷哼道：「甚麼武功秘笈？不要笑死人哩，只看那七個圖像，就知這是道家練仙的騙人玩意。那些符籙更是故弄玄虛，只有宇文化及和你這兩個無知孩兒，會當它是寶貨。」

寇仲大喜道：「大士肯這麼想就最好，嘻！昨晚我們總算救了大士一命，雖云施恩不望報，但略作酬報總是應該的。大士可否給我們兩串錢，然後大家和和平平的分道揚鑣，好聚好散。」

「啪！」

寇仲再次拋跌地上，臉上現出清晰的五條指痕，當然是白衣女隔空賞他一記耳光。白衣女不理痛苦呻吟的寇仲，目光落在徐子陵身上。

徐子陵舉手以示清白，道：「我並沒有說話，不要那樣瞪著在下好嗎？」

白衣女淡淡道：「你沒有說話嗎？那剛才是誰說我偷走你們的爛書？」

徐子陵身子往後移退幾寸，堆起笑容道：「只是一場誤會吧！現在誤會冰釋，前嫌盡解呢。」

寇仲爬起來，捧著被刮得火辣辣的臉頰，不迭點頭道：「是的！是的！現在甚麼誤會都沒有了，大家仍是好朋友。」

白衣女橫他一眼，不屑道：「你這小鬼憑甚麼來和本姑娘論交，只是看你那本臭書質地奇怪，才拿來看看。好了，現在每人給我重重自掌十下嘴巴，看以後還敢不敢婆娘、婆娘的亂叫？」

兩人對望一眼，徐子陵霍地立起，臉上現出憤慨神色，堅決道：「士可殺，不可辱，你殺了我吧！」

寇仲嚇了一跳道：「小陵！有事慢慢商量。」轉向白衣女道：「我的大士姑娘，是否掌嘴後大家就可各行各路，此後恩清義絕，兩不相干呢？」

白衣女雙目透出森寒殺機，冷冷道：「我現在又改變主意，你們兩人中必須有一人給我餵劍，你們自己決定哪個受死好了。」

兩人對望一眼，齊叫道：「就是我吧！」

「鏘！」白衣女寶劍出鞘。兩人再交換個眼色，同聲發喊，掉頭往江水奔去。走不了兩步，背心一緊，竟被白衣女似拿小雞般提起，接著兩耳風生，離開江岸，沒入岸旁橫亙百里的野林內。

「砰砰！」

兩人分別由丈許高處掉下來，墮下處剛是個斜坡，哪收得住勢子，滴溜溜朝坡底滾下七、八丈，跌得七葷八素，四腳朝天。他們餓了一天一夜，早已手腳乏力，好不容易爬起來，環目四顧，原來竟到了一座市鎮入口處，途人熙來攘往，甚是熱鬧，而白女衣卻不知到哪裏去了。

寇仲大喜道：「那婆——哈——大士走了！」

徐子陵舐了舐嘴唇，道：「怎樣可討點東西吃呢？」

寇仲一拍胸口，擺出昂然之狀，舉步走出山野，來到通往鎮口的古道上，領先往墟鎮走去。

徐子陵追在他身後，見到鎮門入口的大牌匾上書有「北坡縣」三個大字，憧憬道：「不知這裏有沒有起義軍呢？」

寇仲沒好氣道：「肚子咕咕亂叫時，皇帝老子都得先擱到一邊。」

此時兩人步入鎮內的大街，兩旁屋舍林立，還有旅舍食店。行人見到他們衣衫襤褸，頭髮蓬鬆，均為之側目，投以鄙夷的目光。他們受慣這類眼光，不以為異。走了十來丈，橫裏一陣飯香傳來，兩人不由自主，朝飯香來處走去。只見左方一道橫巷裏，炊煙裊裊升起，不知哪個人家正在生火煮飯。剛要進去碰碰機會，一聲大喝自後方傳來，接著有人叫道：「站著！」

兩人駭然轉身，兩個公差模樣的大漢，凶神惡煞般往他們走來，神色不善。

寇仲見非是宇文化及和他的手下，鬆了一口氣，主動趨前，一揖到地道：「終於見到官差叔叔，這就好了。」

兩名公差呆了一呆，其中年紀較大的奇道：「見到我們有甚麼好？」

寇仲兩眼一紅，悲切道：「我們兄弟乃來自大興人士，我叫宇文仲，他叫宇文陵，本是乘船往揚州，豈知途中被亂民襲擊，舟覆人亡，十多個隨從全葬身江底，只我兄弟逃出生天，但卻迷失路途，這次我們本是要到揚州探望世叔揚州總管尉遲叔叔，唉！」

兩名公差聽得面面相覷，另一人懷疑道：「你們究竟在何處出事，怎會到了這裏來的？」

徐子陵知機應道：「我們是在大運河出事，爲躲避賊子，慌不擇路下，走了多天才到這裏。兩位大叔高姓大名，若能把我們送到揚州，尉遲叔叔必然對你們重重有賞。」

年紀大的公差道：「我叫周平，他叫陳望。」

寇仲見他兩人目光盡在自己兩個那身只像乞兒，而絕不像貴家公子的衣服張望，連忙補救道：「我們在翻山越林時，把衣服勾破了，幸好尋上一條小村莊，以身上珮玉換了兩套衣服，卻給人胡亂指路，結果到了這裏來，請問兩位大叔這裏離揚州有多遠呢？」

陳望和周平交換個眼色，雙目同時亮起來。

周平乾咳一聲，態度恭敬多了，低聲下氣問道：「請問兩位公子令尊是何人呢？」

寇仲面不改色道：「家父宇文化骨，家叔宇文化及，唉！家父一向不好武事，累得我兩兄弟只懂孔孟之道，每日唸著甚麼有朋自遠方來，不亦樂乎，否則只要學上家叔一成武功，今天就不致於這麼窩囊。」

周平陳望乃兩名草包，聽他出口成文，雖不大明白，更被宇文化及之名鎮懾，疑心盡去，慌忙拜倒地上，高呼失敬。

寇仲大樂，笑道：「兩位大叔不要多禮，不知附近有哪間館子的菜餚比較像樣一點？」

周平恭敬道：「兩位公子請隨小人們去吧！本鎮的高朋軒雖是地道的小菜，卻非常有名。」轉向陳望道：「還不立即去通知沈縣官，告訴他宇文大人的兩位姪子來了。」

兩人大吃一驚，不過肚子正在咕咕狂叫，哪還顧得這麼多了。

第二章

恩深如海

黃易作品集

第二章　恩深如海

寇仲一覺醒來，天仍未亮。想起昨天舌粲蓮花，騙吃騙住，連縣老爺都把他們視作貴賓，只覺得意之極。睜開眼來，發覺睡在旁邊的徐子陵早醒了過來，半坐半臥地雙手放在腦枕處，兩眼直勾勾望著帳頂，想得入神。

寇仲正愁沒有人分享他的光采，大喜坐起來道：「小陵你看吧！在揚州城我們是乞兒流氓，但一離開揚州城，我們便成了大少爺，這一世人我兩兄弟還是首次睡在這般舒服的床上，摟著香噴噴的棉被做夢。脫衣穿衣都有小美人兒侍候，啊！給那小娟姐的小手摸到身上，我已感到自己似當上丞相般哩。」

徐子陵無動於衷道：「若你想不到脫身的方法，給人送回揚州城，那就眞的棒極。」

寇仲低笑道：「你放十二萬個心吧！待會餵飽肚子，我們回來揀幾件精品，再隨便找個藉口，例如想四處看看風景諸如此類，到了鎭外，要溜走還不容易嗎？」

徐子陵知他詭計多端，故此並非眞的擔心，嘆一口氣，沒再說話。

寇仲奇道：「你昨晚不是沒有睡好吧？為何這麼早醒來？」

徐子陵沒好氣道：「我們昨晚晚膳後立即上床，甚麼都睡夠了吧！」

寇仲步步進逼道：「那你在想甚麼呢？嘿！不是在想那惡婆娘吧？」

徐子陵顯是給他說破心事，沒有作聲。

寇仲挨到他旁，貼著他肩頭道：「小陵你不是愛上她吧？」

徐子陵哂道：「眞是去你的娘，她的年紀至少可作我半個親娘，而且正如她所說，我們連和她論交的資格都沒有。只是心中奇怪，你這混賬傢伙一向最愛看標緻的妞兒，這婆娘比我們以前見過的任何妞兒都要美，爲何你總是要逼她走呢？她表面雖凶巴巴的，但對我們著實不錯，否則不會把我們送到鎭門來。」

寇仲嘆道：「我只是爲我們的前途作想，正因這惡婆娘美得厲害，我們和她又曾有過肌膚之親，所以要特別提防。大丈夫以功業爲重，尤其我們功業未成，更忌迷戀美色，以致壯志消沉——嘿！你在笑甚麼——哈——」

兩人笑作一團，天已微明，外面隱隱傳來婢僕活動打掃的聲音。

寇仲搓著仍是酸痛不堪的雙腿，道：「待會讓我騙那沈縣丞說要騎馬逛逛，那麼溜走時既可快點，又有馬腿代替我們的丞相和大將軍的寶腿。」

徐子陵苦笑道：「你懂騎馬嗎？」

寇仲傲然道：「有甚麼難的？只要爬上馬鞍去，調轉馬頭朝的方向，在馬屁股敲他娘的兩記，不就成嗎？」

徐子陵正要說他，「篤篤篤」，敲門聲起。

寇仲還以爲又是那模樣兒不俗的小娟姐，乾咳一聲道：「進來！」

大門敞開，又矮又胖的沈縣丞旋風般衝進來，直抵兩人床前，手忙腳亂的施禮道：「兩位大少爺醒來眞好哩，昨夜下官得到消息，貴叔台宇文大人正發散人手，四處找尋兩位大少爺的下落，我已連夜遣人去與令叔接觸，宇文大人隨時駕臨。兩位大少爺見到令叔，千萬勿忘記要多爲下官說兩句好話。」

寇徐兩人像由仙界丟進十八層地獄之下，登時手足冰冷，魂飛魄散。

沈縣丞還以爲他們歡喜得呆了，打躬作揖道：「我吩咐下人侍候兩位公子沐浴更衣，下官將在大廳恭候兩位公子共進早膳，請恕下官告退。」

他退出去，接著包括小娟在內的四位小婢入房悉心侍候他們，比起昨天，更隆重週到。最要命是周平和陳望都來了，殷勤陪侍一旁，教他們一籌莫展，無計脫身。到與沈縣丞共席進膳，那陣仗更加不得了，十多名衙差排列兩旁侍候，吃得兩人心驚膽顫，苦不堪言。

給徐子陵在檯子下重重踢了一腳，寇仲哈哈笑道：「不知縣城附近有甚麼名勝古蹟，橫豎我叔父尚未來，藉此機會略作觀賞遊玩，也不枉曾到此一遊。」

沈縣丞的五官全擠到一起，露出個難看之極的笑容，陪笑道：「近年來盜賊四起，兩位大少爺還是不宜到鎮外去，否則若出了事，下官怎擔當得起。」

寇仲心中恨不得把他捏死，表面當然裝作欣然從命道：「縣大人想得週到，嘿！縣大人的好處，我們兩兄弟自會如實報上叔父，讓他論功行賞。不過我們兩兄弟最怕悶在屋內，這樣吧！縣內有沒有甚麼青樓妓寨一類的尋樂之處，唉！離開大都後，便一直沒有——嘿！縣大人也該知道沒有甚麼，本以爲到了揚州，可以快活一番，現在睡得精滿神足，怎也要去——哈——這等小事，自然難不倒縣大人。」

後面的周平道：「樓內的姑娘怕仍未起床哩！」

沈縣丞向他喝道：「未起床便教她們起床吧！」到面對寇徐兩人，立即換回笑臉，頻道：「只是小事一件，下官會安排一切。」再向周平喝道：「還不去好好安排。」

蛋。

寇仲和徐子陵交換個眼色，暗忖若不能藉青樓鼠遁，他們偉大的前途和寶貴的小生命，都要宣告完蛋。

兩人坐在馬車內，由沈縣丞親自陪伴，朝縣內最具規模的青樓開去。北坡縣乃揚州附近首屈一指的大縣城，熱鬧的情況並不比揚州城遜色多少，由於屬隸江都郡，有直接外銷渠道，故手工業特別興旺。可惜兩人心懸小命，儘管沈縣丞口沫橫飛地推介自己在縣內的德政，沿途指點個不亦樂乎，兩人卻是無心裝載，隨口虛應。尤其看到十多名縣差策馬護持前後，那感覺和被押赴刑場的囚犯實在沒有多大分別。其實寇仲已非常有急智，想到只有和青樓的姑娘躲進房內，方有機會避開別人視線，但能否成功溜走，卻仍是未知之數，哪能不暗暗心焦。最大威脅是宇文化及隨時到達，將他們打回原形，既失面子又要丟命，那種窩囊感覺眞是提也不用提。

每次當沈縣丞望往窗外，兩人就暗打手勢，以慣用的方式商量逃生大計。馬車聲勢浩蕩的駛入院內去。兩人隨沈縣丞走下馬車，幾名睡眼惺忪，姿色普通之極的妓女，在一名鴇母率領下，向這兩個冒牌公子施禮。兩人對視苦笑，蹄聲驟響，由遠而近。

寇仲、徐子陵這對難兄難弟，心知要糟，正想拚力逃命，勁風狂起，由上方壓下。沈縣丞和衆衙役尚不知發生甚麼事，已紛紛往四外拋跌，混亂間似乎見到一道白影自天降下。到爬起身來，寇仲兩人已不翼而飛，只有被勁風捲起的塵土，仍在半空飄蕩。

白衣女抓著兩人的寬腰帶，竄房越脊，瞬息間遠離北坡縣，在山野間全速飛馳，似若不費吹灰之力。兩人絕處逢生，差點忍不住喝采叫好，又怕觸怒白衣女，只好悶聲不響。不片刻，二人來到江邊，渡頭處泊了數艘小艇，岸邊有幾個漁伕正在整理修補魚網。白衣女想也不想，強登其中一艇，把兩人拋到艇內，揮劍斬斷繫索，抓著船櫓，運勁猛搖。水花四濺下，小艇箭般逆流而去，把大怒追來的漁伕遠遠拋在後方。兩個小子給她擲得渾身疼痛，哼哼唧唧坐起來，你眼望我眼，見白衣女臉罩寒霜，哪敢說話，氣氛駭人之極。小艇全速走了最少二、三十里水路，白衣女冷哼一聲，放緩船速。

寇仲鼓起勇氣，試探道：「大士你是否一直跟著我們，否則怎會來得這麼湊巧？」

白衣女看也不看他們，微怒道：「誰有興趣跟著你這兩個只懂偷搶拐騙的小鬼，只是見宇文化及派人搜索附近的鄉鎮，才再來找你們。」

徐子陵恭敬道：「多謝大士救命之恩，有機會我們兩兄弟定會報答大士的。」

白衣女不屑道：「我並非要做甚麼好心，只是凡能令宇文化及不開心的事，我都要去做，所以不用感激我。到了丹陽，大家各走各路，以後再不准你們提起我，否則我就宰了你們兩頭小狗。」

寇仲哈哈笑道：「各走各路便各走各路，將來我們若學成蓋世武功，看你還敢小狗前小狗後的叫我們。」

白衣女先是雙目厲芒一閃，旋又斂去，沒好氣道：「就算你們現在拜在突厥族的『武尊』畢玄門下，休想可練出甚麼本領來。所以最好是死去這條心，找門可以賺錢的手藝學好它，娶妻生子，快快樂樂過了這一生才最是正經。」

兩人聽得大受傷害，呆瞪她好一會，徐子陵忍不住道：「難道是我們資質太差嗎？」

白衣女嘆一口氣，俯頭看著兩人，出奇地溫和的道：「你們當知道自己連要我騙你的資格也沒有。

你們的資質比我曾見過的任何人都要好，前晚那麼折騰仍沒有生病，實在難得，只是欠了運道。」

兩人得她讚賞，稍爲回復了點自尊和信心，齊聲道：「甚麼運道？」

白衣女一邊搖櫓，一邊道：「是練功的運道，凡想成爲出類拔萃的高手者，必要由孩提時練起。據我師傅說，每個人想把任何東西學至得心應手，最重要的一段時間是五歲至十五歲這十年之內，就像學語言，過了這段時間才學，怎也語音不正。武功亦然，假若你們現在起步，無論如何勤奮，都是事倍功半。若只是做個跑腿的庸手，遲早給人宰掉，那就不如不去學了。明白嗎？」

兩人呆了起來，只覺手足冰冷，天地似若失去所有生機和意義。

寇仲終是倔強心性，一拍背後寶書，嚷道：「我們或者是例外呢？而且我們還有秘笈在身，怎也會有點不同吧？」

白衣女秀眸首次射出憐憫之色，搖頭道：「說眞話總是令人難受的，你們得到的那本書我查看過，叫《長生訣》，確是道家的寶典，但卻與武功沒有半點關係，你們最好找個地方丟掉它，否則說不定終會因它而大禍臨身。唉！照我看那只是騙人的東西，人怎能長生不死呢？」

兩人臉上血色立時退得一分不剩，說不出話來。艇上一片難堪的沉默。

丹陽城乃揚州城上游最大的城市，是內陸往揚州城再出海的必經之道，重要性僅次於揚州，欠的當然是貫通南北的大運河。城內景色別致，河道縱橫，以百計的石拱橋架設河道上，人家依水而居，高低錯落的民居鱗次櫛比，因水成街，因水成市，因水成路，水、路、橋、屋渾成一體，一派恬靜、純樸的水城風光，柔情似水。

次日清晨，城門大開，白衣女和寇徐兩人混在趕集的鄉農間混入城內。兩個小子都是意興索然地帶著因失去對將來的夢想而破碎了的心，行屍走肉般隨白衣女漫步城內。白衣女顯然是首次來到這裏，瀏目四顧，興致盎然。他們入城後，沿著主街深進城內，兩旁盡是前店後宅的店舖，店面開闊，有天窗採光，擺滿各種貨物和工藝製品，非常興旺，光顧的人亦不少，可謂客似雲來。白衣女到處，因著她的艷色，男男女女無不對她行注目禮，但她卻毫不在乎，似是見怪不怪，又像視若無睹。

寇仲和徐子陵有半天一晚未吃東西，雖心情大壞，仍鬥不過肚子的空虛感覺，見白衣女對食館酒樓視如不見，直行直過，前者忍不住靠往她輕咳一聲道：「我們是否應先照顧一下五臟廟呢？」

白衣女停在一座粉牆黛瓦的大宅處，冷冷道：「你有錢嗎？」

另一邊的徐子陵陪笑道：「我們當然沒錢，不過大士若你有錢，不也是一樣嗎？」

白衣女冷笑道：「我有錢等於你有錢嗎？也不照照鏡子。而且我的錢早因你兩個傢伙撞翻船時隨包袱掉進江底，你們昨天還有人招呼兩餐，豐衣足食，我卻半個饅頭都未吃過，現在竟還怨我不帶你們去大吃大喝？」

寇仲憤然道：「你不是只懂怨人嗎？若非我們撞沉了船，早給宇文化骨追上來，我們頂多是給他把骨化了，而大士你花容月貌，保證會被宇文怪拿去做小老婆。」

白衣女倏地站定。兩人還以爲她要發難，分向兩旁逃開去。

白衣女微感愕然，看到兩人猶有餘悸的表情，終忍不住破天荒首次露出眞正的笑意，看得兩人生出驚艷的感覺，然後收起笑容道：「兩個小鬼在這裏稍候片刻，待我去變些銀兩出來，再請你們去大吃一頓，以後恩清義絕，各不相干。」

說到最後那兩句寇仲的名言，又「噗哧」一笑，這才往左旁一間店鋪走去。

寇仲見到原來是間押鋪，慌忙攔著她肅容道：「當東西嗎？沒有人比我更在行。」

白衣女沒好氣道：「我怎知你會否中飽私囊呢？」

寇仲正有此意，給她說破，嘆了一口氣，頹然退到徐子陵身旁。

目送她步入押店後，徐子陵嘆道：「我們要做天下第一高手的夢完了，看來只好專心讀書，那你做右丞相時，我便當左丞相。」

寇仲苦笑道：「亂世中最沒出息的是壞鬼書生，不過我仍不信她那娘的《長生訣》完全與功夫無關，長生的道士雖一個都沒有，但武功高的道士卻隨街可見，由此推之，練不成長生，就可練成絕世武功。」

徐子陵興奮起來，旋又嘆道：「可是那婆娘不是說我們錯失練功的寶貴童年嗎？」

寇仲道：「她可能見我們根骨比她好，怕我們將來趕過她的頭，才故意說些洩氣話來教我們心灰意冷，唉！」

顯然他自己也覺得這想法是自欺欺人，再說不下去。白衣女神采飛揚地走了出來，兩人忙追在兩旁。

白衣女低聲道：「你這兩個小鬼聽著，若再給我聽到你們在我背後婆娘長婆娘短的亂叫，我便生宰了你們兩隻小狗。」

兩人大感尷尬，唯唯諾諾地應著。三人登上一間酒樓的二樓，坐往臨窗的一張桌子，點了菜餚。十多張檯子，一半坐滿人，其中一桌有一位衣飾華貴，一看便知是有身分地位的年輕貴介公子，頻頻朝白衣女望來，顯是被她的美色震懾。

徐子陵乾咳一聲道：「敢問大士高姓大名，我們也好有個稱呼。」

白衣女手托巧俏的下頷，奇道：「你兩個小鬼不過是揚州城裏的小光棍小流氓，爲何說起話來總是老氣橫秋，裝得文謅謅的一副窮酸樣兒。」

寇仲傲然道：「這叫人窮志不短，終有日我們會出人頭地，看你還敢當我們是小混混嗎？」

白衣女出奇地好脾氣，想了想道：「我走了後，你們打算怎樣？騙吃騙喝，始終不是辦法。」

寇徐兩人首次感到白衣女對他們的關懷，不過這時菜餚捧上來，兩人哪還有暇多想，伏桌大吃，狼吞虎嚥，食相難看之極。白衣女吃了兩個饅頭，停下來若有所思地別頭瞧往窗外，默然不語。兩人到吃不下時，桌上菜餚早被掃得一點不剩，兩人搓搓肚子，自然而然地望向白衣女。

白衣女嘆一口氣，取出十多兩紋銀，放在桌上兩人眼前，柔聲道：「念在患難一場，這些錢就當送給你們。現在天下雖是烽煙四起，但南方仍比較太平，這處終是險地，不宜久留，你們好自爲之。」不理兩人正雙目放光，狠狠盯著桌上的銀兩，招手叫夥計過來結賬。

那夥計恭敬地道：「姑娘的賬，早給剛才坐那張檯的公子結妥，他們還剛剛走了呢。」

「啪！」白衣女掏出一貫五銖錢，擲在檯上，冷然道：「我不須別人給我結賬，快拿去！」接著長身而起，逕自下樓。

兩人見她頭也不回的決絕去了，既自卑又失落，交換個眼神，寇仲把銀兩拿起納入懷裏，頹然道：「我們也走吧！」

徐子陵亦恨不得可早些離開這傷心地，隨寇仲急步下樓，來到街上，只見陽光漫天，人來人往，但兩人心中卻沒有半絲溫暖。以前在揚州城，生活雖然艱苦，又不時遭人打罵，但對未來總是充滿希望。現在雖然自由自在，袋裏亦有一筆小財，卻像虛虛蕩蕩，似是天地雖大，但全無著落處。他們想再找到白衣女的背影，多看一眼也是好的，但伊人芳蹤已渺，徒增失落的傷感。兩人肩頭互碰一下，悵然若失的朝出城的方向走去。忽感有異，香風吹來，白衣女由後面插入兩人中間，和他們並肩而行。兩人心中暗喜，卻不敢表示出來，更不敢出言相詢。

城門在望，白衣女冷冷道：「你兩人莫要想岔了，我只是怕宇文化及趕來，取了你們的《長生訣》去向那暴君邀功，故回來把你們再送遠一程，這是爲了對付宇文化骨，而不是對你兩個小鬼有甚麼特別好感。」

徐子陵似是特別受不住白衣女的說話，停下步來，憤然道：「既是如此，就不用勞煩大士。我們有手有腳，自己懂得走路。你的錢我們也不要了。寇仲，把錢還她！」

寇仲欲言又止，嘆了一口氣，探手入懷。

白衣女「噗哧」一笑，探手抓著兩人膀子，硬把兩人拉得隨她疾行，瞬眼穿過城門，直抵江邊，放開兩人道：「爲何要發這麼大的脾氣，我一向不懂得討人歡心，生性孤獨，算是我開罪你們吧！」

徐子陵見她破題兒第一遭肯低聲下氣，他生性豁達，反感不好意思。嫩臉微紅道：「我不是沒給人小看過，只是若給大士小覷我，卻覺得分外憤怨不平。」

寇仲湊到白衣女耳旁低聲道：「這小子愛上你哩！」

白衣女一肘打在寇仲脅下，痛得他跪倒地上，戟指嗔道：「你若再敢對本姑娘說這種話，我就——我就掌你的嘴巴！」

她原本想說宰了寇仲，但自問一定辦不到，只好及時改口，說些輕得多的懲罰。

徐子陵一頭霧水道：「他說了些甚麼哩？」

白衣女怒瞪他一眼，沒有說話。一時間，三個人都不知該說甚麼話好。

白衣女目光掠過城外碼頭旁泊著的大小船隻，自言自語道：「爲何這麼多船由西駛回來，卻不見有船往西開去？」

兩人定神一看，均覺有異。碼頭上聚滿等船的人，正議論紛紛。

一把柔和好聽的聲音在三人身旁響起道：「敢問這位姑娘和兩位小兄弟，是否在等船呢？」

寇仲這時按著痛處，站了起來，與徐子陵往來人望去，正是剛才在酒樓上不斷對白衣女行注目禮，後來又給他們結賬的公子。此君確是長得瀟灑英俊、風度翩翩，比徐子陵要高半個頭，卻絲毫沒有文弱之態，脊直肩張，雖是文士打扮，卻予人深諳武功的感覺。

白衣女頭也不回道：「我們的事，不用你理！」

那公子絲毫不以爲忤，一揖到地道：「唐突佳人，我宋師道先此謝罪。在下本不敢冒昧打擾，只是見姑娘似是對江船紛紛折返之事，似有不解，故斗膽相詢，絕無其他意思。」

白衣女旋風般轉過身來，上上下下打量他一會，冷冷道：「說吧！」

宋師道受寵若驚，大喜道：「原因是東海李子通的義軍，剛渡過淮水，與杜伏威結成聯盟，大破隋師，並派出一軍，南來直迫歷陽。若歷陽被攻，長江水路交通勢被截斷，所以現在人人採取觀望態度，看清楚情況始敢往西去。」

兩人見白衣女留心傾聽，而這宋師道任何一方面看來都比他們強勝，大感不是滋味，偏又毫無辦法。

白衣女沉吟不語，宋師道又道：「姑娘若不嫌棄，可乘坐在下之船，保證縱使遇上賊兵，亦不會受到驚擾。」

白衣女冷冷瞅著宋師道，淡然道：「你這麼大口氣，看來是有點門道。」

宋師道正容道：「在下怎敢在姑娘面前班門弄斧，只是寒家尚算薄有聲名，只要在船上掛上家旗，道上朋友總會賣點面子。」

聽到這裏，寇徐兩人亦不得不讚這傢伙說話得體，不亢不卑，恰到好處。白衣女目光掃過兩人，沉吟不語，顯是有點意動。要這麼帶著兩個小子走陸路，必是費時失事，但若由水路去，三天便可越過歷陽，那就再不怕宇文化及追來。

寇仲忍不住道：「我情願走陸路。」

白衣女尚未回答，宋師道訝道：「請問姑娘，兩位小兄弟究——」

白衣女不耐煩地截斷他道：「甚麼都不是，不要再問。你的船在哪裏？」

宋師道大喜指點，徐子陵一扯寇仲道：「各走各路的時間到了，大士乘她的船，我們走我們的路。」

寇仲適時顯出他的氣概，哈哈一笑，摟著徐子陵的肩膀，讚道：「好漢子！」推著徐子陵望西而去。

白衣女怒喝道：「給我站著！」

寇仲回頭揮手道：「再見！」

白衣女猛一跺足，向宋師道說：「宋兄請先返船上，我們隨後來。」

一個閃身，來到兩人背後，提小雞般擒著兩人。宋師道看得一頭霧水，不過想起佳人既肯上船，不愁沒有獻殷勤的機會，那還有閒計較其他事情，大喜追去。

四艘艨艟啓碇起航，逆流西上。宋師道口氣這麼大，自然大不簡單。原來現今江湖上，聲名最著者莫過於四姓門閥，但若論吃得開，則要數四姓中的宋家門閥。宋族乃南方勢力最大的士族，閥主「天刀」宋缺有天下第一用刀高手之稱。當年楊堅一統天下，建立大隋，因顧忌宋族的勢力，對他們採取安撫政策，封宋缺爲「鎮南公」，而宋缺亦知南朝大勢已去，詐作俯首稱臣，以保家族。

四姓之中，其他三姓均雜有胡人血統，而這碩果僅存、保持聲威的南方大族，則一直堅持漢統，嚴禁族人與漢族以外的人通婚，故在江湖上被視爲漢族正統。文帝楊堅在位之時，以宋缺的雄材大略，仍不敢輕舉妄動，還韜光養晦，潛心修隱，免招大禍。到楊廣即位，內亂外憂，朝政敗壞，叛亂四起，宋閥再次活躍起來。宋缺之弟「地劍」宋智，乃用劍高手，亦以智計名著江湖，知道隋朝氣勢仍盛，若過早舉兵，必成首先被攻擊的目標，故勸乃兄暫緩反隋，轉而從事各式暴利買賣。其中最賺錢的一項，就是從沿海郡縣，把私鹽經長江運入內陸，謀取厚利。宋師道這四條船，正是販運海鹽的私梟船。此時朝政敗壞，宋家憑其在南方的人面勢力，輕易打通所有關節，公然販運海鹽。若有官吏敢查緝，便以種種威嚇手段應付，至乎秘密刺殺，以遂目的。即使各地義軍，見到宋家的旗幟，亦不敢冒犯，免致樹此強敵。所以近幾年宋家勢力暗裏不住增長，甚至以財力支持一些有關係的義軍，以削弱大隋的力量。

宋缺有一子兩女，宋師道排行第二，專責私鹽營運，甚得乃父愛寵。兩女一名玉華、一名玉致，均有閉月羞花的容貌。長女宋玉華於三年前下嫁以成都爲基地的西川大豪解暉之子解文龍。解暉外號「武林判官」，是與宋智齊名的高手，自建「獨尊堡」，爲四姓門閥外異軍突起的新興勢力之一。宋解兩家的婚姻充滿政治交易的味道，代表兩大勢力的結盟，使楊廣更不敢對他們輕舉妄動。此次這四船私鹽，正要運赴四川，由獨尊堡分發往當地的鹽商。

此時在其中一條巨船第二層船艙一間寬敞的房間內，寇仲穿著沈縣丞贈送的靴子攤臥在床上，捧讀《長生訣》，埋頭埋腦研究其中一幅人像圖形。徐子陵則有椅不坐，坐在地板處，雙手環抱曲起的雙腿，背挨艙壁，心中一片茫然。爲何自己見白衣女和宋師道說話，竟會生出妒忌之心呢？自己對男女之事，雖有點好奇，但從來沒有甚麼奢望和妄想。白衣女和自己在各方面均非常懸殊，年紀至少比自己大上七、八年，難道眞如寇仲所說，自己竟暗戀上她。細想又覺不像。當自己見到春風院的姑娘，會生出摟摟她們的衝動，但對白衣女卻從沒有這種想法，甚至和她有較親密的接觸，心中仍充滿敬意，只有親切溫暖，絕無男女歡好之望。忍不住道：「仲少！我是否眞的愛上那——那女人呢？」

寇仲不耐煩道：「不要吵！我在研究天下最厲害的不是武功的武功呢！」艙房靜默下來。過了半晌，寇仲放下《長生訣》，捧著頭離床來到徐子陵旁，學他般坐下，搭著他肩頭道：「對不起！我的心情很壞，那本鬼書恐怕鬼谷子復生都看不懂，嘿！你剛才在說甚麼？」見徐子陵鼓著氣不作聲，忙道：「是了！我記起哩，哈！大丈夫何患無妻，那婆——噢！那女人是輪不到我兩兄弟的了。那甚麼宋屁道綁著半邊身手也可爭贏我們，不如留點精神力氣看看秘笈，吃飯拉屎睡覺，哈——」

徐子陵苦惱道：「那我是否眞的愛上她呢？」

寇仲動了一會腦筋，坦然道：「事實上我也像你般妒忌得要命，但我卻不會認爲自己愛上她，嘿！

對她有點像對貞嫂，很爲她要作臭老馮的小妾而不値，卻又無可奈何。呀！我明白了。小陵你是把她當作了你的娘，誰希望自己的娘去改嫁呢？尤其是嫁給這麼一個口氣大過天而乳臭未乾只配作我們奴僕的臭屁道。哈！臭屁道，這個名字改得比宇文化骨更要貼切吧。」

徐子陵仍緊繃著臉，不旋踵捧腹狂笑，笑得眼淚直流出來。

房門倏地被推了開來。兩人駭然望去，白衣女一臉寒霜走進來，關門後狠狠盯著兩人，好一會後，來到兩人身前，敲了敲兩人倚著的艙壁道：「別忘了我是住在隔壁，除非這是鋼板造的，否則你們每一句臭話，都會傳進我耳內去。」

寇仲戰戰兢兢道：「我們又沒有喚你作婆娘，爲何卻來尋我們晦氣？」

白衣女單膝跪下來，狠狠道：「甚麼呀那個女人這個女人？你這兩個死小鬼臭小鬼！」說到最後，嘴角逸出一閃即逝的笑意。

兩人哪會看不出她其實並非眞的發怒，徐子陵首先道：「我們眞不知你叫甚麼名字呀！」

白衣女沉聲道：「你們有告訴我你們的名字嗎？」

寇仲露出原來如此的恍然表情，介紹道：「小弟上寇下仲，他叫徐子陵，我們外號揚州雙龍，敢問大士高姓大名，外號叫甚麼，究是何方神聖，有了夫家沒有？」

白衣女「噗哧」低罵一聲「死小鬼」，那種嬌艷無倫的神態，看得兩人眼珠差點掉出來。

白衣女旋又拉長俏臉，狠狠道：「嫁未嫁人關你們屁事，若再在背後談論我，我就——我就——」

寇仲關心道：「這回是甚麼刑罰呢，最好不要掌嘴刮臉，給人看到實在不是太好，小鬼也該有小鬼的面子吧！」

白衣女拿他沒法，氣道：「到時自會教你們後悔，待會吃飯時不准你們胡言亂語，知道嗎？」

寇仲笑嘻嘻道：「不如以後我們喚大士你作娘，以後我們用你的錢就不會不好意思。」

白衣女俏臉首次微泛紅霞，使她更是嬌艷欲滴，尤其那對美眸神采盈溢，更可把任何男人的魂魄勾出來。

寇仲向徐子陵打個眼色，兩人齊叫道：「娘！」

白衣女終忍不住，笑得坐下來，喘著氣道：「若眞有你這兩個混賬不肖子，保證我要患上頭痛症。」

寇仲見她沒有斷然拒絕，又笑得花枝亂顫，前所未有的開心迷人，打蛇隨棍上道：「我的娘啊！孩兒看你的武功也算不錯，被宇文化骨打傷後幾個時辰就回復過來，不如傳我們兩手武功，讓我們憑著家傳之學，光大你的門楣，不致丟了你的面子。」

笑的感染力確是無與倫比，白衣女笑開了頭，雖明知寇仲在逗她笑，仍忍不住笑得要以手掩嘴，笑罵道：「去你的大頭鬼，徐小鬼比你老實多了，眞是狗嘴吐不出象牙來。」

寇仲像被冤枉了的失聲道：「小陵老實？我的天！他比我更狡猾，只因愛上他的娘，方變成個呆子。」

徐子陵怒道：「我怎樣狡猾？所有鬼主意全是你出的，而我這笨人則負責出手，還要憑空揑造些罪名來加到我頭上？」

白衣女苦忍著笑，瞧瞧窗外夕照的餘暉，嘆道：「我定是前生作孽，故在今世給你這兩個小子纏上。好吧！雖然明知沒有甚麼用處，我仍傳你們一種練功的法門，若你們眞能練出點門道來，再考慮傳你們劍術，不過你們既不是我的孩子，更不是我的徒兒。」

兩人精神大振，同聲問道：「那你究竟算是我們的甚麼？」

白衣女愕然半晌，苦惱道：「別問我！」芳心卻湧起溫暖的感覺。她也不大明白自己，為何會對兩個小子生出難以割捨的感情，甚至當他們喚自己作娘，竟生出不忍斥責的情緒。她本身亦是在戰亂中產生出來的孤兒，由高麗武學大宗師傅采林收養，自幼把她培養作刺客，並學習漢人語言文化，此次南來，正是作為修行的一部分。

寇仲嬉皮笑臉道：「還是作我們的娘最適合，打鐵趁熱，我的娘啊！快些把你的絕技盡傳孩兒們吧！」

白衣女沒好氣地瞪他一眼，忽然低聲道：「我叫傅君婥，歡喜就喚我作婥姐吧！眞想不到此行會多了你兩個小調皮。」

寇仲見她態度上大是不同，擠眉弄眼道：「我還是喜歡喚你作娘，是嗎？小陵！」

傅君婥柔聲道：「嘴巴長在你臉上，你愛喚甚麼就喚甚麼好了。」

徐子陵湧起想哭的感覺，兩眼紅起來，垂頭喚道：「娘啊！」

傅君婥亦是心頭激動，好一會才壓下這罕有的情緒，冷冷道：「你喚你們的，卻休想我肯承認你們是我的兒子，更不要妄想我會帶你們在我身邊。好了！我現在教你們打坐練氣的基本功，此乃傳自家師的上乘法訣，若未得我許可，不准傳人，否則縱使我怎樣不忍心，亦會迫於師門規矩，宰了你兩個小鬼。」

兩人不迭點頭答應。

傅君婥肅容道：「吾師傅采林，武功集中土、西域和高麗之大成，自出樞機，故能與雄霸西域的『武尊』畢玄、中土的道家第一高手『散眞人』寧道奇並稱當世三大宗師。他嘗言『一切神通變化，悉自具足』，那是說每個人都懷有一個深藏的寶庫，潛力無窮，只是被各種執著蒙蔽了而已。」

徐子陵恍然道：「難怪娘說練功雖由童眞時練起，皆因兒童最少執著，故易於破迷啓悟。」

傅君婥呆了一呆道：「我倒沒有這麼想過，唔！你這小子看來頗有點悟力。」

寇仲得意道：「小陵得孩兒不斷點醒，當然不會差到哪裏去。」

傅君婥狠狠盯著他道：「你這傢伙最愛賣弄聰明，不要得意，聰明的人往往最多雜念，而雜念正是練基本功的最大障礙，只有守心於一，才能破除我執，靈覺天機，無不一一而來，然後依功法通其經脈，調其氣血，營其逆順出入之會。所以其法雖千變萬化，其宗仍在這『一』之道。」

寇仲搔首道：「如此豈非武功最高的人，就應該是最蠢的人嗎？娘的師傅是否又笨又蠢呢？」

傅君婥爲之氣結，又是語塞，明知事實非是如此，卻不知如何去駁斥他，換了以前，還可下手揍他一頓，現在對著這喚娘的兒子，卻有點捨不得，正苦惱時，徐子陵仗義執言道：「當然不是這樣，武功能成宗立派者，必由自創，始可超越其他守成的庸材。所以娘指的該是小聰明而非有大智大慧的人，所謂大巧若拙，娘的師傅該是這種大智若愚的人才對。」

寇仲和傅君婥像初次認識徐子陵般把他由頭看到腳，同時動容。

傅君婥點頭道：「陵小鬼果然有點小道行。」

寇仲歡喜道：「我這兄弟怎是小道行，我看他平時蠢蠢呆呆的，原來只是大智若蠢，深藏不露，累得老子不斷要表露本是大巧若拙的智慧，卻竟變成賣弄小聰明。」

傅君婥忍不住曲指在寇仲的大頭敲了一記，嗔道：「若你再插科打諢，我便再不傳你功法。」

寇仲摸著大頭抗議道：「我的娘下次可否改打屁股，否則若敲壞我的頭，還怎樣練娘的上乘功法？」

傅君婥沒好氣和他瞎纏，逕自道：「我教你們的叫『九玄大法』，始於一，終於九，除家師外，從沒有人練至第九重大法，娘也──噢！我也只是練到第六重。」

傅君婥衝口而出自稱為娘，窘得俏臉紅透，更是嬌媚不可方物，見兩小子均暗自偷笑，大嗔道：「不准笑，都是你們累人，你們究竟學還是不學？」

兩人忙點頭應學。

傅君婥好一會後回復常態，道：「下者守形，上者守神，神乎神，機兆乎動。機之動，不離其空，此空非常空，乃不空之空。清靜而微，其來不可逢，其往不可追。迎之隨之，以無意之意和之，玄道初成。這是第一重境界。」頓了頓續道：「勿小覷這重境界，很多人終其一生，仍沒有氣機交感，得其形而失其神，至乎中途而廢，一事無成。」

見兩人都在搖頭晃腦，似乎大有所得，訝道：「你們明白我說甚麼嗎？」

寇仲奇道：「這麼簡單的話，有甚麼難明呢？」

傅君婥暗忖師傅已盛讚自己乃練武奇材，但到今天練至第六重境界，始能眞正把握法訣。這兩個小子怎能一聽就明，指著寇仲道：「你給我說來聽聽。」

窗外光線轉暗，室內融和在淡淡的暗光裏，另有一番時光消逝的荒涼調兒。

寇仲愕然道：「這番話已說得非常好，很難找別的言詞代替，勉強來說，該是由有形之法，入無形之法，妄去神動，當機緣至時，會接觸到娘所指的體內那自悉具足的無形寶庫，神機發動，再以無心之意御之駕之，便可練出了他娘的──噢！不！只是練出眞氣來。天！我可否立即去練。」

傅君婥聽得目瞪口呆，這番解說，比之師傅傅采林更要清楚明白，這人天資之高，已到了駭人聽聞的地步，一時竟說不下去。

徐子陵道：「仲少若這麼急切練功，說不定反爲有害，所謂無意之意，應指有意無意間那種心境，故空而不空，清靜而微，來不可逢，往不可追。」

傅君婥更是聽得頭皮發麻，這兩人就像未經琢磨的美玉，自己稍加啓發，立即顯出萬丈光芒。

寇仲尷尬道：「我只是說說吧！不過請娘快點傳授有形之法，那麼時機一至，我就會無論於吃飯拉屎之時，都可忽然練起功來。」

傅君婥氣道：「不准說污言穢語，我先教你們盤膝運氣的法門，只說一次，以後再不重複。」

兩人精神大振，敲門聲起，卻是來自傅君婥的鄰房。

傅君婥嘆道：「晚膳後再繼續吧！」

見到兩人失望神色，差點要把宋師道的邀約推掉。忽然間，她眞有多了兩個俏皮兒子的溫馨感覺。

宋師道在艙廳設下酒席，簡單而隆重，出席的尙有一對男女。男的年約四十，卻滿頭白髮，長著一把銀白色的美鬚，半點沒有衰老之象，生得雍容英偉，一派大家氣度，且神態非常謙虛客氣。女的約二十五、六間，頗爲妖媚，與男的態度親暱，神情體態甚爲撩人，給人有點不太正派的感覺，也使寇徐兩人想起春風院的姑娘，不過她的姿色卻遠勝該院的任何紅阿姑。經宋師道介紹，原來男的是宋閥的著名高手「銀鬚」宋魯，以一套自創的「銀龍枴法」名傳江南，是宋師道的族叔，乃宋閥核心人物之一。女的叫柳菁，是宋魯新納的小妾，至於來歷卻沒說出來。宋師道要介紹三人時，方醒覺根本不知三人姓甚名誰，正尷尬時，傅君婥淡淡說出三人名字，沒作隱瞞。

宋魯笑道：「傅姑娘精華內斂，顯具上乘武功，配劍式樣充滿異國情調，不知是何方高人，竟調教出像姑娘這般高明的人物來呢？」

寇徐兩人暗暗咋舌，所謂成名無僥倖，他們雖未聽過宋魯之名，但也知他是響噹噹的人物，故此眼力如此高明，說話如此得體，不由對他生出仰慕之心。他們的眼光比任何拍馬屁更具成效，宋魯立時對他們大生好感。

傅君婥平靜答道：「宋先生請見諒，君婥奉有嚴命，不可洩漏出身分來歷。」

柳菁那對翦水秋瞳橫了兩個小子一眼，微笑道：「兩位小兄弟均長得軒昂英偉，為何卻沒有隨傅姑娘修習武技，不知是姑娘的甚麼人呢？」

寇仲挺胸乾咳道：「我們兩兄弟正準備隨我們的娘修習上乘武技，多謝宋夫人讚許。」

宋師道見他說「我們的娘」時，目光落到傅君婥無限美好的嬌軀上，色變道：「你們的娘？」

傅君婥俏臉微紅，狠狠瞪寇仲一眼，尷尬道：「不要聽兩個小鬼胡謅，硬要認我作娘。」

徐子陵故意摸摸肚子嚷道：「娘！孩兒餓了。」

柳菁忍俊不住，花枝亂顫的笑起來。宋師道和宋魯兩叔姪卻是一頭霧水，怎也弄不清楚這絕色美女和兩個小鬼的關係。

傅君婥見兩小鬼色迷迷的看著柳菁，竟生出一股妒忌的奇異情緒，冷哼道：「再敢胡言亂語，看我

——看我——」

宋師道盡釋疑團道：「傅姑娘和兩位小兄弟請入席，我們邊吃邊談。」

寇仲和徐子陵終是少年心性，見宋師道這麼尊重他們，妒意大減，又見桌上盡是山珍海味，忙搶著入席坐下，絲毫不理江湖禮數。宋師道等已有點摸清兩人底蘊，當然不會放在心上，殷勤請傅君婥入座，宋師道和宋魯陪坐左右，柳菁則坐在宋魯之旁，接著是寇仲和徐子陵。

兩名恭候一旁的大漢立時趨前爲各人斟酒。

傅君婥道：「我一向酒不沾唇，他們兩個也不宜喝酒，三位請自便。」

寇仲和徐子陵正想嘗嘗美酒的滋味，聞言失望之色，全在臉上清清楚楚表露無遺。傅君婥暗感快意，終整治了這兩個見色起心的小鬼。

宋魯笑道：「大家都不喝酒好了，小菁有問題嗎？」

柳菁嬌笑道：「妾身怎會有問題，有問題的怕是兩位小兄弟吧？」

寇仲挺胸道：「大丈夫能屈能伸，可喝可不喝，怎會有問題？」

宋家三人個個跑慣碼頭，見盡大小場面，明知他硬撐，並不說破，轉往別的話題上。宋魯顯是精於飲食的人，隨口介紹桌上美食，又說起烹飪之術，聽得寇仲和徐子陵兩個餐飽餐餓的人目瞪口呆。手底卻不閒著，對菜餚展開掃蕩戰。傅君婥卻毫無興趣，只吃了兩條青菜，停下箸來，玉容靜若止水，美得像天上降世的觀音大士。宋師道對她愈看愈愛，但因宋魯指出她可能來自中土之外，卻像橫梗心內的一根刺，因爲他宋姓嚴禁與異族通婚，若這絕色美女確是異族之人，除非他叛出家門，否則只能有緣無份。柳菁對寇徐兩個人令人不敢恭維的吃相卻大感有趣，含笑看著兩人風捲殘雲般把菜餚掃過清光，還不時幫他們夾菜，侍候週到。下人收去碗碟，宋魯親自烹茶款待各人。

宋魯見傅君婥對飲食毫無興趣，話題一轉道：「傅姑娘對我中土之事，是否熟悉呢？」

宋師道立時露出緊張神色，知道宋魯看出自己對傅君婥生出愛慕之心，故出言試探，以證實她異族的身分，教自己死了這條心。

傅君婥淡淡道：「宋先生怎能只憑我的佩劍形狀，斷定君婥是來自域外呢？」

宋師道俊目立時亮起來。

宋魯歉然道：「請恕宋某莽撞，不知姑娘有否聽過關於和氏璧的事？」

他終是老狐狸，轉了個角度，考較起傅君婥來。

寇仲像學生聽教般舉手道：「我聽過，秦昭襄王以十五座城池去換趙惠文王的鎮國之寶和氏璧，趙王派藺相如護送和氏璧去見秦王，老藺抱著人璧俱亡的笨方法，幸好秦王比他更笨，竟讓他把和氏璧送返趙國，這就叫甚麼他娘的『完璧歸趙』。」

衆人爲之莞爾，柳菁笑得最厲害，指著寇仲道：「那和氏璧後來又怎樣哩？」

傅君婥心中感激，知寇仲怕自己答不上來，洩露出身分，所以搶著答問題，同時暗驚這「兒子」的急智。

寇仲只因曾聽過白老夫子說過「完璧歸趙」的故事，才有話可說，至於「歸趙」之後又怎麼樣，哪會知道，尷尬道：「怕只有老天爺才曉得吧！」

柳菁更是笑得花枝亂顫，整個人伏到宋魯身上去，媚態橫生。

宋魯見這小子哄得愛妾如此開懷，心中歡喜，一時忘了去試探傅君婥，不厭其煩道：「和氏璧後來落在秦始皇手上，秦始皇命李斯撰寫『受命於天，既壽永昌』八個鳥蟲形篆字，經玉石匠鑿刻璧上，於是和氏璧遂成和氏璽。」

寇仲和徐子陵露出原來如此的表情。

宋師道眞怕宋魯迫問傅君婥，接上道：「漢高祖劉邦推翻大秦朝，秦王子嬰把和氏璧獻與劉邦，劉邦稱之爲『傳國璽』，自此和氏璧成爲得國失國的象徵。後來王莽意圖篡位，派弟王舜往長樂宮向孝元太后索璽，給孝元太后怒摔地上，致摔缺一角，王莽命人把缺角以黃金鑲補上去，使和氏璧又多添『玉體金角』的雅名。」

寇仲笑道：「這個故事定是假的，若眞的這麼大力一摔，和氏璧那還不摔成碎粉。」

宋魯動容道：「寇小兄確是智清神明，但此事確是千眞萬確，因爲此玉並非凡玉，當年楚人卞和在荊山砍柴，見一隻美麗的鳳凰棲於一塊青石上，想起『鳳凰不落無寶地』，斷定青石必是寶物，於是獻給楚厲王，豈知楚廷的玉石匠均指卞和獻的乃是凡石，楚王一怒下斬去他的左足，趕走了他。卞和心中不忿，待武王繼位，再去獻寶，這次則再給斬下右足。到武王的兒子文王登位，聞知此事，把青石抬回宮裏，命工匠精心琢磨，剖開石頭，從中得到一塊光潤無瑕、晶瑩光潔的不世奇寶，爲紀念卞和，故稱之爲和氏璧。」

宋師道道：「若是一般玉石，楚廷的玉石匠不可能不曉得，致誤以爲是普通石頭，且荊山地區從未發現過玉石，可知和氏璧實乃不同於一般玉石的另一種瑰寶，亦正因這種奇寶當時是第一次被發現，所以任何人都不認識。觀之摔於地而只破一角，當知和氏璧的異乎尋常。」

這回連傅君婥亦生出興趣，問道：「究竟和氏璧是甚麼東西呢？」

宋師道首次聽到佳人垂詢，心中暗喜，欣然道：「據我宋家自古相傳，此玉實是來自仙界的奇石，含蘊著驚天動地的秘密，至於究竟是甚麼秘密，就無人知曉。」

徐子陵好奇問道：「王莽死後，和氏璧又落在何人手上呢？」

柳菁笑道：「傳到漢末的漢少帝，和氏璧又失去了，到三國時，長河太守孫堅在洛陽城巡邏，忽見一口水井光芒四射，命人打撈，起出一宮嬪屍身，頸繫紅匣，打開一看，正是和氏璧，到孫堅戰死，和氏璧輾轉落在曹操手上，被傳了下來，到隋滅南陳，楊堅遍搜陳宮，卻找不到陳主所藏的和氏璧，使楊堅引爲平生憾事。」

傅君婥忍不住問道：「諸位爲何忽然提起和氏璧一事呢？」

宋師道色變道：「看來姑娘雖身在江湖，卻不大知道江湖正發生的大事。」

宋魯拈鬚笑道：「和氏玉璧，楊公寶庫，二者得一，可安天下。現在烽煙處處，有能者均想得天下做皇帝。故這兩樣東西，成爲天下人競相爭逐之物。最近江湖有言，和氏璧在洛陽出現，故自問有點本領的人，都趕往洛陽去碰碰運氣，這回我們把貨物送往四川後，會到洛陽走上一趟，看看宋家氣數如何？」宋魯風度極佳，不愧出身士族，無論口氣如何大，總令人聽得舒服。

寇仲雙目放光道：「若得了和氏璧，就可以得天下，哈！我和小陵也要去碰碰彩。」

傅君婥雙目寒芒一閃，狠盯寇仲道：「憑你這小鬼頭配嗎？我絕不容你們到洛陽去，若再生妄念，以後我都不——不理你們。」她本想說不傳他法訣，臨時改口，威嚇力自然大減。

宋魯等仍弄不清楚三人關係，卻感到傅君婥雖是疾言厲色，其實卻非常關切這兩個頗討人歡喜的小子。

宋師道溫和地道：「傅姑娘說得對，這種熱鬧還是不趁爲妙，尤其和氏璧牽涉到武林一個最神秘的門派，這門派每隔一段時間，會派人入世修行，益發秘不可測。」

傅君婥奇道：「這是甚麼門派？」

宋魯道：「傅姑娘問對人了，若是其他人，可能連這門派的名字都未曾聽過。」寇徐兩人好奇心大起，留神傾聽。

宋師道道：「這家派叫慈航靜齋，數百年來在玄門有至高無上的地位，但知道靜齋所在的人都不肯透露有關這家派的任何事情。幸而家父與其齋主曾有一段交情，所以比別人多曉得點。齋內全是修天道的女子，據說道門第一高手『散眞人』寧道奇曾摸上靜齋，找主持論武，豈知靜齋主持任他觀看鎭齋寶笈《慈航劍典》，寧道奇尙未看畢，便吐血受傷，知難而退，此事知者沒有多少人，所以江湖上並未流傳。」

寇仲一拍徐子陵肩頭，嘆道：「這才是眞正的秘笈！」

衆人中，當然只有傅徐兩人明白他的意思。

宋魯嘆道：「人外有人，天外有天，愈知得多，愈自覺渺小，再不敢恃強橫行。」

徐子陵心悅誠服道：「宋大爺才是眞正的人物。」

他在揚州慣了稱人作大爺，自然而然就這麼叫了。

宋魯笑道：「兩位兄弟根骨佳絕，若早幾年碰上你們，宋某必不肯放過。」

寇徐兩人同時色變，一顆心直往下沉。娘已是這麼說，宋魯也是這樣說，看來這一生都休想成爲高手。傅君婥也是陪他們心中難過，暗下決心，怎也要試試可否回天有術，造就他們，心中一熱，道：

「夜了！我想早點休息。」

宋師道雖然千百個不願意，仍只好如她所言，把夜宴結束。寇仲本想追問爲何和氏璧會和慈航靜齋牽上關係，一來怕傅君婥不高興，更想到要學九玄大法，遂閉口不問，與徐子陵隨傅君婥回房去。在傅君婥的房間裏，三人圍成三角，盤膝而坐，月色由艙窗透入，剛好灑在傅君婥身上，使她更似下凡的觀音大士。

傅君婥神情肅穆，輕輕道：「你們知否我爲何會去而復返，把你們由那肥縣官手上救走，後來在丹陽分手，又忍不住回到你們身邊呢？」

寇仲見她認眞的神情，不敢說笑，正經答道：「是否因娘愛惜我們呢？」

傅君婥嘆道：「可以這麼說，在宇文化及的親隨裏，有一個是我們高麗王派去的人，所以把你們送到北坡縣後，我便以秘密手法和他聯絡，查探宇文化及的傷勢。」

徐子陵喜道：「原來宇文化及也受了傷嗎？」

傅君婥傲然道：「當然啦！我的九玄神功豈是等閒，不付出一點代價，怎能傷我，不過他也算難得，只坐了兩個時辰，就功力盡復，只從這點，可推知他比我尙高出一線。同時亦知他爲了《長生訣》，不惜一切也要擒捕你們，所以回頭來救走你兩個小鬼，我怎肯讓那萬惡的暴君延年益壽。」

寇仲艱難地道：「娘大可把我們的《長生訣》拿走，隨便找個地方埋了，不是乾手淨腳，遠勝有我們這兩個累贅——」

傅君婥截斷他道：「我偏不歡喜做這種無義的事就是了。」

徐子陵心頭一陣激動，問道：「娘爲何又要在丹陽和我們分手呢？」

傅君婥幽幽道：「最後還不是分不了嗎？我也不知爲何要對你兩個氣人的小鬼頭那麼好。本想把你們送到丹陽，讓你們有足夠盤纏自行上路，自生自滅就算了事。但想深一層，宇文化及既可動用天下官府的力量，你們終逃不過他的魔爪，忍不住又回頭找你們。你以爲我看上那宋師道嗎？當然不是哩！我早打定主意以死殉國，怎還有意於男女私情，只是想借他們的船使你兩個遠離險境。當船再泊碼頭，我們立即離船登岸，逃往起義軍的勢力範圍去，那宇文化及便拿你們沒法。」

寇仲斷然道：「我們索性先將《長生訣》毀掉，縱使宇文化骨追上來，也得不到寶書。」

傅君婥和徐子陵大感愕然，想不到一向貪財貪利的小子，竟肯作此犧牲。

傅君婥點頭道：「聽小仲你這麼說，我眞的很開心，但暫時仍不致到此地步。現在我先傳你們打坐的功夫。只是你兩人必須立下誓言，一天達不到第一重境界的氣機兆動，不准出來江湖胡混，只可乖乖的給我找個平靜的小鎭，躲避戰火，安安樂樂的過這一生算了。」

徐子陵兩眼一紅道：「娘！你對我們眞的很好。」

寇仲也感動地道：「縱使我們的親娘在生，也絕好不過娘你的。」

兩人當下立了誓言。

傅君婥教兩人合掌胸前之後，正容道：「練功之前，先得練性，務要掃除一切雜念，然後盤膝穩坐，左腿向外，右腿向內，爲陽抱陰；左手大指，捏定中指，右手大指，進入左手內，捏子訣，右手在外，爲陰抱陽。此名九玄子午連環訣。所謂手腳和合扣連環，四門緊閉守正中是也。」

徐子陵不解道：「娘不是說過九玄大法重神輕形嗎？爲何卻這般講究形式？」

傅君婥默然片晌，嘆道：「假若你們眞能練成神功，必是開宗立派，自創新局的絕代大師，我便從沒像你這般去懷疑過，不過我只能依成法來教導你們，你們若能想出其他方法，儘管去嘗試吧！但心法必須依從遵守，否則會生不測之禍。」

寇仲讚道：「娘眞是開明，武場的師傅教徒弟時從來不是這樣的態度。」

接著傅君婥詳細說出奇經八脈和各重要穴位的位置，反覆在他們身上指點，到兩人記牢，已是三更時分。大船忽地緩慢下來，岸旁隱隱傳來急遽的蹄聲。三人同時色變。

宇文化及雄渾的聲音由右方江岸傳過來道：「不知是宋閥哪位高人在船隊主持，請靠岸停船，讓宇文化及上船問好。」

艙房內傅君婥和兩個小子你眼望我眼，都想不到宇文化骨這麼快追上來。四艘巨舶反往左岸靠去，顯是恐怕宇文化及飛身下船，又或以箭矢遠襲。

宋魯的笑聲在船首處沖天而起道：「宇文大人別來無恙，宋魯失敬。」

宇文化及邊策馬沿岸追船，邊笑應道：「原來是以一把銀鬚配一把銀龍拐的宋兄，那事情更好辦，請宋兄先把船隊靠岸，容兄弟細告詳情。」

宋魯笑道：「宇文兄太抬舉小弟。換過宇文大人設身處地，變成小弟，忽然見京師高手漏夜蜂擁追至，沿江叫停，而小弟船上又裝滿財貨，爲安全計，怎也該先把宇文大人來意問個清楚明白吧！」

宇文化及城府極深，沒有動氣，欣然道：「這個容易，本官今趟是奉有聖命，到來追捕三名欽犯，據聞四公子曾在丹陽酒樓爲該批欽犯結賬，後來更邀之乘船，不知是否眞有其事呢？」

宋魯想也不想答道：「這當然是有人憑空揑造，請宇文大人回去通知聖上，說我宋魯若見到這批欽犯，定必擒拿歸案，押送京師。夜了！宋某人要返艙睡覺。」

寇仲和徐子陵想不到宋魯如此夠義氣，毫不猶豫擺明不肯交人，只聽他連欽犯是男是女都不過問，竟請宇文化及回京，知他全不賣賬。如此人物，確當得上英雄好漢之稱。

宇文化及仰天長笑道：「宋兄快人快語，如此小弟再不隱瞞，宋兄雖得一時痛快，卻是後患無窮。況且本官可把一切推在你宋閥身上，聖上龍心震怒時，恐怕宋兄你們亦不大好受呢。」

宋魯道：「宇文大人總愛誇張其詞，卻忘了嘴巴也長在別人臉上，聽到大人這樣委禍敝家，江湖上自有另一番說詞，宇文兄的思慮似乎有欠週密。」

宇文化及似乎聽得開心起來，笑個喘氣失聲道：「既是如此，本官索性不那麼急著回京，只好到前面的鬼啼峽耐心靜候宋兄大駕，那處河道較窄，說起話來總方便點，不用我們兩兄弟叫得這麼力竭聲嘶。」

寇仲和徐子陵再次色變，傅君婥霍然起立道：「我傅君婥已受夠漢人之恩，再不可累人，來！我們走！」

尚未有機會聽到宋魯的回應，兩人已給傅君婥抓著腰帶，破窗而出，大鳥騰空般橫過四丈許的江面，落往左邊江岸去。宋魯的驚呼聲和宇文化及的怒喝聲同時響起，三人沒進山野裏去。寇徐兩人耳際風生，騰雲駕霧般被傅君婥提著在山野間蹤躍疾行。不片刻奔出了十多里路，感到漸往上掠，地勢愈趨峻峭，到傅君婥放下兩人，方知道來到一座高山之上，山風吹來，凍得兩人牙關打顫。傅君婥在山頭打一個轉，領兩人到一個兩邊山石草樹高起的淺穴，躲進裏面暫避寒風。

寇仲鬆一口氣道：「好險！幸好隔著長江，宇文化骨不能追來。」

傅君婥嘆道：「其他人或者辦不到，宇文化骨只要有一根枯枝，可輕渡大江，你這小子真不懂事。」

徐子陵駭然道：「我們為何還不快逃？」

傅君婥盤膝坐下，苦笑道：「若我練至第九重境界，定會帶你們繼續逃走，但我的能力只能帶你們到這裏來。」

寇仲試探道：「縱然宇文化骨渡江追來，該不知我們逃到哪裏去吧？」

傅君婥淡淡道：「武功強若宇文化及者，觸覺大異常人，只是我們沿途留下的氣味痕跡，休想瞞過他的眼鼻。不要說話，我要運功行氣，好在他到來時回復功力，與他決一死戰。」

言罷閉目瞑坐，再不打話。兩人頹然坐下，緊靠一起，更不敢說話商量，怕驚擾他們的娘。時間在兩人的焦憂中一點一滴的溜走。

忽然傅君婥站起來，低聲道：「來了！只他一個人。」

兩小子跟她站起來。

寇仲顫聲道：「不如把書給他算了。」

傅君婥轉過身來，厲責道：「你還算是個人物嗎？這種話也說得出口。」

徐子陵軟語道：「他只是為娘著想吧！」

明月高照下，傅君婥嘆一口氣，旋又「噗哧」笑道：「小仲不要怪娘，我慣了愛罵你哩！」

寇仲和徐子陵全身一震，若換了平時傅君婥肯認作他們的娘，必會歡天喜地，這刻卻大感不妥。

傅君婥低聲道：「無論發生甚麼事，不准離開這裏，娘定可帶你們離開的。」

宇文化及的笑聲在穴外響起道：「姑娘爲這兩個小子，以致暴露行藏，確屬不智。這些年來姑娘兩次扮作宮娥，入宮行刺聖上，我們卻連姑娘的衫尾都撈不著。想不到這次爲了本鬼書，竟迫得姑娘現出影蹤，若非拜這兩個小子所賜，我宇文化及食塵都鬥不過姑娘的輕身功夫哩。」

寇徐兩人聽得面面相覷，原來娘竟曾入宮行刺楊廣，更爲他們作出了這麼大的犧牲。否則以她連宇文化及也自愧不如的輕功，怎會被宇文化及追上。

傅君婥手按劍柄，在迷茫的月色下，寶相莊嚴，冷冷道：「宇文化及你一人落單來此，不怕敵不過我手中之劍嗎？」

宇文化及笑道：「姑娘手中之劍雖然厲害，但有多少斤兩，恐怕你我心知肚明，你要宰我宇文化及，請立即動手，否則若讓本人的手下追來，姑娘將痛失良機。」

傅君婥淡淡道：「宇文化及你既這麼心切求死，我玉成你的意願吧！」

人影一閃，傅君婥早飄身而去，接著是氣勁交擊之聲，響個不絕。兩人擔心得差點想要自盡，探頭出去，只見明月下的山嶺處，宇文化及卓立一塊巨石上，而傅君婥卻化作鬼魅般的輕煙，由四方八面加以進擊，手中寶刃化成萬千芒影，水銀瀉地浪潮般往敵手攻去，完全是拚命的打法。

宇文化及的長臉神情肅穆，雙手或拳或抓或掌，間中舉腳疾踢，像變魔法般應付傅君婥狂猛無倫的攻勢。兩人可發誓這一生都不會忘記他的形象相貌。雖是隔了足有七、八丈遠，但激戰中激起的勁旋，仍刮得他們膚痛欲裂，難以睜目。兩人抵受不住，縮回石隙內。到再探頭外望，形勢又變。傅君婥飛臨宇文化及上空處，劍法更趨凶狠險毒，只攻不守，而宇文化及卻是只守不攻，顯是落在下風。這次兩人的忍受力更是不濟，只眨幾下眼的工夫就要縮回去，眼睛痛得淚水直流。就在此時，外面傳來宇文化及一聲怒喝和傅君婥的悶哼聲。兩人顧不得眼痛，再伸頭去看，迷糊間前方白影飄來，心中有點明白時，腰帶一緊，已給傅君婥提起來，再次騰雲駕霧般下山去了。兩人心中狂喜，原來宇文化及已再次被自己無比厲害的娘擊退。這次傅君婥帶著他們毫無保留的盡朝荒山野地狂奔，沿途一言不發，直至天明，來到一個山谷內，把兩人放下來。兩人腰痠背痛的爬起來，傅君婥跌坐在地上，俏臉蒼白如死，再沒有半點人的氣息。

兩人魂飛魄散，撲到她身旁，悲叫道：「娘！你受傷了。」

傅君婥露出一絲溫柔的笑意，伸手摟著兩人肩頭，毫不避男女之嫌地把他們擁入懷內，讓他們的頭枕在胸脯上，愛憐地道：「我傅君婥的兩個乖孩子好好聽著，宇文化及已受重創，必須立即覓地療傷，沒有一年半載，休想復元，娘終救了你們！」

兩人齊叫道：「娘你還不快些療傷！」

傅君婥淒然搖頭道：「娘也恨不得多點時間培育你們成材，看你們娶妻生子，想不到娘一向憎恨漢人，但見到你們時卻完全忘記國仇家恨，還心甘情願認你們作孩子。娘剛才冒死刺了宇文化及一劍，但亦被他全力打了一拳，他的冰玄勁氣確是名不虛傳，而宇文化及更是宇文傷之下家族中最傑出的高手。爲娘生機已絕，即使師傅親臨，也救不了我。娘死後，你們可把我安葬於此，娘性喜孤獨，以後你們亦不用來拜祭。」

兩人哪忍得住，放聲大哭，死命摟著傅君婥，淚水把她的襟頭全浸濕。

傅君婥容色平靜，柔聲道：「娘此次由高麗遠道前來，實是不安好心，意圖刺殺楊廣，教他以後不能對高麗用兵。豈知他宮內高手如雲，故兩次都只能憑仗輕功脫身。於是改爲把從楊公寶庫得來的寶物顯現於江湖，好惹得你們漢人自相殘殺，卻碰巧遇上你們。」

兩人此時只關心傅君婥的生死，對甚麼楊公寶庫，沒有半分興趣。

傅君婥憐惜地摩挲著他們的頭髮，續道：「我到揚州找石龍，正因由我們布在宇文化及處的眼線知悉楊廣派他來找石龍，所以去一探究竟，因而遇上我的兩個乖寶貝。好了！娘撐不下去哩，本還有很多話要說，但想起造化弄人，說了也等於沒說。不知人死前是否特別靈通，娘忽然感到我兩個兒子將來均非平凡之輩，你們切勿讓娘失望啊！」

兩人淒然抬頭，悲叫道：「娘啊！你怎能這樣就丟下我們呢？」

傅君婥忽地叫道：「噢！那寶庫就在京都躍馬橋——」

聲音忽斷，傅君婥同時玉殞香消，在青春煥發的時光，目瞑而逝。兩人抱著世上唯一的親人，哭得昏了過去。

兩人以傅君婥的遺劍，削樹爲板，造了副簡陋之極的棺木，把傅君婥安葬在谷內一處疏林內，以她的寶劍陪葬。他們對傅君婥眷戀極深，又知這深仇怎都報不了，傷心欲絕下，大反常態，就在墳旁露天住了下來，對外面的世界，甚麼功名利祿，再不感興趣。連最愛說話的寇仲亦變得沉默寡言，不再說話，製造了原始的弓箭和魚叉，在河中捕魚或間中打些鳥獸來充飢裹腹，又索性脫下衣服連銀兩藏好，只穿短褲，過著原始茹毛飲血的生活。幸好那時正是春夏之交，南方天氣炎熱，兩人體質又好，倒沒有風寒侵襲的問題。夜來他們在墳旁睡覺，那本《長生訣》給壓在墳頭的石下，誰都沒有興趣去碰它。

當晚傅君婥傳他們九玄功的心法，尚未說出行功方式，宇文化及就來了，所以目下他們只懂心法、經穴的位置和打坐的形式，但如何著手練功，卻是一無所知，加上心如死灰，哪還有練功的心情，每日渾渾噩噩的度過，任得日曬雨淋，似若無知無覺。這晚由於下了一場豪雨，分外寒冷，兩人縮作一堆，心中充滿無限淒涼的滋味，想起埋在身旁的傅君婥，暗自垂淚。

到冷得實在太厲害，寇仲把徐子陵推得坐起來，牙關打顫道：「這麼下去，我們遲早要生病，怎對得住娘對我們的期望呢？」

十多天來，他們是首次說話。

徐子陵終抵不住寒冷，啞聲問道：「你有甚麼鬼主意？」

寇仲苦笑道：「若沒有把娘的劍埋掉，現在我們至少可蓋搭間樹屋出來。」

徐子陵道：「縱然凍死，也不可干擾娘的安寧。」

寇仲點頭同意道：「當然是這樣，不若我們試試去練娘教的打坐功，高手應是寒暑不侵的。」

徐子陵頹然道：「怎麼練呢？」

寇仲為之啞口無言，伸手抱著徐子陵，就那麼苦捱到天明。到太陽出來，兩人回復生機，豈料禍不單行，溪中較大點的魚兒已給他們捉得一條不剩，鳥獸亦像知道他們是危險人物般不再留在谷內，沒有辦法下，兩人終決定到谷外覓食。他們帶著弓矢，走出山谷，只見野花叢叢、芳草萋萋，低丘平原，空野寂寂，極目亦不見任何人跡，四處有翠色濃重的群山環繞，不禁精神一振，胸中沉重的悲痛，減輕不少。兩人沿山腳搜尋獵物的蹤影，不一會竟幸運地打了一隻野兔，歡天喜地回谷去。徐子陵因天氣酷熱，到溪水浸了一會，返回墓地，見寇仲竟把壓在石底的《長生訣》取出來，正埋頭苦讀，不禁對他怒目而視。說到底，若非《長生訣》，傅君婥就不用慘死在宇文化及手上。

寇仲伸手招他過去道：「不要惱我，我只是依娘的遺命，好好活下去，這些人像圖形雖不是甚麼神功的練法，但起碼是延命的法門。我們雖不懂這些鬼畫符般的文字，至少可跟著圖像畫的虛線行氣，再依娘教的心訣和脈穴位置練功，倘能稍有收成，就不用活活凍死。」

徐子陵正要反對，寇仲把書毫不尊重的劈面擲來，徐子陵自然一把接著，剛好翻到其中一幅仰臥的人像。

以前看時，由於不知奇經八脈的關係，便像看一些毫無意義的東西，這次再看，立時明白多了，竟移不開目光，深深被吸引。

寇仲嚷道：「第六幅圖最有用，最好不要先看別的。」

徐子陵翻了翻，才知自己看的是最後的一幅，再看第六幅圖，似乎沒有第七幅圖那麼容易上手，不理寇仲，逕自坐下看最後一幅的圖像。由這天起，兩人除打獵睡覺外，各依圖像打坐練功，無憂無慮的生活在大自然裏，徹底過著原始的生活。心中的傷痛不知是否因有所專注的關係日漸消減，有意無意間，他們終晉入九玄功要求那萬念俱滅的至境。

第三章

再上征途

第三章　再上征途

接著的八天，兩人各練各的，有時連打獵都不去，隨便摘些野果，塡飽肚子了事。寇仲練的是那幅似在走路的圖像，經脈穴位以紅點虛線標示，與徐子陵那幅全無分別，但行氣的方式卻剛好相反。似是起始的粗黑箭頭，對正頭頂天靈穴。至於自此以下的箭頭卻分作紅橙黃綠青藍紫七色，每色箭頭看來都像說出一套完全不同的功法，不但路徑有異，選取的穴脈亦大不相同。其中很多穴脈根本是傅君婥沒有提過的，又或提及時指明與練功無關。

徐子陵那幅卻是仰臥的人像，粗黑箭頭指的是右足湧泉穴，七色箭頭的最後歸結卻是左足湧泉穴，不像寇仲的重歸頭頂天靈穴，複雜處則兩幅圖像都是不相伯仲。

兩人心無所求，橫豎無事可做，依著娘教下的心法，抱中守一，意念自然而然隨早已記得滾瓜爛熟的指示經穴過脈，總在有意無意之間，深合九玄大法之旨。有時練紅色箭頭，有時練別的顏色，雖似沒有特別的功效，但兩人亦不斤斤理會。

到後來，寇仲突然醒覺般依圖像行走的姿勢閉目在谷內走來走去，而徐子陵則要躺下來方感適意，一動一靜，各異其趣。到第九天晚上，忽地雷雨交加，兩人哪睡得著，被迫起來練功。寇仲如常漫步谷中，徐子陵則索性浸在溪水裏，只露出臉孔，各自修行。不旋踵兩人物我兩忘，進入似睡非睡、將醒未醒的奇異境界。

兩人腦海中同時浮現出《長生訣》各自熟習了的圖像，並且再不理甚麼箭頭指示，只是虛虛渺渺，精神固定在某一難以形容的層次。

奇妙的事來了。先是徐子陵腳心發熱，像火般灼痛，接著火熱上竄，千絲萬縷地湧進各大小脈穴，那種感覺，難受得差點令他想自盡去了結痛苦，猶幸冰涼的溪水和雨水，稍減難受。徐子陵福至心靈，知道是神兆發動的時刻，再不去理會身體的痛楚，也不理會在體內亂闖亂竄的眞氣，靜心去慮，只守於一。也幸好傅君婥來不及告訴他有關氣機發動的情況。若換了是九玄大法氣動的正常情況，會是脊骨尾閭發熱，再由督脈逆上，衝破玉枕關，通過泥丸，再回到前面的任脈，如此運轉不休，經三十六周天而成基本功法。對一般武人來說，這已是夢寐以求的境界，由此登上內家高手之途。至於徐子陵這刻的情況，根本是前所未有之事，一般人會視之爲走火入魔，輕則癱瘓，重則經脈爆裂而亡。故石龍當日依圖練習，由於早有成見，一試不妥下，不敢再練下去。徐子陵根本不知是怎麼一回事，一心認爲本該如此，心無罣礙下，死馬當作活馬醫，反得到圖像的眞髓。

寇仲則是另一番光景，一股奇寒無比的眞氣，貫頂而入，接著流入各大小脈穴，凍得他差點僵斃，不由自主奔跑起來，使氣血仍能保持暢順。兩人就是這麼強撐近兩個時辰，到天明時，寇仲終支持不住，軟倒地上。際此要命的時刻，全身經脈似乎全都爆炸開來，接著昏迷過去，人事不知。徐子陵則發覺體內差點把他活活灼死的熱氣潮水般迅速減退，一時漫無著落，亦失去知覺。

正午時分，雨過天晴，太陽破雲而出，寇仲首先醒過來，體內涼浸浸的，一點不怕火毒的太陽，舒服至極。寇仲仍弄不清楚是怎麼一回事，想起昨晚的情況猶有餘悸，茫然坐起來。一看之下乖乖不得了。整個天地清晰了很多，不但色彩更豐富，很多平時忽略了的細微情況，竟一一有感於心，至乎平時忽略了的風聲細微變化，均瞞不過他靈敏聽覺。最奇怪是無論天與地，一塊石頭、一株小草，都像跟他是相連地活著般，而自己則成為它們其中的一份子，再不是兩不相關。寇仲心中大奇，暗忖原來氣機發動後，世界竟會變得煥然一新，就在這時，一股無以名之的狂喜湧上心頭，令他跳了起來。

寇仲首先想起徐子陵，大叫一聲，高嚷道：「小陵，我練成第一重哩，看！我的身體多輕，可以翻觔斗了。」

連翻兩個觔斗後，飛奔著去找自己的好兄弟。事實上即使請齊當代所有見聞廣博的武學大宗師來，也不知兩人究竟練成甚麼東西。甚至寫出《長生訣》的作者，亦要為兩人現在的情況瞠目以對。不過兩人確因而改變了體質，但若說動手對陣，只要來個普通的會家子，足可打得他們跪地求饒。可是由此發展下去，兩人的內功勁氣可達到甚麼境界，誰都說不上來。

徐子陵聽到他呼叫聲，逐漸回醒過來，仍是浮在水面，全身暖洋洋的，沒有一點寒冷感覺，忙爬上岸來。

接著是一震跪下來，難以置信的看著眼前美麗倍增的世界。

由那天開始，兩人以為練通九玄大法第一重的境界，又對那晚的痛苦記憶猶深，暫不敢練功，卻再耐不住性子，早上起來往外狩獵，到日落西山返回谷地，無論如何疲倦，只要一覺睡醒，立時疲勞盡去。

這天醒來，寇仲扯著徐子陵來到傅君婥墳前，道：「我們這樣下去，娘必不高興，何況她還想我們娶妻生子，建立功業，成為不平凡的人。」

徐子陵默然片晌，點頭道：「我也想到外面闖闖，不過我們雖練出點門道來，但比起眞正的高手，相差仍是不可以道里計，若做個帳前小卒，自覺又不甘心，娘這麼厲害，我們怎也不可丟她的面子。」

寇仲笑道：「這個當然，正如娘說，宇文化及對《長生訣》是志在必得，定不肯放過我們。說不定已使人畫下圖像，全國懸賞，所以我們仍須避避風頭，本來最好是在這裏，不過若這麼下去，我們定會變成野人。」

徐子陵道：「你有甚麼計劃？」

寇仲胸有成竹道：「我們先把《長生訣》找個地方埋了它，然後往南走，見到甚麼城鄉縣鎮就設法留下，看看可否找到工作，打聽清楚形勢，然後繼續我們投靠義軍的大計。」

徐子陵不知如何，亦很想出外闖蕩一番，當下拜祭了傅君婥，埋好《長生訣》，取回衣服穿上，帶好銀兩，離開這令他們心傷魂斷、永世都忘不了的美麗小幽谷。

這時已是秋天，天氣清爽。兩人終是年輕，逐漸由傅君婥慘死的打擊回復過來，開始有說有笑，更由於初窺武技的堂奧，對自己的信心亦壯大起來。往南走了七天，遇上一條小村，只有十多戶人家，其中有燈火的只兩、三家，可知此處人家在戰亂頻仍下，都是生活困苦，惟有儉省過活。兩人有點重回人世的感覺，朝村莊走去，驀地犬吠之聲大作，頓時群犬相應，好幾頭巨犬還此進彼退，互相壯膽的朝他們移來。

兩人暗暗心驚提防，幸好有村人出來，喝散群犬，還熱情招呼他們留宿一宵。翌晨他們留下宿錢，問清楚附近最大鎮縣的方向，又上路去。再走十多天，來到浙水西端新安郡南的一個叫翠山的大鎮，約有二千多戶人家，位於鄱陽湖之東，人丁頗為興旺，石橋瓦屋鱗次櫛比，是繁盛的江南水鄉鎮市，規模雖只有丹陽的四分之一，更沒有高牆城門，但兩人一見就生出想留下來的心意。最吸引他們是鎮上婦女衣著講究，無論剪裁和文繡都表現出水鄉女兒的玲瓏與巧思。更令他們高興的是她們都披上繡花捲膀、足著繡花鞋兒，腰束多褶裥裙，越顯得嬌嬈多姿，成群結隊的招搖過市，看得他們心都癢起來。尤其是現在囊內頗有幾個子兒，非是以前的窮混混，心情大是不同，胸膛挺直多了。

兩人找到間看來不太昂貴的小旅館，要了個小房間，提心吊膽的往鎮公所摸去，若見到有自己尊容的畫像懸賞，只好立即逃之夭夭。鎮上商店大多為前店後坊，樓上住人，作坊和貨倉靠水，充分利用河道的運輸之便。到鎮公所後，只見貼滿徵兵募卒的文告，卻不見任何懸賞的榜文，兩人心花怒放，一聲歡呼，大模大樣沿街遊賞。一群年輕女子笑嘻嘻地迎面而來，見到兩人各具奇相，體格軒昂，登時眉挑目語，逗得兩個小子心花怒放。自出生以來，兩人還是首次得到來自異性的賞識，登時信心大增。事實上在山谷隱居的這個夏季，由於大量的運動和上乘功法的修練，又正值他們處在青春發育期，兩人不但長得更高壯，最顯著是神氣上的表現，使他們散發出某種難以言喻的少男魅力。兩人很快便給水鎮濃厚的民俗鄉情征服，暗忖就算留在此處，娶妻生子，也是不錯。當日在揚州之所以整天作發達幻夢，皆因不滿於現狀，又飽受欺凌，現在到了這好像世外桃源的地方，民風淳樸，感覺新鮮之極，於是立時改變心意，不作投軍之想。

寇仲瞥見一塊寫著「留春院」的大招牌，摟著徐子陵的寬肩擠眉弄眼道：「小陵，你也差不多十六歲，我卻快十七歲，人家有些年方十四便娶小媳婦，而我們到現在仍是童男之身──」

徐子陵不耐煩道：「我知你的意思，有了銀兩，你這小子還不渾身發癢嗎？我並不反對撥出部分來作為開光費，但至少要待我們找到工作，安頓下來，才研究怎樣去尋歡作樂，而且那可是娘留給我們的老本，足可夠我們興建間頗像樣的樓房，還可經營間小店鋪，絕不可妄充闊綽把它花光。」

寇仲見他不是真的反對，喜道：「當然當然，讓我們先去大吃一頓，再探聽一下有甚麼工作正欠缺人手。」

兩人來到一間飯館之前，正要進去，一位壯碩如牛的漢子旋風般衝出來，夾著包袱，轉左而去，一個矮瘦老漢追出來，大叫那漢子的名字，但那漢子頭也不回，逕自走了。矮瘦老漢頹然坐了下來，靠著鋪門，狠狠咒罵。

兩人一頭霧水，正要入店，那老漢尖聲道：「今天不開鋪，以後都不開鋪。」

他們這才知道他是飯館的老闆，看他滿身油污，就知是兼上伙頭之職。

寇仲最是好奇，問道：「為何以後都不開鋪？」

老漢斜斜兜兩人一眼，悶哼道：「那敗家子都走了，我女人又在上月過身，一個人怎麼理這間大鋪子？」又垂頭嘆氣道：「若說造飯手藝，我老張認第二，誰敢認第一，甚麼團油飯、清風飯、玉井飯，我老張哪一樣不是拿手本領，偏這敗家子不懂繼承絕技，整天嚷著要去參軍立功，你看，另日他變了個乞兒回來，我絕不會養他！哼！我索性回到鄉間去，教他想尋我也尋不到。」

兩人交換個眼色，同時蹲下來。寇仲道：「那太可惜，這麼一大間鋪子就此關門，不如你僱用我們作幫手，同時又做你的徒兒，那麼張公你的絕技將不會失傳。至多我們收順些兒，每個月要你兩百個五銖錢吧！」

老張大感愕然，上上下下打量兩人好一會，好奇地問道：「你們是甚麼人？」

寇仲胡謅一番後，老張道：「是否兩個人一共二十串錢？」

每串十錢，二十串是二百錢，這在一個人來說已是非常微薄的工資，而兩個人只給二百錢，更是太過刻薄，難怪老張逼走兒子。

寇仲只想學他的造飯之技，好得將來用以營生，不過他亦是精於數口的厲害角色，想也不想道：「要包吃包住。」

老張瞇起老眼怪聲怪氣道：「包吃包住可以，但一切打掃雜務，全由你兩個一手包辦。」

寇仲笑道：「成交！現在我們正餓得要命，這餐自然是入張老闆的數。」

就是這樣，兩人搬到老張飯館樓上他兒子空下的房間居住，每天天未亮便起床工作，到午膳後老張關鋪睡午覺，兩人負責去買貨提貨，晚飯關門後，老張洗澡睡覺，他們則洗碗打掃，忙個不亦樂乎，不要說去青樓開光，連睡覺的時間也不大足夠。不過老張的造飯手藝確有眞實本領，名聞當地，路過的商旅均樂於光顧。飯館只賣三種飯，就是老張提過的「團油飯」、「清風飯」和「玉井飯」，但老張卻不是技止於此。有了寇仲和徐子陵後，他亦不時接些上門到會的生意來做。兩人由於有心偷師，兼之老張年老力衰，日漸倚重他們，便逐點逐滴地把他的烹飪絕活傳給他們。

三個月下來，他們已充滿信心，認爲可自展拳腳了。另一方面，卻逐漸對這個行業厭倦起來。使他們舉棋不定，和一時提不起離開的決心，是怕撇下老張，會使他禁受不起。這晚兩人關鋪之後，趁老張到樓上去，商議起來。

寇仲道：「我們是否決定不再去投靠義軍，又或不做甚麼武林高手？」

徐子陵攤在椅內，嘆道：「這樣忙得昏天黑地，沒有一點空閒的生活，看來不是那麼有趣。」

寇仲道：「假若如此，我們在此多呆三個月，過了年關和春分，到天氣回暖，便離開這裏。」

徐子陵苦惱道：「但我又有點不捨得呢！」

寇仲苦笑道：「我也有點捨不得，不過我卻有個想法，所謂男兒志在四方，我們何不到嶺南投靠宋家，宋魯對我們可是相當不錯，若能拜他為師，我們說不定眞可完成我們的夢想呢。」接著咬牙切齒道：「若能練成武功，我第一個就要宰了宇文化及那奸賊。」

徐子陵淒然道：「昨晚我又夢到了娘，她怪我沒有志氣，不敢為她報仇。」

寇仲長呼一口氣，斷然道：「我們實在太膽小，不算得男子漢大丈夫，打不過最多是死，這些日子既怕練功辛苦，又怕會走火入魔，不敢繼續下去，怎對得起娘。我決定由明天開始，改過自新，重新練功，將來不宰宇文化及誓不罷休。」

徐子陵眼中頓時閃過前所未有的精芒，伸手和他緊握道：「你有此決定，我整個人都舒服起來，我們在揚州時志比天高，怎可忽然變成縮頭烏龜呢？不如明天就走。」

寇仲奇道：「為何剛才你的眼睛忽然亮起來，就像娘生前那種眼神。」

徐子陵愕了片晌，沉吟道：「說眞的，雖然我沒有蓄意練功，但每到晚上躺下來，腦海會浮現出那運功行氣圖，隨而自動練起功來。」

寇仲懊悔道：「早知我也像你那樣勤練不輟便好了，此後可不能荒怠下去。好吧！明天我們立即上路。」

徐子陵沉吟道：「誰去跟老張說呢？」

寇仲苦笑道：「一起去吧！這孤寒鬼也該受點教訓吧！」

翌晨兩人天未光背著包袱踏上征途。就是這個突然而來的決定，改變了他們的命運，也改變了天下和武林的命運。目的地是大隋國的東都洛陽。當日宋魯曾說過到四川辦妥事後，會到洛陽去尋找傳說中的和氏璧。由於這非是十天半月可以做到的事，所以雖事隔半年，他們仍想到洛陽碰碰運氣，看看可否遇上宋魯。愈接近長江，他們愈感受到戰亂的壓迫，道上不時遇上逃難的人，問起來則誰都弄不清楚是躲避甚麼人，根本分不清是隋軍還是義軍。這天來到一個小縣城，找到間小旅館，睡到午夜，忽然街上人聲鼎沸，一片混亂。兩人知道不妥，忙收拾行囊，趕到樓下，扯著正要離開的其中一個客人詢問。

那人道：「杜伏威在東稜大破隋軍，進佔歷陽，卻想不到他的軍馬這便來了。」說罷惶然而去。

兩人想不到歷陽這麼快失守，立時破壞他們到歷陽乘船北上的大計。來到街上，只見人車爭道，搶著往南方逃走，沿途呼兒喚娘，哭聲震天。兩人雖是膽大過人，終仍是大孩子，感染到那種可怕得似末日來臨的氣氛，登時心亂如麻，盲目地隨人流離開縣城。路上布滿擠跌拋棄下來的衣服、傢俱、器皿和鞋子，甚麼東西也有，可知情況的混亂。兩人死命拉著對方，怕給人潮擠散。出到城外，漫山遍野都是照明火把和逃避戰禍的人，想不到一個小小縣城，平時街上疏疏落落，竟一下子鑽了這麼多人出來。

寇仲拉著徐子陵，改變方向，由支路離開大隊，沉聲道：「我們仍是要北上，只須避開歷陽。」

徐子陵點頭道：「理該如此，我們小心點就行。」

兩人掉頭繞過縣城，繼續北上。離開翠山，他們還是首次走夜路，出奇地發覺借著微弱星光，足可清楚看到路途。走了個許時辰，前方漫天火光，隱有喊殺之聲傳來，嚇得兩人慌不擇路，遠遠繞過，就是這個改變，使他們完全失去方向的感覺。到天明時，他們來到一個小村莊處，正想找人問路，驀地蹄聲大作，一隊人馬由山坡衝刺而來，兩人大吃一驚，忙躲進附近的草叢裏。這批約六十人的騎隊，一看他們雜亂無章的武士服，便知道必是義軍，人人臂掛綠巾，甫進村內先射殺幾頭撲出來的犬隻，接著逐屋搜查，把村內百多男女老幼全趕了出來，一時雞飛狗走，呼兒喚娘，哭喊震天，使兩人不忍目睹。若有蓋世武功，這時便可出去主持正義。他們卻也想到，縱管武技強橫如楚霸王項羽，最後還不是落得烏江自刎的結局。在這動蕩的大時代中，個人的力量根本是微不足道的。

綠巾軍把村內男女分兩組排列，團團散開包圍，防止有人逃走。兩人終於明白爲何聞得義軍將至，整個縣城的人要逃得一乾二淨。慘在此等鄉村消息不靈，兵臨村內時仍不知是怎麼一回事。他兩人何曾見過這等陣仗，看到那些持刀拿戟的義兵人人都像殺人不眨眼的凶徒，大氣都不敢吐出半口。尤其他們離最接近的義兵只有五十多步遠，實是危險之極。

其中一個看來是義軍頭子的，在四名親隨左右護翼下，策騎來至排列村男的人堆中，把精壯的挑選出來，趕到一邊，另有人以繩子把他們綁成一串，非常橫蠻無道。遇有反抗者，馬鞭立時狂抽而下，打個半死。兩人看得臉青唇白，悲憤莫名。母親妻子見到兒子丈夫被人拉去作伕役，發出陣陣令人不忍卒聽的呼號悲啼。可是那些所謂義軍則人人神情兇悍，沒有絲毫惻隱之心。

那軍頭挑完男丁，經過那些女眷小孩時，忽地勒馬停定，以馬鞭指著其中一名村女喝道：「你出來！」

村民立時一陣騷亂，卻給義軍迅速喝止，當然免不了有幾個倒地受傷的人。寇徐兩人看得睚眥欲裂，又知此時挺身而出起不了什麼作用。至此方知道投靠義軍的想法，是多麼愚昧天眞。那村女被拖了出來，果然長得頗有秀色，身材豐滿，難怪軍頭心動了。

軍頭吃吃淫笑之時，在旁邊一名年輕義兵冷冷道：「祈老大，杜總管有命，不得姦淫婦女，祈老大現在臨崖勒馬，仍來得及。」

這人滿腔正義，又敢以下犯上，兩人想不到義軍中有此人物，心中喝采。

祈老大冷哼道：「李靖你少管閒事，現在我是姦淫婦女嗎？我是要把美人兒帶回家去，明媒正娶，納她爲妻，哈！杜爺難道連婚嫁都要管嗎？」

李靖正要說話，村女一口咬在抓著她的綠巾兵手背處，那綠巾兵吃痛放手，村女不知哪裏來的氣力，狂奔出重圍，朝著寇徐他們的方向奔來。四名綠巾兵立時笑罵著策騎追來。寇徐兩人看到村女俏臉上淒惶的表情，湧起義憤，哪還顧得自己安危，就地撿起石頭，跳了出來，朝已追上村女的綠巾兵擲去。以前在揚州城，他們最厲害的武功就是擲石頭，所謂功多藝熟，頗有準繩，這刻毅然出手，又在對方猝不及防之下，兩名綠巾軍胸口中石，竟跌下馬來。此時那村女終於力竭，朝地上倒去。

寇仲忽覺自己渾身是勁，體內眞氣激盪，似乎老虎也可以打死兩頭，所擲出的石頭，比以前更是勁道倍增，大感興奮下叫道：「小陵救人搶馬。」

石頭連珠擲出，另兩名綠巾軍剛要彎弓搭箭，已臉頰中石，慘嘶倒地。蹄聲轟鳴下，衆綠巾兵見狀立即空群而至。徐子陵已摟起村女，正愁不知如何上馬，眼見衆兵趕來，心中一急，忘了自己不懂武功，竟急急追上正往前衝去的戰馬，還摟著那似是輕如無物的村女飛身上馬，豈知容容易易的就穩坐到馬鞍上。寇仲亦跳上另一匹馬，一夾馬腹，可是戰馬竟然人立而起，把他掀倒地上。徐子陵上馬後那馬兒亦團團打轉，無法驅策前奔。那些綠巾軍迫至二十步許處，前頭的幾個人彎弓搭箭，不過怕傷及馬兒美女，都忍住不發。

徐子陵大叫道：「仲少快來！」

寇仲不知所措的聞呼狂竄而起，竟凌空跳上徐子陵的馬背，摟著徐子陵的腰，大叫道：「快走！」

就在這急得使人黑髮變白的當兒，村女接過馬韁，一聲嬌呼，小腳蹬在馬腹處。戰馬一聲狂嘶，箭般前衝，載著三人，眼看要撞上樹林，豈知林內竟藏有一條泥路，左彎右曲，瞬眼間把並不熟路的賊兵拋在後方。寇仲和徐子陵同時怪叫歡呼，後者此時才醒起正緊摟著那陌生姑娘香軟的身體。俏村女不但騎術精湛，對附近地形更是瞭若指掌，穿林過野，上丘下坡，涉水登山，敵方追騎的聲音終沉靜下來。

三人正高興之際，驀地戰馬失蹄，把他們拋到草叢處，狼狽不堪。當爬起來時，美村女驚呼一聲，拚命掩著胸前，原來衣服被勾破了，露出大截雪白的胸肌。兩人嚇得忙背轉身去。

寇仲見她長得只比他們矮了三、四寸，把包袱往她拋過去，道：「衣服都是乾淨的，揀件出來換上吧！我們是不會偷看的。」

窸窸窣窣，不片刻村女含羞道：「換好了！」

兩人轉過身來，一時都看呆了眼，暗忖原來她長得這麼好看。村女年約二十，雙瞳漆黑，皮膚則非常白皙，穿上男裝，別有一番神采韻味。

村女指向他們招了招手，低聲道：「隨我來！」

兩人回頭看了眼口吐白泡、命不久矣的戰馬，心中暗嘆，悵然隨她去了。

走了足有半個時辰，村女帶著他們到達山上一個隱蔽的洞穴內，著兩人坐下，垂首道：「多謝兩位好漢仗義相救，小女子不勝感激。」

兩人被她尊稱好漢，立時飄飄然如在雲端，同時心中大奇，這女子的外貌不像村女，談吐更不似是在窮鄉僻壤長大的人。

俏村女見兩人瞪大眼睛，一臉疑惑的神情，更發覺兩人雖長得魁梧，但事實上仍只是兩個年紀比自己還少的大孩子，一臉天眞無邪，不覺畏羞之心大減，柔聲道：「奴家叫素素，並非曾家村的人士，只因與主人失散，逃到那裏，被曾家村的人好心收留下來吧！」

寇仲釋然道：「素素姐姐長得那麼美，不管好心不好心，自然也有很多人爭著收留你。」

素素俏臉一紅道：「不是那樣哩！」

徐子陵見寇仲開始口無遮攔，瞪他警告的一眼，問道：「姐姐在那裏住了多久，爲何對環境如此熟悉？」

寇仲笑道：「姐姐的馬術眞是了不起。」

兩人一向受人賤視鄙屑，所以若有人稍對他們好一點，便心中感動。現在忽然有了這位視他們爲英雄的俏姐姐，那種新鮮興奮的感覺，可想而知。

素素不知如何，俏臉更紅了，輕聲道：「我在曾家村只住了一個月，但卻試過多次隨村人到這裏來行獵，至於騎術嘛！都是我家小姐教的。你們是否未騎過馬呢？」

兩人大感尷尬，暗忖那有不懂騎馬的英雄好漢。

寇仲乾咳一聲，岔往別處道：「姐姐的小姐原本住在甚麼地方？」

素素被兩人姐姐前，姐姐後的叫個不亦樂乎，心中歡喜，溫柔地道：「我的小姐乃翟讓老爺的獨生女兒翟無瑕，當日我們的隊伍被人襲擊，混亂中走散了，不過我家小姐武功高強，理該無事，現在應回到滎陽去哩。」

兩人立時動容。他們這三個月內在飯館棲身，每天都由商旅處聽到各種消息謠言，其中常被提起的就是翟讓和他的頭號大將李密。翟讓人稱「大龍頭」，乃瓦崗軍的首領，六年前與手下另一猛將徐世勣在瓦崗寨起義，據地稱王，屢敗隋兵，但卻被隋將張須陀所制，未能擴張勢力。去年李密投効翟讓，使翟讓實力倍增，李密更在滎陽大海寺擊破隋軍，襲殺張須陀，瓦崗軍自此聲勢大盛，隱然有天下義軍之首的聲勢，被多路人馬尊之爲大龍頭，確是非同小可，想不到這位美姐姐竟是翟讓女兒的小丫環。

寇仲訝道：「滎陽不是在東都洛陽之東百里許處嗎？離這裏這麼遠，姐姐怎會溜到這兒來呢？」

素素答道：「小姐要到歷陽聽天下第一才女尙秀芳唱的戲，豈知洩漏消息，未到歷陽便出事，若非姐姐馬快，將無緣在此遇上你們。」

不知不覺間，她亦以姐姐的身分自居。就在此時，一聲輕咳，起自洞口。三人聞聲大駭，朝洞口望去。只見一位高挺雄偉，年在二十三、四間的壯碩漢子，走了入來。寇仲和徐子陵跳了起來，雙雙擋在素素身前。

寇仲定睛一看，失聲道：「你不是那個叫李靖的人嗎？」

來人正是曾出言斥責綠巾軍兵頭的李靖，他長得並不英俊，臉相粗豪，但鼻樑挺直，額頭寬廣，雙目閃閃有神，予人既穩重又多智謀的印象。

李靖微微一笑，露出一口雪白的牙齒，與他黝黑粗糙的皮膚形成強烈的對比，點頭訝道：「我正是李靖，這位小兄弟的眼力眞厲害，當時你和我間相隔至少有一百五十步的距離，竟能認得李某的樣貌，故目下可以一口叫出來。但看你們的身手，卻不像曾習武功的人，此事確非常奇怪。」

兩人心中凜然，李靖憑寇仲一句話推斷出這麼多事來，可知他的識見和智計。

素素顫聲在後方道：「最多我隨好漢你回去吧！千萬別要傷害他們。」

李靖哈哈笑道：「只憑小姐這麼有情有義的一句話，我李靖拚死也要維護你們。三位放心，我只孤身找來，那祈老大已被李某暗裡射殺，如此奸淫邪惡之徒，留在世上只會多害幾個人。」

寇仲看他的體型氣度，曉得他兩人合起來也不是對方對手，何況對方還身攜長刀弓箭，不過他既說射死祁老大，又說拚死也要保護他們，該沒有騙他們的理由，放鬆戒備道：「李大哥請坐！」

李靖解下背上弓矢，放下佩刀，來到三人間坐下來，待各人坐好後，微笑道：「我本早該來了，但爲要給你們掃去蹄印足跡，費了點時間。」

徐子陵與寇仲對望一眼，駭然道：「我們倒沒想及這點。」

李靖欣然拍他一記肩背，另一手豎起拇指讚道：「見義勇爲，不畏強勢，是好漢子的行爲。更難得你們尚未成年，竟有此膽量智計和身手，將來必是超凡人物。」

接著對素素道：「小姐的騎功很了得哩！」

三人得他誇讚，同時臉紅，亦對他大生好感。素素道：「那些綠巾兵會否遷怒曾家村的人呢？」

李靖若無其事道：「這是我第二個遲來的原因，是要釋放那些無辜的村民，殺祈老大和他那幾個跟班走狗只不過喝幾口熱茶的工夫而已。」

素素雖是歡喜，但亦爲他把殺人完全不當作一回事而駭然。

李靖淡淡道：「殺人始能奪馬，但卻只帶了兩匹馬來，因預估不到小姐並非曾家村的人，但現在見到小姐，才知尚欠一匹馬呢。」

寇仲和徐子陵聽得心中佩服，李靖確是智勇雙全的人物，亦不由對他有點害怕。

李靖用心打量他兩個幾眼後，語重心長地道：「這是個天下大亂的時代，在刀兵相對中不是你死就是我亡，不夠心狠手辣的人都要被淘汰。故只要我們認清目標，定下自己的原則，分清楚是非黑白，敵友之義。便可對得住天地良心。」

兩人點頭受教。

素素道：「那些還沒殺的人是否仍在找尋我們？」

李靖微笑道：「主要是在尋我算賬，杜伏威名氣雖大，卻不是爭天下的料子，既縱容手下，又貪眼前小利，這麼強行拉伕入伍，弄得天怒人怨，村鎮荒棄，實是飲鴆止渴的下下之策，我起始還當他是個人物，現在可看通看透。」

寇仲最愛談「義軍經」，只因徐子陵興趣不大，苦無對象。現在碰到李靖這「內行人」，喜問道：「李大哥認爲目下哪支義軍最有前途呢？」

徐子陵思慮週密，想起素素應可算是翟讓方面的人，提醒道：「仲少，不要亂說話。」

李靖見徐子陵以素素爲對象並不停向寇仲打眼色，訝道：「小姐是哪一方的人呢？」

素素忙道出身世，然後道：「小婢對天下大勢的事一概不知，你們勿要因我說話有所顧忌。」

李靖顯然很看得起寇仲和徐子陵，正容道：「縱觀現今形勢，雖說義軍處處，但算得上是出色人物的卻沒有多少個，現在聲勢最盛的首推『大龍頭』翟讓，不過翟爺的手下大將李密，聲勢尤在他之上，又深諳兵法，如此主從不明，將來必會出事。」

素素色變道：「怎辦好呢？」

李靖沉聲道：「小姐若信李某之言，該從此脫離翟家，免致將來有舟覆人亡之禍。」

素素淒然道：「小婢自幼賣入翟家，那時老爺還在東郡當法曹，後來他因殺死權貴之子，被判死刑，逼不得已下反出來起兵自立。而且小姐對我情如姊妹，我怎可離棄她呢？」

寇仲咋舌道：「原來翟讓仍未算最厲害，那麼李密是否最有前途？」

李靖啞然失笑道：「『最有前途』四個字用得很有趣，可見小兄弟他日必是雄辯滔滔之士。這話說得不錯，李密不但是當今有數的武林高手，更是用兵如神的兵法家，爲人亦有領袖魅力，是可問鼎天下的人物。問題在對手太多，首先就有四姓大閥，均是人才輩出，決不會坐看隋室天下落在異姓人手上，此種門閥之見，根深柢固，誰都沒法改變。而四閥最優勝的地方，是屢世顯宦，精於治國之道，豈是一般起義的山野之民所能及，杜伏威就是最好例子，縱是武功高強，亦難成大器？」

兩人同時想起宇文化及，露出憤恨之色。

李靖訝道：「李某尚未請教兩位小兄弟的姓名哩！」

寇仲和徐子陵知道給他看破心事，故想從他們的姓名來歷加以推測。

徐子陵報上兩人名字，坦然道：「宇文化及殺了我們的娘，所以我們要找他報仇。」

李靖哪想得到其中曲折，還以爲宇文化及眞個害死他們的娘，就像楊廣累得許多人民家破人亡那種慘況，其後再經徐小陵解說清楚，才知備細，不禁肅容道：「兩位小兄顯然入世未深，須知江湖上有句話叫『逢人只說三分話』，很多表面看來很可靠的人，說不定在某一形勢下忽然成了敵人。那你以前曾說過的每一句話，都可能成爲致命的因由。」

兩人點首受教，素素感動道：「李大哥對他們眞的很好哩。」

李靖灑然道：「能讓李某一見投緣的人少之又少，一見死心的則多不勝數。這世上很多看似絕無可能的事，都是由有志氣的人一手締造出來的，布衣可封侯拜相，甚至榮登皇座；一無所有的人可以成為富商巨賈，此種事早不乏先例，故你們大可以此自勉。」

寇仲和徐子陵聽得眉飛色舞。與李靖的一席話，就像在黑夜怒海裏驟遇照明燈，使他們看到希望和目標，重新振起因傅君婥之死而遭受沉重打擊的志氣。

李靖續道：「翟讓、李密之外，眼前最有聲勢的還有王薄、竇建德和杜伏威，這三股勢力是最──嘿！最有前途。」

寇仲見以李靖這種見多識廣的人物亦要採用他的句語，大感得意，道：「杜伏威你評過了，王薄和竇建德又是甚麼厲害的傢伙？」

素素「噗哧」笑道：「竟說人是傢伙。」

李靖莞爾道：「寇小兄仍有童真嘛！王薄乃長白派第一高手，被稱為武林中的『鞭王』，自稱『知世郎』，所作《無向遼東浪死歌》，深入民心，亦懂掌握民心，故極受山東民眾支持，比杜伏威稍勝一籌。」頓了頓再道：「若翟讓和李密內訌，那代之而起的必是清河人竇建德無疑，此人乃河北黑道霸主，掛名當過里長，後因家族親友被楊廣派人殺個乾淨，憤然加入高士達的起義軍，高士達戰死，這支起義軍落到他手上。此人武功已臻化境，手下有十萬之眾，據高雞泊為基地，勢力直貫黃河，不容輕視。」

寇仲嘆道：「聽李大哥這番話，勝過在飯館時聽他娘的三個月，甚麼楊玄感、宋子賢、王須拔、魏刀兒、李子通、盧明月、劉武周，名字好一大堆，聽得我的頭都大了，原來最厲害是這幾個人。」

李靖取出乾糧，讓各人分享，道：「我們要在這裏待至深夜，方可離開，那時追兵早鬧得人疲馬乏，即使遇上他們也不用害怕。」

兩人對李靖視若神明，不迭點頭。

素素問道：「李大哥現在離開杜伏威，以後有甚麼打算？」

李靖不答反問道：「三位打算到哪裏去呢？」

素素垂首道：「我想回滎陽去找小姐，請她提醒老爺以防李密。」

寇仲答道：「我們要去洛陽找個朋友。」

李靖點頭道：「我卻想到大都看看隋人的氣數，橫豎都是北上，我就送三位一程吧！順道也可教兩位小兄弟一些騎馬射箭和武功的基本功法。」

兩人大喜叫道：「師傅！」

李靖失笑道：「千萬不要把我當師傅，我們只以平輩論交，況且你娘爲你們打下的內功底子，實是深不可測，兼之你兩人根骨佳絕，人又機靈幻變，將來必是稱雄宇內的不世高手，現在你們或者自己都不敢相信，但將來的事實，會證明我沒有看錯。」

兩人你眼望我眼，李靖長身而起道：「先讓我教你們騎馬，然後再傳你們刀法。我的刀法來來去去只有十多式，最利於在千軍萬馬之中衝殺，以之爭雄江湖，或嫌不足，但馳騁於沙場之上，卻是威力無窮，無懼對方人多勢衆。至於李某的箭法，是悟於胡人騎射之術，故頗具自信。」

兩人哪想會有此奇遇，連忙拜謝。李靖哈哈一笑，領頭出洞去了。

當這天夜幕低垂，由於兩人騎藝未精，故四人分乘兩騎，留下一騎作替換之用，趁黑逃走。李靖和徐子陵一騎，寇仲則和素素一騎。寇仲摟著素素的蠻腰，貼著她粉背，嗅著她的體香髮香，只希望永遠如此繼續下去。素素一來仍在心驚膽顫，二來當寇仲是小弟弟，雖對那種親密接觸有些感覺，卻不強烈。哪想得到寇仲這小子正沉浸享受。李靖確是不凡之輩，不時下馬貼地細聽，辨別是否路有伏兵，又懂利用地勢掩蔽行藏，絕不躁急妄進。天明時，四人終離開險境，進入丹陽郡外圍的近郊區域。

江都揚州城是長江支流入海的最後一個大城，由此而西，就是丹陽、歷陽兩大沿江重鎮。由於歷陽落入杜伏威之手，立時截斷長江的交通，而丹陽則首先告急。李靖指出杜伏威收服歷陽並不容易，只稍有餘力侵略些沒有反抗力的鄰近鄉鎮，短期內能穩守歷陽已是邀天之幸，更不要說進犯丹陽。其次是楊廣始終仍控制著京師長安、東都洛陽和瀕海的江都三個全國最重要的戰略重鎮。自三大運河廣通渠、通濟渠和永濟渠灌通後，南北聯成一氣，水運亦把三個重鎮緊密的連結在一起，使隋國的生力軍可迅速調往南方，鎮壓叛亂。假設洛陽是煬帝的東都，那揚州的江都就是他的南都，都是必爭之地，亦是煬帝必守之地。所以隋兵會不惜一切去保住丹陽，以免禍及江都。由此可見杜伏威的佔據歷陽，實是義軍和隋軍鬥爭的轉捩點。愈近丹陽，愈感到形勢的緊張。戰船不住由江都方面駛往丹陽，隋軍更設置關卡，禁止武林人物接近丹陽，故不住有往丹陽的人折回頭來，還盛傳丹陽已閉關了。幸而他們根本沒打算到丹陽去，就在附近的鄉縣，把三匹戰馬賣掉，發了一筆小財。

李靖把銀子分作四份，囑各人貼身藏好，道：「兵荒馬亂之際，甚麼事都可以發生，現在義軍三股最大的勢力，竇建德佔河北，杜伏威佔江淮，翟讓據中原，形勢逐漸分明，亦把隋軍分割得支離破碎。但借起義爲名，四處欺霸搶掠，意圖分一杯羹的黑道勢力亦是車載斗量。假若有誰途中遇事，我們設法在高郵會合，再在那裏乘船由運河北上，直抵洛陽。」

打量素素兩眼，見她因衣衫單薄，在轉冷的天氣下瑟縮抖顫，道：「今晚我們在這裏找個旅館歇腳，你兩人和素素去買些禦寒冬衣，以免遇上風雪時冷壞身子，待會我們再在這裏會合。」

寇仲奇道：「李大哥要到哪裏去？」

李靖極目午後墟鎮長街的兩邊店鋪，似在找尋甚麼，答道：「我看可否找到專售兵器的店鋪，弄兩把似樣的長刀給你們防身，希望價錢不是太厲害吧！這時光刀劍鋪的生意是最好的了。」

寇仲大喜道：「我們分頭行事吧！」

分手後，寇徐兩人左右伴著素素，沿著行人衆多的長街找尋賣衣物的店鋪。這座縣城地近丹陽，非常興旺，由於多了由歷陽逃來的人，更是熱鬧，但又隱隱透出一種使人透不過氣來的慌惶和緊張。

大部分店鋪都關上門，徐子陵道：「不如到市集去看看有沒有流動的攤子？」

三人遂轉往市集擠去。由於人多的關係，素素伸手緊挽兩人膀子，以免失散，又可增加溫暖，弄得兩個小子不由陶然迷醉。

寇仲湊到素素小耳旁道：「姐姐不如買套男裝衣服，戴上帽子，遮掩姐姐美麗的秀髮，別人就看不出姐姐原來長得這麼標緻。」

素素得他讚美，欣然點頭。三人步進市集，果然有大批地攤，擺賣各種貨品，尤以寒衣爲主。

徐子陵亦湊到素素耳邊說：「不如把長髮修剪少許，學我們般結個男髻，將更萬無一失。」

素素歡喜道：「你們給我來弄嗎？」

兩人大喜道：「當然最好！」

素素拉著兩人在其中一個地攤停下來，興奮地爲自己挑選寒衣和耐冷的靴子，非常高興。寇仲和徐子陵大感有趣，充滿溫馨的感覺。忽然間，兩人同時看到附近有幾個流氓地痞模樣的健碩漢子，正色迷迷盯著蹲在地上的素素，交頭接耳地談論。兩人大感不妥，心中暗驚。寇仲忙俯下身去，匆匆幫素素揀妥衣物，連價錢都不談，忍痛付出高逾三倍的價錢，轉身便走。到出了市集，兩人始鬆一口氣。

「砰！」轉入大街，一個人橫裏移出，肩頭狠狠撞在徐子陵肩上。徐子陵猝不及防下，肩頭自然地先往後縮了少許，才發力前撞，同時腳心一熱，似有一道熱氣，往肩頭流去。

「呀！」那人慘哼一聲，踉蹌跌退，差點坐倒地上。

三人愕然停步，另六名漢子撲將出來，攔著去路，大嚷道：「打人了！」

兩人定睛一看，其中四人正是剛才狠盯素素的流氓，登時心中明白。其他行人慌忙避開，恐怕殃及池魚。

素素花容失色，徐子陵拉著她退後兩步，而寇仲則哈哈笑道：「五湖四海皆兄弟，萬水千山是一家。揚州竹花幫常次堂主是我們的阿公，不知幾位大哥作何稱呼。」又打出竹花幫的問訊手號。

那七個流氓交換個眼色，有點慌了手腳。竹花幫在揚州一帶勢力頗大，否則寇仲就不會胡謅是竹花幫的人。

其中一個顯然是帶頭的壯漢，踏前一步道：「管你們是誰，現在我們的兄弟給你撞了，該怎麼賠償。」

寇仲自少在市井長大，哪還不知眼前之事難以善罷，見他們目光落在素素豐滿的胸脯上，雖是有點心驚，卻知避無可避，把心一橫，哈哈笑道：「錢就沒有了，命卻有兩條，夠硬的就來拿吧！」

風聲橫起，左旁的流氓一腳掃來。寇仲心中大奇，爲何這傢伙的腳竟踢得這麼慢，實在於理不合。

另一人由右方衝來，照臉一拳。

他倆在揚州時可說是在打架和挨揍中成長的，經驗無比豐富，又合作慣了，對方甫動手，徐子陵扯著素素再退兩步，正要上前幫手時，寇仲像背後長了眼睛般，叫道：「你看著姐姐！」

寇仲側身避過左方掃來一腿，同時蹲身揮臂，狠狠打在那揮拳擊來的流氓漢小腹處，敏捷得連徐子陵都看呆了眼。更奇妙的事發生了，就在寇仲揮臂的一刻，全身涼浸浸的說不出的受用，同時頭頂生出一股冷流，貫通手臂的經脈，隨拳外湧。

「砰！」中拳者一聲慘呼，整個人離地拋飛，剛好撞在另一名大漢處，兩人同時變作滾地葫蘆，狼狽不堪。寇仲不能相信地呆看自己的拳頭，耳內傳來素素和徐子陵的驚呼聲，知道不妙，另一名漢子的膝頭已頂到他背心處。寇仲痛得往前仆去。那偷襲成功的流氓正要乘勢追擊，忽感一股寒流由膝蓋狂湧而入，全身如入冰窖，腦際轟然劇震，尚未知發生怎麼一回事，已發覺自己仰跌地上，再爬不起來。寇仲一觸地立即滾往一旁，避過兩隻踢來的腳，奇怪地發現背心的疼痛已不藥而癒。跳起身來，發覺徐子陵奮不顧身的疾衝而來，「砰砰彭彭」的和剩下的五名惡漢拳來腳往，打個不亦樂乎。先中拳者和偷襲者仍未能爬起來。徐子陵狀若瘋魔，全不理落到身上的拳腳，卻又是輕易就閃過，跟著狠狠還擊，被他擊中者無不口噴鮮血，頹然倒地。寇仲哪還不明白是怎麼一回事。

此時四周圍著以百計的人，人人爲他們鼓掌起來，同時瞥見幾名官差正在人群裏叱喝著擠來，寇仲大叫道：「小陵！腿子來了！扯呼！」

徐子陵嚇了一跳，伸腿踢飛最後一個對手，掉頭和寇仲扯著素素，飛快溜掉。

三人走了一程，躲到隱僻處換上寒衣，當由另一條橫巷轉出大街，乍看下只是三個平常年輕男子。素素雖仍有餘悸，但神情歡喜，明白到他們是爲她而戰。

兩人朝著與李靖約定的地點走去，兩人隔著素素的如花俏臉興奮地回述剛才的情況，寇仲得意道：「給那倒楣傢伙頂在背心時，開始那一刻痛得差點想吐血，但轉眼全身立即湧起舒服得要喚娘的涼氣，痛楚全消，那傢伙也給老子的護身眞勁反彈開去，卵蛋都差點丟了出來呢。」

素素聽著他大說粗話，反感到說不出的親切痛快，挽得兩人的臂彎更緊了。

徐子陵哈哈笑道：「你涼我熱，從未試過打得這麼過癮，實牙實齒一人一拳。他打我沒事，我打他他吐血。九玄功第一重已這麼厲害，你說若練到第九重，還不把宇文化骨的卵蛋都要打爆。」

寇仲伸頭到素素髮際間狠狠嗅一記，搖頭晃腦嘆道：「我們的好姐姐眞香，難怪惹來這麼多狂蜂浪蝶。」

素素怕癢的縮了縮脖子，嗔道：「小仲你再使壞，我去告訴李大哥。」

徐子陵也湊過來用鼻大力嗅一記，笑道：「一人嗅一口，這才公平。」

素素笑得花枝亂顫，左右傾閃，三個人在路上「之」字形亂闖，惹得路人觸目。

素素猛地拉停他們，叫道：「到了！」

三個人仍不肯放開手，湊作一團，吱吱喳喳說個不休，卻絲毫沒有男女間愛慾的邪念，有的只是患難與共、天眞無邪的姐弟眞情。

等了一會，見李靖仍未來，三人退往附近一條橫巷處，繼續談笑。

寇仲開玩笑的道：「姐姐都是不要回去你的翟家小姐處哩，婢女始終要受氣，何況你老爺若鬥不過李密，姐姐就慘了，那些所謂義兵大多是禽獸不如的傢伙，像李大哥般的能有多少個呢？」

素素苦笑道：「姐姐無親無故，不回翟家可到哪裏去呢？」

徐子陵興奮道：「隨我們和李大哥去浪跡天涯吧！天下這麼大，到了哪裏我們就在哪裏賺錢來養姐姐，這種生活才不會悶呢。」

素素也歡喜道：「是啊！我可以給你們洗衣服，照顧你們的起居。唉！李大哥可不肯和我們那樣胡混，他是個胸懷大志的人，只看他不斷深思的眼神就知道。」

寇仲哈哈笑道：「那你就和我們這兩個好弟弟在一起吧！永遠莫要分離，我們會孝順姐姐的。」

素素歡欣雀躍道：「我們定會很開心的。噢！不過仍是不妥，他日你們娶妻生子，我的處境豈非很尷尬。」

徐子陵拍胸道：「爲了姐姐，我們最多終生不娶。」

素素搖頭道：「怎可以這樣呢？傳宗接代是每個男兒的天職，不如姐姐嫁了給你們兩人吧！」

兩人同時失聲道：「甚麼？」

素素理所當然地天眞道：「曾家村的人很多是兩兄弟娶一個妻子的，晚上還睡在一起呢。」

寇仲雙目放光道：「那可是很好玩呢！」

徐子陵搖頭道：「不行，不如我們抽籤決定誰娶姐姐，抽輸了的，就自己另想辦法去找老婆。」

素素喜孜孜道：「不對！該是抽輸了的娶我才對，你們將來都是大英雄，另找的老婆定比我這姐姐老婆好多了。」

三人對望一眼，同時笑得彎下腰來，摟作一團，充滿眞誠純潔的依戀意味。

寇仲喘著氣道：「姐姐眞懂耍我們，哄得我們這麼開心，其實她只想嫁給李大哥！」

素素俏臉立時通紅，大嗔道：「不准胡說！」

徐子陵忍笑忍得眼淚水直流下來，忽然看到一群大漢，約有十多人在對街經過，人人張目四望，其中兩人頭青臉腫，正是給他們教訓過的流氓。忙把兩人拉往一旁，躲在橫巷一棵大樹背後。這時寇仲和素素都看到了，嚇得呼吸頓止。

素素道：「李大哥爲何還不回來，有他在這裏甚麼都不用怕。」

兩人亦覺奇怪，李靖只是去買刀，沒理由去這麼久的。

徐子陵駭然道：「眼下這批流氓內有兩三個看來像是會家子，身上還有兵器，恐怕沒那麼好對付。」

寇仲低聲道：「有了刀就不怕他們，但千萬不要挨刀子，我們武功雖高，但第一重九玄功恐怕仍未可擋得住兵器，尤其脖子是這麼脆弱。」

素素尖叫道：「不要說了！唉，李大哥到哪裏去？」

就在此時，橫巷另一端一個人跌跌撞撞的朝他們走過來，正是李靖。三人魂飛魄散，趕了過去。李靖見到他們，雙腳一顫，往地上倒去。寇仲兩人箭般搶前，左右扶住他。素素差點撲入李靖懷裏，兩手摸到他衣內去，駭然發覺雙手全是鮮血。

李靖臉上再無半點血色，低聲吃力道：「杜伏威那隊由武林高手組成的『執法團』來了五個人，給我宰掉四個，有一個逃走了，你們不用理我，立即逃走，否則就來不及。」

素素手忙腳亂道：「止血散在哪裏，我們要先爲大哥止血。」

寇仲知形勢危急，指了指一戶人家的屋宅後門，和徐子陵扶著李靖，硬把後門撞開來，躲進人家的後院去。素素忙掩上木門。院內雜草叢生，顯是宅內的人早已離開。李靖陷進半昏迷狀態，三人還理得那麼多，扶他破門入屋，把李靖橫放到一張長几上，解開他的衣服，赫然發覺他至少有七處傷口，深者可見骨，淺者亦皮開肉綻，幸好除胸脅的一刀最要命外，其他都砍在背臂或大腿處，可見當時戰況是如何兇險慘烈。

寇仲臨危不亂道：「小陵你去找止血藥，我則設法去弄輛馬車來，偷搶拐騙都理不得那麼多，入黑我們立即走。」

素素這時一邊流淚，一邊察視和拭抹傷口。三人對望一眼，均下了決心，怎都要保住李靖性命。兩人分頭行事。徐子陵好不容易找到間藥材鋪，買了止血散，趕出來時，剛好碰到那群流氓迎頭趕來，徐子陵見到他們人人帶劍攜刀，聲勢凜凜，忙翻起衣領，低頭急步走過。

擦身而過時，其中一名被他揍過的漢子認出他來，大喝道：「是他啊！」

「鏘鏘」之聲不絕如縷，衆惡漢紛紛亮出兵器，嚇得街上行人雞飛狗走。徐子陵身無寸鐵，即使有亦不敢對上這麼多人，一聲發喊，沿街狂奔。衆惡漢在後窮追不捨。徐子陵和寇仲可算是逃命的專家，以前在揚州打輸架，都要靠一雙腳來救命的，這時左曲右轉，利用行人來構成對追兵的障礙，愈走愈快，只覺體內那股暖流運轉不休，左腳心熱辣辣的，右腳心卻是涼浸浸的，愈走愈舒服，心中靜若止水，差點連敵人都忘掉。到奔出一道橫巷，那批人已不知給拋在後方哪裏去。徐子陵繞了個圈，回到宅內，素素正等得心焦如焚。兩人七手八腳爲李靖敷上止血散，包紮傷口，弄到黃昏終弄妥一切，給他換上一身乾淨的衣服。李靖雖仍昏迷不醒，但呼吸細長，使他們安心了點。

素素道：「幸好李大哥的傷口有自動收縮止血的能力，否則就更糟糕，唉！爲何小仲仍未回來呢？」

徐子陵一言不發，抽出李靖的隨身寶刀，來到廳心，依著李靖教的命名爲「血戰十式」的刀法，逕自練習起來。那天李靖初傳刀法的時候，他並沒有甚麼領悟和感受，可是現在李靖身受重傷，強敵環伺，心中立時湧起悲憤慘烈的感覺，只覺每刀劈出，都是以命搏命的招數，一時物我兩忘。由第一式「兩軍對壘」，接著「鋒芒畢露」、「輕騎突出」、「探囊取物」、「一戰功成」、「批亢搗虛」、「兵無常勢」、「死生存亡」、「強而避之」到第十式「君臨天下」，只覺每招均得心應手。又由第十式練了回頭，驀地素素尖叫道：「小陵停手！」徐子陵愕然停下。

素素擋在李靖身前，臉青唇白道：「你那把刀像會發出熱風似的，可怕極了。」

徐子陵愕然片晌，暗忖爲何自己卻感覺不到呢？看來自己的九玄大法也算有點道行，只不知若眞遇到敵人，能否派上用場？

「砰！」寇仲撞門而入，叫道：「騾車來了，快走！」

兩人大喜，也不追問怎能弄來騾車，把李靖連擁帶抱抬起來，放在院子的騾車上的禾草堆中，由素素摟在懷裏。寇仲控著騾子，由後門轉出橫巷，來到街上。剛好一隊十多輛騾車馬車，載著男女老幼，正朝縣門開去，寇仲大喜，駛入騾馬車隊中，希望可漁目混珠，溜出縣城。

徐子陵把李靖的寶刀連鞘放在膝上，低聲道：「剛才我練李大哥的血戰十式，非常痛快，姐姐還說我的刀會發出熱風呢！」

寇仲喜道：「看來娘教的九玄功再加上長生訣那幅鬼圖，合起來就是厲害的功夫，唉！可惜只得一把刀，否則我們雙刀合璧，勢可天下無敵。」

徐子陵笑道：「去你的娘！噢！不！那豈非又是去我的娘！你這小子總愛自誇自讚，比起娘和宇文化及，我們的身手差得遠了，對付些地痞還可以，若——」

寇仲苦笑道：「這可是你說的，看！地痞們來了！去還是不去？」

徐子陵循他眼光望去，只見縣門處聚了近二十個地痞和縣差，正檢視出縣的車子和行人，尚未見到他們。

兩人的臉色都變得非常難看。

徐子陵咬牙道：「我去引開他們！」

寇仲劇震道：「若你死了，我怎麼辦？」

徐子陵雙目寒芒一閃，肯定道：「我一定死不了的，你到城外半里許處等我。」

寇仲知道這是唯一辦法，沉聲道：「不見不散，若不見你來，我回頭找他們拚命。」

素素亦發覺有異，駭然道：「不！我們不如找個地方再躲躲吧！」

徐子陵堅決搖頭道：「這些流氓公差還好應付，若杜伏威那批執法劊子手來了，我們都要沒命。所以這是唯一機會。」

寇仲道：「小心了！」

徐子陵抽出寶刀，留下刀鞘，跳下騾車去。寇仲和素素看著徐子陵一往直前的朝敵人奔去，兩顆心差點提到喉嚨處。那批惡漢亦瞥見徐子陵，叱喝連聲，同時拔出兵刃，蜂擁而前。徐子陵提著李靖的寶刀，折往城牆旁的大道。車隊立時加速，擁出縣門。寇仲和素素忍著熱淚和火燒似的心，驅騾出城。看著那近二十人的公差惡漢狂追徐子陵，寇仲和素素終忍不住流下熱淚。在出城的刹那，他們見到徐子陵回過身來，往狂衝而來的敵人反殺過去。素素失聲尖叫，騾車出城去了。

刹那間，徐子陵的精神和肉體均進入前所未有的狀態中。他感到身心似是渾融爲一，化作某種超乎平常的澎湃力量。

眼睛明亮起來，迎面衝來的十多名流氓大漢再非那麼可怕，他甚至感到自己提昇往一種比他們更快一籌的運作速率中，且可隱隱把握到每件兵器所取的角度和時間，空隙與破綻，以至乎誰強誰弱。卻可惜自己完全不知道該如何去利用自己這突然而來的奇異本錢。熱流由左腳心湧上。走在最前的惡漢顯是最強的會家子，手中大斧一揮，由右而左照臉往他劈來，斧未至，破風的氣勁和尖嘯已刺激著他的皮膚和耳朵，一切感覺以倍數地強化。腦海裏電光石火般閃過李靖教的血戰十式，自然而然使出一招鋒芒畢露，寶刀畫去。

「叮！」刀斧交擊。徐子陵想不到自己眞能劈中敵斧，正大喜時，那人運斧一絞，大力牽扯，寶刀竟脫手甩飛。

徐子陵魂飛魄散，沒料到自己明明知道對方的後著變化，偏是不知如何應付，竟一個照面兵器立告脫手。大斧再至。另兩人左右搶來，一刀一鐵鍊，盡往他身上招呼，並不因他小小年紀而有絲毫留手。徐子陵際此生死關頭，覷準空隙，不退反進，滾到地上，竟由其中兩人間鑽進敵人的重圍內。三敵的兵器全部落空，衝前兩步，收勢回頭。其他各人圍攏過來。徐子陵跳起來，只見左右中三方全是刀光劍影，往後急退。

「砰！」背脊撞上堅厚的城牆，退無可退，貼牆坐倒地上。徐子陵首先想起寇仲，然後想到娘、素素和李靖。徐子陵心叫吾命休矣，眼前一花。一個頭頂高冠，年約五十，臉容古拙，有點死板板味道的人，似從天而降，剛好插在狂擁上來的衆惡漢和他身前之間，還夠時間蹲下來，和他面面相對，露出一個跟其尊容絕不相配的溫和笑意，這時兩刀、一劍、一鍊因收不住勢子，全招呼到此人背上去。

四漢齊聲慘嘶，口噴鮮血，往後拋飛，兵器都黏到怪人的背上。其他惡漢那曾見過如此神乎其技的武功，駭然散退，勉強保持圍攻的陣勢。那人拍拍徐子陵肩頭，把他扶起來，還爲他掃抹身上的塵屑，十分溫柔仔細。那被他震倒地上的四個人，一動不動的仰躺地上，看來凶多吉少。

那人再露出一絲笑意，柔聲道：「你叫徐子陵，是嗎？」

徐子陵腦中一片空白，茫然點頭。

後面的惡漢其中一人叫道：「朋友是哪條線上的。」

那人嘴角抹出一絲冷酷的笑意，由於背著衆漢，所以只有徐子陵看到，隱隱感到這「仗義出手」的人，並非是眞正的好人。

只見他反手一抹，那些兵器全到了他比一般人寬大的掌上，一點不怕刀劍鋒利的邊緣，若無其事道：「本人杜伏威，各位去見閻皇時，萬勿忘了。」

徐子陵腦際像響了個霹靂。杜伏威不是江淮軍的大頭領，李靖的舊主嗎？他剛領軍攻陷歷陽，令得人人逃命，怎會忽然單人匹馬到這裏來，不但救了自己，還知道自己的名字。胡思亂想間，杜伏威閃電後退，猛撞在後方丈多外的一名漢子身上。那漢子立時噴血狂拋，全身爆起骨折肉裂的聲音。衆惡漢這時只恨爹娘生少了兩條腿，四散逃命。

杜伏威左手一揮，手中四件兵器脫手飛出，分別插進左方四漢的背脊，透體而入，手段毒辣至極，也準確得教人咋舌。徐子陵暗忖此時不走，更待何時，放足朝城門方向奔去。慘叫聲在後方不絕於耳。杜伏威的殘忍嗜殺嚇破除子陵的膽子，失去回頭一看的勇氣。轉眼奔進爭相出城的難民堆內，左鑽右擠，不多時，到了離城的官道上。

現在他唯一的希望，是找上寇仲，然後有多遠逃多遠，永遠再見不到那大魔頭。

驀地耳旁響起杜伏威可怕的聲音道：「小兄弟的腳程眞快！」

徐子陵扭頭後望，左顧右盼，仍見不到杜伏威。忽然發覺四周的人都駭然瞧著自己頭頂上，徐子陵醒悟過來，魂飛魄散中，杜伏威落在他背後，並給抓著背心。五股氣流透背而入。徐子陵先是失去氣力，接著左腳心一熱，跟著右腳心一涼，竟又回復掙扎的能力。杜伏威「咦」的一聲，再送入眞氣。徐子陵全身經脈爆炸開來般，立時昏迷過去。

寇仲把騾車駛進道旁疏林，跳下車去。

素素駭然道：「你要到哪裏去？」

寇仲走近素素，先低頭看仍昏迷在素素懷內的李靖一眼，仰頭正容道：「我看小陵是凶多吉少，現在我要回去爲他報仇，姐姐驅車到樹林深處，待李大哥醒來再設法逃走。」

一股腦兒將懷內的銀兩全掏出來，放進車內，掉頭便走，再不理素素的嬌呼。奔回大路時，逆著人流朝鎭口方向趕去。熱淚不斷淌下。腳步愈走愈快。四周雖滿是爭道的人車，卻似與他全無半點關係，雙方像活在不同的世界裏。沒有人明白他和徐子陵間的深摯感情。剛閃過一輛馬車，避往道旁，一隻手由樹林裏探出來，把他硬扯進去。接著整個人給挾起來，立感渾身發軟。

側頭望去，仍未有機會看清楚擒拿自己的人是何模樣，見到徐子陵的大頭由那人脅下烏龜般伸出來，正向自己連打著表示危險的眼色。

「砰砰！」

兩人給扔在林邊的草地上，跌得個頭昏腦脹，哼哼哈哈地爬起來。兩人環目四顧，見不到杜伏威，一聲發喊，亡命奔逃。忽然寇仲「咕咚」一聲，仆倒地上。徐子陵早衝出十多丈，又掉頭跑回來，正要扶起寇仲，才發覺他昏迷過去。他頹然坐倒地上，杜伏威的腿出現眼前。

徐子陵喘著氣道：「你想怎樣？」

杜伏威淡淡道：「你可以走了！」

徐子陵一震抬起頭來，見到杜伏威冰冷的臉容，試探地問道：「我可以走？」

杜伏威點頭道：「是的！你可以走，只是你一個人。」

徐子陵洩氣道：「我絕不會賣友求榮的。」

杜伏威蹲下來，微笑道：「你的江湖經驗太淺薄了，一招試出你和寇仲的關係。好了！現在我問一句，你答一句，不准有絲毫遲疑，否則我把你的好朋友逐隻手逐隻腳揑碎，使他變成終身殘廢。」

徐子陵駭然道：「我說錯話干他甚麼事？這未免太不公平吧？」

杜伏威若無其事道：「人世間從來沒有公平這回事，否則不會有人做皇帝，有些人卻要做討飯的叫化子。你不要以爲可隨便亂說，待會我弄醒寇仲，只要一對口供，就知你是否胡言亂語。一句謊話，挖出寇仲一隻眼睛，兩句謊話，將輪到你好朋友的手和腳。」

徐子陵聽得渾身發麻，比起這人的狠辣無情，以前在揚州的所謂霸道人物，全在比較下變成大善心人。

杜伏威暗忖哪輪到你這小子不聽話。他本亦不屑殺死那批追殺徐子陵的流氓惡痞，只是爲了使徐子陵認定他是殘忍好殺的人，加強壓力，故痛下殺手。宇文化及追捕兩人，被高麗羅刹女傅君婥救走，已是轟動江湖的事，尤其此事牽涉到楊公寶庫，更爲杜伏威所關心。所以聽到手下說出兩人容貌，立即親身趕來，剛好見到徐子陵等人和昏迷的李靖待要離城。現在見把徐子陵收得貼貼服服，忙壓下心中的興奮，淡然道：「宇文化及爲甚麼要追你們？」

徐子陵看了寇仲一眼，洩氣道：「還不是爲了本鬼書！」

杜伏威故意再露上一手，表示自己非是一無所知，漫不經意道：「就是那暴君想得到的《長生訣》了，那暴君不但殘暴，還非常愚昧！長生不死！想歪他的心哩。」旋又道：「你的內家眞氣是誰傳你的？」只是從杜伏威的問題，當知此人大不簡單。他並不循序而問，而是採取突擊式的方法，教對方難以先一步預擬好答案。

徐子陵果然楞住，見杜伏威目閃寒光，慌忙搖手道：「別！我說了！是娘教我的。」

這回輪到杜伏威愕然道：「你的娘？」

徐子陵知最後都瞞這魔王不過，嘆了一口氣把遇到傅君婥的過程和盤托出，說到傅君婥的玉殞香消，兩眼一紅，差點丟下淚來，忘掉杜伏威絕非傾訴的對象。

豈知杜伏威伸手向著寇仲眼睛，搖首道：「你在騙我！」

徐子陵大吃一驚，抱屈叫道：「若有一字虛言，教我不得好死。」

杜伏威並非不相信他，只是在玩手段，以套取更重要的情報。徐徐道：「你體內的眞氣，與高麗『弈劍大師』傅采林的九玄氣沒有半點關係，怎會是羅刹女傳你的呢？」

徐子陵鬆了一口氣，擺出原來如此的樣子。嘆道：「娘只傳授我們練功的心法，卻來不及告訴我們練功的方法，我們沒得頭緒，只好各自在《長生訣》中找得一幅圖像依著線條的指示來練。實情如此，你不信也沒法子。」

杜伏威雙目亮起來，旋又洩氣道：「確是天下奇聞，《長生訣》原來竟是本武功秘笈，不過現在就算給我得到，亦沒有用處，除非我肯把功力全部散去。哼！羅刹女有向你們提到楊公寶藏嗎？就算沒說過都不打緊，我可把她的屍身挖出來，怎都可查到點蛛絲馬跡的。」

徐子陵駭然叫道：「你怎可以這樣做？」

就在此時，他見到寇仲的手微顫一下，顯是醒轉過來。

杜伏威背著寇仲，自然看不見，還好整以暇道：「那你就說出來吧！唉！入土爲安，當然不必騷擾你娘就最好了。」

徐子陵垂頭嘆道：「我投降哩！不過你可要放過我們。楊公寶藏就在揚州城北關帝廟內，只要把神像移開，可以見到往寶藏去的地道。娘正是要去取寶物，碰巧遇上我們。不信的話，你可以喚醒寇仲來對口供，你弄暈了他這麼久，會不會有問題呢？」

杜伏威一呆道：「揚州城？這確是令人難以想像，哈！」伸指發出一股勁風，徐子陵立時應指昏了過去。

也不知過了多久，徐子陵回醒過來，見寇仲垂頭喪氣地坐在一旁，而杜伏威正仰首望天，不知在想甚麼心事。

寇仲嘆道：「小陵！對不起，爲了你的小命，我已把關帝廟的秘密說出來哩。」

杜伏威暴喝道：「閉嘴！再聽到你們提這三個字，我就宰了你們。」接著長身而起道：「站起來！」

兩人的心兒忐忑狂跳，不知他是否要殺人滅口。

杜伏威雙目寒光閃閃，冷冷掃視他們幾遍，看得他們心中發毛，忽又柔聲道：「你兩個小鬼頭先帶我去把《長生訣》找出來，才可回復自由。」

徐子陵叫道：「你不是說《長生訣》對你沒有用處嗎？」

杜伏威微笑道：「看看都是好的呢。由現在起，你們叫我做爹，我說甚麼，你們就做甚麼？明白嗎？來！喚聲爹給我聽聽！」

兩人對望一眼，暗忖識時務者爲俊傑，無奈下齊齊叫「爹」，均有認賊作父之感。

杜伏威大感滿意，哈哈一笑道：「眞乖，讓爹我帶你們到酒館吃飽然後起程吧！看！天快亮了，日出前該還可趕數十里路。」

第四章 以黑吃黑

黃易 作品集

第四章 以黑吃黑

兩人被杜伏威挾著眞的跑了近五十里路，天明時抵新安郡。此郡乃長江以南一個興旺大城。由於仍未受到戰火波及，加上大批難民逃到這裏避難，更是熱鬧。杜伏威兩手負後，臉無表情的領先而行，也不知他會因自己成爲人人躲避的瘟神而感到不好意思，還是以此爲榮。

寇仲向徐子陵打出忍耐的眼色，趨前向杜伏威道：「爹！你不用回歷陽去做大王嗎？說不定有人會趁你不在謀反呢！」

杜伏威淡淡道：「乖兒子你最好少說兩句話，否則給人聽到，爹就要殺人滅口。」

寇仲吐出舌頭，裝作驚惶地退回徐子陵旁，聳肩低聲道：「李大哥說得對，爹果然不是得天下的料子，動不動就殺人，不懂收買人心。」

杜伏威別過頭來瞪他一眼，銳目射出深寒的殺機，嚇得寇仲不敢說下去。杜伏威身形本比兩人還高上兩寸許，加上頭頂高冠，走在人堆中，更見鶴立雞群，非常惹人注目。三人登上城中一所最大的酒樓，只見擠滿了人，想找張桌子確是難比登天。杜伏威扯著其中一個夥計，塞了兩串銖錢到他手裏去，那夥計立時不知由哪裏弄了張桌子加設在靠窗台處，恭恭敬敬請他們「三父子」坐下來。

要了茶點，杜伏威只喝了一口茶，停下來看兩人狼吞虎嚥，淡淡道：「誰說我不懂收買人心？」

寇仲低聲道：「爹若懂收買人心，便不該四處拉伕，抓人入伍，弄得人見人怕。」

杜伏威不以為忤道：「小子你懂些甚麼。俗語有謂發財方可立品，現在爹只像僅堪糊口的窮光蛋，一不小心連家當都會失去。何來本錢收買人心？」

寇仲搖頭晃腦道：「爹若懂收買人心，該對孩兒們裝出大英雄的模樣，說些甚麼救世濟民的吹牛皮大話，讓我兩兄弟心甘情願追隨阿爹，助你去打天下，總強勝過現在這般靠打靠嚇，大傷我們父子間的感情。」

徐子陵哪忍得住，差點把口內美味的糕點噴出來，旋又見杜伏威神色不善，忙掩口低頭。

寇仲一點不理杜伏威眼中射出的兇光，嘻嘻笑道：「爹你老人家切莫動氣，忠言總是逆耳的。那昏君之所以被稱為昏君，就是不肯聽逆耳的忠言。爹你若只想當個賊頭，當然沒有問題，但若要以統領天下為己任，則無論怎樣不願聽人批評，亦要擺出禮賢下士，廣開言路的模樣兒，人家方不會說你是另一個昏君。」

杜伏威聽得呆了起來。他自與刎頸之交輔公祏聚眾為草莽，成為黑道的一方霸主。到後來率眾投奔長白山的王薄，旋又脫離王薄自立為將軍，縱橫江淮，未曾一敗。現在連歷陽都落到他手裏去，威震天下。卻從未試過有人敢當面訓斥他，且又說來文謅謅的，還是出自這麼乳臭未乾的一個小子之口。不過聽後卻覺非常新鮮，尤其是他口口稱爹，若為此發脾氣，實是有欠風度，一時間竟說不出反駁的話來。

寇仲意猶未盡，邊吃邊道：「爹你的武功這麼厲害，看來宇文化骨該非你的敵手。在江湖上排名當在那甚麼『武尊』畢玄，甚麼『散眞人』寧道奇之上，連慈航靜齋的尼姑都要怕了你呢。」看看他的臉色，「咦」一聲續道：「難道孩兒拍錯爹的馬屁嗎？為何臉色變得這麼難看？唉！橫豎你得到《長生訣》後，都要殺孩兒們滅口的了，怎都多忍我們一會吧！又或點了我們的啞穴，使我們出不了聲。嘻！究竟是否眞有啞穴這回事呢？」

杜伏威厲目一掃，見寇仲不斷提高音量，搖頭苦笑道：「若你這小子想引人來救你，將是白費心機，只有多賠上幾條人命吧。」忽地伸手由檯下捏著了徐子陵的大腿，五指略一用力，後者立時痛得把口中的美食吐出來。

寇仲舉手投降道：「還是爹比孩兒狠辣，這招圍魏救趙，聲東擊西我便招架不來。爹請高抬貴手吧！孩兒明白甚麼是只有強權沒有公理，爹教訓得眞好。」

杜伏威確有點拿他沒法，最大問題是現在仍未到殺人滅口的時候，收回大手，淡淡道：「由現在起不准你們說話。」

寇仲嘻嘻一笑，接著又仰天打個哈哈，然後埋頭大嚼。杜伏威差點氣炸了肺，但由於沒有連帶說不准他笑，故亦不好意思懲治他們。兩個小鬼對望一眼，露出勝利的會心微笑。離開酒樓，寇仲和徐子陵兩人口啣小竹籤，悠哉游哉的跟在杜伏威身後，不時肩碰肩，似是一點不把眼前的困境放在心頭。

杜伏威一言不發到市場買了兩匹馬，著兩人共乘一騎，警告道：「若妄想憑馬腿逃走，我會每人挖一隻眼珠出來，清楚了嗎？」

兩人恭敬點頭，模樣教人發噱。杜伏威沒好氣和他們計較，命他們策騎在前引路，自己隨在後方。轉瞬出城馳上官道，徐子陵放馬疾馳，不片刻已操控自如。

寇仲見杜伏威落後至少五丈，湊到徐子陵耳旁道：「這次慘了，若讓這惡人取得揚州城關帝廟下的寶庫，娘定會怪我們的。」另一手卻在徐子陵的背心寫道：「剛才我在酒樓已惹起旁人注意，若有人來攔路，我們可趁機逃走。」

徐子陵知機地嘆道：「他這麼厲害，我們只好乖乖聽話，照我看他雖然凶巴巴的，其實卻是個好人，至少到現在仍沒有眞的揍我們。不如先把《長生訣》交他，再看他肯不肯眞的收我們作兒子，他日他成了皇帝，我們豈非是太子。義父該不會殺義子吧！」

兩人有了隨傅君婥的經驗，自知縱是隔開數丈，定瞞不過杜伏威的靈耳。

寇仲眉頭一轉道：「唉！當日娘臨死前曾說過開啓寶庫的方法，甚麼左三右六，前七後八，三轉兩還，你有聽清楚嗎？好像還有兩句甚麼的，當時娘死得那麼慘，我哭得耳朵都聾了，怎聽得清楚呢？娘不是說過若不懂開庫秘訣，到了廟內都不會找到寶庫的入口嗎？」

徐子陵心中叫妙，道：「我當然記得，不過除非他肯收我們作義子，否則橫豎要被滅口，索性不說出來，幸好娘教下我們自斷心脈的法門，最多立即自盡以了此殘生好哩。」

寇仲裝作駭然道：「千萬不要這樣，我看杜老鬼都算是個人材，只要他尚未有兒子，自須找兩個像我們那樣天才橫逸的作繼承人，至少可作個諫臣，他若白白放過我們就是眞正的大蠢蛋。」又嘆一口氣道：「唉！不過你也說得對，若他狠心對付我們，就算賞我們半個耳光，我們也立即自盡，好教這惡霸爹不但得不到寶庫，還被整座關帝廟塌下來把他活活壓死。」

徐子陵聽他愈吹越離軌，怕給聽穿，忙道：「不要說了，防他追上來呢！」

寇仲裝作回頭一望，只見杜伏威低下頭去，知道妙計得逞，連忙閉口，心中得意之情，實是難以形容。黃昏時，三人來到一個叫南直的大鎭，杜伏威找了間小客棧，卻只要一個房間，便帶兩人到附近的小飯館吃晚飯，神態「慈祥」多了。十來張檯子，只一半坐了人，看來是本地的「富民」。

三人找了一角較清靜處坐下，點選飯菜，杜伏威漫不經意道：「看你們都算聽話，准你們開口。」

寇仲在檯底輕踢徐子陵一腳，鬆一口氣道：「有甚麼是爹你老人家不願聽的，乾脆先說出來，免致孩兒們觸犯禁忌，又要封口。」

杜伏威雖是殺人不眨眼的黑道梟雄，偏是拿寇仲沒法，惟有故示大方，啞然失笑道：「只要你不是故意招惹麻煩，我難道還怕你說話嗎？我吃的鹽都要比你兩個吃的米多，走的橋還多過你走的路呢。」

寇仲露出一個不敢苟同的笑容，卻沒有反駁。

徐子陵低聲道：「我們兩兄弟認命了。杜總管你得到《長生訣》後，可否給我們一個痛快，不要使我們受那麼多活罪。唉！自娘死後，我們一直想追隨她同赴黃泉，只是沒有自盡的勇氣吧！」

寇仲插嘴道：「爹你最好在我們死後，使手下大將著那些兵卒過年過節時燒些金銀衣紙給我們，使我們在泉下和娘活得風風光光的。」

杜伏威給他們弄得啼笑皆非，苦惱道：「誰說要殺你們呢？」

寇仲正容道：「君無戲言，那就連傷害都不可以。」

杜伏威本是老奸巨猾的人，微笑道：「若你們沒有事瞞著我，我杜伏威一言九鼎，將來定不會薄待你們。」

兩人知他中計，交換個眼色，寇仲嘆道：「有爹這句話就成，小陵說出來吧！」

徐子陵道：「寶庫的入口，必須以獨門手法開啓，爹若肯發下毒誓，保證你不會用任何方式損傷我們半根毫毛，還眞的認我們作兒子，孩兒會把秘訣說出來。」

杜伏威見到有一群男女剛走入飯館，其中一名老者，氣度不凡，顯是高手，點頭道：「此事回去再說，吃飯吧！」

徐寇兩人隨他眼光望去，兩雙眼睛同時亮起來。進來的共一老四少五個人，身上佩有刀或劍，惹得兩人雙目發亮的是位年在十六、七間，似含苞待放的妙齡女郎，長得美貌異常。老者身型矮胖，神態威猛，甫進門來眼光便落在杜伏威身上。另三人是二十歲許的青年，體格驃悍強壯，其中一位還長得非常英俊，比另兩人要高，與那美貌少女肩並肩的，態度親暱。少女見寇徐兩人以市井無賴的目光，雙眸不轉地直直打量她，俏臉掠過怒容，不屑地別過頭去，貼近英俊高大的青年，逕自入席。兩人見惹得少女注意，大感興奮，對視而笑。

杜伏威看在眼裏，心中湧起熟悉親切的感覺。他出身窮家，自幼在市井偷偷搶搶混日子，也不記得因調戲美女給人揍了多少頓。後來練成武功，輪到他去欺壓人，近二十年爲了修習上乘武功，收斂色心，沒再姦淫婦女。而今見到兩人模樣，勾起回憶，低聲道：「要不要爹拿了她來給你們作幾晚老婆？」

兩人嚇了一跳，一齊搖手拒絕。

徐子陵鄭重道：「強迫得來的哪有意思，我們是眼看手不動的。」

杜伏威忽然發覺開始有點歡喜兩人，豎起拇指道：「好孩子！」

兩人暗忖你討好我們，只是想得到那並不存在的寶庫開啓秘法吧！當然不會領情，表面則裝出高興陶醉狀。

寇仲見少女「名花有主」，又怕她因他們惹了杜伏威這大禍上身，放棄飽餐秀色的衝動，好奇地問道：「爹的武功比之宇文化骨究竟誰高誰低呢？」

杜伏威是第二次聽他把宇文化及擅自改作宇文化骨，莞爾道：「和你兩個小子在一起，我笑得比過去十年的次數加起來還要多。以後再也不要問這種幼稚的問題，未曾見過眞章，怎知誰高誰低？」爲了寶庫，他也半眞半假的哄他們。

徐子陵道：「總該有些準則吧，像甚麼『武尊』畢玄，甚麼『散眞人』寧道奇，有多少人和他們動過手呢？他們的排名還不是高高在上嗎？」

杜伏威冷笑道：「他們固是上一輩最出色的高手，但江山代有人材出，哪輪得到他們永遠霸在那個位置上？」

寇仲點頭道：「爹這番話很有見地，不知江湖上和爹同級數的高手還有些甚麼人？」

杜伏威見他一本正經的大人樣兒，沒好氣道：「快吃飯！」

兩人正在興頭上，大感沒趣，只好低頭吃飯。

杜伏威一向在手下面前威權極重，可說無人不對他又敬又怕。豈知兩個小子當足他是親爹的模樣，弄到他不知該怎樣對付兩人，心中一軟道：「若論武林的淵源流派，可大致分爲南北兩大系統，所謂『南人約簡，得其精華；北人深蕪，窮其枝葉』，所謂南北，指的是大江的南和北。南方武林一向偏尚玄學義理，上承魏晉以來的所謂中原正統。北方則深受域外武林的影響，武技千門萬類，層出不窮，比較有朝氣和魅力。但若以最高層次論，則各有特色，難分高下。」

說到這裏，見到隔開三張桌子那老人耳朵聳動，顯在竊聽他們的對話，心中微懍，要知他已以內功使聲音聚而不散，若對方仍可聽得到，此人便可列入江湖一流高手之林。若換過平時，他說不定會出手試探，但現在有要事在身，哪有興趣理其他事，當下不再說下去，催兩人吃飽後，結賬離開。

徐寇兩人拍拍肚皮，隨他離去。當經過少女那桌時，少女倏地伸腳出來，準確無比地插入最後面的徐子陵雙腳間，運勁一絞。徐子陵驚叫一聲，撲跌在寇仲背上，兩人立時變作滾地葫蘆。

這一著雙方都大出料外，老者喝道：「無雙！」

杜伏威一生橫行霸道，他不來惹你，已算你家山有福。現在竟給人在自己面前折辱保護下的人，倏地轉身，雙目殺機大盛。

叫無雙的少女被他瞪得有點心驚，但顯是平時驕縱慣，兀自不屑道：「誰叫他們用賊眼來看人家呢！」

寇徐狼狽爬起來，駭然一左一右扯著杜伏威，要拉他出門外。豈知杜伏威文風不動，只冷冷望著那少女。

寇仲知他出手在即，哀求道：「爹！走吧！確是孩兒們不對。」老者站起來抱拳道：「此事是敝姪女不對，請兩位小兄弟見諒，若有跌傷，我們願賠上湯藥費。」

杜伏威冷冷道：「報上門派來歷，看本人惹不惹得起你們。」

那三個青年霍地立起，手都按到兵器的把手上去，嚇得其他食客慌忙離座避往牆角。

俊偉青年傲然道：「家父朔方梁師都，晚輩梁舜明，至於惹不惹得起，須閣下自行決定。」

另兩個青年和少女露出得意和嘲弄神色，顯然頗為梁師都之名而自豪。

杜伏威神情如故，若無其事道：「原來是鷹揚郎將的愛子，鷹揚派一向甘為朝廷走狗，最近見風轉舵，依附突厥。鷹揚雙雄梁師都和劉武周變成突厥雙犬，憑甚麼我惹不起你們。」

寇仲和徐子陵亦聽過鷹揚派之名，知是北方赫赫有名的大派，暗忖這梁舜明總該有兩下子，說不定他們可趁機溜走，再不打話，退到門旁。

老者一把攔著已拔出兵器的梁舜明等人，沉聲道：「朋友見多識廣，顯非尋常之輩，請問高姓大名，也好有個稱呼。」

杜伏威淡淡道：「這小子既是梁師都之子，閣下自是和梁師都拜把兄弟廬陵沈天群有關係的人，照年紀該是沈天群之兄沈乃堂，不知本人有否看走眼。」

老者驀地挺直身軀，髮鬚俱張，神態變得威猛無儔，哈哈笑道：「朋友對江湖之事瞭若指掌，必非無名之輩，何不報上名來，說不定可攀上點關係哩。」

「攀上點關係」乃江湖用語，包括或是敵人的意思在內。

杜伏威仰天一陣長笑，倏又收止笑容，兩眼射出森寒殺機，冷然道：「希望梁師都不是只得他一個兒子，否則就要斷子絕孫。」

沈乃堂臉色立變，知道梁師都和沈天群兩個名震武林的強手都嚇他不退，定是大有來頭，退後一步，拔出大刀，厲喝道：「好！讓我沈乃堂見識一下朋友的眞正本領。」

梁舜明恃著家傳之學，一向自視甚高，兼又有愛侶在旁，哪忍得住，由沈乃堂身邊撲出來，使出鷹揚派著名的翔鷹劍法，虛虛實實的往杜伏威胸前刺去，確是不同凡響。沈乃堂對他頗有信心，移往一旁，爲他押陣。

杜伏威竟先回頭向寇徐兩人笑道：「鷹揚派位處北方，故頗受突厥武術影響，以狠辣爲主，重攻不重守，故一旦攻不下敵人，只餘捱打的分兒。」

此時梁舜明的劍離他胸口不足三寸，倏地變招，化虛爲實，挑往杜伏威咽喉，果是狠辣。寇仲和徐子陵瞪大眼睛，既想梁舜明一劍殺了杜伏威，又不願見他就此完蛋，心情矛盾之極。杜伏威這時才作出反應，往後一仰，衣袖拂起。「叮！」竟傳來一下金屬交擊的清響。衆人大惑不解時，梁舜明全身劇震，長劍給不知何物撞得盪了開去，空門大露。杜伏威伸直身體，閃電一腳飛踢梁舜明胯下，果是要他斷子絕孫。

沈乃堂見狀色變，至此方知道對方是有「袖裏乾坤」之稱的黑道霸主杜伏威。原來杜伏威慣把長只尺許的護臂藏於兩袖內，以之傷人，每收奇兵之效。他一上來便出動看家兵器，已下了殺人滅口的決心。沈乃堂既知道是他，哪敢托大，暴喝一聲，大刀揮出，同時搶前，斬往杜伏威左頸側處。杜伏威冷哼一聲，另一護臂由左袖內吐出，撞在沈乃堂刀鋒口處，踢勢則絲毫不改。梁舜明知道不妙，施出壓箱底本領，左掌下按，同時急退。

「砰！」「叮！」梁舜明一聲悶哼，雖封了杜伏威的一腳，卻吃不住由腳背傳來的驚人氣勁，口噴鮮血，整個人往後拋去。

沈乃堂與他硬拚一招後，被迫退半步，大喝道：「你們帶梁公子走！」

豈知沈無雙和師兄孟昌、孟然三人，見梁舜明往他們拋跌過來，不約而同伸手去接，只覺梁舜明重若千斤，雖接個正著，卻受不住衝力，四個人齊往後跌，把後面的枱子壓個四分五裂，人和枱上的杯碟飯菜，跌作一團，狼狽不堪。杜伏威冷笑一聲，雙袖揚起，忽衣忽護臂，殺得沈乃堂全無還手之力。幸好沈乃堂底子極厚，功夫又扎實，仍可支持多一段時間。

寇仲和徐子陵剛退至門外，打個眼色，狂奔而去。杜伏威哪想到兩個左一句阿爹、右一句阿爹的乖兒子會趁機溜走，急怒攻心下，攻勢頓時打了個折扣，也令沈乃堂爭回少許優勢。他見沈乃堂氣脈悠長，沒有十來招，絕殺不了對方。權衡輕重下，還是先抓著兩個小子，再回來殺人滅口。大喝一聲，硬把沈乃堂逼退兩步，飄身退出門外。此時沈無雙等扶著受了內傷的梁舜明站了起來，還以爲沈乃堂大展神威擊退敵人，哪知沈乃堂站定後，竟又連退三步，接著「嘩」的一聲噴出一口鮮血。

沈無雙捨下梁舜明，由他兩個師兄扶著，撲到沈乃堂旁抓著他臂膀駭然道：「大伯！你怎樣了？」

沈乃堂深吸一口氣，以袖拭抹嘴邊血漬，沉聲道：「此人是『袖裏乾坤』杜伏威，縱使你爹親來，恐仍不是他對手，我們立即走。」

杜伏威追出飯館外，燈火映照下的昏暗長街仍是鬧哄哄的，省起這是鎮內的花街，多座青樓，均集中此處，故人車不絕如縷。他想也不想，閃入橫巷，躍上瓦頂，功聚耳目，全神察聽，同時展開身法，竄房越屋，不片晌已在幾條街巷上繞了個大圈，偏是既見不到兩個小鬼，更聽不到急促的逃走足音。

以杜伏威之能，亦大感頭痛。他已當機立斷，捨敵追出，仍不能及時截回兩人，可知兩個小鬼機靈之極，竟懂得在附近躲藏起來，除非他能搜遍方圓百丈的地方，否則休想找到他們。這時不禁暗罵自己愚蠢，若早以手法制著他們的穴道，不管會對他們造成怎麼樣的傷害，就不會發生這麼窩囊的事。自己是否患了失心瘋，竟會有此失著，大不似自己一向算無遺策的作風。嘆了一口氣，躍回地面，再展開搜索行動。

此時寇徐兩人剛步入隔了十多間店舖的一所窰子裏，當然是寇仲想出來的詭計。因爲照常理他們定會有多遠逃多遠，但杜伏威只要隨便抓個人問問，便可知道他兩個發足狂奔小子逃走的方向。而且傅君婥曾說過武林高手都是追蹤的高手，所以故意反其道而行，找最多人的近處往裏鑽，自然就走進這間飄香院來。

不過他們的衣服和落泊模樣確教人不敢恭維。踏進大門，便給四個看門的護院保鏢一類人物截著，其中一人喝道：「客滿了，到別家去吧！」

寇仲嘻嘻一笑，探手懷內，才記起銀兩都在自己壯士一去兮不復還的心態時全慷慨贈予素素，忙一肘打在徐子陵臂膀處。

徐子陵只差未能與他心靈對話，當然捱肘知雅意，掏出幾個碎銀子，塞到其中一個漢子手心去。笑道：「我們的父親和五位叔叔全在揚州當官的，這次是隨堂叔到這裏辦貨，好好侍候我們，自當重重有賞。」

那漢子一看手內銀兩，登時露出笑容道：「兩位少爺請隨小人來！」

兩人大喜舉步，入到廳堂，一名打扮得像老妖怪的鴇婆迎上來，看得兩人立即倒抽口氣，暗忖只看這鴇婆，便知比揚州春風樓的水準差得太遠。不過此時逃命避難為要緊，哪會在這上頭計較。那鴇婆見到他們，立即眉頭大皺。倒非因他們乳臭未乾，比他們更嫩的嫖客她亦見得多，但像他們那似是整年未洗澡、蓬頭垢面的客人，她還是初次見到。

鴇婆狠狠瞪著那大漢，毫不客氣道：「阿遠，這是怎麼搞的？」

徐子陵又笑嘻嘻奉上銀兩，豈知鴇婆看都不看，不屑道：「規矩就是規矩，你們沒看到入門處那牌子寫著『衣冠不整者恕不招待』嗎？想要我們飄香院的姑娘招待你們，先給老娘回去沐浴更衣，然後再來吧！」

寇仲和徐子陵暗忖這豈非要他們的命嗎？

寇仲嘻嘻一笑道：「我們前來除了是要花銀子外，還是要找個地方沐浴更衣。」

鴇婆奇道：「你們包袱都沒半個，那來更換的衣物呢？」

寇仲不慌不忙向徐子陵道：「兄弟，出重金讓這位大哥給我們找兩套衣服回來。」

徐子陵忍痛取出四分一身家的大錠銀兩，遞給大漢。大漢和鴇婆同時動容。

大漢去後，鴇婆換上笑容，再接了徐子陵的打賞，恭敬道：「兩位少爺請隨奴家來。」

兩人聽她重重塗滿胭脂的血盆大口吐出奴家兩字，渾體毛管倒豎，對視苦笑，正要舉步，後面傳來嚦嚦鶯聲道：「陳大娘！兩位小公子是來找哪位阿姑的呢？」

三人愕然轉身。只見一位美妞兒俏生生立在他們身後，後面還跟了個俏婢和兩個壯漢，正巧笑倩兮地用那對媚眼瞅著兩人，體態更撩人之極，一副風流樣兒。此女膚色白皙幼嫩，身材勻稱，秀美艷麗，即使在揚州那種煙花勝地，這麼青春煥發，毫無殘花敗柳感覺的女子，亦屬罕有。兩人一時看呆了眼。

陳大娘立即眉開眼笑迎過去，諂笑道：「原來是我的青青乖女兒回來，盧大爺他們等了你整個晚上哩。」

青青上上下下打量寇徐兩人，噗哧笑道：「才剛入黑，怎會等了整個晚上呢？不過若他們還要等下去，會是整個晚上。」

邊說邊走到兩人身旁，繞著他們打個圈子，大感興趣道：「兩位小哥兒是第一趟來的嗎？剛才在外面奴家已看到你們，不過我在馬車內，你們看不見我吧！」

陳大娘堆起笑臉，走上來陪笑道：「兩位小公子是要到澡堂去，我的青青還是聽話去招呼盧大爺他們吧！」

青青嬌哼一聲道：「本小姐今晚只陪兩位小公子。」伸手抓著兩人膀子道：「來！隨我走！」又吩咐小婢去拿沐浴的用品，留下鴇婆呆在廳裏。

兩人交換個眼色，對這飛來艷福大感興奮，暗忖若童男之身斷送在這樣的姐兒手上，總還算是值得。剛離開廳堂，青青臉上的笑容立時消失無蹤，推著兩人穿過長廊，來到熱氣騰昇的澡堂，原來竟是個溫泉浴室。

青青將兩人推進去，冷冷道：「洗澡吧！」

兩人愕然以對，小婢拿著浴巾等物來到，青青接過一把塞在徐子陵手上，臉無表情的道：「慢慢洗！不要急！」轉身便去，還關上門。

兩人呆頭鵝般看著關上的門，門外傳來青青的聲音緊張地問道：「黃公子來了嗎？」接著是步聲遠去的聲音。兩人這才知被利用了，寇仲憤然將毛巾等物擲在地上。兩人對望一眼，齊地捧腹蹲地，笑得差點氣絕，眼淚水都嗆出來。

片晌後兩人舒暢地浸在溫熱的泉水裏，洗污除垢，寇仲笑道：「今晚定是犯了桃花煞，先是給刁蠻女絞得我們兩人跌一跤，然後是這狡女借我們來過橋，倒足楣頭，唯一值得安慰的是撿回自由，保住小命。」

徐子陵搖頭笑道：「以老杜的腳程，現在怕該追到百里之外，他找不到我們，還以為我們的輕功比他更厲害呢。咦！不妥！」兩人同時色變，想到若杜伏威追不上他們，定會回頭來尋找的。

「篤！篤！」敲門聲響。兩人立即滑到水底去。

「公子！衣服來了。」兩人大喜跳出池來，開門接過衣服，匆匆換上，溜了出去，走往後院的方向。四周院落盡是盈耳笙歌，笑語聲喧，加上猜拳賭酒的叫嚣，確是熱鬧。可惜兩人卻像活在一個冰冷和了無生機的天地裏，一點感染不到眼前世界的歡樂氣氛。不過他們仍未知道杜伏威這時剛進入這所青樓的大門。兩人左閃右避，來到後花園裏，一看之下不禁悵然若失，原來整個後院給高達兩丈餘的厚牆圍個水洩不通，唯一的出路只有一道鐵門，這刻對他們來說不啻是個天絕人路的大監獄。

寇仲撲到鐵門處，摸往鎖頭，一震道：「我的娘！誰把鎖頭鋸斷了？」

徐子陵大喜道：「管他是誰，快出去吧！」

寇仲隨手扔掉斷鎖，用力把門推開。兩人溜出去，關上門。

正不知何去何從，蹄聲滴嗒，一輛馬車由對街暗影處駛來，駕車的漢子叫道：「青青！快上車！」

兩人呆了一呆，接著恍然大悟，這才明白原來青青是要和心上人私奔。此時那人終看清楚他們不是青青和那小婢，愕然停車。

寇仲向他打個手勢，笑著和徐子陵溜往對面的橫巷去，走了兩步，又扯停了徐子陵，低聲道：「我有個好主意。」

徐子陵亦興奮道：「車底！」

兩人雙手緊握一下，掉頭奔回去。

鐵門再開，扮作男裝的青青和小婢閃出來，鑽進馬車內。黃公子馬鞭輕打馬屁股，車子開出，不斷加速。此時杜伏威剛飛臨後院高牆上，看了一眼遠去的馬車，猛提一口眞氣，御空而去，流星般落到馬車後十丈許處，趕了上去。寇仲和徐子陵看到杜伏威的兩條可怕長腿由遠而近，嚇得呼吸頓止。杜伏威速度驟增，掠往窗旁，功聚雙目，看穿簾幕和車廂內的黑暗，見到不是寇仲和徐子陵，一個觔斗，翻身跳上路旁的房舍頂上，再往別處搜索，惟恐兩人逃遠。

兩人驚魂甫定，馬車穿過鎮口的大牌坊，走到官道上。馬車停下來。青青由車門鑽出來，坐到黃公子身旁去，接著是親嘴的聲音。車底的兩人大為艷羨。

片晌後，黃公子道：「東西拿到沒有？」

青青得意洋洋道：「當然拿到，這些珠寶銀兩都是我賺回來的，自然該由我拿走哩！」

車底的寇仲湊到徐子陵耳旁道：「原來是個騙財騙色的淫棍，我們要不要順手牽羊。」

徐子陵堅決搖頭道：「這種賣肉錢不要也罷，別忘娘對我們的期望。」

青青有點驚惶地道：「可不可以走快些，謝老大那批手下的馬走得很快的。」

馬車忽然偏離官道，駛進路旁的平野，不住前進。寇徐兩人全賴手腳攀緊車底的承軸，馬車走在凹凸不平的原野上，顛側拋盪，使他們大感吃不消。

青青駭然問道：「你要到哪裏去？」

黃公子答道：「不知馬車為何走得特別慢，讓我們先到前面那座樹林裏避一避，待追兵過後，繼續行程。」

青青不解道：「我們不是預備了船隻，要立即坐船上鄱陽嗎？怎可隨便改變計劃呢？」

此時馬車緩緩駛進密林裏，黃公子著青青點亮兩盞風燈，再奔了一段路後，停下車來。寇徐兩人再支持不住，掉往車底的草地上去。

黃公子的淫笑嘿嘿傳下來道：「來！橫豎閒著，我們先到車廂內親熱親熱吧。」

青青嗔道：「人家現在心驚膽跳，哪還有這般心情，何況喜兒在車廂裏。」

黃公子道：「怕甚麼！喜兒遲早是我的人哩！」

他兩人由前頭下來，進入車廂後，寇仲和徐子陵爬了出來，正要離開，忽地車廂內傳來掙扎糾纏的聲音，喜兒尖叫道：「快放開小姐！」

兩人大吃一驚，想不到黃公子不但騙財騙色，還要害命，忙跳起來，拉開車門。只見黃公子正捏著青青咽喉，喜兒則給推得跌坐一角。寇仲搶入車內，一拳轟在黃公子背心處，黃公子痛得慘嚎鬆手。徐子陵一把抓著他髮髻，不知哪裏來的神力，扯得他整個人上半身跌出車門，順勢把他拖往車外。

此人顯然不懂武功，給兩人拳打腳踢，不片晌便爬不起來，顫聲道：「好漢饒命！」

青青撫著喉嚨，不住咳嗽，啞聲悲叫道：「不要打了！」

兩人爲之愕然。

寇仲奇道：「你難道不知他要謀你的財害你的命嗎？」

青青點點頭，趨前往黃公子的俊臉狠狠踢幾腳，頹然坐倒地上，憤然叫道：「快滾！」

黃公子早血流滿面，聞言如獲皇恩大赦，連滾帶爬，沒進燈光不及的林木深處。俏婢喜兒扶起了青青，四人八目交投，都不知該說甚麼好。

青青高聳的胸脯不住起伏，瞪著兩人神色不善道：「又是你們！」

寇仲愕然道：「你是這樣對待救命恩人的嗎？」

青青跺足道：「我就算給人殺了，都不關你們兩個小鬼的事。」

喜兒看不過眼，搖晃著她的手臂道：「小姐！他們是好人哩！」

青青淚流滿目，卻大發脾氣道：「我不管！快滾！」

兩人大感沒趣，徐子陵苦口婆心道：「你們若懂騎馬，把拖車的馬兒解下來，會走得快一點。」伸手摟著寇仲肩頭，揚手去了。

青青哭倒地上，淒然叫道：「我不要那兩個小鬼小覷我！人家恨死哩！」

喜兒望往兩人離去的方向，黑壓壓的樹林無盡地延伸著，心想原來這兩個人洗澡後長得比那黃公子還好看，難怪一向好強的小姐不想被他們見到自己的落難樣兒。

朝東南急走二十多天，寇仲和徐子陵這對難兄難弟，來到靠海的大郡餘杭。兩人塡飽肚子，寇仲道：「現在我們已成名人，人人在謀我們的寶庫，若我們未練成絕世神功而往江湖闖蕩，將會落得悲慘下場。但若找個地方躲起來做縮頭烏龜，不但有負娘的期望，亦永遠殺不了宇文化骨，你說該怎麼辦？」

徐子陵嘆道：「我很想再見到李大哥和素素姐姐，只恨高郵離揚州城那麼近，而杜伏威那老蠢蛋必是到了揚州尋寶，很易遇上他呢！」又頹然道：「現在我們的銀兩所餘無幾，我又厭倦去扒人的錢袋，連生活都沒有著落，你教我怎麼辦？」

寇仲的眼睛亮起來，道：「李大哥以爲我們早死了，怎會在高郵等我們。你說得對，現在先要鑽點錢，否則何來盤纏到洛陽去找和氏璧？」

徐子陵喜道：「你有甚麼發財大計？」

寇仲胸有成竹道：「所有發財大計，總離不開賤價入手，高價放出。這裏是產鹽區，只要我們買他奶奶的一車鹽，再偷運他鳥兒去內陸最缺鹽的地方，可將鹽當黃金來換錢。那時找個安身處練起李大哥的血戰十式，再不用拿著根可笑的樹枝。」

徐子陵奇道：「你知道哪處最缺鹽嗎？」

寇仲用眼光一瞟左側酒館內的一張桌子低聲道：「你看那妞兒多麼甜！」

徐子陵正在憂柴憂米，看的興趣都欠缺，催道：「快說！」

寇仲煞有介事，指了指自己的大頭，道：「世上最管用的是靈活的腦筋，現在老杜截斷大江的交通，除非像宋家那種威勢，誰有本事運鹽到歷陽以西的郡縣去，所以我們若運他鳥兒的一車鹽前去，擺地攤都可賺個盆滿砵滿。來吧！要發財就隨老子去吧！」

結賬後，兩人離開酒館，問了鹽貨批發的地方，立即動程。

徐子陵擔心道：「買鹽還可將就著我們的財力去買，但何來餘錢去買騾車？」

寇仲哈哈笑道：「你好像不知人世上有手推車這種可靠的運輸工具，來吧！」

兩人走了半個時辰，抵達城外的碼頭，只見茫茫大海，在前方無限地延展開去。寇仲吐出一口涼氣道：「不如我們偷上其中一條船，到大海的另一邊看看，憑我們的手段，說不定能成爲另一個國的皇帝，那時納十來個貴妃，不亦樂乎。」

徐子陵一眼望去，船舶無數，檣桅如林，以千百計的腳伕正在起卸貨物，商人旅客上下往來不絕，十分繁忙熱鬧。推了推眼露憧憬之色的寇仲，道：「發財要緊，來吧！」

兩人擠入活動的人流裏，不但見到各式各樣的江湖人物，亦有公差混跡其中。寇徐兩人不知這裏是否有懸賞追緝他們的榜文，見到公差，遠遠避開。不一會到了該地最著名的鹽貨街，十多間鋪面高敞開闊的鹽鋪，排在靠海的一邊，鋪後是碼頭，泊滿載貨的大船小艇。十多間鋪子無一例外擠滿人，鋪內鹽貨堆積如山，賤得像不用錢即可隨手拿走一包半包的樣子。

兩人見到這等陣勢，膽怯起來，爭議一番，徐子陵被推舉出去打頭陣，認定一個站在櫃枱後邊打算盤的老先生，好不容易擠過去，徐子陵乾咳一聲道：「老闆！我們要買貨。」

老先生頭也不抬，冷冷道：「這三個月的貨全給訂了，你們是哪家鋪子的？」

徐子陵啞口無言，寇仲在後面推他道：「到別家去吧！」

老先生像再不知道他們存在的樣子，全神貫注在算盤上。

一個倚著櫃枱的大漢冷冷瞅著他們道：「兩位小兄弟面生得很，是否外來的。」

徐子陵點頭道：「我們是外地來的。」

老先生咕噥道：「老劉你要聊天，給我到鋪外去聊，不要在這裏阻礙別人來交收提貨。」

老劉給兩人打個眼色，帶頭擠出鋪外，到了街上，再向兩人上下打量一番，帶點嘲諷的語氣道：「看來你們又是到這裏買貨，以為可運往內地發財的獃子，不過卻少有像你們這麼年輕的，你們拿得出多少錢來？」

寇仲和徐子陵自幼在市井混大的，哪還不知遇上騙徒，搖頭要走。

那老劉立時變臉，攔著去路，惡狠狠道：「走得這麼易嗎？」

「砰！」寇仲一拳抽在他小腹處。老劉登時蝦公般彎下去，接著跪地捧腹，然後整個人仆在地上，連呻吟的力量都失去。附近的人紛紛避開。

徐子陵看寇仲的拳頭，吁出一口涼氣道：「你的拳頭何時變得這麼有勁的？」

寇仲陪他呆瞪自己的拳頭，愕然道：「莫不是我練成了九玄大法的第一重境界，等於六分之一個娘那麼厲害？」

徐子陵見至少有百來對眼睛在看他們，而老劉則仆在地上生死未卜，極爲礙眼，扯著寇仲擠進不迭自動讓路的人堆裏。正要到另一間鹽鋪碰運氣，後面有人叫道：「兩位小兄弟留步！」兩人知道找碴的來了，停步轉身。三名青衣大漢，品字形的走來，帶頭的漢子年約三十，貌相粗豪，神態動作，流露出橫行慣了的味道。

不過這時他臉上卻掛著笑容，抱拳道：「本人譚勇，乃海沙幫餘杭分舵副舵主，見兩位小兄弟身手硬朗，生出想結交之心，不如找個地方，讓老哥作個小東道如何？」

兩人感到大有面子，亦知惹上黑道中人，是不會有甚麼好結果。徐子陵搖頭道：「我們還要趕著辦貨去做生意呢。」

譚勇趨前道：「若兩位小兄弟是要辦鹽貨，請不要白費心機。先不說這處的貨由十多家大商號瓜分，就算有人肯賣給你們，不但幫會要分一筆，公差要一筆，官府又一筆，到最後加上鹽稅，也只是白辛苦一場，賺來的不夠到窰子花三天，且還是最便宜的鄉間土窰子哩。」

他們聽得兩顆心直沉下去，他們的發財大計，豈非美夢成空。

譚勇笑道：「來吧！」

兩人交換個眼色，隨他到附近一個館子坐下，譚勇先介紹他們認識兩名手下，一叫謝峰，一叫陳貴，才漫不經意地盤問他們的來歷。寇仲一一答了，當然是隨口捏造。他要充武林高手，現在還攀不上邊兒。但若論說謊，卻可把杜伏威都騙過。譚勇算哪門子的人馬，自給他們誆得深信不疑，以爲兩人分叫傅仲和傅陵，武功來自家傳，現在成了到處找賺錢機會膽大包天的小流氓。

譚勇滿意道：「你兩人除拳腳功夫外，還懂甚麼兵器？」

徐子陵拍胸道：「我們是用刀的，等閒十來人都奈何不了我們。」

譚勇懷疑地道：「可否讓我試試小兄弟的刀法？」

寇仲傲然道：「眞金不怕火煉，不過譚爺最好先說出有甚麼好關照，人生在世，不外求財，譚爺這麼明白事理──哈！」

譚勇哈哈笑道：「我對兩位小兄弟一見如故，錢財只是身外物，兄弟要錢有錢，要女人有女人。待我們回去向舵主打個招呼，成了眞正的拜把兄弟以後，有甚麼不好商量的。」

寇仲對黑道人物的行事作風比對自己的十根指頭還要清楚。嘻嘻一笑，湊到譚勇的耳旁低聲道：「譚爺是否看上我們是外地來的生面人，又是兩個可瞞過任何人的乳臭小子，所以想我們去爲你們海沙幫刺殺另一個幫會的人，事後更可推個一乾二淨，嘿！這類黑鍋會壓死人的。」

譚勇立時呆若木雞，以他那樣老江湖仍給弄得措手不及，無言以對，因爲這正是他籠絡兩人的大致原因，就像寇仲是他肚子內的蛔蟲那樣，當然細節上有頗大的出入。

寇仲拍拍徐子陵肩頭，道：「兄弟！我們走！」

譚勇回過神來，叫道：「且慢！」

寇徐兩人還以爲他老羞成怒，嚴陣以待。謝峰和陳貴亦目露兇光，準備動手。

譚勇嘆了一口氣，苦笑道：「傅小弟眞厲害，那就不如攤開來說──」

寇仲截他道：「你千萬別說出來，若說出來，依江湖規矩，我們休想脫身。」

徐子陵也哈哈笑道：「我們兩兄弟到江湖上闖字號，憑的是一身功夫，可沒有打算倚仗任何靠山。」

譚勇三人聽得呆起來，兩個小子那種絕對與年紀不相稱的老辣，確是教人驚異。寇仲扯著徐子陵站起來，抱拳作禮，再不理三人，轉身便去。來到街上，兩人都有點發愁，不自覺的又朝碼頭走去。這時忽見一艘巨舶，由遠而近，兩艘官艇則迎了上去，似正等候巨舶的來臨。這巨舶之所以吸引兩人注意，主要是她無論外型和旗幟，充滿異國情調。巨舶靠岸停下，甲板上隱見人影，由於距離頗遠，故看不眞切。到四名官差護著一位官員由吊梯登船後，兩人收回目光。

寇仲摟著徐子陵的肩頭嘆道：「想做正常的生意人並不容易，從來能發大財的都是毫無道義的奸商，哈！我又有妙計，今晚我們再摸到這裏來，偷他鳥的一艇鹽，然後溜之夭夭，連那幾個子兒都省掉。」

徐子陵心動道：「他們有那麼多鹽，偷十來包絕不會令他們家破人亡的吧！就偷剛才那間吧！想起那掌櫃我便有氣。」

寇仲見他同意，大喜道：「眞是我的好兄弟，不過做賊該有做賊的家當，例如開鎖的鋼絲，防身的兵器，綑贓物的繩索諸如此類。以後吃粥還是吃飯，還看此舖。」

徐子陵道：「做賊的主意可是由你提出來的，這些東西自然須由你去張羅。」

寇仲嘻嘻笑道：「合則力強，分則力薄，你也不想我一個人奔波勞碌，累得今晚連腳都動不了，只得陵弟你一個人去作賊。」

徐子陵早慣了他的招數，說出來只是爲玩兒。寇仲雖對他這小弟愛護有加，但總不時要佔點便宜。

正要說話，忽然發覺寇仲直勾勾望往左方，臉色大變。

徐子陵連忙瞧去，只見一群達四、五十人，像是腳伕裝束的流氓惡漢，持著利鉤、尖插、擔挑一類東西，正往他們逼近，帶頭的赫然就是那個老劉，把逃路完全封死。

碼頭上的人立時雞飛狗走，其中包括幾名公差在內，好像皇法再不復存。

寇仲倒吸一口涼氣道：「小陵！娘有教過我們空手入白刃嗎？」

徐子陵何曾見過這種大陣仗，搖了搖頭。接著一聲發喊，兩個小子掉頭轉身，往碼頭和大海那邊逃去。衆漢喊殺連天，在後狂追，情勢頓時混亂至極點。兩人顯然跑得比那群大漢快，在一堆堆的貨物間左穿右插，越過四散逃避的人們，轉瞬到達海邊。寇仲一扯徐子陵，朝剛泊岸那艘巨船掠去，若那是別國來的使節，自然是有頭有臉的人物，這群惡漢理該不敢追上去。瞬眼間兩人橫過近百丈的距離，到了上船的吊梯處，哪還遲疑，拚命往船上攀去。吊梯足有五丈高，快到梯頂，四把長劍攔著去路，有人怒喝道：「滾回去！」

兩人別轉頭下望，只見那群惡漢已有多人追上梯來。前無去路，後有追兵，唯一的方法就是跳下大海。

正在叫苦，一把柔和悅耳的女聲隱隱從上方傳來道：「讓他兩人上來吧！」

有人應道：「是！夫人！」

長劍移開。

兩人如獲皇恩大赦，連爬帶跑走上去。方踏足甲板，後面已動起手來，四名身穿白色武士服的壯漢把追來的流氓斬瓜切菜的劈落吊梯，迫得他們掉到海裏去。其他人嚇得紛紛掉頭退回碼頭上，再不敢登船。甲板上除四名白衣武士外，再沒有其他人，亦不見剛才出言讓他們上船的夫人。兩人鬆了一口氣，暗喜撿回兩條小命，還不忘向正在下面碼頭上叫囂吵嚷的老劉等人揮手致意。

倏地一把女聲在後方響起道：「兩位小公子請隨我來！」

兩人嚇了一跳，轉過身來，立時眼前一亮，原來是位年輕嬌俏的小婢，含笑打量他們。人家既救了他們，自該聽對方的吩咐。

寇仲裝出文質彬彬的樣子，躬身道：「姐姐請引路！」

小婢「噗哧」一笑，盈盈轉身，領路先行。兩人你推我擁的跟在後面，看著俏婢美好的背影，均感不但天無絕人之路，老天爺待他們更是優厚異常。步進艙門，一條通道往前伸展，兩邊各有三道內艙的門戶，卻不見任何人，頗透出神秘的氣氛。俏婢領他們直抵左邊最後的艙門處，再走前就是通往上下船艙的樓梯。

兩人正好奇地左顧右盼，俏婢把艙門推開，柔聲道：「兩位公子請進。」

兩人舉步入房，均感愕然。原來此房非常寬敞，中間卻以垂簾一分爲二，近門這邊四角燃著油燈，放置一組供人坐息的長椅小几，牆上還掛著幾幅畫，相當有心思。由於竹簾這邊比另一邊光亮多了，所以除非掀起竹簾，否則休想看到竹簾內的玄虛，但若由另一邊瞧過來，肯定一清二楚，纖毫畢現。

小婢客氣道：「兩位小公子請坐！」

兩人坐下後，小婢退出去，還關上房門。他們面對竹簾，嗅到淡淡幽香，由竹簾那邊傳來，非常誘人。

寇仲和徐子陵正摸不著頭腦，一把嬌滴滴的女聲由簾內傳過來道：「兩位小公子爲何會給碼頭的流氓追趕呢？」

寇仲認得聲音，恭敬答道：「原來是夫人！我兩兄弟先謝過援手之德。」

徐子陵怕他胡言胡語，接口道：「我們曾和他們其中一人動過手，他召人來對付我們。」

夫人淡淡道：「兩位小公子談吐不俗，且身手矯捷，但又似不懂武功，究竟是甚麼一回事？」

寇仲笑嘻嘻道：「我們的身手是娘教的，讀書認字，亦是由她一手包辦，娘去世後，我們四處流浪，看看有些甚麼發財的生意可做——」

一聲嬌哼，在簾內傳出，打斷他的話，卻明顯不是夫人的聲音。兩人大感愕然，曉得除那夫人之外，還有另一位女子，而且身分不會低於夫人。但她爲何會對寇仲的話表示不悅呢？夫人的聲音又再響起道：「另一位小公子又有甚麼意向？」

徐子陵知她在問自己，聳肩道：「我們進退與共，他想發財，我自然也想發財哪！」

夫人嘆道：「除了銀子外，你們還想幹些甚麼？」

寇仲道：「夫人問得好，發財後當然要立品，最好當個官兒，可光宗耀祖，八面威風。」

夫人語氣由溫柔轉作冰冷，平靜地道：「外面那麼多人正爲戰亂和暴政受苦受難，你們難道沒想過救世濟民，爲天下蒼生盡點心力嗎？」

徐子陵愕然道：「我們人小力弱，三餐難繼，倒不曾想過這方面的事。」

寇仲想起李靖，陪笑道：「這種大事，自有大英雄去擔當的。」

夫人淡淡道：「人各有志，兩位請下船吧！」

兩人駭然叫道：「怎麼行！」

房門推了開來，那小婢臉無表情的走進來，綳著俏臉不客氣道：「兩位請！」

兩人見她像變成另一個人似的，知道求情只會惹來嘲笑喝罵，只好挺起胸膛，隨她來到甲板上。近吊梯處，四名武士按劍而立，擺出逐客的姿態。碼頭上仍聚集著老劉等一衆流氓，恭候他們大駕，卻不敢叫囂，顯是給船上的武士打怕。這裏似乎比揚州城更沒有王法。

寇仲輕扯徐子陵衣角，低聲道：「跳船！」

徐子陵會意，兩人不吭一聲，全速朝遠離碼頭那邊的船緣奔去，飛身越過圍欄，投往大海。俏婢望往他們消失的方向，嘴角飄出一絲笑意，像早聽到他們的對答，只是沒有阻止。

「噗通！噗通！」兩人先後掉進水裏去。在入水前的一刻，他們看到三艘快艇朝他們駛來。艇上各有數名流氓，人人手持一端裝上尖鉤的長竿，正叫罵狂呼的趕過來。到了水裏，寇仲知徐子陵水性及不上自己，死扯著他往巨舶的船底潛下去，只有借巨舶的掩護，或有機會避過敵人的竿鉤，至於如何換氣，這時哪還計較得到。兩人潛到舶底的深處，胸中一口氣已盡，要浮上去，卻撞在船底處。正手足無措，快要悶死，忽然又回過氣來，兩人喜出望外，齊往船尾處游去。到這一口新氣將盡，另一口氣又自動地由體內生出來。這次兩人都注意到這口奇氣非從天而降，而是發於體內的眞氣，生生不息，令兩人極之受用。一時間連敵人要怎樣對付他們都忘了。

徐子陵感到右腳心奇熱，左腳心則寒氣浸浸，體內眞氣澎湃，不住流轉，使他自然而然依著《長生訣》內的圖樣去催動眞氣。眼睛同時明亮起來，清楚看到海面上黑壓壓的船底，大小不一，形狀各異，有若一幅圖案。寇仲的情況亦和他大同小異，不過眞氣卻是由頭頂天靈穴開始。他們一先一後在四丈許下的深水處緩緩游動。每一次伸展四肢，體內的眞氣流轉一次，配合得天衣無縫。眞氣源源不絕，全無氣悶感覺。也不知游了多久，他們在遠離碼頭的一處海灘爬到岸上。太陽這時快下山了，兩人並排躺在海灘上，齊聲大笑。

寇仲喘著氣道：「原來我們的內功這麼厲害，不用換氣都可以游這麼久，說不定可游到大海的對面去，省掉船資。」

徐子陵享受著夕照的餘暉，伸個懶腰道：「現在我感到渾身力氣，該是偷東西的好時光。」

寇仲興奮起來，坐起身環目四顧，只見碼頭至少在四、五里外的遠處，隱見高起的桅帆。這邊卻是荒山野嶺，渺無人跡。笑道：「今晚我們游回去，在鹽倉後的碼頭設法潛入倉裏去偷鹽，然後再用艇運走，若給人追上，噗通一聲跳進水內去，和他們在水底捉迷藏。」

徐子陵坐起來，舒展手腳道：「現在見老虎我都可打死幾頭。那夫人眞怪，好好的說著話，忽然又把我們趕走。哼！我們難道長得不好看嗎？爲何除素素姐姐外，別的女人都像看我們不順眼的樣子呢？」

寇仲摟著他肩頭笑道：「道理很簡單，因爲她們怕情不自禁地愛上我們，以致不能自拔，哈！」

兩人自我安慰的大笑一會後，太陽沒進西山下。只是這一陣子，兩人的衣服竟然乾透。互相一看，都覺得對方披頭散髮，衣衫不整，活像兩個小乞兒。忽然兩人又不想回到水裏去。

寇仲迅速找到藉口，道：「我們明天弄清楚水路怎麼走，才去偷鹽，現在趁城門未關，入城去找間像樣點的旅館，然後吃頓好的，再慢慢研究我們的第一筆發財大生意。」

徐子陵亦不想立即回到水裏，點頭同意。兩人朝城門方向走去，感到身子比平時輕了至少一半，速度則增加一半，耳目比平時靈明，黑暗對他們似和白晝並沒有太大分別。他們當然不曉得，剛才在水底誤打誤撞下，兩人竟進入道家內氣循環不息的境界，初窺上乘氣功的堂奧。

修道之士雖數不勝數，但能達致內息境界的卻沒有多少人。所謂「外氣不竭，內息不生」。若非身在水底那樣特別的環境裏，兩個小子又沒明師的指導，可能終其一生都不能突破這道難關。可是在機緣巧合下，他們終在武道上邁出無比重要的一步，由頑石變成美玉，超越年齡的限制。

兩人在客棧洗個冷水浴，來到街上，發覺這裏的晚上比揚州城還要熱鬧，沿路車水馬龍，好不興旺。街上的女子更是花枝招展，又像一點不怕男人的目光，兩人觀賞不盡，不知多麼高興。塡飽肚子，兩人意興大發，往人多處去鑽。

寇仲正探頭察看其中一間青樓門內的情況，徐子陵猛地把他扯到附近一道橫巷去，指著對街說：「是老劉！啊！他身旁那個不是甚麼海沙幫的副舵主譚勇嗎？」

寇仲愕然望去，果見對街一間店舖內聚集一群大漢，人人身帶兵器，其中兩人正是譚勇和老劉，站到一起，前者似在吩咐老劉，後者則不斷點頭，謝峰和陳貴站在兩人身後。再看清楚些，店舖原來是所跌打醫館，看來是他們在這裏的一個落腳巢穴。

徐子陵道：「他們在說甚麼呢？」

兩人不由豎起耳朵去聽，忽然譚勇的聲音隱隱約約的在他們耳內響起道：「龍頭今晚三更到，眞奇怪，爲何撈不到兩個小鬼的屍身？」

寇仲和徐子陵同時嚇了一跳，想不到眞能聽到譚勇的說話。雙方間相隔足有三丈多的距離，街上又是鬧哄哄吵作一團，偏偏卻只聽到譚勇的話聲。兩人大感興奮，再想去聽，卻甚麼都聽不到。

寇仲喜道：「看來我們的功力大有進步。眞奇怪，老劉和譚勇是打一開始串通來坑害我們，不用說是由老劉扮惡人，譚勇則扮好人來解圍，後來又是譚勇指使老劉來殺我們。」

徐子陵心思細密，訝道：「當時他們仍不知我們是武林高手，能打得老劉爬不起來，究竟看上我們甚麼呢？」

以寇仲的思想敏捷，仍大惑不解，低聲道：「不理他們想幹甚麼，總之是想害我們，江湖好漢都是有仇必報的。譚勇可能很棘手，但老劉卻很易吃，我們盯著他，只要他落單，可出手教訓兼洗劫他娘的錢袋，也好幫補我們去買兩把利刀，就不用怕別人動傢伙了。」

徐子陵不但不害怕，還覺得非常好玩。不迭答應，老劉已走出舖來，後面還跟著兩個人，望左方去。他們的目光落到後隨兩人腰掛的大刀上，感覺其誘惑力實遠比要應付三個人的膽量大得多，猛一咬牙，尾隨而去。老劉三人在街上大搖大擺的走著，路人避道而行，可見他們是人見人怕的人物。遇上一隊五、六個官差，彼此還站在街頭上交頭接耳談了一會，這才轉入一條暗黑僻靜的橫巷去。兩人交換一個壯膽眼色，尾隨入巷。踏進巷內，發覺三人失去蹤影。

寇仲扯著徐子陵到了一道人家後院的木門旁，低聲道：「定是進了這後院裏，否則哪會忽然不見了，要不要進去看看？」

徐子陵吃一驚道：「裏面或者有其他海沙幫的人呢？」

寇仲嘆道：「算老劉他今晚走運吧！」

徐子陵道：「橫豎回旅館都是睡覺，不如在這裏等上一會好嗎？」

寇仲挨著牆角坐到地上，笑道：「好像又回到揚州城內，無聊時坐他半日說夢話，哈！我們終於來到江湖上闖蕩。」

徐子陵靠著他坐下來，低聲道：「海沙幫看來在這裏有很大的勢力，碼頭的腳伕都要聽他們指揮，海沙不就是海鹽嗎？能控制這裏的鹽貨，定是非常強大和富有，爲何卻要看上我們兩個窮小子？」

寇仲對他刮目相看道：「我倒沒你想得這麼深入，幸好我們訂下偷鹽大計，否則恐怕一粒鹽都買不到。」又興奮起來道：「現在最緊要是發財，有了錢，可去找素素姐姐，若她不嫁給李大哥，嫁給我們好了。姐姐人既美，心腸又好，得到她做妻子，我們會很幸福的。」

徐子陵笑罵道：「說笑也不能太離譜，姐姐怎可同時嫁兩個人？晚上難道睡在一張床上嗎？我才不要呢。」

寇仲嘆道：「人最緊要是懂安慰自己，我們連女人的胸脯都未碰過，做男人哪有我們這麼窩囊的？嘻！若能把老劉那兩個跟班的錢袋劫了，我們不是立即就可到青樓風流快活嗎？」

徐子陵沒好氣道：「那時我們若不立即溜往城外，說不定會給海沙幫的人分屍，還說甚麼風流快活？」

寇仲一震道：「有人出來了！」

徐子陵傾耳細聽，果然木門後有足音傳來。兩人跳起身來，貼站木門兩旁，心兒卻不爭氣地狂跳。

老劉的聲音在門內響起道：「小花花騷得令人魄蕩神搖，難怪二爺忙到七竅生煙，仍要教我們送燕窩來哄她。」

另一人道：「我也瞧得渾身發癢。若不是東溟派來了人，我眞要立即去找窰子的姑娘來降降火。」

老劉淫笑道：「聽說東溟夫人單美仙人如其名，眞的美若天仙，希望她的床上功夫不要比她的武功差就好哩。」

從未發言的大漢道：「就算她床上功夫如何好，輪得到我們嗎？龍頭之後還有二龍頭，排隊都排不到你老劉呢。」

三人齊聲淫笑。

「咿唉！」木門被拉了開來。老劉毫無防範舉步走出來。「砰砰！」身後兩漢同時面門中拳，慘哼聲中往後倒跌。老劉駭然轉身，胸口肚腹分別中拳，痛得滾倒地上。

兩人想不到三人這般易擺平，寇仲探頭一看，見到裏面是個靜悄無人的小花園，不遠處有座小樓，隱有燈光透出，招呼一聲，和徐子陵把三人拖進去。除老劉外，另兩人血流披面，暈了過去。兩人手法純熟的解下三人腰帶，把他們綁個結實，又取去他們的大刀和錢袋，抓起老劉。寇仲笑道：「認得我們嗎？」

老劉仍痛得臉容扭曲，肌肉顫動，呻吟道：「大爺饒命！」

寇仲抽出大刀，架在他脖子上，惡兮兮地罵了一串粗話，才道：「我問一句你得老實答一句，否則割斷你的喉嚨，但只割斷少許，讓你慢慢淌血。」

老劉這時看清楚他們，駭然道：「你們不是淹死了嗎？」

徐子陵「啪！」的一聲賞他一個耳光，唬嚇道：「只准答不准問，海沙幫的鹽倉在哪裏？不要隨便搪塞，待會我再拷問你的兄弟，就知你有沒有說謊。」

寇仲心中叫妙，此正爲杜伏威對付他們的手法。忙把刀加重在老劉頸項的壓力，威嚇道：「快說！」

老劉咿咿啊啊，哪說得出話來。

徐子陵沒好氣道：「你的刀壓在他咽喉處，教他怎麼說話？」

寇仲尷尬地把刀移開少許。

老劉欺他們年輕，逞強道：「若你殺了我，保證不能活著離開。」

徐子陵笑道：「你們不是要應付東溟派嗎？如今幫中人哪有時間理會我們，到發現你們這三條死屍，我們早走遠。」

寇仲哂道：「不要吹大氣，今天我們不是開罪過你們？爲何現在仍是活生生的。好！先割斷你一隻手指看看你這硬漢會不會哭。」

老劉立時由硬漢變作軟漢，求饒道：「小人服輸，我們共有八個鹽倉，少爺想知道哪一個？」

徐子陵搖頭道：「不！仍是先弄盲他一隻眼比較好玩，左眼好還是右眼好呢？」

寇仲道：「你一口氣把八個倉說出來，一下遲疑，一隻眼睛，剜眼我是最熟手的。」

老劉嚇得一口氣說出來，寇仲又要他反覆說了幾遍，肯定他沒有說謊，道：「最近是哪一個倉？」

老劉無奈的說出來，徐子陵道：「東溟派究竟是甚麼門派，爲何你們的龍頭會爲他們到這裏來？」

老劉忙道：「若我說出來，兩位少爺可否把我放了？」

寇仲道：「若你老老實實，我們就讓你在這裏躺上一個晚上，但我定要斬了你那兩個朋友的頭，方可顯出我們揚州雙龍的手段。」

他當然不會眞的去殺人，這麼說只是黑道慣用的手法，絕不可讓人看出自己是好惹的。

老劉果然被嚇得更臉青唇白，顫聲道：「少爺饒命，我說了，但你們要守諾才好，也不要傷我的身體。」

徐子陵喝道：「快說！」

老劉頹然道：「我只是由二爺處聽回來的，東溟派來自大海對面一座叫琉球的大海島，派內以女性爲主，嘿！今天你們逃上去的船是她們的船，你見不到她們嗎？」

寇仲罵道：「現在是你問我還是我問你，而且我們不是逃上船去，而是登上船去。你是否嫌十隻手指太多，用九隻手指摸女人可能更過癮吧？」

老劉慌忙懇求寬恕，續道：「她們每年在春分時分到沿海的郡縣挑選少男到琉球去，不知龍頭爲何今年要對付她們，噢！此中情由我眞的不知道。」

兩人恍然大悟，終於明白譚勇看上他們的原因，大感自豪，旋又想到琉球夫人單美仙沒有挑選他們，又感到自卑自憐。寇仲和徐子陵對望一眼，均感沒有問下去的興趣，撕下三人衣衫，塞滿他們的大口，再以「獨門手法」紮個結實，手足的結以衣衫捲成的布索扯緊，使他們往後彎曲，難以發力，施施然離開。對於海沙幫和東溟派的事，他們既沒有興趣也沒有能力去管。現在他們想的只是如何黑吃黑的去搶劫海沙幫的私鹽，然後去發他一筆大財，那時海闊天空，不是可任他們翺翔嗎？

第五章

無本買賣

第五章　無本買賣

來到城門，發覺城門不但關閉，還聚集一批人，既有把門的衙卒，亦有些不知是甚麼來頭的大漢。兩人作賊心虛，躲到離城門不遠的一條暗巷裏坐下來。寇仲把搶來的錢袋取出，金睛火眼地借著城門掩映過來的火把光，點算收穫。徐子陵則拔出長刀，愛不釋手地把玩。

寇仲點了兩遍，大喜道：「這次發達哩，總共約有二十兩白銀，不但足夠我們到洛陽的旅費，還可大吃大喝，再逛他三天窰子。」

徐子陵把刀擱在膝上，不相信的探頭去看，喜道：「那就不用去偷鹽運鹽和賣鹽那麼辛苦。」

寇仲罵道：「沒有志氣，二十兩便滿足得要死的樣子。海沙照樣要偷，我們在這裏過一晚，明天城門一開，立即去提貨走人，唉！希望老劉不要被人發現吧。」

徐子陵苦惱道：「眞希望懂得輕功，可以越牆而去。啊！」

兩人臉色一變，急遽的蹄聲，由遠而近，頭皮發麻之際，大隊人馬在巷外的大路馳過，少說也有百來人，往城門馳去。

不片刻聽到有人低喝道：「海沙揚威！」

另一方答道：「東溟有難！」

兩人探頭外望，城門處開了側邊的小門，衆海沙幫徒策馬魚貫而出。他們面面相覷，片晌之後，又有幾起人出城，都是用相同的切口，其中一些幫眾只是徒步而行。

徐子陵道：「海沙幫今晚大概會攻擊東溟派的大船，我們是否要去通知一聲？海沙幫肯定沒有半個是好人！」

寇仲雙目亮起來，低聲道：「你想到琉球去嗎？只是娶得那個小婢已艷福不淺，來吧！」

徐子陵隨他站起來，駭然道：「說不定會給人認出我們的。」

寇仲挺胸道：「不入虎穴，焉得甚麼子？噢！記起了，是得老虎的女兒子，即是雌老虎。為了東溟派那些美麗的雌老虎，怎都要博他娘的一鋪，看！城門正敞開，我們又有刀，被識破了便殺出門外去，只要走到海邊噗通一聲跳進水裏，憑我們的九玄閉氣大法，誰拿得著我們？來吧！膽小鬼！」

言罷大步走過去。徐子陵沒法，硬著頭皮陪他去。踏上出城的大路，後面蹄聲響起，四騎疾馳而至。

寇仲見城門處那幾個常服大漢不見了，只有十多個衙卒，正狠狠盯著他們，想掉頭走已不成，轉身向衝來的四騎招呼道：「二爺出城了嗎？」

四騎擦身而過，其中一人應道：「大爺和二爺在後面！」接著旋風般去了。

寇仲和徐子陵嚇得忙加快腳步，隔遠向那些衙卒叫道：「海沙揚威！」

其中一個兵頭笑道：「你這兩個乳臭未乾的小子也學人去幹活，是否嫌命長？」

眾兵爆出一陣哄笑。

另一兵卒道：「你們是誰？為何沒見過你們？」

寇仲一拍長刀，裝出粗豪姿態道：「二爺是我們的阿公，謝峰是我們的乾阿爹，上個月才收錄我們的。」

眾兵見他說來有紋有路，再不阻攔，放他們出城。兩人大喜若狂，急步奔出城外。方踏出城門，立即心中叫苦。原來城門外黑壓壓聚集幾大隊人馬，少說也有近千人。由於他們既沒有點燃火炬，又個個悶聲不響，兩人出城後才發覺，已是無法脫身。

有人喝道：「海沙揚威！」

兩人同時答道：「東溟有難！」

一名大漢迎過來，低聲問道：「哪個堂口的。」

寇仲硬著頭皮道：「餘杭分舵的！」

大漢不疑有他，指了指其中一堆人道：「綁上紅巾，站到那裏去，龍頭快到了！」

徐子陵見他遞來兩條紅布，慌忙接過。來到那組餘杭分舵的人堆，兩人裝作綁紮紅巾，低頭遮遮掩掩的來到隊尾，竟沒給人瞧出破綻。前面的幾個人掉頭來看他們，黑暗中看不眞切，正要問話，幸好蹄聲急響，一群人由城門馳出，再沒有人理會他們。帶頭的是個鐵塔般的大漢，因在他左右兩方均有人高舉火把，所以眾人看得清清楚楚。此人長相威武，背插雙斧，目似銅鈴，環目一掃，包括寇徐兩人在內，都感到他似是單獨看到自己的樣子。其他人各有特色，其中還有位相當美貌的尼姑，寬大的道袍被海風吹得緊貼身上，露出美好誘人的曲線。譚勇亦是其中一人，不過排到隊尾，看來其他人的身分都比他高。那大漢到了分列兩旁的部下間，策馬轉了一個小圈，停下來。眾海沙幫徒紛紛拔出兵刃致敬。

寇仲一邊舉刀作狀，乘機湊到徐子陵耳旁道：「這龍頭看來要比我們兩個高手高得多，有機會就溜，甚麼都不要理。」

見到這等聲勢，徐子陵心虛得要命，不迭點頭。

那海沙幫的龍頭勒馬停定，喝道：「此趟我們海沙幫是爲宇文化及大人辦事，酬勞優厚不在話下，還有其他好處。這次致勝之道，是攻其無備，不留任何活口。你們盡心盡力隨本舵的頭子去辦事，誰若臨陣退縮，必以家法處置，事成後人人重重有賞，知道嗎？」

衆漢齊聲應諾。這裏離碼頭頗遠，又隔著海灣，縱使放聲大叫，亦不虞給碼頭的東溟派聽到。寇仲正要扯徐子陵往後開溜，察覺後方一座小丘上亦有人在大聲答應，惟有放棄行動。此時譚勇和另一矮漢策馬來到餘杭分舵的那組人前，低聲說了幾句話，下令出發。

騎馬的騎馬，沒馬的人跑在後面，只恨譚勇墮到隊後壓陣，累得兩人無法開小差，只好跟大隊出發。走了小半個時辰，到達海邊，早有三艘兩桅帆船在等候，該處離東溟派巨舶泊岸處至少有三、四里的距離。寇徐兩人硬著頭皮，在譚勇的監視下，登上其中一條帆船。各人上船後，各就各位，有的去預備發動投石機，有些去弄火箭，又或起帆解纜，只有他們不知幹甚麼好，非常礙眼。正心驚膽跳，譚勇竟登上他們那艘船來，幸好船上燈火全無，否則早給人發現他們是冒牌貨。

兩人惶然失措，正要靠往船邊跳海，一名大漢攔著他們喝道：「還不給我到艙底把水靠和破山鑿拿上來？」

兩人嚇了一跳，低頭鑽進艙裏去。

早有十多人忙著把箱子抬上來，其中一人道：「還剩下一箱，由你兩個負責。」

兩人楞頭楞腦的摸往底艙去，昏暗的風燈下，堆滿雜物的艙底再沒有人，只有一個木箱子。寇仲大喜，撲了上去，揭開箱子，只見裏面有一個銳利的螺旋巨鑽，至少有五、六十斤重。帆船微顫，解纜起航。徐子陵幫他由箱內把鑽子取出，不約而同把鑽尖對著艙底，轉動起來。

寇仲笑道：「只要把這條船弄沉，甚麼仇都報了。」

徐子陵道：「這事既和宇文化骨有關，我們怎可坐視不理？待會入水後，我們跑到甲板去大叫大嚷，該可破壞海沙幫的甚麼攻其不備。然後跳水逃生，立即去搶鹽，哈！」

兩人愈說愈興奮，把鑽子轉動得風車般快捷，不半晌「波」的一聲，硬在船底鑽了個洞。忙把鑽子轉回來，當他們要把箱子抬上去，海水早浸到腳踝的位置。

東溟派的巨舶像頭怪獸般俯伏在碼頭處，四周黯無燈火，只有她在船頭船尾點燃四盞小風燈，淒清孤冷，在海風下明暗不定。碼頭一帶上千百艘船舶，部分緊貼岸邊，其他在海灣內下錨。海沙幫的三艘帆船悄悄地穿行船陣之中，到離巨舶十丈許處停下來。被鑽破船底的那條船早沉低兩尺許，只差尺許水就浸到甲板，但由於所有人的注意力都放在敵船上，竟沒有人察覺。寇仲和徐子陵躲在船頭特別暗黑處，手持分派來在箭頭紮上油脂布的長弓勁箭，心兒忐忑地等候。

楊勇下令道：「入水！」

八名穿上水靠，帶備破山鑿的手下無聲無息地翻進水內去。

忽然有人低叫道：「水位爲甚麼這麼高？」

寇仲知是時候，一推徐子陵，點起火箭，在衆人愕然中，望巨舶射去，畫出兩道美麗的火虹。

譚勇驚喝道：「你們瘋了嗎？」

兩人齊聲大叫：「海沙揚威，東溟有難，海沙幫攻其不備！」

譚勇橫掠而來，暴喝道：「又是你兩個小鬼！」

寇徐兩人把大弓當暗器般使，甩手往譚勇投去，同時翻身潛入水裏。

碼頭那邊喊殺連天，巨船離開岸邊，望北開去，剛好在爬上海沙幫鹽倉後面碼頭處的寇徐二人身後經過。

兩人邊笑邊往倉後奔去，到了入門處，寇仲一手握著鎖倉的鐵鎖，叫道：「看我的內功！」

「呸！」鎖頭文風不動。

寇仲沒法，把鐵鍊拉直，叫道：「快拿刀劈！」

徐子陵搖頭道：「劈崩我的刀怎辦！」

寇仲怒道：「刀折了可以買把新的，發不了財一世是窮光蛋，海沙幫並不是每天都全軍出動去作戰的呢！」

徐子陵嘻嘻一笑，把寇仲的刀抽出來，運起全身吃奶之力，一刀下劈。「鏘！」鐵鍊應刀而斷。兩人同時一呆，不過無暇多想，寇仲指著泊在碼頭最大那艘風帆道：「快把那條船搖過來，我去搬貨。」

他們分別活了差不多十八年和十七年，從沒有一刻比現在更風光。

寇仲躺在堆積於船上像小山般的鹽包上，享受清晨的陽光，哼著揚州最流行的小調，寫意得像快要死去的懶樣兒。徐子陵望往左方延綿的陸岸，別下頭看看快浸到甲板來的水位，皺眉道：「我早叫你不要偷這麼多了，現在連睡覺的地方也塞滿貨，船也要快被壓沉了，不如拋掉十來包吧！」

寇仲嚇了一跳，轉身把鹽抱緊，大叫道：「這些都是白花花的銀子，要我把銀子丟到海裏去，不如乾脆把我的命也丟掉好哩。」

見徐子陵不作聲，又坐起來，嘻嘻笑道：「小陵莫要動氣，這樣吧！待會泊岸買衣物糧貨時，讓我看看有沒有人肯高價購買幾包吧！」

徐子陵氣道：「到沿海產鹽的地方賣鹽，肯出高價的定是像你那樣的瘋子和白癡，不同之處在一個亂花錢，另一個是視財如命。」

寇仲哈哈一笑，來到船尾，摟著徐子陵的肩頭道：「何須發這麼大脾氣呢？哈！我是貪心了些，總仍是爲大家的將來設想，能賺多個子兒，將來可多點幸福快樂。說不定可籌組一枝義軍，打上京城去趁做皇帝的熱鬧，那時不是可把宇文化骨推出午門斬首來爲娘報仇嗎？」又乾笑一聲道：「看！這條船多麼結實，走得多麼順風順水。」

徐子陵取起長刀，離開他的「懷抱」，站起來，踏著也不知疊了多少層的鹽包，來到帆桅下，抱刀而立，苦笑道：「你仲少懂得駕船嗎？現在天朗氣清，風平浪靜當然問題不大，假若遇上風浪，兩下子沉沒了，你不要對我搶天呼地才好。」

寇仲指指自己的大頭，又指指左方的海岸，笑道：「我這個算無甚麼策的腦袋早想過所有這些問題，天色稍有不對，我們往岸邊靠過去，哈！還以爲你擔心甚麼？原來只是這等小事。」

徐子陵以長刀遙指寇仲，冷冷道：「若這艘船突然靠岸，如非碰個粉身碎骨，就是永遠再開不出來，還笑我在白擔心。」

寇仲顯是理屈辭窮，痛苦地道：「你要拋掉多少包？」

徐子陵頹然跪在鹽包上，嘆道：「這還不是最大的問題，而是照目前的航線走，最終我們都要由大江進入內陸，而揚州城則是必經之路，那時你該知會遇上誰的。」

寇仲裝出恍然大悟的模樣，哈哈笑道：「我這超卓的腦袋怎會沒想到這件事，到時我們漏夜闖過揚州，既可避過官船，又可不與我們的便宜老爹碰面。在到歷陽時則早點下船，就地賣去半批貨，其餘再用騾車有他娘的多遠就運他娘的多遠，完成我們的發財大計。看！計劃多麼完美。」

徐子陵拗他不過，站起來逕自練刀。

寇仲凝神看了一會，拔出佩刀道：「看你一個人像個小瘋子般指手畫腳，讓我仲少來陪你玩兩招吧！」

徐子陵淡淡道：「我怕錯手傷了你。」

寇仲失聲尖叫道：「你傷得了我，看招！」

手中刀化作連他自己都不相信的刀風寒芒，畫向徐子陵。徐子陵哪想得到他如此厲害，施出李靖教落血戰十式中的「強而避之」，往旁疾移，運刀格架。兩人就那麼拚將起來，不片刻連招式都忘了，純憑感覺打個不亦樂乎。也忘了太陽被烏雲所蓋，海風漸急，還以爲是刀鋒帶起的勁氣。徐子陵擔心的事終於發生。

「蓬！」寇仲哭喪著臉和徐子陵把第二十包鹽拋進大海，海水才再沒有打上甲板來。幸好只是一場小豪雨，否則船早翻沉。兩人筋疲力盡地坐到鹽包上，已失去笑或哭的力氣。太陽再次露面，寇仲忽地捧腹狂笑起來，徐子陵亦很自然的陪他笑得嗆出淚水，辛苦得要命。

寇仲嘆道：「我們至少失掉可逛窰子二十次的花費，老天爺眞殘忍。」

徐子陵哂道：「白老夫子不是常教人安於天命嗎？我的仲少，一飮一啄，均有前定，上天注定要我們少去二十包鹽，就不會多留半包給我們。」

寇仲忽地渾身劇震，指著後方呻吟道：「你說得不錯，可能上天注定我們是窮光蛋，連這剩下的五六十包私鹽都要完蛋。」

徐子陵駭然望去，只見五艘三桅大船剛由海灣拐角處轉出來，而且對方追蹤之術顯然非常高明，出現時離他們不足兩里遠。觀其速度，頂多一炷香的時間當可趕上他們。兩人先仰頭看了自己船桅上繡有魚紋圖案的海沙幫旗，再往追來的五艘船瞧去，同時呻吟起來，因爲來船桅上的旗幟，是同一的式樣。

寇仲跌坐鹽上，悲叫道：「完了！我的海沙完了。」

徐子陵把他扯起來，叫道：「快走！遲恐不及。」

驀地嬌笑傳來，一艘快艇超前而至，船頭立著的正是那晚曾有一面之緣的俏尼姑，划艇的是十名訓練有素的壯漢，划得艇子像箭矢般在海面滑行。俏尼姑叫道：「現在才想到逃走，眞的遲了！」

兩人見到她身穿水靠，一副隨時要下水拿人的樣子，魂飛魄散，哪還理甚麼海沙海鹽，飛身插進水裏，連她玲瓏浮凸，可令任何男人看得瞠目窒息的胴體都沒空欣賞。俏尼姑笑得花枝亂顫，喘著氣道：「我『美人魚』游秋雁若讓你兩個小子成漏網之魚，奴家以後都不再下水。」

這才以一個無比優美的姿態投入水裏，比之寇仲和徐子陵的狼狽相，實不可同日而語。陽光像千萬道射進水內去的銀線，把澄藍的海底世界變成一座無限大的立體鏡台。尼姑游秋雁功聚雙目，立時看到寇仲和徐子陵在百丈外拚命往岸邊游去，而風帆的船底像一塊奇怪的烏雲般嵌在高高在上、澄明得耀目的水面處。游秋鳳一擺蠻腰，有似一縷輕煙般，以最少快上半倍的速度啣尾追去。在海沙幫這以海爲地盤的幫派裏，她的水上功夫仍沒有第二個人可及，由此即可知她是如何了得。她並不明白兩個小鬼爲何能在水底閉氣，沒有上乘內功，這是絕不能辦到的。此時她已無暇多想。幫主「龍王」韓蓋天下了嚴令，不惜一切誓要把他們生擒。

寇仲和徐子陵看到俏尼姑在後方追來，卻是全無脫身辦法。寇仲本來領先徐子陵兩丈有餘，眼看敵人游來速度，曉得很快可追上水性及不上自己的徐子陵，猛一咬牙，揮手著徐子陵先去，自己持著長刀，掉頭來對付敵人。徐子陵怎肯讓他獨抗敵人，亦橫刀回身，與寇仲一起朝敵人游去。雙方迅速接近。快要短兵相接，游秋雁露出個詭異的笑容，往背上一抹，手一揮，一張大網箭般射出，迎頭往兩人罩來。他們見到大網像片烏雲般蓋過來，心知不妙時，已給連人帶刀罩個結實，成其網中之魚。

那艘偷鹽船也像它的主人般，成爲海沙幫的俘虜，被一條粗纜繫在旗艦海沙號的後面，風帆收了下來。海沙幫的龍頭「龍王」韓蓋天大馬金刀坐在特製的龍椅上，椅後是七名隨他南征北討的護法級手下，地位更高於廣布於沿海產鹽區的十八個分舵的舵主。他的龍座設於船尾靠艙口的一段，靜待兩個小犯被押來受審。

海沙幫乃東南沿海三大幫派之一，與水龍幫和巨鯤幫齊名。三大幫會互相猜忌，以前仍能畫分地盤和勢力範圍，保持大體上的和平。自隋政敗壞，天下群雄並起，三大幫派亦蠢蠢欲動，圖謀擴張勢力，鬥爭漸烈。水龍幫一向依附南方宋姓門閥，而海沙幫爲了求存，投進宇文門閥的麾下，成爲宇文家一大爪牙。巨鯤幫卻是獨立自主，聲勢則一點不遜色。最惹人談論是自上任幫主雲廣陵被人刺殺後，接任的女兒雲玉真把巨鯤幫打理得有聲有色。有「紅粉幫主」之稱的美女武藝精湛，尤勝乃父，被譽爲東南武林的第一英雌。寇仲和徐子陵雙手被反綁背後，押到韓蓋天身前來，被服侍他們的四名壯漢硬按得跪倒地上，垂頭喪氣。

手下報告道：「搜過他們的身和船，只有二十多兩銀子，再無其他東西。」

韓蓋天雙目一寒道：「報上名來！」

寇仲叫道：「我叫傅仲，他叫傅陵——」

「啪！啪！」兩條長鞭，由後抽至，打得兩人背後衣衫破爛，皮開肉綻，痛得臉肌扭曲。

韓蓋天哈哈笑道：「還敢騙我，你們一個叫寇仲，一個叫徐子陵，是宇文總管發下全國追緝令要擒拿歸案的人。只要將你們送到揚州，交給尉遲總管，可得到千兩黃金的報酬。」

站在他右側的是首席護法「胖刺客」尤貴，此人體胖如球，眼睛細而陰險，聞言陰惻惻笑起來道：「人爲財死，鳥爲食亡，若非兩個小子貪心偷了整條船的海沙，我們也不容易拿到千兩金子呢。」

寇仲忍著背後的痛楚向徐子陵報以抱歉的苦笑，後者若無其事地低聲道：「原來我們竟那麼值錢，自己把自己賣了不是已可發達嗎？」

韓蓋天大喝道：「閉嘴！」

兩人嚇得噤若寒蟬，俏尼姑游秋雁的嬌笑由艙內傳來，她換回乾袍，頭上竟還多了個假髮髻，橫七豎八插上七、八支幼銀簪，非常別致。她百媚千嬌的來到韓蓋天處，一屁股坐入他大腿上，摟著韓蓋天樹幹般粗壯的脖子，諛媚嬌嗲的道：「失之東隅，收之桑榆，此趟雖讓東溟派避過大難，卻得到兩個值錢的小子，幫主亦有面目見宇文大人。」

韓蓋天探手摸著俏尼姑的豐臀，輕拍兩記，向寇徐兩人沉聲道：「告訴我！爲何你兩個乳臭未乾的小子那麼值錢？」

兩人此時正深深後悔，明知海沙幫和宇文化骨有關，偏想不到宇文化骨會密令手下幫會搜捕他們，若知道此點，哪會失手遭擒？

寇仲嘆道：「幫主若肯不把我們交給宇文化及，我們定會把秘密告訴你。」

韓蓋天仰天一陣豪笑，喘著氣失聲道：「你們看！這小子竟敢來和我們談條件。」

衆護法手下齊聲陪笑。

另一護法「雙槍闖將」凌志高道：「聽游妹子說兩個小子懂得水底換氣之術，偏是武功差勁，此事非常奇怪，顯然有點來頭。」

俏尼姑嬌笑道：「人來！先給我抽三鞭看看他們的內功如何深厚！」

衆人哄笑聲中，立即鞭如雨下，少說抽了十來鞭，打得他們背脊衣衫碎裂，血肉模糊，仆倒地上。兩人卻連哼都沒有哼半聲。

給再扯起來，韓蓋天動容道：「你兩個的骨頭倒硬朗，鞭子是經藥水浸製，普通人兩、三鞭都受不起。看在這點上，假若你們肯從實招來，本幫主說不定會另有處置。」

寇仲痛得咬牙裂嘴，呻吟道：「我們值錢當然是有原因的，因爲我們知道『楊公寶藏』的秘密。」

甲板上倏地靜下，每個人的眼睛閃亮起來。

韓蓋天打手勢阻止手下發言，推開俏尼姑，站起來喝道：「讓他們站起來，鬆綁！」

兩人給人扶起，繩索被割斷。他們衣衫早被藥鞭抽碎，臂上是一道道的血痕，自己看看都觸目驚心，奇怪是開始時的一陣劇痛過後，便沒有甚麼大礙。

韓蓋天鐵塔般的身體比之已長得高挺的兩個小子仍要高上兩、三寸，負手來到他們身前，柔聲道：「你們怎知『楊公寶藏』的所在？」

徐子陵答道：「是娘告訴我們的。」

韓蓋天點頭道：「我們也知道此事，是羅剎女把你們救走的，為何她不和你們在一起？」

寇仲黯然道：「娘被宇文化及害死，所以我們絕不會將寶藏所在告訴他。」

俏尼姑盈盈走到兩人面前，伸手捏一下徐子陵臉蛋，媚眼一瞇道：「幫主啊！看來兩位英俊的小兄弟並非胡言亂語，『漫天王』曾全力追蹤高麗羅剎女，據傳是為她典當的一塊古玉，當時我們還大惑不解，現在該猜到這塊玉必是來自『楊公寶藏』。」

「胖刺客」尤貴道：「現在兩位小兄弟來到這裏，證明天命選的真主該是幫主無疑。」

韓蓋天沉聲道：「寶藏在哪裏？」

寇仲回復冷靜，先和俏尼姑眉來眼去傳情一番，惹得她「噗哧」媚笑，道：「寶藏就在揚州城關帝廟附近某處，但必須以獨門手法開啓，否則永遠發現不了寶藏。」

俏尼姑送上嬌軀，讓高聳的胸脯貼到寇仲的胸膛處，嬌聲道：「還不快點說出來，幫主定不會薄待你們的。」

寇仲顯然很享受眼前艷福，閉眼呻吟道：「幫主若肯給我們十兩黃金，我們會助幫主找到藏寶。」

韓蓋天哂道：「十兩黃金小事一件，快說！」

俏尼姑伸手摟上寇仲脖子，在他臉蛋香一口，笑臉如花道：「聽姐姐的話，快點說出來。」

寇仲笑嘻嘻道：「大家是在江湖行走的人，只要幫主把我們帶到揚州城，立下不殺我們的毒誓，再送上金子，我們立即大開寶庫，否則我們寧死都不會說出來。」

徐子陵插口道：「寶藏內機關密布，藏寶處深入地底二十多丈，除非幫主獲得揚州總管批准，把方圓五里內的民居全拆掉，再把土地翻過來，否則休想進入寶庫。」

寇仲接口道：「我們只要講漏半句，幫主將無法啓開寶庫，何不大家做個好朋友，作個你情我願的公平交易。」

韓蓋天給兩人你一言我一語，說得苦笑起來，搖頭嘆道：「你兩個小鬼不去做生意，眞浪費了你們。好吧！我一定帶你們到揚州去，但千萬不要騙我，絕不會有好下場的。」跟著喝道：「人來！把他們關進刑室的鐵籠去。」

寇仲聽到鐵籠兩字，立即湊下頭去，在俏尼姑唇角香了一口，同時摸摸她頭髮，口中嘖嘖讚賞，順勢抽出一枝銀簪，藏在手心處。

俏尼姑大嗔道：「饞嘴的小子！」一把推開他。

手下擁上來抓著兩人臂膀。韓蓋天哪放得下心，親自押送兩人進入艙內，由樓梯到達下層擺滿各式刑具的刑房，看著手下把他們關進放在一角的大鐵籠內，上好鎖後由自己保管鎖匙，方肯離去。

徐子陵對著由粗如兒臂的鐵條做成的囚籠發呆之時，寇仲伸手過來，讓他看見手心內幼長的銀簪，口上卻道：「我看韓幫主是個好漢子，我們還是和他乖乖合作爲妙！」

徐子陵知機道：「希望回揚州不會給宇文化骨逮著吧！唉！我們明知寶藏在那裏，偏是沒膽子去取。」

兩人均是精靈透頂的人，見韓蓋天一衆退個一乾二淨，太不合情理，想到他們會在隔鄰某處偷聽他們說話，而事實也確是如此。

寇仲道：「你眞能記清楚娘說過的啓庫方法嗎？那太複雜了，幸好你的記性一向比我好。」

徐子陵道：「我只記得清楚下半截，唉！當時娘在彌留之際，我哭得糊裏糊塗的。」

寇仲笑道：「上半截可包在我身上，甚麼左三右七，包不會出錯，人家出得起高價，我們自該交足貨。」

徐子陵側躺過去，伸個懶腰道：「睡吧！」

寇仲伏到他身旁，竟眞的沉沉睡過去。大船全速航行，朝北方的長江水口開去。

船速轉緩。變異使兩人醒轉過來。掛在四角的風燈不知何時熄滅，在密封空室裏，本該伸手不見五指，偏是他們仍感到牆壁似是透出朦朦暗光，可隱約見物。他們大感奇怪。照理韓蓋天該恨不得可立即抵達揚州，怎肯減慢速度。

坐起來後，寇仲伸手摸摸自己背脊，又摸摸徐子陵，不由得意洋洋道：「我們果然成了內功好手，早先給人打得皮開肉綻，現在卻是皮光肉滑。」

徐子陵低聲道：「會否仍有人在外面監視我們呢？」

寇仲耳語道：「假設有個人可以令你做皇帝，你自己又不用吃甚麼苦，你會不會派人看緊他呢？」

徐子陵駭然道：「若眞到了揚州仍不能脫身，韓臭天豈非要把我們撕皮拆骨？」

寇仲取出銀簪，低聲道：「先看看可否把鎖打開，你看刑室裏這麼多工具利器，憑我們出神入化的內功，要鑽個洞該不應太困難吧！」

徐子陵嘆道：「我也知道，但怎樣方可不弄出聲音呢？」

寇仲來到鐵籠的小門處，把銀簪的一端拗成個小鉤子，小心翼翼探進鎖頭的匙孔內去，不片晌發出「的答」一聲。徐子陵毫不驚異，熟練地把鎖解下，放到一角。輕輕拉起鐵柵，兩人狗兒般鑽出來。這時船速更慢，上層傳來腳步急劇走動的響聲。

兩人大喜，正分頭去尋找趁手的工具，徐子陵招手著寇仲過去，指著牆角的一個施行烙刑的火爐道：「若我們把爐子點燃，燒紅烙鐵，說不定可無聲無息在船底烙個小洞出來，那時可趁海水湧進來之際，以那用來鋸人的鋸子開個大洞逃出去。」

寇仲拍拍他肩頭表示讚賞，趁徐子陵用爐旁的柴炭火種燃著火爐的時刻，脫下破爛的外衣，塞在門腳下處，防止海水滲出去。船速轉快，還明顯在轉急彎，似要避開某些東西。上面的足音停下來，反是走廊處有足音傳過來。這時徐子陵已把十多枝烙鐵，全放進火爐內，聞聲大吃一驚，避往門旁。寇仲則移到門的另一邊去，向他打出下手絕不能留情的手勢，虛劈一下。

門外傳來男人的聲音道：「有甚麼動靜？」

有兩人的聲音應道：「沒有！」

那男人道：「來的是巨鯤幫的戰船，不知那美人兒幫主是否吃下豹子膽，竟然敢來截擊我們，幫主吩咐要到裏面把那個小子看緊，絕不能疏忽，否則以幫規處置。」

守門的兩人連忙答應。腳步聲遠去。寇徐忙把塞在門底的衣物扯掉。開鎖聲傳來，厚木門給拉開，昏暗燈火映進來，卻照不到放在一角的鐵籠。

兩個人毫無戒備地走進來，其中一人還道：「先點亮燈！」

另一人看到燃著的火爐，大感愕然，徐子陵已照頭轟他一拳，立時頹然倒地，墮地前給徐子陵一把抱著。寇仲同時發難，把另一人硬生生打暈。還探頭外望，通往樓梯的走廊處站著三個人，正朝他望來。寇仲人急智生，揚手打個招呼，慌忙把門艙閉起來，幸好燈光昏暗，他的動作又快，走廊的人看不清楚臉貌，但心兒早跳得差點由喉嚨處彈出口來。兩人脫下對方衣物，再把他們綑紮個結實，又塞了口，定過神來。

兩人的錢袋早到了寇仲懷內去，徐子陵則解下對方的短戟和長劍，雖不及刀那麼慣使，總好過手無寸鐵的可怕失落感。徐子陵取來烙鐵，放到艙板上。一陣「吱吱」聲和燒焦了的味道隨著白煙雲霧般騰升而起。移開烙鐵後，艙板果然現出一個焦紅的凹痕。寇仲又去把門縫塞好。徐子陵這次索性把三枝繞紅的烙鐵壓到凹坑去，冒出的煙屑更多了，燒得艙板紅起來。船又再轉急彎，看來巨鯤幫的人追得很貼近。接著又隱有喊叫之聲由上方傳來，加上密集的足音，形勢愈來愈緊張。

「噗！」烙鐵烙穿船底，海水立時湧入。

兩人一聲歡呼，用預備好的鋸子死命去把洞口擴大。海水狂湧而入，不片晌浸過他們的腳踝，兩名俘虜給浸醒過來。「嘞！」寇仲把鋸到只剩一小截相連的木板用力拗斷，立時露出個三角形的大缺口。兩人哪還遲疑，先挑斷那兩人手上的繩結，讓他們自行解綁，接著溜到船底下的大海去。

海沙號迅速移前，那艘緊隨在後的偷鹽船的船底在上方出現，海面上是月照的黃光，方曉得原來到了晚上。寇仲不理徐子陵願意與否，扯著他往上游去。豈知船速太快，到兩人浮上水面，鹽船剛好滑開。他們由水面冒起頭來，登時看呆眼。原來海沙幫的五條船，正被十多艘較小型的風帆圍攻，大家互擲火器石頭，戰個難分難解，火箭把天空晝亮。寇仲看著離他們愈來愈遠的偷鹽船，正欲哭無淚，見財化水，偷鹽船忽地與海沙號分開，速度減緩，顯然有人嫌偷鹽船累贅，把繫纜斬斷。兩人喜出望外，忙爲自己幸福的未來拚命游過去。

兩人手忙腳亂扯起風帆，交戰雙方早離他們遠去，變成月夜下海平處的十多個小點。一陣海風刮過來，風帆望靠岸處以高速衝去。寇仲伏在失而復得的鹽包上，喃喃自語，開心得差點發狂。

徐子陵操控船舵，叫道：「快到岸了！」

寇仲跳起來，黑沉沉的陸地在前方不住擴大，駭然道：「可減慢速度嗎？」

徐子陵叫道：「不可以！」

此時剛好潮漲，加上晚風，帆船走得像頭脫了韁的野馬，完全不受控制。

寇仲指著看似是沙灘的地方叫道：「往那裏駛去。」

徐子陵一擺船舵，帆船改變少許角度，朝淺灘高速駛去。

寇仲正歡呼狂叫，驀地色變道：「不好！」

徐子陵亦目瞪口呆，原來在月照之下，四周盡是一堆堆由海底冒出來的礁石，現在仍未沉船，已是奇蹟。「嘞嘞！」船底發出了難聽之極的磨擦聲音，接著整艘船往右傾側，兩人失去平衡，全倒進海水裏去。「轟！」帆船撞上一塊特別巨大的礁石，頓時四分五裂，鹽包都沉到海底裏。

兩人勉力泅到淺灘處，下半截身子仍浸在不住湧上來的潮水中。筋疲力盡下，兩人伏在沙上，張口喘息。與礁石的碰撞磨擦令他們口鼻溢出鮮血，身上自是傷痕纍纍，兵器都不知掉到哪處去了。不過肉體的痛苦，遠及不上失去鹽包的痛苦。這批偷來的私鹽得得失失，曾成爲他們奮鬥的最高目標，具有無比深刻的意義，投入無盡的感情。但它們終告完蛋。鹽遇上水還不化爲烏有嗎？

徐子陵和著血吐出一口海水，呻吟道：「沒到過海裏去的人，絕不會知道海水是這麼苦的。」

寇仲笑得嗆咳著艱難地道：「誰叫你去喝它，哈！幸好我還有兩個錢袋，呀！」

徐子陵呻吟道：「不要告訴我你連錢袋都失掉了！」

寇仲苦著臉道：「正是這樣，不要怪我，下回讓你保管吧。」

徐子陵別過頭來，看他一眼嘆道：「仲少你的肚子餓嗎？看來我們的功夫確有長進，兩夜一天未吃過一粒米，仍只是這麼餓。」

寇仲悲吟道：「不要提『餓』這個字，唉！我要累死哩。」話畢把整塊臉埋到沙裏去。

徐子陵的神智逐漸模糊，最後支持不住，就那麼昏睡過去。

忽然感到給人大力拍他的臉，寇仲的叫嚷聲傳入耳內道：「天啊！快起來，這次有神仙搭救我們。」

徐子陵睜開眼睛，天已大白。呆頭呆腦坐起來，一看下亦呆了眼。潮水退開過百丈，露出寬敞的海床，布滿烏黑的礁石。數十包鹽和船破後的遺駭散布在石面上，壯觀異常。寇仲正往最接近的鹽包奔去。徐子陵湧起熾熱的狂喜，跳了起來，發覺身上的傷口痊癒大半，除肚子空空如也外，整個人精力充沛，忙追著寇仲奔去。

寇仲興奮得發了瘋地嚷道：「我的娘！這些鹽竟結成硬塊，沒有溶掉，這次肯定是老天爺顯靈。」

徐子陵見到遠處石隙間有東西在陽光下一閃一閃的，大喜撲過去，果然找到那把長劍，不片刻又在丈許外找到寇仲的短戟，失而復得，欣悅的感覺確非筆墨所能形容。寇仲卻在找兩個錢袋，千辛萬苦找到其中一個，另一個則遍尋不著。打開一看，竟有白銀五兩多，心中已非常感謝老天爺。兩人怕潮水又來，忙把鹽包運往岸邊，忙到黃昏，把四十八包鹽集齊岸上，有兩包不見了，可能是撞船時散碎掉。

兩人這時餓得已沒有任何感覺，忙到岸旁的山林採摘野果充飢。回到沙灘，潮水又湧上來了，看著海水打上礁石激起的浪花，他們深具劫後餘生的感覺。兩人面對大海，生出敵人隨時來臨的危機感。遂在附近山林中找到個安全的地點，把鹽包運往那裏去，又以樹葉蓋好，然後依偎而睡。

恍惚間他們又似回到傅君婥葬身那個小谷內，運功抗禦寒夜。到半夜時分，異響由沙灘處傳來。兩人吃了一驚，取出兵器，爬到一塊可看到沙灘的大石後，偷偷張望。沙灘處泊了兩艘小艇，十多名大漢手持火炬，正察看他們那艘破船給沖到沙灘上的遺骸。對開海面上有八艘中型的兩桅帆船，不像是海沙幫的船艦。

寇仲低聲道：「你看那個妞兒，比得上我們的娘！」

徐子陵亦看到那女子，身穿湖水綠色的武士服，外罩白色長披風，美得教人看了似會透不過氣來。這麼有氣質的妞兒，他還是頭一遭見到。

寇仲喉嚨發出「咯」的一聲，嚥著口涎道：「若能和她共度良宵，短命三日我都甘願。」

徐子陵「哈」一聲笑出來，連忙掩口，豈知那女子顯是高手裏的高手，隔開近二十丈，仍瞞不過她的耳朵，別頭瞧往他們的方向，嚇得兩人忙縮在大石後。

過了好一會，沙灘處仍沒有動靜，他們略鬆一口氣，那還敢再有歪念。

寇仲低聲道：「美婆娘連武功都可能比得上娘，不過仍給我們揚州雙龍瞞過。」

忽然一把悅耳低沉的女音由上方傳下來平靜地問道：「眞的給你們瞞過了嗎？」

兩人魂飛魄散，滾到斜草坡底，才敢跳起來，拿戟持劍，虛張聲勢，其實心虛得要命。兩人得李靖傳授血戰十式，只有徐子陵一個人試過和人以兵器對敵，不過那次卻是窩囊之極，還痛失李靖的寶刀。所以兩人最缺乏的是實戰經驗，故臨陣不膽怯就怪了。絕色美女悠閒地坐在大石上，旁邊還放著一盞風燈，映得她靠燈的半邊嬌軀似會發光的樣子，使她的美麗多添幾分因神秘而來的聖潔感覺。白披風襯湖水綠的武士服，更令她顯得綽約多姿。

女子冷冷地看著他們，淡淡道：「眞不明白你這兩個無德無能的小混混，憑甚麼既可在宇文化及的眼皮子下帶走《長生訣》，又讓杜伏威鬧個灰頭土臉，現在海沙幫都給你們弄得暈頭轉向。告訴我！你們是否戴著保佑你們好運的護身符呢？」

兩人聽得面面相覷，瞪目結舌。此女怎能對他們的事瞭若指掌？

寇仲不好意思的把短戟垂下，撐在草地上，一本正經地道：「請問小姐高姓大名？何方人士？爲何對在下兩兄弟的事知得如數家珍似的。」

美女冷哼道：「我不是叫婆娘嗎？爲何現在又變爲小姐，前後不符，可知你這人是如何卑鄙。」

寇仲失聲道：「這叫卑鄙？就算你心中恨不得殺死對方，表面上還不是要客客氣氣嗎？世上誰不是口不對心，你這——嘿！你這小姐又比我高尙多少？」

徐子陵很少見到寇仲發這麼大脾氣，呆在當場。

美女平靜地凝視寇仲好半晌，「噗哧」嬌笑道：「你這小鬼，倒也有點臭脾性。不過莫怪本姑娘不先作警告，殺人對我來說像斬瓜或者切菜，一點不會猶豫。」

徐子陵回過神來，忍不住哂道：「要動手便動手吧！何來這麼多的廢話？」

寇仲挺胸道：「夠膽量的不要招呼別人來幫手，一個對我們兩個。」

美女忍俊不住，花枝亂顫般笑道：「看你兩個的模樣，已是衣不蔽體，渾身傷痕，偏又擺出兩個打我一個的賊相。唉！死小鬼！累我笑得這麼辛苦。」

徐子陵憤然道：「你究竟打還是不打，不打我們回去睡覺哩。」

美女自然看出他的外強中乾、色厲內荏，在背後拔出一管金澄澄、長若四尺的銅簫，橫放唇邊，吹響一個清音，像清風般送入他們的耳鼓內。然後把簫擱到玉腿上，低頭細看風燈內閃跳的燄芯，輕輕道：「不要對人家滿懷敵意好嗎？我不惜對海沙幫開戰，正是想看看我們有沒有合作的可能性。」

兩人你眼望我眼，均有點受寵若驚的樣子。

還是寇仲反應比較快，笑嘻嘻坐到另一塊石上，點頭道：「姑娘請開出此誘人的條件，看看可否談得攏？」

美女眼尾都不看他，仍似是自言自語道：「我是否該先狠狠揍他們一頓，讓兩個小鬼守規矩點呢？」

寇仲嚇得跳起來，擺出血戰十式起首第一式——「兩軍對壘」。

給她忽硬忽軟的，弄得兩人頭都痛起來。

美女倏地把俏臉轉回面向他們，鳳目生寒，定神打量兩人擺出的姿態神氣，冷然道：「知否我肯和你們說這麼多話，是因爲本幫主很看得起你們，所以想邀請你們加入我巨鯤幫，做本幫主的兩個既是剛開門又是關門的徒弟。」

兩人愕然以對，異口同聲叫道：「我的娘！」

此事確是出人意表之極，這麼個最多比他們大上三、四歲的美人兒，竟要收他們作徒弟？

「紅粉幫主」雲玉眞「毫無愧色」道：「有何値得大驚小怪，所謂學無先後，達者爲師，哪像你們本領低微，拿兵器的方法都未曉得。」

徐子陵失聲道：「拿兵器也有方法嗎？」

雲玉眞沒好氣道：「當然有！只看你想把劍柄捏碎似的那麼用過了力度，就知你不懂拿劍的竅訣是『輕則飄，實則緊。』過猶不及，沒有明師指點，你這小子怎會曉得。」

寇仲怕徐子陵失面子，哂道：「你早先不是說我們何德何能嗎？爲何忽然又前倨後恭，變成很看得起我們呢。是否只爲了『楊公寶藏』和《長生訣》。收了我們作徒弟後，教我們因師命難違，又要討你老人家歡心，最後當然乖乖獻寶。」

雲玉眞瞅他半晌，秀眸露出笑意，溫柔地道：「若我雲玉眞要謀那兩樣東西，教我雲玉眞不得好死。」接著雙目一寒道：「《長生訣》只是道家騙人的玩意。至於『楊公寶藏』則只對發皇帝夢的人有吸引力，我才沒閒情去淌那渾水，去你兩個的大頭鬼。」又抿嘴笑道：「或者你們並不知道，杜伏威找不到你們後，返回歷陽，有天忽然大笑起來，旁人問他笑的原因，他提起你兩個小子，說你兩人是天生的武學奇材，他雖閱人無數，卻從未見過資質比你們更好的人，使他也動了愛才之念。只恨給你們逃掉了，現在他只想幹掉你們。」

兩人的臉火般燒起來。這番似是讚賞的話，在她口中說出來便曖昧多了。

徐子陵尷尬地道：「你怎會連杜伏威說過甚麼都知道？」

雲玉真淡淡道：「這個不用你理，當今之世，除竇建德和李密兩人外，數眼光獨到，怕沒多少人及得上杜伏威。所以本幫主也起了收徒之心，怎樣哩？拜不拜我這個師傅，否則給海沙幫找上你們，不要怪沒有人拯救你們。」

寇仲沒好氣道：「你想作我們揚州雙龍的師傅，也該有點表現才行。否則連我們劍戟合璧都敵不住，還怎擺得出師傅的款兒。」

雲玉真同意道：「說了這麼多話，只有這幾句合理一點。」

兩人知她出手在即，全神戒備。他們在市井長大，深明「便宜莫貪」這千古不移的定律。如此一個千嬌百媚、身分尊貴的美人兒，要來收他們作徒弟，裏面定是包藏陰謀禍心，只是他們猜測不破吧！雲玉真左手提燈，右手挽簫，緩緩飄離大石，披風在身後拂動不休，像化作美人形態的螢火蟲般瞬間橫移過來，飛臨兩人頭頂上。

兩人哪想得到她會有這種招數，又有點怕劈傷她美麗的玉腿，慌忙往左右移去，豈知竟分別給她在頭頂踏了一腳。

雲玉真落往兩人後方，嬌笑道：「徒兒們服了嗎？」

兩人臉都脹紅了，打個眼色，分從左右攻去。此時他們已知她武藝強絕，再不留情，全力出手。徐子陵本來使的是血戰十式第三式的「輕騎突出」，若是刀的話，就是由腰間出刀，假作搗往敵人胸口，若敵人退避，則化成側劈的變招，但用劍使出來，卻完全不是那種味道，索性步法依舊，覷準她肩膀，長劍閃電擲去。寇仲更不懂用那與刀分別很大的短戟，臨時把第二式「鋒芒畢露」變化少許，借一個旋身，橫掃往雲玉真脅下。

雲玉眞一陣嬌笑，左手風燈往上提起，照得左方的徐子陵纖毫畢露，右手銅簫似若無力地點在徐子陵的長劍鋒尖處，同時後方的披風揚往前來，剛好迎上寇仲的短戟。

「叮！」「蓬！」兩人只覺一股柔和但卻難以抗拒的內勁送入自己兵器內，由掌心擴散到手臂的經脈去，如若觸電，差點把兵器丟掉，狼狽退開。雲玉眞卻比他們更驚訝。原來她本是要把眞勁攻入對方體內要穴，豈知到了對方肩膀處，徐子陵方面的勁氣若泥牛入海，消失無蹤，硬被化去。而寇仲則把她的氣勁反迫回來，頗爲霸道。三人分開，愕然對望。

雲玉眞皺眉道：「假若羅刹女傳你們練功之法，你們理該同出一源，爲何現在卻有這麼截然不同的差異呢？快從實招來。」

寇仲嘻嘻笑道：「知道我們功力深厚了，對嗎？美人兒師傅。」

徐子陵哈哈笑道：「我們是練武奇材，自然有不同的花樣。」

兩人見她武技高強，又擺明不會傷害自己，大感有趣，心癢手癢起來。只看她動手時的美姿妙態，已是賞心樂事。雲玉眞見「師令不被尊崇」，秀目一寒，倏地來到寇仲左旁，銅簫照臉點去。

寇仲明明可清楚看到她每個動作，心中還知道該怎麼去擋格，偏是身體移動卻慢了少許，橫起短戟時，不但給對方在鼻尖點了一記，還給女幫主一腳掃在腿側處，登時慘哼倒地，跌了個灰頭土臉。徐子陵搶過來救駕，長劍舞得呼呼作響，護住臉門，豈知雲玉眞一簫點出，竟破入他以爲密不透風的劍網內，點在他額頭正中處。徐子陵如遭雷殛，拋跌開去，也跌個四腳朝天。

雲玉眞俯視一時間爬不起來的兩人柔聲道：「你們不知在哪裏學來這些以攻爲主的招數，卻不知這都是以命搏命的拚命狠著，若沒有抱著與敵人同歸於盡的決心，便完全發揮不出威力來。」

兩人哼哼的站起來，給她的氣勁震得全身發麻，無力動手。聽她這麼說，亦心中佩服，因爲李靖也曾這麼說過，可知此女眼力高明之極。雲玉眞見自己已大幅加強內勁，兩個小子仍可這麼快爬起來，芳心也驚異莫名。她當然不是要收兩人作徒弟，只是要利用兩人去爲她作一件對她非常重要的事。而因此事必須他們心甘情願才行，遂施展種種手段以達致目的。可是在這一刻，她眞的動了少許收徒之心。倘眞個成事，再假以時日，兩個小子將可成爲她的得力臂助。

寇仲道：「我們最尊重女兒家的了，所以怎捨得傷你——」

雲玉眞嗔喝道：「閉嘴！竟敢對我說輕薄話，是否討打。」

徐子陵忙道：「有事慢慢商量，你收徒傳藝，也必須對方心悅誠服才成。現在我們卻仍未有拜師之心，可否待我們幹完一宗買賣，大家再來研究這事的可行性。」

雲玉眞先是玉臉一寒，旋又露出笑容，出乎兩人意料之外地淡淡道：「好吧！你兩人仔細想想。」搖晃一下，回到那塊大石上去，嬌聲道：「海沙幫會不惜一切把你兩人擒拿的，好自爲之啦。」再一陣嬌笑，消失在大石之後。兩人面面相覷，反有點捨不得她離開。

忽然雲玉眞又回來，兩人心中暗喜，她像師傅教訓徒弟般道：「你們最好把留在地上的痕跡徹底消滅，再布下已遠離此地的疑陣，乖乖的在這裏躲上一兩個月，否則必逃不過海沙幫的天羅地網。」這才眞的離開。

雲玉眞率手下離開後，臨天明前兩人拖著筋疲力盡的身體回到那些鹽包堆成的方陣中空處，睡個不醒人事。到午後時分，沙灘傳來人聲，吵醒他們。兩人爬出去，沙灘處泊著十多艘快艇，最起眼的是韓蓋天和俏尼姑，嚇得兩人忙縮回密林裏。幸好早有雲玉眞提點，否則這趟肯定插翼難飛。兩人連到外面採摘野果的膽量都消失了，即使再聽不到聲音，仍躲在安樂窩中。黃昏時忽下起雨來，幸好他們以樹枝茅草和泥巴搭成的屋頂，承接了大量的雨水，所以屋內下的小雨仍可忍受。

寇仲喜道：「這場雨來得眞是時候，可以把地上的痕跡洗去，那韓仆地就會更以爲我們逃到遠方去。」

徐子陵失笑道：「蓋天仆地，名字起得像宇文化骨那麼精采。」

寇仲伸手過去拔他臉上長出來達半吋的鬍鬚，笑道：「小陵你終於有點男子氣概，只比我的鬍子短了點，要不要我那對妙手給你拔個精光，還你的小白臉。」

徐子陵推開他的手道：「到我們的鬍子長得連自己都不認得自己是誰，我們就可做運鹽的私梟，明白嗎？」

寇仲拍腿讚賞，又苦惱道：「我們的武功眞那麼差勁嗎？爲何心中明明覺得可擋住我們的美人兒師傅的玉招，偏是手腳不聽話？」

徐子陵沉吟道：「我也有想過這問題，照我看是我們由《長生訣》學來的絕世奇功，仍未能運用到出手的招式處。而且每一種兵器都有它的獨特之處，我們把握不到，自然不能得心應手。」

寇仲豎起拇指讚道：「小子眞行，竟然想出和我相同的想法，證明你確像我的資質那般好！」

笑笑罵罵，到夜幕低垂，兩人溜出來，看清楚海沙幫的人確走得一個不剩，忙靠夜眼去找野果充飢。接著兩人在沙灘處對拆起來，打得興起，索性脫掉衣服，只餘短褲，到海浪中殺個不亦樂乎，到徐子陵錯手輕微畫傷寇仲臂膀，才停下手來。兩人躺在沙灘上，大感意興索然，因爲無論怎樣用心去打，體內的眞氣和手中的招式始終不能渾融爲一，除對兵器運用熟習些兒外，可說一無所得。不片晌，兩人沉沉睡去。

徐子陵醒過來，鳥鳴貫耳。他睜眼仰望，剛巧見到一頭海鷗在海面上盤旋，姿態優美自然，正看得心曠神怡，海鷗忽地斜衝而下，直鑽入海水裏，再破水飛出，爪上已抓著條生蹦活跳的小魚。

徐子陵看得心神劇震，一把抓往旁邊的寇仲，失聲道：「我明白了！」豈知一把抓空，環目四顧，寇仲竟是蹤影全無。

徐子陵嚇得跳起來，大叫道：「寇仲！」

驀地海面處有物冒起，原來是寇仲，只見他一手拿著他的劍，另一手拿著一條大魚，得意揚揚地叫道：「今天不用再啃把鳥兒都淡出來的野果啦！」

徐子陵一言不發，取起他身邊的短戟，朝正由大海走上沙灘來的寇仲奔去道：「小子看招。」

寇仲哈哈一笑，揮劍迎上來道：「小賊找死！」

徐子陵此時腦海中塡滿海鷗俯衝入海的弧度軌跡，心與神會，意與手合，一分不差地把握到寇仲的劍勢步法與速度，長嘯一聲，短戟擬出海鷗飛行的軌跡，畫空擊去。最奇妙的事發生了。左腳心熱了起來，右腳心卻是奇寒無比，剛好與平時練功時右腳心先熱相反。奇事並不止於此，以前通常是先熱後涼，這次卻是寒熱一起發生。跟著是一寒一熱兩股眞氣分由左右腳底湧泉穴往上衝，經兩腿內側陰蹻脈達至胯下生死竅，通過左右胸的衝脈，再歸至心下絳宮之位，寒暖氣匯合爲一，下帶脈，左右延往後腰眼，上督脈再由兩肩疾奔兩肘外的陽蹻脈，眞氣天然流動，不假人爲。

「噹！」慘哼聲中，寇仲虎口震裂，長劍甩手掉往後方。兩人同時呆在當場。此時徐子陵體內的奇氣又走肘內的陰腧脈，回到絳宮，下生死竅，由內腿的陰蹻脈，重歸湧泉，然後消去。

寇仲把打來的魚兒拋掉，捧著劇痛的手蹲跪在淺水處，叫道：「這是甚麼鳥的一回事？」

徐子陵跌坐水裏，狂喜道：「我明白了，娘、杜伏威、我們的美人兒幫主都沒有說錯，《長生訣》根本與武功沒有半點關係，但卻是嵌合天地自然奧理的竅訣。以前曾聽得人說，人身乃一小天地。原來我們的外在，又是另一天地，所以只要把握到兩個天地的自然之理，內外兩個天地會合而為一，渾成一體，就像我剛才使出來的那一招。」

這番話恐怕要廣成子復生，或能演繹明白。而換過任何頂級高手，亦會聽得一頭霧水。事實上這正是武道最高理想的天人合一之道，徐子陵一時福至心靈，隨口說出來，卻不知寥寥幾句話，正是奠定他們將來成為不世出的絕代高手的起點。古往今來，從沒有人有此領悟。當然，原因之一是誰都不像他們般糊裡糊塗地練成《長生訣》內的竅訣。徐子陵把看到海鷗的事說出來。

寇仲大喜，把長劍拾回來，大喝道：「再試試看，記著只能砸本高手的劍。」

徐子陵一聲領命，執起短戟，學剛才般一戟打去。

「叮！」寇仲全力架著。

徐子陵苦惱道：「為何這次卻不靈光？」

寇仲道：「你回到沙灘去，學剛才般衝過來，可能問題出在你沒有跑熱身子。」

徐子陵想想亦有道理，依言而行，豈知依然全無用處，風光不再。接著無論如何練習，總再使不出剛才那一手的威力。最後兩人頹然躺倒在沙灘上，失落疲憊。

寇仲轉身伏在細沙上，以拳搥地道：「問題究竟出在哪裏？」

徐子陵心中一動道：「當日李大哥受傷昏迷，你到了外面找騾車，我無聊下練起李大哥的血戰十式，當時姐姐嚇得叫我停手，因爲我的刀會發出熱風和刀氣。可是後來我對著眞正的敵人，運起刀來既無熱風也沒刀氣，且一個照面就給人把刀絞飛，若可想通爲何會如此，說不定可解決這個疑難。」

寇仲精神一振，坐起來道：「你當時練刀，心中想到甚麼呢？」

徐子陵回憶起當時的情況，徐徐道：「甚麼都沒有想，只是要練好刀法，好保護李大哥和姐姐，不讓他們受到任何傷害。」

寇仲劇震道：「我明白了。那就是娘說的內外俱忘，無人無我，有意無意之境。剛才你向我攻來，根本沒想過會這麼厲害，才能達致內天地和外天地渾然爲一的境界，正是娘所說的『內外俱忘』，後來有意爲之，所以不靈光了。」

說是這麼說，可是接下來的十多天，兩人由朝練到晚，始終再不能做到所想獲得的效果，重現那如有神助的一擊。他們終是少年心性，在揚州城時又懶散慣了，竟停止練習，整天到海裏獵魚爲樂，只覺逍遙自在，好不快活。

這天兩人由海裏回到沙灘，寇仲道：「你有沒有留意魚兒逃走的方式，牠們先是全神貫注，然後尾巴一擺，總能由意想不到的角度溜走，還充分利用到水流的特性。若我們能學到牠們幾成功夫，即使美人兒師傅再來，恐亦沒那麼輕易把我們打得左歪右倒。」

徐子陵精神大振道：「我倒沒想過這點，來！我們去找魚兒偷師。」

日子就是這樣過去，兩人把玩樂練武與起居作息結合在一起。漸漸又回復了以前在小谷時的心態，說話愈來愈少。寇仲練內氣的時候，就在沙灘上走來走去；徐子陵則睡個一動不動。一動一靜，各異其趣。

過了兩個多月，這天兩人在海裏追逐一條大青魚，寇仲一劍刺出，明明刺不中青魚，豈知青魚如受雷殛，竟反肚死了，表面卻不見任何傷痕，剖開一看，內臟竟然爆裂。兩人先是愕然，旋則大喜，更加勤力練起功來。不過徐子陵總愛模仿鳥兒多一點，更愛觀察追捕海鷗的大鷹，還學習牠們飛翔的姿態。寇仲則向各式各樣的魚兒學師，又細察螃蟹的橫行躲術和攻防戰術，兩人都達到沉迷的階段。吃東西時，便彼此交換心得，又拆招對打，由李靖的血戰十式變化出更多適合自己的方式。不過始終仍未達到早先似奔雷一擊的水平。兩人已非常高興，頗有得心應手的氣概感覺。

這天一覺醒來，走往海灘，赫然發覺沙灘處擺著兩個籃子，放了兩套衣服，還是御寒的厚衣。只見沙上寫著：「今晚月昇之時，在此相見，別忘穿上衣服。師傅字。」兩人方發覺身上衣服破蔽不堪。一時面面相覷，既感歡喜，又是煩惱。究竟她懷有甚麼目的呢？

是夜雲玉真翩翩而至，一身雪白緅金黃邊的武士服，頭紮充滿男兒氣概的英雄髻，綁著素黃色武士巾，既英姿爽颯，又是美得教人目眩神迷。

像上回般提著盞精緻的風燈，背掛銅簫，先著兩人盤膝坐下，隨把風燈放到三人正中處，仔細打量他們，大訝道：「爲何不見兩個月，你們竟長高了，大有點軒昂男兒漢的模樣。最難得是氣度不同，看你們的眼神，便知內功大有長進。」

寇仲一摸臉上長得又密又厚的鬍鬚，笑道：「全靠這些傢伙，看來自然威猛多哩。」

徐子陵和寇仲朝夕相對，自然感覺不到對方的變化，但在雲玉真眼中，兩人確令她有刮目相看的變化。但兩人的氣質和風度都有明顯分別。徐子陵更爲高挺俊拔，有寇仲所沒有的文秀瀟灑的氣質，卻沒有寇仲那種既潑野又懶洋洋味兒的粗獷豪逸。論身材，寇仲雖然比徐子陵要矮上一寸，但肩寬背厚，身型雄偉，氣勢要比徐子陵豪猛。其中一個原因是徐子陵眉清目秀，較像文人雅士多一點；而寇仲卻是眉髮粗濃，其方面大耳，亦和徐子陵較瘦削的俊臉明顯有異，使他總多了點粗狂的味兒。兩人各具奇相，自有其引人之處。

雲玉真心中奇怪，爲何上回見他們，並沒有特別留心他們的形相，但這回卻不由自主注意到他們的樣貌呢？想到這裏，俏臉微熱，忙掩飾道：「我曾派人來看過你們幾趟，總說你們在海灘或溜到海裏玩耍，爲何內功會忽然好起來呢？」

徐子陵聳肩道：「我們是遊戲不忘用功，不過玩了整整兩個月，已覺玩厭，正想到外面闖闖，美人兒師傅你有甚麼好指教哩？」

雲玉真啼笑皆非，又心中歡喜的道：「終肯認我作師傅了。」

寇仲哈哈笑道：「雲幫主切勿誤會，師傅還師傅，美人兒師傅只是我們兩兄弟爲你起的綽號，就像宇文化骨和韓仆地那樣，是特別想出來的稱呼。」

雲玉真不知好氣還是好笑，想冷起俏臉唬嚇兩句，旋又「噗哧」嬌笑道：「去你兩個大頭鬼，我眞要收你這兩個小鬼作徒弟嗎？只不過見你們還有些好處，故處處關照你們。」

兩人對望一眼，露出早知你是這樣的微笑。

雲玉真無名火起，怒道：「信不信我把你兩人的武功廢掉，教你兩個打回原形，好過看到你們會嘔氣呢。」

寇仲湊近笑道：「美人兒師傅是不會這麼殘忍的，嘻！念在你對我們總算不錯，說出你的困難和需要吧！只要有足夠酬金，又是輕而易舉的小事，我們說不定肯幫忙哩！」

雲玉眞忍俊不住，狠狠横他一眼，嘆道：「你兩個小鬼死到臨頭而不自知。現在你們成爲幾方勢力爭逐的對象，只要給人抓到，由於有前車之鑑，你們休想再有脫身的機會。識時務的最好來巴結本幫主吧！」旋又道：「我要害你們是易如反掌，只要放出消息，保證你們休想有容身之所。」

徐子陵不解道：「你武功遠勝我們，又有無數手下，有甚麼事是非要纏上我們，並需我們出馬不可？」

雲玉眞淡淡道：「你們聽過東溟派嗎？」

兩人愕然半晌，一齊點頭。

雲玉眞笑道：「我只是試探一下你們，看你們是否老實。事實上你們曾接觸過她們，又由她們的船上跳到海裏去。當晚更破壞了海沙幫偷襲她們的陰謀，我的情報有錯誤嗎？」

兩人聽得瞪目結舌。

寇仲吁出一口涼氣道：「看來海沙幫內也有你布下的奸細。」

雲玉眞柔聲道：「實話直說，江湖間每一個幫會都需要龐大的經費，像海沙幫和水龍幫便是以販運私鹽爲主要收入，故能和我巨鯤幫列名八幫十會之一。而八幫中最卑鄙無恥的就是以洞庭湖爲根據地的巴陵幫，他們專事販賣婦女，供應天下妓院之需，獲利亦最豐厚。」

徐子陵失聲道：「武林眞的無人嗎？爲何竟容許這種幫派的存在？」

雲玉眞沒好氣道：「現在天下亂成一團，每個幫派均有後台撐腰，否則早給人吃掉。海沙幫後面有宇文門閥，水龍幫則是宋閥的看門犬，巴陵幫的後台老闆勢力更大，因爲那是當今的皇帝老子。」

兩人啞口無言，難怪人人都要討伐皇帝老子。

寇仲深吸一口氣道：「那麼美人兒師傅你的後台又是哪個硬手？」

雲玉眞嘴角逸出一絲驕傲的笑意，漫不經意道：「我就是我，何須倚賴別人來生存。而我出賣的是第一手的情報。不要以爲我認錢不認人，非是我雲玉眞看得上眼的人，多少錢都休想由本幫主處買到半句消息呢。」

徐子陵失聲道：「情報可當貨物般來賣錢嗎？」

寇仲嘆道：「難怪你對我們的事知道得那麼詳細，原來你是吃這行飯的。」

雲玉眞不耐煩地道：「知己知彼，百戰不殆。現在天下形勢之亂，實是史無先例，誰能掌握對方軍隊的布置、實力的強弱，兵員的虛實，誰便有機會稱霸天下，我這行業遂應運而生，若非如此，恐怕我們早給人吞併。」

徐子陵奇道：「若是如此，美人兒師傅你理該很想知道《長生訣》和『楊公寶藏』的事才對。」

雲玉眞好整以暇道：「這件事要分開來說，《長生訣》雖是道家瑰寶，修道人夢寐以求的天書，但和爭天下卻沒有直接關係。至於『楊公寶藏』，羅刹女根本沒有告訴你們，否則你們兩個恨不得發大財的小鬼就不須到餘杭去偷鹽。哈！『楊公寶藏』在揚州城？只有韓仆地那蠢材相信。」

寇仲咋舌道：「美人兒師傅你眞厲害，不如嫁給我們兩個算──啊！」

雲玉眞收回賞他一記耳光的玉手，冷然道：「就算我沒有心上人，也不會看上你兩個乳臭未乾的小子。」

寇仲撫著臉頰笑嘻嘻道：「這麼說美人兒師傅已有心上人。」

雲玉眞毫不客氣道：「關你甚麼事？」

徐子陵忽然道：「你這叫恃強凌弱，將來我們練成武功，你會知道滋味。」

雲玉眞微笑道：「我在等著哩！好了！現在來個明買明賣，你們爲我辦好一件事，本幫主就放過你們。否則無論你們走到哪裏，我都放出消息，看看你們再遇上甚麼宇文化骨，甚麼韓仆地、杜伏威時，會有甚麼後果？」

寇仲苦笑道：「這是威脅了。」

雲玉眞柔聲道：「除了威迫，還有利誘，包保你們拒絕不了。我先傳你們一套輕身功夫，使你們將來亡命天涯，多些逃走本錢。唉！可能我雲玉眞前世欠了你們點甚麼，故心甘情願把自己最出色的功夫傳給你們，卻又沒有眞正師傅的名分。」

兩人大爲心動，若可在屋頂上飛來飛去，短命三年也甘願。

寇仲忙陪笑道：「將就點，我們就眞個認了你做美人兒師傅算了。」

徐子陵比較有點原則，試探道：「傷天害理的事我們可不幹，殺人放火更不成。」

雲玉眞沒好氣道：「你們有那種能力嗎？小賊就是小賊，如不是要你們偷東西，還可要你們來幹甚麼？」

兩人大爲錯愕，若只是偷東西，她自己不是更勝任愉快嗎？

雲玉眞看看天色，道：「不要多問，其中自有道理。偷東西後，我還可每人給你們十兩黃金，怕死的話，那足夠你們隱姓埋名以度此殘生。現在我立即傳你們輕功心法，一個月後我再到這裏找你兩隻死小鬼，到時自會教你們知曉去偷甚麼東西。」

寇仲和徐子陵在這麼厲害的威逼利誘下，「欣然」答應。

雲玉眞清麗的俏臉露出甜甜的笑意，瞅兩人幾眼，弄得他們大暈其浪，肅容道：「我的輕身功夫乃匯合各家之長後自創出來的，人稱『鳥渡術』，在武林被尊爲的『奇功絕藝』中別樹一幟，非常有名，所以莫要以爲我只是拿些下等功夫來哄你們。」

徐子陵奇道：「甚麼是『奇功絕藝』？」

雲玉眞道：「沒時間和你多說，杜伏威的『袖裏乾坤』和宇文化及的『冰玄勁』便是其中之一。」頓了頓續道：「所謂輕身功夫，就像魚兒在水中的暢游，只不過將水換作充塞天地間的氣和風，關鍵處首先是如何輕身及在空中換氣，我的『鳥渡術』更講究在空中滑行的軌跡。由於你們內功已有良好的根底，只須一個月時間依我的方法練習，該得小成。」

兩人不敢打岔，聚精會神聆聽，心中的興奮像烈火般高燃著。

雲玉眞先問了他們行功的方式，聽畢後沉吟片晌，頹然道：「你們的內功根本是前所未有的，恐怕我不懂如何指點你們。」

兩人大急。

徐子陵道：「你先把你的訣竅說出來，然後我們再想辦法練習。」

雲玉眞嘆道：「你們好像不知有走火入魔這回事似的。」

寇仲哂道：「我們的內功叫能人所不能。美人兒師傅求你快說吧！至多將來你的心上人不要你時，由我們接替好了。」

雲玉眞怒瞪他一眼，嚇得寇仲滾了開去，沉聲道：「你們將來出事，莫要怪我沒先作警告。『鳥渡術』的第一步是先明白甚麼是『正反之氣』，所謂正之氣，就是物體往上拋，力盡須落下來。而反之氣則是力盡時靠生出的反勁，使力度能繼續上升。這必須體內具有眞氣的人始能辦到。」

接著說出大串口訣，教兩人記緊，又指導兩人蹤躍換氣的法門，最後嘆一口氣道：「若練習時覺得身體不舒服，不要勉強用功。唉！我要走哩！」

舉起風燈，內力透入燈內，風燈立時明滅不定。不片刻海面遠處傳來回應的燈號，兩人才知道風燈有此傳訊作用。兩人都有點依依不捨。

雲玉眞望著他們微嘆道：「希望下回來時，你們仍然生龍活虎吧！」

第六章 機密帳簿

黃易 作品集

第六章　機密帳簿

寇仲由一塊高達三丈的巨石飛身而下，「蓬」的一聲，結結實實摔在沙灘上，跌了個七葷八素，不辨東西。

旁邊的徐子陵蹲下俯頭苦笑道：「我們的美人兒師傅說得對，她的『鳥渡術』無論是運氣換氣發動的方式，和我們自己所謂的絕世神功，完全是截然不同的兩回事，永遠不能融渾在一起。看來我們的輕功美夢，可以收工榮休。」

寇仲轉過身來，仰望他道：「不要這麼快認輸好嗎？還記得我們的偉大理論吧！只要內外合一，我們便能催發體內的眞氣，而內外合一的唯一方法是物我兩忘。」

徐子陵苦惱道：「問題是我們只是凡夫俗子，總不能每次跳高躍低都可達到那種境界呀。咦！我有個很蠢的方法。」

寇仲猛地坐起來道：「若連這種難題都可想得出方法來，絕不會是蠢方法。」

徐子陵道：「記得那趟我們由東溟派的大船跳下海的奇遇嗎？」

寇仲哂道：「做夢都忘不了！還差點淹死呢。」

徐子陵正容道：「我們不但沒有死，還很自然的學懂在水底以內息呼吸的方法。可見我們在某種絕境裏，會自然發揮娘說的體內那寶藏，這寶藏早經《長生訣》的奇異功法開啓了，而只有在生死關頭，寶藏始會被逼出來。」

寇仲望往剛躍下來的石頂，色變道：「你不是提議我們一起從百丈高崖往下跳吧？」

徐子陵聳肩道：「怕甚麼，若下面只是大海，絕不會摔死的。」

寇仲搖頭道：「那絕不成！只有會摔個粉身碎骨，我們的眞氣才會被逼出來。」

這次輪到徐子陵色變道：「你不是認眞的吧！」

寇仲肅容道：「百丈高崖是誇張了點，恐怕美人兒師傅也要摔個玉殞香消。有十丈許已足夠。唉！小陵！讓老哥我先去試試看吧！若我眞的跌死，就把我火葬了，然後將骨灰帶回娘的那小谷安葬。你則死了要成爲武林高手的心，乖乖做個好廚師，將來生下兒子，改名徐仲來紀念我這偉大的兄弟吧！」

徐子陵失聲道：「告訴我你是說笑的。」

寇仲搖頭道：「當你見過宇文化骨、杜伏威那類人，就永遠都不肯甘於平淡。又等若遇上娘或美人兒師傅那種美人兒，便很難娶個普通的女子作嬌妻。我怎都要博這一鋪，贏了有可能練成絕世輕功，輸了就到黃泉下找娘盡點孝道，明白嗎？我的好兄弟。」

徐子陵頹然坐下，啞然失笑道：「你的話總是有很大的說服力，要死就一塊去死如何？」

兩人站在高崖邊緣處，俯頭看著十多丈下的草叢和亂石，立即猶豫起來。

寇仲低聲道：「似乎高了點，我們眞蠢，忘了問美人兒師傅一般初級高手可以跳多少丈。」

徐子陵望往壯麗的星空，苦笑道：「是否該回去睡覺呢？」

寇仲深吸一口氣，閉上眼睛道：「我叫到第三聲，一齊往下跳。記著要——唉，還是不要記著甚麼，一切順其自然。」

徐子陵高叫道：「一！」

寇仲接道：「二！」

然後兩人一齊狂喊「三！」

四足用力，兩人彈離崖緣，來到崖外的虛空。

刹那間，過往所有深刻難忘的回憶，例如在小溪戲水遇上傅君婥、她的逝世、被杜伏威挾著在原野上狂奔、與素素在街上閒逛、在妓院給青青的冷待、初見雲玉眞時的驚艷，都在電光石火的空隙裏，迅疾掠過心頭，接著是一片空白。然後感到身體迅速下墜。就在生死存亡的刹那，忽然完全呼吸不到任何外氣，而內息卻像火把般「蓬！」的一聲被點燃起來。活如一個夢境。忽然間，他們完全明白催動體內眞氣的法訣。就是要先斷絕後天呼吸，才能發動體內的眞氣呼吸，也就是道家所說的先天呼吸。兩人全身有若蟻行，眞氣往來不窮。徐子陵是由湧泉而上，寇仲則由天靈直貫下來。

他們同時記起美人兒師傅的鳥渡術，猛提一口眞氣，雙掌下按，運起「反勁」，立時生出往上反衝的力道，竟大幅削減下跌的速度，還朝上升起半尺，翻了一個觔斗，然後「蓬」的一聲掉進一堆密生草叢中，跌得個滿天星斗。

寇仲首先爬起來，高呼道：「娘！我們成功了。」

寇仲和徐子陵在武道上終跨出無可比擬的一步，作出最關鍵的突破。雖然離眞正高手的水平，仍有一段距離，但卻正朝那方向大步邁進。一天徐子陵忽發奇想，扯寇仲到海底練武，但怎都立足不穩，於是每人在腳上綁了塊石頭，改善了情況。逐漸他們發覺其實是可以運氣使力聚於雙腳，甚至可對抗暗流的沖擊，而不用倚賴石頭的。有了這發現，他們開始試驗在海水中升高下降，練個不亦樂乎。到了地面，帶著水底的經驗，練起鳥渡術來，更是得心應手，普通丈許二丈的大樹，他們可輕易飛身而上，跳下來時更可賣弄各種姿態和花式。又相互交換兵器來對打，循步漸進地掌握運勁的法門。這晚到了與雲玉眞約定的大日子，兩人穿著整齊來到沙灘上。

寇仲坐下來想了一會，道：「防人之心不可無，我忘了這是娘說的還是杜伏威說的。」

徐子陵道：「好像是娘說的，你是否不相信我們的美人兒師傅。」

寇仲道：「武林高手總要高深莫測，不能教人識穿我們有多少斤兩。所以我們最好把實力隱藏起來，不讓美人兒師傅知道我們學曉她的鳥渡術，倘她眞要害我們，可多點逃命的本錢。」

徐子陵點頭同意，朝海看過去道：「看！看！」

燈火出現在海面處，迅速移近。一艘快艇在礁石間左穿右插，來到了淺水處。兩人功聚雙目，小艇立即清晰起來，見到撐艇的是四名大漢，船頭立著一位身穿白色勁裝的妙齡女子，卻不是雲玉眞。

少女騰身而起，兩個起落來到兩人身前，恭敬地道：「小婢雲芝，奉幫主雲玉眞小姐之命，特來接兩位公子上船。」

他們想不到雲玉眞有此一著，交換個眼色，隨雲芝到艇上去了。

登上三桅船後，雲芝把兩人引到主艙去，見到坐在一端太師椅內的雲玉眞。他們在左右兩旁坐好，雲芝退出去，剩下他們三個人。

雲玉眞微笑道：「練得怎樣了？」

寇仲裝出慚愧的樣子，搖了搖頭。

徐子陵配合得天衣無縫地嘆道：「一練就氣血翻騰，哪還敢再練下去。」

雲玉眞難以掩飾的露出失望之色，低頭沉吟，許久才勉強地道：「還沒練成只好再作計議。」

兩人登時明白過來，雲玉眞雖是說得好聽，其實傳他們輕功只是爲要他們達成那任務，不由慶幸沒有把眞相說出來。

雲玉眞又嘆一口氣，道：「你們知否那天東溟派爲何肯讓你們到船上去？」

寇仲道：「他們每年都要到中土來，挑選些有資質的少男回去，不用說是要來做那些女人的丈夫，對嗎？」

雲玉眞道：「你們先把那天上船後的遭遇說出來，不要有任何遺漏。」

寇仲幾句話把事情交待清楚，因爲當時的過程只是半盞熱茶的時間。

雲玉眞聽得秀眉緊蹙，好一會道：「眞是奇怪，爲何東溟夫人會問你們這些奇怪的問題？」

徐子陵道：「還用說嗎？既要選婿，自然要找些有胸襟抱負的傢伙，到發覺我們只是兩個財迷心竅的人，一怒逐我們下船。」

寇仲奇道：「你不是要我們去偷她們的東西嗎？那不如由你自己出手，只要她們收起上落的吊梯，我們便爬不上去。」

雲玉眞不耐煩地道：「若有別的選擇，誰要靠你兩個小鬼。現在只有你們可大模大樣混進她們的『飄香號』去。」

兩人爲之愕然。

寇仲訝道：「美人兒師傅是否弄錯了，我們恐怕和你都是不受東溟夫人歡迎的人物？」

雲玉眞道：「此一時彼一時，怎可同日而語。現在你們對東溟派立了大功，東溟夫人還派出手下四大護法仙子，四出找尋你們，只不過找不到吧！」

兩個小子立時神氣起來，想到那美麗的小婢，心兒立時熱起來。

雲玉眞微笑道：「現在明白嗎？我會設法令她們碰巧的找到你們，你們將有機會到『飄香號』上去。」

徐子陵道：「你還未說究竟要我們偷甚麼東西呢！」

雲玉眞淡淡道：「記得我說過每一個幫派都有他們賺大錢的方法嗎？東溟派最拿手是打造優質的兵器，在江湖上非常有名。最出名的十多件神兵利器，其中三件是出自她們在琉球的鑄造廠。」

徐子陵恍然道：「原來你是要我們去偷兵器。」

雲玉眞沒好氣道：「除非是干將莫邪那等神兵利器，否則有甚麼好偷的。我要你們偷的是一本事關重大的賬簿。」

兩人愕然以對。

雲玉眞秀眸閃閃，道：「賬簿記錄下近幾年來東溟派出售兵器的交收紀錄，賣方買方均有畫押蓋印，列明兵器種類數量。宇文化及命海沙幫攻打『飄香號』，爲的正是這賬簿。」

兩人聽得一頭霧水，大惑不解。

雲玉眞道：「賬簿牽涉到朝廷內的鬥爭。例如某個大臣暗中向東溟派買入大批兵器，帳簿便成爲如山鐵證，可讓宇文化及奏上那個昏君，從而扳倒對頭，明白嗎？」

寇仲道：「美人兒師傅又不是宇文化及，爲何要得到這本賬簿呢？」

雲玉眞道：「你少管我的事，總之把賬簿偷出來，我還你們自由和答應過的黃金。如果你們有膽嘗試，趁還有十多天時間，我會使人教你們上乘的偷竊術，清楚了嗎？」

敲門聲響，雲芝來報道：「有艘小艇由後追至，該是公子追來。」

雲玉眞粉臉微紅嗔道：「這纏得人心煩意亂的混賬傢伙，讓他上船來吧。」又道：「帶兩個小鬼去見陳公。」

兩人見她對那甚麼公子其心實喜之，大不是滋味。現在又要遣開他們兩個小鬼，自尊心大受傷害，憤然隨雲芝去了。

雲芝領了雲玉眞的命令後，把他們帶到上層的走廊，來到一道房門前，敲門道：「陳公！兩位公子來了。」

一把蒼老的聲音傳出來道：「著他們進來。」

雲芝把門推開，教他們自己進去。兩人步入房內，發覺房間出奇地大，擺滿各式各樣的鎖頭、房舍的模型，和一些不知有甚麼用途的工具，牆上則釘滿許多建築圖樣，竟是設在船上的大工場。

一個佝僂的長鬚老人正在靠窗處拿起一個鎖頭看個不休，眼尾都不望向他們，啞聲道：「關門！」

徐子陵把門掩上。

老人放下鎖頭，朝他們走來，由於他比兩人矮了大半個頭，要仰起臉，方可看清楚兩人的模樣，乾笑道：「聽說你們自少就偷偷扒扒，哈！先將手伸出來讓我看看。」

老人伸手把他們四隻手左握右揑，好一會露出驚訝之色道：「我從未見過比你們更好的手，竟然一下子出了兩對之多，哈！我陳老謀有傳人哩。」

接著負手走開去，到艙窗前停了下來，凝望窗外道：「想偷東西，除了一雙靈巧的手外，還要有隨機應變的急智，超卓的建築機關等學問。」又踱回來，召兩人來到一座建築模型旁，道：「這建築物由十座大小不一的四合院落組成，假若我要你們去偷一塊寶玉，你們憑怎樣把寶玉找出來呢？」見兩人無言以對，得意洋洋來到另一座模型處，道：「你們認得它嗎？」

寇仲失聲道：「這不是揚州總管的府第嗎？」

陳老謀道：「正是尉遲勝的狗窩。其實要偷東西還不算太難，假若我要你們偷一份機密卷宗，看完後要把卷宗記載的所有東西記在腦內，事後還要把卷宗放回原處，使人不知道被人看過，那便除了要有高強本領，還需要很好的記憶力。噢！你們識字嗎？」

寇仲對雲玉眞已動了疑心，當然不會說眞話，愧然道：「我們哪有機會上學堂呢？」

陳老謀同情地道：「怪不得你們。幸好此趟的任務，你們根本不須識字。」領著兩人來到左牆一幅掛圖前，道：「這是你們曾到過的『飄香號』，塗黑的地方，是我們尚未清楚的地方。」

圖中是一幅『飄香號』的立體透視圖，但甲板下的主艙部分，全給塗黑。陳老謀滔滔不絕地解說起來，兩人也覺有趣，耐心傾聽，還不時提出問題。到天明時分，雲芝來帶他們到長廊近船頭那端的房間休息，兩人倒頭大睡，到黃昏給喚醒。

兩名俏婢來侍候他們沐浴更衣，又為他們刮去鬍鬚，梳好髮髻，到雲芝來領他們到艙廳去，看得她秀目亮起來訝道：「原來兩位公子一表人材，眞是失敬。」

寇仲見她俏麗可人，湊過頭去道：「姐姐今年多少歲，看來和我們差不多吧？」

雲芝沒好氣道：「總比你們年長，來吧！」領頭去了。

兩人知道她看不起自己，交換了個洩氣的表情和眼神，追著去了。艙廳擺開一席酒菜，只有三個席位，坐了一名錦袍大漢，模樣醜陋，左頰還有一道長約兩寸的刀疤，予人猙獰的感覺，但兩眼閃閃有神，是內功精湛的高手。

那人倒很客氣，站起來歡迎他們道：「本人巨鯤幫副幫主卜天志，雲幫主有事到岸上去，囑卜某負起招呼兩位小兄弟之責。」

兩人見不到美人兒師傅，又想到她定是隨那甚麼公子去了，大感失落，不過卻抵不住食物的誘惑，虛應兩句，坐下大吃大喝，把一切不如意的事拋於腦後。卜天志有一句沒一句問起他們過去的事。寇仲隨口編造，騙得他似非常滿意。散席前，卜天志召人取來一個錦盒，打開盒蓋，裏面放了本精美的冊子，封面處印有東溟派的標誌，和『飄香號』上旗幟繡的一式一樣。兩人大訝望向卜天志。卜天志沒有說話，翻開第一頁，只見上面密密麻麻布滿以墨汁和硃砂兩色寫的文字。一邊是黑墨寫的兵器種類和數目，一邊是硃紅色的銀碼數目，竟是以黃金計算，最大的一筆達二千兩黃金，足夠普通人吃十多輩子。另外還有日期和交收地點。

最怵目驚心是頁頂寫了「隴西李閥第一」六個字，但卻見不到花押印章一類的東西。

寇仲故作糊塗地道：「它認得我，我卻認不得它們，上面寫的甚麼呢？」

卜天志翻往第二頁，卻是一片空白。卜天志揭回第一頁，道：「我們請兩位小兄弟去偷的，就是這本賬簿，翻開第一頁應是這樣子的，你們要留心記著，到時不要弄錯。」

徐子陵試探地，指著李閥第一那「一」字道：「這個我認得是個『一』字，其他就不認得，究竟寫了些甚麼東西呢？」

卜天志道：「寫甚麼都不用理會，這『一』字只是指第一頁，等你們離船時我會再給你們多看一遍。」

兩人更是心中懷疑，不過接著又要去向陳老謀學他偉大的偷技，無暇多想，有閒時則在房內偷偷練功。五天後經過長江水口，泊岸停了四天，卻不許兩人上岸。接著起程北上，吃晚飯時，發現雲玉眞回來了，反是不見了卜天志。雲玉眞神采飛揚，整個人美得像會發光的樣子。不過寇徐兩人知道她並沒有對自己推心置腹，對她再沒有初時的美麗憧憬，因她絕不是另一個傅君婥又或是素素。

寇仲問道：「究竟現在我們要到哪裏去？」

雲玉眞道：「我們現在北上淮水，再西往鍾陽，到時會安排你們的行動。」

定睛打量他們半晌，笑道：「過兩年你們必是軒昂俊偉的男兒漢，現在刮掉鬍子，理好頭髮，比以前神氣多了，你們今年多少歲？」

寇仲道：「我剛過十八，他比我少一歲。」

雲玉眞欣然道：「聽陳公說你兩人甚麼技倆均一學就會，並沒有辜負我對你們的期望。」

徐子陵道：「我們若眞的偷到賬簿，怎樣離開那艘大船？」

雲玉眞道：「這個你們不用擔心，我會使人教你們如何利用燈號和我們聯絡，到時我會親身到船上來接你們走，保證安全得很。」

寇仲道：「東溟派到中原來，為何會逗留這麼久呢？」

雲玉真道：「她們每隔三年，便到中原來一段時間，接受新的訂單和收賬，至於兵器則另有船隻負責運送，這些你們不用理會。」

徐子陵道：「外面的形勢有沒有新的變化？」

雲玉真淡淡道：「杜伏威仍穩守歷陽，數次擊退隋軍。竇建德四個月前已自稱長樂王，聲勢尤在杜伏威之上。新近又冒起幾個人，一個是徐圓朗，另一個是盧明月，兩人都是武林中舉足輕重的人物。但若論哄動，卻及不上鷹揚派的梁師都和劉武周一齊起兵反隋。他們原是隋將，所以他們的起事實大幅削弱隋室的力量。」旋又嘆道：「兩人和突厥關係密切，梁師都新近還拜在突厥『武尊』畢玄門下，成爲他的弟子。有突厥人介入，這殘局都不知如何可以收拾。」

兩人記起梁師都的兒子梁舜明和沈天群的美麗女兒沈無雙，一時想得癡了。徐子陵關心素素，問起她的主子翟讓。

雲玉真確對形勢瞭若指掌，從容道：「翟讓和李密正集中兵力，準備攻打興洛倉，若成功的話，隋室危矣。在義軍中，若以德望論，自以大龍頭翟讓聲勢最盛，但他的聲勢卻全賴李密而來，遲早會出問題的。」接著奇道：「你們似乎對這方面有點認識呢？」

寇仲道：「是杜伏威告訴我們的。」

兩人擔心素素，匆匆吃畢，又去跟陳老謀學藝，等回返房間，已是三更時分。兩人詐作登榻就寢，躲在帳內商量。

寇仲道：「我們的美人兒師傅美則美矣，心術卻不大好，分明是利用我們去偷東西來害人。」

徐子陵道：「應是像威脅我們般去威脅李閥的人，我們才不作他的幫兇，不若我們乾脆溜掉算了。」

寇仲嘆道：「你以爲我不想走嗎？問題是美人兒師傅若眞的狠下心來，把我們的行蹤公告天下，甚至附送繪有我們尊容的畫像，我們確是寸步難行，所以定要想個妥善的逃生大計。」

徐子陵道：「眞想見到東溟夫人的時候，把所有事說出來，然後央她帶我們到琉球去，不過這樣做就不能爲娘報仇了。」

寇仲接口道：「也見不到李大哥和素素姐。」

兩人默然片晌，寇仲道：「你有沒有發覺這幾天船上的情況有點異樣。」

徐子陵點頭道：「自美人兒師傅回來後，船上突然緊張起來，航道不時改變，看來是在防備某方面的敵人。」

寇仲拍腿道：「有了！這些人說不定是衝著我們來的。例如海沙幫，又或我們的老爹杜伏威，你可以在別人處布下奸細，人家不可以用同樣手法對付你嗎？」

徐子陵苦笑道：「那算甚麼鳥的方法，給老爹和韓仆地拿到，我寧願留在這裏，至少是騙得客客氣氣。」

寇仲胸有成竹道：「山人自有妙計，我們便來一招『借死遁』，好像給人殺了的樣子，其實卻是逃之夭夭。」

徐子陵頹然道：「說就容易，怎辦得到呢？」

寇仲道：「換了在別處，又或我們的功夫像以前般窩囊，自然辦不到。但現在只要詐作中招，墜進海中，再湧起一些鮮血，然後由海底潛走，那時誰都以爲我們葬身大海。我們豈非可以回復自由之身嗎？」

徐子陵道：「哪來血呢？」

寇仲作了個偷的手勢，笑道：「我們每天都大塊雞肉吃進肚內，可知膳房內定養了不少雞，明白哩？」

徐子陵苦惱道：「問題是我們不知敵人甚麼時候來，若過早取血，早凝結成硬塊，倘墮海時浮出一塊塊硬的雞血，豈非笑甩別人的大牙嗎？」

寇仲道：「我們可把雞弄暈，這是我們偷雞輩的拿手把戲，偷回來後塞在床底，若敵人還沒有來，再換另兩隻雞，此法必行。」

徐子陵仍在猶豫時，寇仲坐起來道：「是試試我們的輕身功夫和陳老謀的偷術的時候了。」

寇仲把耳朵貼在木門處，運功一聽，肯定廊道無人後，推門探頭，接著閃出去。徐子陵緊隨其後，說不緊張就是騙人的。膳房在船尾的位置，要經過這道長廊，走上樓梯，橫過丈許的甲板，才能到達膳房的入口。廊道一頭一尾掛了兩盞風燈，中間一截暗沉沉的，在這時刻，除當值的人員外，大多數人均酣然入睡。兩人提氣輕身，鬼魅般朝船尾一端掠去。豈知到了通往甲板的樓梯，人聲由上傳下來，赫然是雲玉真的嬌笑聲。兩人嚇得魂飛魄散，照距離再難有機會溜回臥房去，慌不擇路下，兩人推開陳老謀傳藝大房的門，縮了進去。只有這裏他們可暫避一時。他們熟門熟路的在靠海一角的枱子底下躲起來，心中祈禱雲玉真不是要來找他們。

「咿！」的一聲，工場的木門被推開來。兩人又喜又驚。喜的當然是雲玉真到這層艙房來並不是要找他們，驚的卻是雲玉眞說不定會發現他們。嚇得兩人閉氣運功，催動內息。若換了其他人，儘管內功比他們深厚精純，亦瞞不過像雲玉眞這種級數的高手。但偏是《長生訣》乃道門最高心法，專講養生深藏之道，運功時全身機能有若動物冬眠，呼吸似有如無，精氣收斂，加上雲玉眞並非蓄意察探，竟茫不知室內藏著兩個人。乍聽似是只有雲玉眞那細不可聞的足音，但他們卻感到入來的是兩個人，因爲當雲玉眞到室內後，才傳來關門的聲音。

雲玉眞的嬌笑響起道：「策哥！快來！這是飄香號的掛圖，我們損失了三名好手，才得到這些資料，你該怎樣賞人家哩！」聲音竟是出奇的狐媚嬌嗲。

接著雲玉眞低呼一聲，然後是她咿咿唔唔的喘聲和衣服摩擦的聲音。兩人大感沒趣，想不到雲玉眞平時對他們一副凜然不可侵犯的樣子，現在竟任人玩弄。另一方面卻是大爲驚懍，此人落足無音，看來武功更勝雲玉眞。

接著一把年輕爽朗的男聲道：「玉眞你更豐滿了，看！多麼夠彈力。」

雲玉眞嬌喘道：「辦完正事才來好嗎？今晚你還怕我飛走嗎？」

兩人聽得心中大恨，美人兒師傅在他們心中的地位更是一落千丈。

那人顯是放開雲玉眞，後者道：「還不點燈。」

燈光亮起來。

雲玉眞道：「東溟夫人單美仙的功力已臻化境，幸好我知她會在七天後到彭城去會李淵，來回至少要十天，那是我們唯一偷賬簿的機會。」

男子道：「兩個小鬼眞行嗎？船上還有東溟派的小公主和護法仙子，都是第一流的高手呢。」

雲玉眞笑道：「那兩個小子機伶似鬼，惟一的問題是學不成玉眞的鳥渡術，否則有心算無心下，此事必十拿九穩。到時我會佯作攻打飄香號，引出她們的高手，好讓他們脫身，理該沒有問題。」

男子笑道：「每次你這騷狐狸提起兩個小子，都眉開眼笑，是否想嘗嘗他們的童子功哩！」

雲玉眞笑罵道：「見你的大頭鬼，我會看上那兩個乳臭未乾的小流氓嗎？不過他們還算討人歡喜，由於此事關係重大，所以才要你這獨孤門閥的新一代高手出馬接贓，到時順手殺人滅口。人家爲你這麼盡心盡力，你竟這麼來說人家，啊——唔——」兩人又纏綿起來。

寇仲和徐子陵卻是腦內響起青天霹靂，傷透了心，現實竟是如此殘酷。以前雲玉眞的甜言蜜語，全是騙他們的。同時恍然大悟。巨鯤幫的後台就是四大門閥之一的獨孤門閥，而此事正是獨孤閥對付李閥或宇文閥的陰謀。

跟著又傳來雲玉眞的聲音，嬌喘著道：「回睡房吧？眞想逗死人家嗎？這兩晚該會平安無事的，但轉入淮水就不敢包保了。杜伏威不知如何得到風聲，知道兩個小鬼來了我船上，到時須憑你獨孤策的『碧落劍法』去應付他的『袖裏乾坤』。」

獨孤策傲然道：「放心吧！二哥已親領高手接應我們，順手宰掉杜伏威，那時江淮軍只剩下一個輔公祏，還何足懼哉？」

雲玉眞道：「將來你們獨孤家得了天下，可莫忘記我雲玉眞。」

獨孤策沉聲道：「你眞肯定兩個小子不知道『楊公寶藏』的秘密嗎？」

雲玉眞道：「當然肯定。我曾故意嘲笑他們不知道藏寶的地點，只看他們的反應和表情，便知傅君婥沒有告訴他們。事實上傅君婥始終是高麗人，怎會把此事洩漏給漢人知道呢。來吧！」

門關。足音遠去。兩人鬆一口氣，又大感失落。

寇仲湊到徐子陵耳旁道：「終有一天我們要爭回這一口氣。」

徐子陵苦笑道：「看來到了淮水後再去偷雞亦不嫌遲。」

寇仲嘆氣道：「回去睡覺吧！」

那晚他們哪睡得好？天明醒來，走到甲板去看海景，心情才開朗了點兒。一群海鷗追著船尾盤旋飛行，兩人凝神欣賞牠們飛行的軌跡弧度，有悟於心，一時看得呆住了。

雲玉眞的聲音在他們身後響起道：「今天這麼早起床嗎？」

兩人故意不轉頭看她，只寇仲勉強應了一聲。

雲玉眞移到徐子陵旁，奇道：「你們未見過海鷗嗎？爲何看得這般入神。」

徐子陵淡淡看她一眼，想起昨晚她親口囑咐獨孤策殺他們滅口，更顯露出淫蕩的本質，心中一陣厭惡，把眼光移回那群海鷗處，沉聲道：「海鷗當然好看，至少牠們自由自在的活著，不用擔心被同類傷害。」

寇仲怕雲玉眞動疑，笑道：「小陵一向多愁善感，美人兒師傅切勿怪他。」

雲玉眞哪會想到給兩人知悉她的秘密，嬌笑道：「年輕人總是滿腦子幻想。再看一會，下來陪我吃早飯吧！我會順道告訴你們行事的一些細節。」言罷婀娜去了。

三天後，大船到達淮水出海的水口，西行轉入淮水。船上的人員緊張起來，雲玉眞更嚴令兩人必須留在房內。到了晚上，寇仲趁人人把注意力放在應付外敵之際，到膳房偷得三隻雞回來，耐心等候。兩人還穿好衣服，把兵器綁在背上，分在窗旁和房門處留心外面的動靜。三更時分，走廊腳步聲響起，直朝他們的房間走來。兩人駭然躺進帳內去假裝熟睡。

敲門聲響，接著門給人推開來，雲芝的聲音道：「你們快穿好衣服，待會我來帶你們到別處去。」不待他們說話，又關上門。

兩人嚇得跳起床來，手忙腳亂中殺雞取血，再用偷來的空酒瓶子裝足四瓶，分作兩份，各藏身上。雲芝來了，著他們跟在身後。此時船身劇震傾斜，竟是疾轉急彎，掉頭往回駛去。寇仲和徐子陵心中竊念，看來不但敵人來了，而且還來勢洶洶，使巨鯤幫頗爲狼狽，只不知甚麼地方出岔子。走廊上人來人往，很多從未見過的人，現身出來，一片山雨欲來前的緊張氣氛。

寇仲追前少許，問雲芝道：「甚麼人來了！」

雲芝失去平時的沉著，既不客氣又不耐煩地道：「少說話！」

寇仲退回徐子陵旁，低聲道：「小流氓終是小流氓。」

徐子陵當然明白他的意思，若非他們陰差陽錯，與《長生訣》、「楊公寶庫」拉上關係，江湖上的人根本對他們不屑一顧。雲芝乃堂堂一幫之主的心腹小婢，自然不把他們當作是甚麼人物。平時奉有雲玉眞的命令，故公子前公子後的假以辭色，遇上緊急情況，這分耐性立即消失。雲芝領著他們來到甲板處。兩人趁機後望，五艘大船正在上游兩里許外追來，速度奇快。

甲板上布滿巨鯤幫的戰士，人人嚴陣以待，準備與敵人作戰。雲芝領著兩人往船首走過去，那處聚集約二十人，包括雲玉眞和久違了的副幫主卜天志在內。其他人形相各異，卻佔了七、八人是女子，人人生得貌美如花，見到兩人美目灼灼注視不已。船上雖是烏燈黑火，但一點難不倒兩人的眼睛。雲玉眞旁有一高度與寇仲相若，約二十五、六歲的男子，長相英俊、氣度沉凝，一身武士勁服，與雲玉真非常匹配。只是臉龐比徐子陵更瘦削，還帶點酒色過度的蒼白，故及不上徐子陵的自然瀟洒，卻有徐子陵沒有的成熟。假若他是獨孤策，論身分地位和武功，則他兩人自是相去甚遠。

雲玉眞迎上來道：「敵勢極強，我們必須立即避上岸去。」

卜天志和那懷疑是獨孤策的人來到雲玉眞左右兩旁，後者正用神打量兩人。寇仲故作驚奇的瞪著獨孤策。

雲玉眞乾咳一聲，介紹道：「這是我幫的護法高手，待會由他和卜副幫主貼身保護你們。」

獨孤策笑道：「兩位小兄弟不要害怕，離船只是策略上的問題，絕非害怕對方。」

他一開腔，兩人頓憑聲音認出他是獨孤策。

徐子陵道：「來的是甚麼人？」

雲玉眞道：「杜伏威剛攻佔前方兩座沿河大鎭，封鎖往鍾陽的去路，所以我們須改道走。」

寇仲笑對恭立一旁的雲芝笑道：「看！幫主對我們比你客氣多哩。」

雲芝狠狠瞪他一眼，垂頭不敢說話。

雲玉眞亦瞪雲芝一眼，有人報上道：「幫主！快到雷公峽了。」

兩人朝前望去，水道收窄，兩岸盡是高崖峭壁，形勢險惡。

雲玉眞下令道：「準備離船！」

二十多人移往船首左舷處，卜天志和獨孤策分別服侍徐子陵和寇仲兩人，挽著他們肩頭來到船緣處。敵船又拉近至里許的距離。巨鯤幫的戰船往左岸靠去，到只有三丈許遠近，二十多人騰空而起，橫過淮水，往一面危崖飛去。卜天志和獨孤策摟著兩人的腰，騰身而起，落往岸旁。寇仲和徐子陵自問若要這樣在原地發力，掠過三丈的距離，仍是力有未逮，但現在包括雲芝在內，人人均可輕易辦到，只是這點，便知這些人至少在輕功一項上，勝過他們兩人。卜天志和獨孤策挾著他們，仍可遊刃有餘，則更是他們望塵莫及。所以在正常的情況下，他們根本沒有逃走的希望。踏足實地後，雲玉真等不作停留，迅速朝山野深處馳去。

走了一炷香許的時間，獨孤策忽然叫道：「停止！」

衆人愕然停下。片刻後，前方傳來鳥鳴振翼的聲音，顯是有敵人迎來，致宿鳥驚起。

雲玉眞駭然道：「這邊走！」帶頭往右方掠去。

衝下了一處山坡後，前面是一座大山，衆人展開身法，全速往上騰躍而上。天色漸明，四周全是人跡不至的荒林野嶺。穿出一座密林，前方豁然開朗，原來竟到了一處高崖，對面遠處群峰環峙，使人怵目驚心。

獨孤策挾著寇仲，到了崖邊，探頭一看，叫道：「是絕路！」

寇仲探頭一看，此崖足有百丈之高，不過崖壁長出一叢叢的老樹，減輕了危機感，下方則是一片延綿無盡的密林，直伸往遠處的丘坡。

雲玉眞正要覓路下山，倏地一聲長笑，來自後方道：「紅粉幫主請留步，江淮杜伏威向幫主請安。」

衆人知道惡戰難免，停了下來，紛紛掣出武器。卜天志和獨孤策放下兩人，擋在他們前方。爲對付強敵，雲玉眞各人形成個半圓形的陣勢，保護他們，後面就是可使人粉身碎骨的高崖。

寇仲伸手過來，握緊徐子陵的手，見雲玉眞等都在全神注視敵人，看不到他兩人動靜，附耳悄聲道：「我們找個適當時機跳下崖去，崖壁有很多樹叢，可藉之減輕我們的下墜力，崖底又有樹林，保證跌不死的。」

徐子陵咬牙點頭。此時杜伏威高瘦的身形現身前方，來到雲玉眞等前丈許處立定，更遠的斜坡邊緣處有三、四十人鑽出來，形成包圍之勢。

杜伏威頭頂高冠，神采依然，目光落到兩人身上，竟現出了一個跟他的死板臉來說非常難得的笑容，柔聲道：「孩子見到爲父，還不過來請安認錯嗎？」

寇仲笑嘻嘻道：「爹你老人家好，孩兒們已叛出家門，父子關係從此一刀兩斷，爹你還是回家享享清福，不要再爲孩兒們奔流勞碌。」

雲玉眞見寇仲一點不怕有名狠辣的杜伏威，不由大感驚異。即使是他們，因懾於杜伏威的名氣，亦不敢在言語間開罪他。

豈知杜伏威早慣聽寇仲的說話，還生出親切的感覺，微笑道：「還不是我們父子間缺乏溝通所致，待阿爹打發了這些拐帶人口的大膽狂徒，我們父子坐下來好好談心吧！」

獨孤策和雲玉眞同時冷哼一聲。

杜伏威看都不看他們，目光在幾個女的身上巡逡，笑道：「嘗聞巨鯤幫一向慣以美色惑人，此事果然不假。此趟我杜伏威是有備而來，若動起手來，怕這裏沒有多少人逃出生天。男的自然免不了當場身死，女的則難逃凌辱，雲幫主仍要堅持嗎？」

獨孤策冷哼道：「人說杜伏威目中無人，果然不錯，誰強誰弱，動手方知，何來這麼多廢話？」

杜伏威目光落在獨孤策臉上，雙目寒芒大盛，冷冷道：「這位年輕朋友高姓大名，說話的口氣比雲幫主還大哩！」

雲玉眞嬌笑道：「杜總管聽過玉眞說話嗎？怎知誰的口氣大點兒呢？」

杜伏威搖頭道：「只看他在如此情況下，仍可搶著說話，當知他非是你的手下，雲幫主爲何還要爲他掩飾？」

雲玉眞爲之啞口無言。

杜伏威淡淡道：「我和巨鯤幫一向無冤無仇，只是想討回兩個劣性難改的頑皮孩子。動手總是有傷和氣，但不動手又難以教你們心服。這樣吧！本人有一提議，未知各位是否有意聽聽。」

雲玉眞冷然道：「本幫主正洗耳恭聽。」

這時連寇徐兩人都感覺到杜伏威完全掌握主動，而雲玉眞一方卻只有捱打的分兒。早前獨孤策雖一副不把杜伏威放在眼內的神氣，但眞正遇上杜伏威，立即便似由英雄變作了狗熊，再惡不出甚麼樣兒來。

杜伏威伸指一點獨孤策道：「讓這位神秘朋友和杜某拚上十招，假設本人不能取勝，立即掉頭走，當作沒有了兩個劣子；但假若杜某僥倖得勝，雲幫主就把他們交給杜某人帶回家去，俾可以好好管教，雲幫主有別的意見嗎？」接著又語氣一寒道：「若幫主不答應，本人這一方將全力出手，那時莫怪杜某心狠手辣，全不顧江湖同道的情面。」

雲玉眞心中大懍，知道杜伏威眼力高明，看破在己方內以獨孤策武功最是高明，但還敢定下十招之數，可見對方是多麼有把握。忽然間，她知道已落在絕對的下風，再沒有別的選擇。

獨孤策雖一向自負，但亦對杜伏威感到佩服。假若自己連他十招都接不來，那己方可說必敗無疑，所以解決方法實對他們絕對有利。不過也知杜伏威怕他們來一招玉石俱焚，先一步下手殺死兩個小子，那即使杜伏威盡殺他們，亦不能達致目標。與雲玉眞交換了個眼色後，舉步出陣，抱拳道：「杜總管請。」

由於現在的杜伏威是以歷陽總管自居，所以人人稱他爲總管。

杜伏威手收背後，微笑道：「江湖上用劍的人多不勝數，但眞懂用劍的人卻屈指可數，最負盛名莫過獨孤和宋姓兩家大閥。宋閥現在爲了應付那昏君，自顧不暇，若本人沒有看錯，兄台腳步隱含奇門遁法，當是來自獨孤閥名列奇功絕藝榜上的『碧落紅塵』，杜某有看走眼嗎？」

雲玉眞方面人人動容，怎想得到杜伏威眼力高明至此。寇仲和徐子陵更是暗暗喝采。恨不得老爹狠狠教訓這「可惡的」獨孤策一頓，並重重的挫折雲玉眞。

獨孤策平靜答道：「前輩眼力高明，晚輩正是獨孤策，憑家父獨孤峰指點得幾下招式，請前輩賜教。」

杜伏威哈哈笑道：「原來眞是故人之後，只不知老太太的哮喘病有沒有起色呢？」

獨孤策的俊臉閃過怒容，應道：「老奶奶身體福安，多謝杜總管關心。」

原來獨孤家家主雖是獨孤策的親爹獨孤峰，論武功卻是獨孤峰之母尤楚紅穩坐第一把交椅。尤楚紅年已近百，六十歲時因棄劍用杖，自創「披風杖法」時差點走火入魔，雖幸及時自救仍留下後遺症，不時復發，狀似哮喘，故杜伏威有此一問。

杜伏威是蓄意激怒獨孤策，見目的已達，喝道：「出手吧！讓我杜伏威看看獨孤家的『碧落紅塵』有沒有點甚麼新意思。」

敵我雙方均屏息靜氣，等待獨孤策出手。

「鏘！」長劍出鞘。獨孤策橫劍胸前，肅立不動，卻是氣勢逼人，果有名家風範。

立在崖邊的寇仲湊到徐子陵耳旁道：「學東西的機會來了！」

徐子陵興奮點頭。他們最缺乏的是實戰經驗，能看到高手對陣，當然大有裨益。

獨孤策冷喝道：「得罪了！」倏地踏前，運劍進擊。森寒劍氣，立時瀰漫全場。他胸前湧出重重劍影，招數詭奇嚴密，似攻似守，教人完全無法測度。

杜伏威露出凝重神色，虛晃一下，竟移到獨孤策左側去。獨孤策人隨劍走，奮喝一聲，萬千劍芒，似怒潮巨浪般往杜伏威湧去，竟是不顧自身的進擊手法。杜伏威哈哈一笑，右手衣袖揮出，「蓬！」的一聲掃在劍影的外圍處。氣勁交擊，發出另一下悶雷般的聲響，聽得人人心頭鬱悶。獨孤策觸電般後退半步，杜伏威雙袖齊飛，乘勢追擊，早閃往另一側發動攻勢，迅若鬼魅。現在人人都知道獨孤策內功及不上杜伏威，但是否竟接不過十招之數，則誰都說不上來，何況杜伏威袖內的「乾坤」尚未上場。獨孤策寶劍從脅下刺出，疾刺杜伏威面門，完全不理會對手的兩隻大袖，一副拚著兩敗俱傷的打法。寇徐兩人看得心領神會，完全把握到獨孤策的劍法與戰略。要知杜伏威乃前輩身分，若給一個小輩傷了，縱使可殺死對方，亦很難厚顏稱勝。但在對方的拚命招數下，不負點傷而又要在十招內擊敗對方，確是談何容易。

杜伏威見獨孤策這看準自己位置轉移而隨機應變的一劍，勢道均勻，精微之極，叫了一聲「好！」

兩袖竟合攏起來，撞在劍鋒的兩旁，時間上拿捏得無懈可擊。獨孤策迅猛無比的一劍，立時難作寸進。獨孤策心知不妙，正想抽劍猛退，已給杜伏威藏在袖內的右手，一指彈在劍尖處。獨孤策胸口如受雷殛，差點噴血，幸好他自幼修習上乘內功，底子極厚，猛運真氣，勉強化去對方真勁，但已踉跟跌退兩步，比剛才還多退一步半。雲玉真等無不駭然失色。杜伏威袖內的兩枝護臂尚未出動，獨孤策已落在下風，這場仗還怎樣打下去。

杜伏威出奇地沒有乘勢追擊，再負手身後，冷笑道：「若獨孤峰親來，或有與我一拚之力，但世姪你卻差遠了。尚有八招，世姪若還要逞強出手，杜某保證你會一命不保，世姪三思才好。」

獨孤策胸口不斷起伏，俊臉陣紅陣白，知道盛名之下無虛士，杜伏威數十年來縱橫天下，與四閥的頂級高手和其他如翟讓、李密、竇建德、王薄等輩齊名，確有真材實學，非是浪得虛名之輩。不過若要他就此認輸，又如何肯甘心。

雲玉真臉上再無半點血色，趨前施禮道：「晚輩領教了，杜總管可把兩人帶走，玉真僅代表巨鯤幫發言以後再不插手到這件事情去。」

杜伏威並不見如何歡喜，望往寇徐兩人，柔聲道：「孩子！回家了！」

寇仲和徐子陵齊聲哈哈大笑，笑聲卻透出一股壯烈的味兒。

徐子陵大喝道：「士可殺不可辱，我們揚州雙龍豈是可被當作貨物般轉來讓去的。」

寇仲亦正容道：「爹！請恕孩兒們不孝。」

雲玉真和杜伏威同時大喝：「不要！」

兩人哪還猶豫，就在兩人掠上來前，躍出崖外去。杜雲兩人伸手去捉，全落了空。兩人在下方迅速由大變小，只觀其墜勢之速，可判定兩人不懂輕功。事實上他們的輕身之法，亦與一般輕功大相逕庭，杜雲以常規視之，自然把握不到眞實的情況。「砰！」兩人手牽手，撞斷一叢橫伸出來的老樹椏，枝葉散濺下，沒在杜雲的視線之外。

杜伏威仰天發出一陣悲嘯，竟透出一股令人難以抒解的惋惜和悲痛！雲玉眞則呆若木雞，瞪著下方，黯然無語，想起若非自己要利用他們，現在兩個小子仍該快活地活在那寧靜的海灘處。這才知自己對他們生出微妙的感情。

杜伏威倏地轉身，似不忍再看，冷冷道：「你們都要陪他們死！」

雲玉眞驚醒過來，閃身回到己陣內。杜伏威方面的人蜂擁而來，把他們逼在向崖的一方。

驀地崖下傳來狼嚎之聲，杜伏威色變道：「算了！你們快給我滾！」言罷躍出崖緣，往下降去。

這時寇仲和徐子陵已成功落到密林中去，不用動手，四個瓶子同時破裂，滲出雞血，一些揩到枝葉處，一些落到草叢內。兩人痛得喊娘，但又知是關鍵時刻，連爬帶滾，擇路狂奔，拖出兩條「血路」，連兵器、錢袋都丟了，也顧不得撿拾。但他們既能掉下不死，其他人自然亦可追下來看他們的生死。驀地狼嗥大作，兩人失魂落魄下，竄了起來，展開烏渡術跳上樹頂，幾頭餓狼竄出來，猛嗅地上的雞血。寇仲招呼一聲，竄往另一棵樹去，徐子陵忙追在他背後，不片晌已去遠。

杜伏威此時來到崖底，見到數十頭野狼在血跡斑斑的草叢處追打爭逐，怒火狂升，撲了過去，拿這群倒楣的餓狼出氣。也算兩人鴻運當頭，若非這群餓狼廝打爭逐的景況吸引了杜伏威的注意，保證他們離去的聲音瞞不過這武林的頂尖高手。

到黃昏時分，兩人走了五十多里路，已疲累不堪，就近找了條清溪，洗濯染滿雞血污漬的衣服。明月當頭之時，兩人浸浴清溪，不由想起初遇傅君婥的美好時光，就像做了一場夢般的不眞實。

徐子陵道：「這究竟是甚麼地方呢？」

寇仲想了一會，道：「我們沿淮水西行，後來調了頭，在北岸離船，現在該是在彭城和東海兩郡之間，哈！你記否得雲婆娘說過東溟夫人單美仙這幾天會到彭城見李閥閥主李淵嗎？若想娶東溟的美人兒小公主，我們該到彭城去。」這小子由於滿懷大志，對中原的地理確下過一番苦功。

徐子陵沒入溪底，好一會冒出頭來道；「你還未受夠嗎？現在人人都認爲我們死了，不如先去老翟處找素姐，看看李大哥的情況不是更好嗎？」

寇仲哂道：「你這小子眞沒有志氣，我們不是要報娘的仇嗎？眼下明刀明槍去找宇文化骨，只會笑大他的臭口。但山人自有害死宇文化骨的妙法。」

徐子陵奇道：「甚麼妙法？」

寇仲胸有成竹道：「自然是那賬簿，說不定宇文閥也有向東溟派訂購兵器，好陰謀造反。否則就不會指示海沙幫去攻打飄香號，不是擺明是要消滅自己造反的證據嗎？」

徐子陵兩眼立時亮起來。

寇仲低聲道：「來！我們作個比賽。」

徐子陵愕然道：「比甚麼呢？」

寇仲道：「比賽誰先穿好濕衣，然後再比誰的輕功好一點，可早一步踏足彭城去。」

兩人雙目交擊，接著齊聲歡嘯，搶往放在溪旁的濕衣去。幾經波折，這對情逾兄弟的好友，終於回復自由，再踏上人生另一階段的路途去。

寇仲和徐子陵穿著又殘又濕的衣衫，在山野間嘻哈飛馳，朝著猜測中彭城的位置趕去。他們現在身無分文，連兵器都丟掉了，心情卻是出奇的愉快，有種海闊天空，任我縱橫的欣悅。兩人愈走愈快。口鼻呼吸雖常感不繼，內息卻是運行不休。寇仲衝上一塊巨石，一個凌空縱躍翻往下面的斜坡，豈料立足不穩，直滾往三、四丈下坡底的草叢去，這回連左袖都給樹枝扯甩，露出粗壯的手臂。徐子陵童心未泯，依樣畫葫蘆，不偏不倚的與寇仲撞作一團，抱頭大笑，樂極忘形。

寇仲忽地「咦」的一聲，指著遠方的天空道：「那是甚麼？」

徐子陵翹首望去，見到紅光閃爍，駭然道：「火！」

寇仲跳了起來，道：「我們快去看看！」

那是個被焚毀的小鎮，所有房子均燒通了頂，鎮內鎮外滿布人畜的屍體，部分變成僅可辨認的焦炭。除了不斷冒起的處處濃煙和仍燒得劈劈啪啪的房舍外，這個原本應是熱鬧繁榮的墟鎮已變成死寂的鬼域，倖存的人該遠遠逃掉。有些屍身上尚呈現剛乾涸的血漬，殺人者竟是不分男女老幼，一律殘酷處置。兩人看得熱淚盈眶，心內卻是冷若寒冰。這是否杜伏威手下幹的？為何他們竟做出這種禽獸不如的行為。鎮西處隱有車馬人聲，逐漸遠去。兩人猛一咬牙，狂追而去。穿過一個密林，兩人立時看呆了眼。往北的官道上，布滿隋兵，人人盔甲不整，旌旗歪斜，顯然是撤退的敗軍。墜在隊尾處是無數的騾車，因載重的關係，與大隊甩脫開來，像高齡的老人般苦苦支撐這段路程。

他們正驚疑是否這隊敗軍犯下此場滔天暴行，殿後的騾車上忽傳來一陣男人的獰笑聲，接著一個赤裸的女人灑著鮮血被拋下車，「蓬！」的一聲掉在泥路上，一動不動，顯已死了。

駕車的隋兵大笑道：「老張你眞行，這是第三個。」

寇仲和徐子陵怒火中燒，哪還按捺得住，狂奔上去。

剛在車上姦殺了無辜民女的賊兵抬起身來，驟見兩人，抽出佩刀，大笑道：「死剩種，是你們的娘給我幹了嗎？」

兩人義憤塡膺下，哪還記得自己沒有兵器，飛身而起，朝那隋兵撲去。隋兵見兩人是會家子，嚇了一跳，招呼駕車的同夥回身幫手，同時橫刀掃出，希望不讓兩人撲上車來。寇仲首當其衝，方發覺手上沒有擋格的兵器，想也不想，猛提一口眞氣，竟破天荒第一次在縱躍途中再往上騰升，以毫釐之差避過敵刀，翻了個勉強合格的觔斗，來到了敵人後方上空。前面駕車的隋兵掣起長矛，當胸捌至。恰好寇仲剛驚覺自己在凌空時作的突破，心中一震下，猛吸了一口「後天之氣」，眞氣變濁，重重墜在騾車後的糧貨處，反避過對方的長矛。

此時徐子陵前腳踏在車欄邊緣處，見大刀掃來，忙以前腳爲軸心，左腳閃電側踢，正中對方左耳。氣勁透腦而出。那禽獸不如的隋兵連慘號都來不及，頸骨折斷，倒飛落車，當場斃命。徐子陵尚是首次殺人，駭然下眞氣散亂，滾入貨堆裏。

寇仲剛探手往上一抓，把對方長矛拿個結實，運勁一拉，駕車的隋兵立足不穩，墜跌於御座和拖車之間，發出淒厲的慘叫。前面的隋兵發覺有異，十多騎掉頭殺將過來。

寇仲叫道：「快溜！」

兩人忙躍下馬車，一溜煙閃入道旁的密林裏，走了個無影無蹤。

兩人一口氣疾走十多里路，坐下來休息。

徐子陵嘆道：「我剛殺了人呢！怎想得到一腳會把他踢死。」

寇仲摟著他肩頭道：「這種殺人放火，姦淫婦女之徒，死不足惜，何用心內不安。」頓了頓續道：「我們揚州城內的狗兵哪個不是橫行不法，欺壓良民，只想不到連殺人放火都是他們的傑作，難怪這麼多人造反。比起上來，老爹的手下算是不錯。咦！你聽到甚麼聲音嗎？」

徐子陵收攝心神，凝神細聽，果有陣陣廝殺之聲，隨風隱隱傳來，且是範圍甚廣，似有兩大幫人馬，正在生死決戰。他們想起剛才被隋兵屠殺的百姓，陡然熱血沸騰，跳起身來。

寇仲悔恨道：「早知把剛才那枝長矛撿來，就可去找那些狗兵拚命。」

徐子陵湧起滿胸殺機，應聲道：「我們先去看清楚情況，要搶兩把刀還不容易，橫豎我們最缺乏是打鬥的經驗，就拿這些賊兵來試刀好了。」

兩人剛才小試身手，成績斐然，自是信心十足。

寇仲點頭道：「看來我們現在頗有兩下子，只是沒有機會多作演練嘗試，兄弟！來吧！今日便是我們縱橫江湖開始的第一天。」

兩人怪叫一聲，朝喊殺聲傳來處奔去。泅過了一道溪流，他們展開身法，翻過一座小山，直奔坡頂，來到一處山頭，眼前豁然開朗。下方平原處有兩支人馬正鏖戰不休。一方是近萬隋兵，另一方卻是清一色穿著青色勁裝的大漢，人數只是隋兵的四分之一，但人人武功不俗，隊形完整，把隋兵衝得支離破碎，難以發揮人多勢眾的優點。在平原另一端的一座小丘上，顯是青衣武士的指揮所在，聚駐著幾隊人馬，正以紅、藍、黃三色燈號指揮青衣武士的移動進退。

兩人還是首次目睹戰場上兩軍血戰的慘烈景況，一時目瞪口呆，忘了趕來此地的目的。

好一會後，寇仲回過神來，指了指更遠處的稀疏燈火道：「那裏可能是另一個鄉縣，說不定青衣武士這一方正阻止隋兵到那裏去殺人放火，究竟是怎麼一回事呢？」

徐子陵吁出一口涼氣道：「若是老爹方面的人，我們不宜插手，否則豈非送自己入虎口嗎？」

寇仲想了想道：「老爹的手下那有這麼衣服劃一整齊的，看來該是另一支義軍。嘿！小陵！你是否膽怯呢？」

徐子陵哈哈一笑，在就近一棵樹處運勁拗了兩根粗若兒臂，長達丈許的樹幹，拋一根給寇仲，笑道：「行俠仗義，陞官發財，全靠這傢伙。」

寇仲除去枝葉，扛到肩上，禮讓道：「徐壯士請先行！」

徐子陵把樹幹迎空揮動幾下，掌握了用勁的輕重，唱道：「風蕭蕭兮逆水寒，壯士一去兮定要還。哈！老子去了！」

大笑聲中，兩人一先一後，奔下山坡去。正要往平原殺去，箭矢聲響，前方十丈許處草叢中一排箭矢疾射而至。兩人從沒有應付勁箭的經驗，又想不到竟有伏兵，駭然下滾倒地上，狼狽不堪。勁箭在上方掠過，險至極點。兩人銳氣全消，連爬帶滾，躲到一堆橫亙十多丈的亂石雜樹之後，不敢動彈。密集的步音向他們藏身處潮水般湧來，忽然左右全是隋兵，人人手持長矛，朝他們殺來，也不知有多少人。方曉得青衣武士一面正陷身重圍中，而現在截擊他們的隋兵，是要防止青衣武士一方的援軍來救。

兩人若有選擇，定是逃之夭夭，不會硬充英雄，但此刻卻是避無可避，遂跳將起來，舞起粗樹幹，運集全身勁力，狂掃猛打。四枝長矛給粗樹幹砸飛，其中兩人更被打得頭破血流，拋跌開去。此時前後盡是敵人，外圍處火炬高舉，照得一片通紅。一隊刀斧手衝進內圍，針對他們的粗樹幹加以砍劈，殺聲震天裏，兩人再次逼退另一輪攻勢，手中粗樹幹只剩下小半截，卻半個敵人都傷不了。

寇仲知道不妙，大叫道：「到石上去！」

徐子陵一個翻騰，隨他落往後面的亂石堆上。敵人一聲發喊，十多枝長矛朝他們擲來。際此生死關頭，兩人反平靜下來，像聽不到任何聲音，又像沒有一絲聲音能漏過他們的靈耳。體內眞氣則以比平時快上數倍的速度在運行，相比下，敵人的追趕和擲矛速度都慢了下去。他們清楚掌握到每枝擲向他們的長矛所取的角度和到達的時間先後，那種感覺絕對是平時夢想難及的。他們背貼著背，運起只剩下四尺許的粗樹幹，左撥右掃，前擋下格，自自然然就以最佳的手法，守得水洩不通。敵人見擲矛失效，五、六個刀斧手撲上石堆來，想展開近身搏鬥，務要置他們於死地。寇仲矮身避過大刀，樹幹掃在一名刀手腳踝，那人立即頹然倒地，寇仲順手搶過對方長刀，擲入另一名持斧劈頭而來的隋兵腹內。

徐子陵也奪到一把長刀，登時精神大振，擲出粗樹幹，撞得一名隋兵倒跌石隙裏，他立即撲到寇仲旁道：「我們闖！」

他們一聲發喊，離開亂石，殺入敵陣。徐子陵施展出李靖最能在戰場上發揮威力的血戰十式，大步跨出，長刀精芒電閃，看似平平無奇的一刀，但攻來的敵人卻偏是無法避開，而且手上長矛更似全無擋格作用，給徐子陵覷隙而入，劈中胸口要害，往後栽倒，濺血氣絕。寇仲亦健腕一翻，先撥開刺來的兩枝長矛，運刀橫掃，一名隋兵咽喉中招，慘然墜地。兩人哪想得到血戰十式如此厲害，勇氣倍增。敵人雖衆，但他們卻清楚知道敵人攻勢的強弱和所有微妙的變化，甚至乎可從敵人的壓力上，推知外圍實力的分布，那種感覺確是難以形容。

剎那間他們渾忘生死，在這鼎沸混亂的戰場中，發揮出求生的本能，雖面對以百計的敵人和明晃晃的刀槍劍矛，仍是一無所懼。自自然然的，兩人配合得天衣無縫，在敵陣中迅速移動，你攻我守，我守你攻。若在平時要兩人想出這套合擊之法，可能想破腦袋都想不出來，但這刻卻是潮到浪成，有若天賜，沒半點斧鑿痕跡。徐子陵揮刀猛劈，體內眞氣有若長江大河，隨刀湧出，對方持劍者竟連封架都來不及，眼睜睜看著他的刀閃電劈入，駭然倒地。寇仲則刀勢疾轉，運行體內無有窮盡的勁氣隨刀而去，對方雖運足全力以刀封架，卻不能把寇仲的刀砍歪半分，連人帶刀翻身倒斃。

自傅君婥教他們「九玄大法」後，兩人終在這樣極端險惡的情況下，把「九玄大法」與武功無關的《長生訣》、李靖的「血戰十式」和美人兒幫主的「鳥渡術」融會貫通，各自創出自己獨一無二的戰法。

他們此時來到矛陣中，感覺空隙處處，隨手撥開敵矛，欺至近身，敵人便只餘待宰的分兒，更是刀勢倍添，殺得對方人仰馬翻。由於敵方見他們只有兩人，故只派出了一小隊約近百的隋兵出來截擊，眼下被他們左衝右突，又見他們刀法厲害，誰不愛命，外圍的隋兵竟四散退開。兩人其實已感氣虛力怯，見狀忙全力衝刺，剎那間掠出重圍，成功逃去。奔出過百丈後，到達一座樹林內，兩人倒作一團，強烈喘息。

寇仲辛苦地笑道：「哈！成功了！這麼大陣仗都殺不死我們，你以前有想過嗎？」

徐子陵把刀插入泥土中，手握刀把，喘著道：「剛才我們那種打法太用力了，其實在這情況下可多保留點力氣，就不用像現在那麼手軟腳軟。」

寇仲道：「你有受傷嗎？我的背被人砍了兩刀，幸好我閃避得快。」

徐子陵搖頭道：「只是左腿處給矛刃擦破了褲子，不算甚麼。」

寇仲喘定了氣，道：「還打不打，那些義軍似乎不像表面的風光呢！」

徐子陵坐了起來道：「當然打，若教這些不是人的隋軍攻入哪條村莊或墟鎮，又會發生像剛才的可怕情況。」

寇仲大喜爬了起來，道：「這才是我的好兄弟，這次我們放聰明點，不要半途就給人截著。」

兩人躍到樹頂，看清楚形勢，繞了個大圈，再往戰場奔去。在這刹那間，他們都感到自己已長大成人，再非只是兩個小混混。

第七章

陰謀詭計

第七章　陰謀詭計

兩人蛇行鼠伏，小心翼翼地潛往戰場。穿出一座疏林，來到戰場的東南角，終被發現，左側草叢裏竄出六、七名隋兵，手提長劍，厲叱連聲，瘋虎般撲來。另一邊早布成陣勢，嚴陣以待的一隊五十許人的騎兵，聞聲揮矛趕至。兩人對敵人恐懼大減，一言不發，先往徒步而來的隋兵迎去，提刀疾劈。想起那被夷為焦土、人畜盡遭屠戮的鄉鎮慘況，胸中殺機狂湧，人隨刀走，氣勢遠遠凌駕敵人之上，刀嘯起處，幾名隋兵人仰劍飛，無一倖免。敵騎已至，兩人展開輕功，避入草叢矮樹之間，教敵人難以追來。待那些騎兵退走，他們再衝出草原，伏在那裏的一隊弓箭手和刀斧兵怎想得到敵人忽然無聲而至，給兩人斬瓜切菜般砍倒數人，還以為敵方來了大批援軍，竟然亂作一團。一些火炬掉到草叢上，立時燃燒起來，往四周蔓延開去。兩人尚未知這場火實是他們的救命恩人。原來這一區隋兵的軍力達三千之眾，其中還不乏武功高強的好手，若在正常的情況下，一旦陷入重圍中，即管強如杜伏威之輩，最後也只有力戰而亡，何況他們兩個經驗不足的小子。

寇仲大叫道：「這邊走！」

五名隋兵迎上來，徐子陵後發先至，撲上前去，一抖長刀，施出血戰十式的「死生存亡」，刀法如巨浪狂捲，勁氣縱橫，一人立即應刀喪命，另一人給他掃得打著轉飛跌一旁，另三人一聲發喊，各自逃散。兩人哪試過如此威風，高興得怪叫連聲，往戰場核心處殺去。「噹！」忽地一人橫移到寇仲前方，左右雙鐧硬生生把他震阻當場。徐子陵撲上時，亦給對方逼退。交戰至此，兩人還是首回遇上對方強手。無數隋兵由那人背後擁出，衝殺過來。

逼退兩人的是個隋軍將領，滿臉怒容，大喝道：「給我將這兩個小子碎屍萬段。」

在平原半里許外另一端的山丘高處，近二百名青衣武士布成陣勢，以強弓勁箭，緊護著中心處一名長髮垂肩的白衣美女。美女每發出一道命令，負責打燈號的三名手下便揮動綁在長竿頂的三色燈籠，指揮戰場上己方武士的攻守進退。美女身後一排站了四個人，看他們的神態氣度，知均是高手，分別是濃鬚矮子、鐵塔般的巨漢、身穿儒服的男子和一位容顏醜陋的中年健婦。

長髮美女柔聲道：「奇怪！爲何敵人東南角處隱見亂狀，誰會來援助我們呢？」

後面四人極目望去，卻絲毫不覺異樣。

長髮美女美目深注道：「表面上是看不出來的，我是從對方旗號的揮動看出端倪，若亂勢擴大，我們要好好利用，不但可解開重圍，還可有機會獲勝呢。」

儒服男子眼中射出景慕神色，恭敬道：「小姐學究天人，精通兵法，目光如炬，確是能人所不能。」

醜婦道：「照我看若眞有援兵趕來，我們該先行突圍再謀反擊，小姐千金之體，實不用以身犯險。」

她一開腔，其他人立即爲她有如夜梟嘶鳴的難聽聲音大皺眉頭。她的話卻得到濃鬚矮子的支持，同意道：「李公派我們來保護小姐，曾有言萬事以小姐安危爲重。」

長髮美女秀麗無匹的玉容閃過不悅之色，語氣聲線仍是那麼溫柔婉轉，淡淡道：「我身為統帥，臨危怎可只顧自身，況且兵敗如山倒，我若抵不住秦叔寶這支精銳隋師，給他攻入扶春，要取回就難比登天。」

話音才下，東南角剛好起火。長髮美女立即從敵陣的微妙變化感到對方眞個出現混亂。東南角正是敵方將帥的戰場指揮部，牽一髮而動全身，非若其他地方之縱有突變而不關痛癢。長髮美女仍以那副閒雅優悠的俏模樣，發出以東南角為首要目標，全面反攻的命令。身後四人掣出兵器，擁著長髮美女登上牽來的戰馬，二百多人馳下小丘，與兩隊各千人的戰士，投入戰場去，與敵軍展開全面的決戰。

寇徐兩人此時正陷身苦戰之局，進退不得，忽地隋兵往四外退開，原來一隊青衣武士策馬衝殺過來，登時衝散圍在四周的隋兵。兩人喜獲脫困，兼之筋疲力盡，後力難繼，翻身逃進火勢熊熊的草原內，閉氣左繞右行，遠遠離開戰場。到倒在一處山頭，再沒有奔跑的力氣。戰場的廝殺聲仍潮水般陣陣傳來。

寇仲嘆道：「以後再不要作這種傻事，好漢架不住人多，我們雖是不折不扣的好漢，但對方卻人多，明白嗎？」

徐子陵道：「那個隋將不知是誰，如此厲害，幸好我們手快，否則一錮就可要了我們的命。」

寇仲冷哼道：「他算甚麼東西，我們打多兩場，保證可以贏他，噢！」

徐子陵見他如自己般渾身是血，關心道：「有沒有傷到要害？」

寇仲哂道：「傷到要害還能跑到這裏嗎？這種矛盾的話虧你說出口來。是了！不如我先給你看傷口。」

徐子陵道：「有甚麼好看？看了又怎樣？幸好我們有自我療傷的神功大法，不如睡他娘的一覺，明天再算吧！」

寇仲頹然伏到地上，不一會兩人運起內息，進入物我兩忘的境界。

徐子陵若有所覺，睜開眼來，寇仲仍在長草叢裏熟睡如死。他伸展四肢，感到身上七、八處傷口無不火辣辣地疼痛。太陽昇上正天，四周鳥語花香，空山靈寂。昨晚的戰爭像個遙遠和不眞實的噩夢，若非身上處處劇痛，定會以爲根本沒有發生過任何廝殺的事。一隊鳥兒，在似是靜止著的藍天上悠悠飛過。在這刹那，徐子陵似像捕捉到大自然某種亙久長存的奧理，只是無法具體描述出來。心中一片平和，靈明清澈。經過昨晚不斷在死亡邊緣掙扎的一戰，他感到進入人生全新的一個階段。所有危險和苦難，只是磨練和修行的必須經歷和過程。

寇仲的手肘撞他一記，低笑道：「呆頭呆腦的在想甚麼？」

徐子陵坐起來，皺眉看著渾身血污和滿是炭屑的破衣爛褲，苦笑道：「我在想著一套乾淨整潔的新衣和一頓豐富的菜餚，其他的可以將就點。」

寇仲爬了起來，左顧右盼，頹然道：「小弟完全失去方向的感覺，更遑論彭城是在東或西。怎麼樣？我們是否胡亂找個方位碰運氣。」

徐子陵道：「爲何仲少會忽然失去方寸？像彭城那種通都大邑，必有官道相連，只要我們回到昨晚那條大路上去，遇上人虛心上問，定可找到正確的途徑。」

寇仲笑道：「說得對！走吧！」

兩人找條山藤隨便地把長刀掛在背上，憑著記憶，往昨夜那成了廢墟的市鎮走去。狂奔一會，至少走了七、八里，他們放緩腳步，打量四下形勢。

寇仲苦笑道：「看來我們是迷路了，否則該已見到那座墟鎮。這裏前不見人，後不見村，想找個人問路都不成，咦！那是甚麼？」

徐子陵早望到山下有煙火升起，喜道：「不知是甚麼，過去一看立可分曉。」

兩人奔下山去，豈知那看來不遠的地方，到黃昏時才能到達，原來是一座小村莊。炊煙在其中一間屋子的瓦頂上裊裊升起，顯是有人生火煮飯。寇仲和徐子陵卻爲他們擔心，這區域離戰場不遠，若來了幾個禽獸不如的隋兵，村內的人將要大難臨頭。轉眼抵達村口，見到只有三十來戶人家，屋舍稀落，卻是悄無聲息，毫無雞鳴犬吠的正常情景。兩人大感不妥。

寇仲道：「這條村家家戶戶門扉緊閉，看來村民早因戰事逃往別處，那間有煙火升起的村屋，可能是給路過的人借用來生火煮飯，我們要不要去碰運氣，不妥的話，拔足就跑，憑我們的輕功，該沒有問題吧！」

徐子陵一拍背上長刀，哈哈笑道：「千軍萬馬我們仍不害怕，還怕他甚麼娘的過路人嗎？若是行商，我們求他一碗白飯吃吃，又或當他的臨時保鏢賺點盤纏去找素素姐姐。」

寇仲挺胸道：「我差點忘掉自己是一流高手，哈！來吧！」

帶頭舉步入村。炊煙升起處，是村中最大的一座屋宇，分前後兩進，還有個天井，但門窗緊閉，透出神秘的味道，亦不聞任何聲息。

寇仲大叫道：「有人嗎？」

連喚幾聲，沒有人回應。

徐子陵心中發毛，推了推寇仲道：「還是溜走算了。」

寇仲哂道：「忘了自己的高手身分嗎？我們進去看看，說不定人走了，卻留下兩碗白飯給我們呢。」

來到屋前，寇仲伸腳一撐，屋門應腳而開。兩人跨過門檻，進入廳堂，一應傢俱器皿俱在，只是布滿塵埃，牆角結了蛛網，顯是荒棄了有好一段日子。不由心中奇怪，穿過天井，往後宅走去，發覺屋內空無一人，只不知誰在廚房燃點起爐灶，形成炊煙裊裊的景象，而此時餘煙已弱，快要熄滅。

徐子陵細察地上痕跡，寇仲的聲音由後堂傳來道：「小陵快來，你尋到一半的夢想。」

徐子陵哪還有閒情研究他話中含意，趕了過去，踏入後廂的房門，迎面一片烏雲蓋來，他伸手接著，竟是一套乾淨的麻衣。一個大箱由床底被拖出來，蓋子打開，寇仲掏出一堆衣物，亂撒到床上，尋寶似的左挑右揀。兩人興高采烈換上新衣，感覺煥然一新，只是飢腸轆轆，大嫌美中不足。天色暗沉下來，兩人搜遍屋子，仍找不到半粒穀米或小麥。

寇仲道：「凡村莊必有果林，你在這裏弄乾淨床鋪，我去採些美果充飢，這裏床被俱全，今晚我們就在此借宿一宵，明天繼續趕路。」

徐子陵點頭同意，分頭行事。

片晌後寇仲提著隻大公雞回來道：「原來還有些家畜留下來，嘿！後面有片很大的墳地，大半是新墳，看來這村的人並沒有離開，只是因染上疫症一類的病死了。」

徐子陵吁出一口涼氣道：「那我們穿的豈非是——」

寇仲把大公雞拿到天井處置，叫道：「至少還有一個人沒死，否則誰爲死去的人立墳，說不定就是那人在生火哩？」

徐子陵聽得毛骨悚然，走出天井扯著寇仲，道：「不如換第二間屋吧？我去找火種！」

寇仲表面雖扮出膽大包天的樣子，其實亦是心中發毛，立即全力支持徐子陵的提議，移師到另一邊一間較小的屋內去。待塡飽肚子，忽地翻起風來，兩人不敢碰那些床榻，關上門窗，倚在牆角歇息，雖心驚膽跳，但終敵不過身體的疲累，沉沉睡過去。半夜裏，兩人驚醒過來。駭然坐起之時，蹄聲轟傳，塡滿屋外的空間。他們爬起身來，移到窗前，朝外望去。

一群人擁入村莊，策著健馬，勁裝疾服，背負箭筒，模樣粗獷狂野，不類中土人士。這批人大約有三十之眾，其中一人身形特別雄偉，肩負著一個約八尺長的長方形箱子，予人感覺卻是輕鬆自如。到了村中，那負箱的大漢從容躍下馬來，把箱子橫放路心，其他人紛紛甩蹬下馬。其中一名看來是頭兒的瘦高漢子仍高坐鞍上，打出搜查的手勢，除那負箱巨漢外，其他人迅速散開，分頭踢門入屋。

寇徐兩人見這批人無不身手矯捷，行動迅快，莫不是武技強橫之輩，哪還記得自己亦是武林高手，躍上橫樑，躲在樑柱和瓦頂間的空隙處，倒算隱蔽安全。下方腳步聲來了又去，去了又來。接著是重物落地的聲音，兩人忍不住探頭下望，原來那些人竟將箱子放進屋裏來，且放在他們下方處，又發覺箱蓋上開了十多個小孔。四名大漢分守前後門，神態緊張。接著又有人走入屋來，他兩人忙把頭縮回去，閉起口鼻呼吸，運用內息，不敢發出些許聲響。下面的人以他們從未聽過的語言急促地說話，使他們肯定這批人乃來自中土外之人，也更爲之大惑不解。下面的人忽然停止說話。寇仲和徐子陵隔了好一會後，終聽到村外某處傳來蹄音，益發提心吊膽，不敢露出任何形跡聲音，因為這幾個外域人的聽覺明顯比他們高上幾籌。那些人再說了幾句話，相偕步出屋外去。

寇仲伸手在徐子陵背上寫道：「箱內藏的定是人，否則何用要開氣孔透氣？」

徐子陵點頭同意。另一批人馬馳入村中，聽蹄音，該與前一批人人數相若。蹄音驟止。

一把男子的聲音響起道：「蒲山公麾下祖君彥，謹祝貴國頡利可汗龍體安康。」

頡利可汗正是突厥的大汗。

長笑在屋外響起道：「原來是密公麾下文武雙全的祖君彥先生，未知我們大汗要求的東西，先生有否帶來？」

祖君彥從容答道：「請問這位將軍，在下該對你作何稱呼？」

突厥那方另一把雄壯的聲音道：「人說祖君彥博聞強記，乃密公座下『俏軍師』沈落雁外最見多識廣的人物，怎麼連我們顏將軍都認不出來呢？」

祖君彥笑道：「原來是有『雙槍將』之稱的顏里回將軍，那麼這位朋友必是『悍獅』鐵雄，在下失敬。」

顏里回冷哼道：「少說廢話，東西在哪裏？」

祖君彥淡然道：「在下想先見上小姐一面，再出示寶物，這是密公的吩咐，請將軍見諒。」

樑上的寇仲和徐子陵聽得心中一震，祖君彥所提的小姐，是否素素的主子呢？因為素素正因被人襲擊，才流落到江南的鄉間去的。兩人同時想到下面的大箱子。大龍頭翟讓的掌上明珠是在箱裏面嗎？

寇仲又在徐子陵背上寫道：「伺機救人！」

顏里回在外面冷笑道：「寶物到手，我們自會放人，大汗說過的話，從來沒有不算數的。假若先生再不出示寶物，大龍頭得回的只會是他愛女的屍骸，一切責任全在祖先生身上。」

祖君彥長笑道：「和氏璧就在祖某背上包袱內，你們一手交人，我們一手交貨，這是早說好的。如若臨時變卦，責任該由顏將軍負起才對。」

寇仲和徐子陵腦際像起了個霹靂，寶物竟是名傳千古的和氏璧。就在此時，下方異變突起。後門像沙粒般碎飛開來，兩個守衛的突厥高手來不及還招，已離地拋飛，氣絕斃命。另兩人驚覺時，一道黑影飛臨兩人頭頂，硬生生抓碎他們的天靈蓋。最駭人處，無論是碎門，屍身落地，赤手殺人，一切都發生在無聲無息中，活像正常的規律，在這人身上完全牽扯不上。寇仲和徐子陵知道此人武功已臻化境，兼且陰柔之極，行動又快如鬼魅，在門碎灑地前已殺了四個守衛木箱的突厥高手。兩人腦際一片空白，再不敢看下去，連內息的運行都減慢了。難不成他們的玄功來自獨一無二的《長生訣》，運行時能把引起高手警覺的呼吸、精氣和脈搏、心臟跳動等都減緩收斂至近乎死亡的境界，否則早給人發覺。來人武功之高，絕不會低於杜伏威。

「咿唉！」

箱蓋被揭了起來。那人一聲驚呼，接著是氣勁交擊的巨響，然後是連串悶雷般的聲音。「轟！」一聲震耳巨響中，左方牆壁磚石激濺，竟硬生生給那來人破壁而出，發出驚天動地的厲嘯，迅速遠去，聲勢驚人之極，整間房子都抖震了一下。沙石射到寇徐兩人身上，雖有眞氣護體，仍覺疼痛難忍，可知此人內勁之強。

兩人再忍不住，又探首下望。箱子已成一地碎屑，屋內的傢俬變成碎木殘片。一個雄偉如山的男子卓立廳心，身穿寬大的黑袍，面向牆洞的方向，正凝神調息。由他們的角度看下去，雖不能得睹他的面目，卻清楚瞧到他帶著個猙獰可怖的面具。風聲響起，幾個人分由牆洞和前後門掠進來，嚇得他們忙又縮回頭去。

祖君彥的聲音首先響起道：「他受傷了！」

兩人心中泛起難以形容的怪異荒誕感覺。照理這個來救他大龍頭小姐的，該是祖君彥的自己人才對，而那躲在箱內的神秘男子則是他的敵人。爲何祖君彥說話的語氣，卻似是站在神秘男子的一方？更意想不到的事隨之而來，只聽突厥高手顏里回的聲音道：「翟讓出道至今，這趟尙是首次受傷，但卻可使他以往辛苦經營的功業盡付東流。」

鐵雄冷哼道：「這就是不識時務者的下場。」

兩人終於明白過來，原來祖君彥已背叛了翟讓和李密，串通突厥人來演戲。難怪突厥人能把握素素小姐的行蹤，把她擄走。

一把低沉柔和的聲音道：「雖是殺他不死，但已取得理想成果，此處不宜久留，我們依計行事好了。」

祖君彥和顏里回雙方人馬齊聲應是。不一會下面的人走個一乾二淨，但兩人已給嚇破了膽，到天明前才敢溜下來，悄悄離開。

一口氣急走十多里路，到了一處隱蔽的山林，兩人才敢停下，探摘野果充飢。

寇仲嘆道：「偷襲大龍頭翟讓的人肯定不是突厥人，否則會像顏里回等帶有突厥口音，這人是誰呢？」

徐子陵坐到他身旁，猶有餘悸地道：「祖君彥眞卑鄙，勾結外人來暗算自己的頭子，我們去揭發他。」

寇仲苦笑道：「誰會相信我們？這種事我們是管不到的。爲今首要之務，是找回我們的素素姐姐，立即把她帶離險境，免得殃及她這條池魚。要不要我作主婚人，爲你和素素姐姐撮成好事？」

徐子陵惱道：「這當兒還有閒情開玩笑，你快給我找出往彭城的路，做他兩宗沒本錢的買賣，弄兩匹快馬趕往滎陽才是切要。」

寇仲跳了起來，拍胸保證道：「這事包在我身上，剛才在山頂時，我看到遠處有座神廟，找那個廟祝問路就成。上路吧！」

兩人繼續行程。到神廟在望，兩人卻大覺失望。原來地勢荒涼，通往神廟的路上雜草滋蔓，顯然久未經人足踐踏，此廟分明是荒棄的破廟。在這烽火延綿的時代，不要說一間廟，整條村鎭都可變成鬼域。終抵荒廟外牆，果然是殘破剝落，死氣沉沉。

寇仲苦笑道：「總算有瓦遮頭，今晚我們在這裏躺躺吧！」

徐子陵嘆道：「我眞懷念昨晚那隻烤雞，你那麼神通廣大，不如再變隻出來給我看看。」

寇仲一把扯著他往廟門走去，剛跨過門檻，齊齊嚇了一跳，廟堂中竟擺放著兩具棺木，塵封蛛網，陰森可怖。兩人同時發麻發怔。

好一會寇仲道：「你敢睡在裏面嗎？」

徐子陵斷然搖頭，道：「裏面會有甚麼好東西，我寧願到外面的山頭以天爲被，以地爲床算了。」

寇仲同意道：「走吧！」

正要離去，忽然「砰」的一聲，其中一具棺木的蓋子彈起來，往兩人磕去。

兩人魂飛魄散，齊叫了聲「鬼呀！」發足狂奔廟外。

驀地後方大喝傳來，有人怒喊道：「小子哪裏走！」

兩人回過神來，轉頭望去，前晚在戰場中遇上的雙鐧隋將，正朝他們追來，他脫去盔甲，身上只是普通的武士服。只要是人不是鬼，那就好辦多了。

寇仲拔出背上長刀，站在院中哈哈笑道：「原來是老朋友！」

隋將閃電掠至，揚起雙鐧，向寇仲迎頭擊來。寇仲見對方招數凌厲，不敢硬擋，展開「鳥渡術」，倏地錯開尋丈。徐子陵卻不肯退讓，搶前掣刀硬架。「噹噹！」兩聲，徐子陵硬被震退兩步。寇仲從一側攻至，滾滾刀浪，潮水般往對手捲去。那人不慌不忙，左右鐧連環出擊，分別抵著兩人長刀，大開大闔之中，卻是變化無窮。寇徐一時亦奈何他不得。但他的厲害武功正好激起兩人鬥志，拿他練刀似的愈打愈勇，愈打愈純熟，迫得他不住後退。那人虛晃一招，飄身飛退。

兩人停下來，齊叫道：「爲何不打了！」

那人沒好氣道：「打不過你們，還有甚麼好打的。」

兩人見他如此坦白，好感大生。

徐子陵道：「你的軍隊到哪裏去呢？」

那人把雙鐧掛回背上去，雙目寒芒一閃道：「若非你兩人擾亂了我秦叔寶的陣勢，我豈會敗給沈落雁那臭婆娘，今天我雖宰不了你們，但這個大樑子定不會忘記。」

寇仲哂道：「這也算得大仇嗎？你們隋軍都是禽獸不如，整個鎮燒了還不算，還要人畜不留，姦淫婦女，這些血仇又怎麼算？真恨不得那沈婆娘連你也幹掉。」

秦叔寶愕然道：「竟有此事？」

徐子陵遂把那晚所見的慘況說出來，聽得秦叔寶搖頭嘆息，頹然道：「儘管把這些賬算在我秦某身上好了，橫豎秦某此趟回去，免不了殺頭之罪，甚麼都不在乎。」

寇仲奇道：「明知要殺頭，還回去幹嘛？」

秦叔寶不耐煩地道：「你這小子懂甚麼，快給老子滾開，惹起我的怒火，就拉你其中一人陪葬。」

寇仲心中一動，笑道：「死人要銀兩也沒用，橫豎你要回去送死，不如把身上銀兩當作積德行善，全送給我兩兄弟如何？以德報怨，這個善舉總算值得做吧。」

秦叔寶凝神打量兩人好一會，灑然笑道：「你兩個小子武技不錯，而且愈來愈厲害，想不到竟是窮光蛋。這樣吧！我身上的錢只僅夠我們吃喝一頓，就讓我秦叔寶死前作個東道，吃你娘的一大頓，然後各散東西。」

徐子陵懷疑道：「你不會覓機害我們吧？」

秦叔寶「呸」一聲吐了一口痰涎，怒道：「你兩個算甚麼東西？我秦叔寶南征北討之時，你們還不知躲在哪個奶子裏撒尿喊娘。不識好歹就拉倒，休想我給你半個子兒。」

寇仲打蛇隨棍上，道：「你果然有誠意，讓我們到彭城最好的酒館去，不夠錢付賬可要由你老哥負上全責。」

秦叔寶哈哈一笑，領頭去了。三人談談罵罵，走了一段路，前方現出一道河流，反映著天上的星光。

秦叔寶指著左方遠處一座高山道：「那是呂梁山，山的西北方三十里許處是彭城郡，前面這道是泗水，我們今夜在這裏休息，天明時找條船上彭城，好省點腳力。」

徐子陵奇道：「你的銀兩用了來僱船，我們哪有餘錢去吃喝？」

秦叔寶一拍肩上雙鐧道：「坐船要錢的嗎？誰敢不方便我秦某人。」

寇仲咋舌道：「當軍的都是惡人。」

秦叔寶可能想起自己即將來臨的命運，頹然道：「不要再損我了。」解下雙鐧，在河畔的草地躺下來，頭枕鐧上。兩人解下長刀，學他般躺下來，仰望欲墜殘星，才知天將亮白。

秦叔寶道：「還未知你兩個小子叫甚麼名字。」

寇仲說出來後，道：「我們當老哥你是眞正朋友，又見你快要殺頭，才把眞姓名告訴你，但千萬別告訴別人，否則我們絕不會比你長命多久。」

秦叔寶奇道：「你們是通緝犯嗎？在這時勢裏，誰有空理會你們呢？」

徐子陵道：「此事一言難盡，實情確是如此。」

秦叔寶欣然道：「你們當秦某是朋友，我當然不會出賣你們，也不要知你們的出身來歷。但坦白說，你們的刀法已可列入好手之林，等閒難遇上對手，更難得你們這麼年輕，將來必成爲一代大家。最厲害是你們不斷創出隨機應變的新招數，在第二次交手中我應付起來吃力多了。簡直是個奇蹟。」

兩人給他讚得飄然欲仙，秦叔寶坐起來，凝望呂梁山，嘆一口氣。

寇仲和徐子陵大奇，陪他坐起來，前者問道：「那座山有甚麼好看？」

秦叔寶黯然道：「那座山沒甚麼好看，但山上卻有個很好看的女子，這些年我已很少想起她，但此刻餘日無多，不由又想起她來。」

徐子陵同情道：「秦老哥不若先去見她一面，再作打算。或者見到她後，你再不會笨得回去送頭給人殺呢。」

寇仲道：「你當自己已在戰場喪命，從此隱姓埋名地過活算了。」

秦叔寶苦笑道：「你們怎能明白我，若要我做個平凡的小民，情願死掉。現在朝廷正值用人之際，說不定會准我帶罪立功。若眞是死定，我還會眞的回去嗎？」

徐子陵釋然道：「原來如此，那你更要去探你的情人。」

秦叔寶哈哈一笑道：「那只是我一廂情願的想法，她是呂梁派主的千金，我是個窮軍漢，我只夠資格遠遠看她幾眼，不過碰上她之後，我每次和女人幹時，都把她們當作是她。唉！她今年該有二十歲，恐怕早嫁夫生子。」言下不勝欷歔。

兩人留心看他的尊容，見他雖軀幹粗雄，但臉如鐵鑄，滿臉風霜，顴骨高起，壓得閃閃有神的眼睛比對下細了不少，賣相確不大討好，絕非女人會容易傾情的那種男人。

秦叔寶見天色大白，站起來道：「不知爲何竟會和你兩個小子說起心事，看！有船來了。」

兩人隨他往岸旁奔去。一艘小風帆逆水而來，三人眼利，見到船上只有一個身披長袍，頭壓竹笠的人在船尾掌舵，艙板上鋪了張漁網，船頭處放滿竹籮。

秦叔寶招手道：「老兄！可否載我等一程？」

那人理也不理，反操船靠往對岸遠處駛去，以避開他們。秦叔寶向兩人打個手勢，騰身而起，率先橫過近四丈的河面，往風帆躍去。兩人以前最多是跳過三丈的距離，這刻別無他法，惟有硬著頭皮全力躍去。

三人一先一後，安然落在帆桅和船尾間的漁網上，寇徐同時歡呼，爲自己的進步而欣悅。

那漁夫「哎喲」一聲，嬌呼道：「踏破人家的漁網哩。」

三人同時面面相覷，怎麼竟是個聲甜音美的年輕女子。就在此時，那女子右手望空一扯，三人腳踏處的漁網往上急收，把三人像魚兒般網離艙板，吊掛在帆桅處，其狼狽情狀，不堪之極。此時才察覺漁網四角被幼若蠶絲的透明長線連在帆桅高處一個鐵軸間，在日光下像隱了形般，一時疏忽竟著了道兒，奇怪的是透明幼絲竟可負起三人過二百斤的重量。三人愈掙扎，漁網不住搖晃，每晃動一次，漁網都收窄少許，最後三人擠作一團，指頭都差點動不了。女子哈哈一笑，掀起竹笠。如雲秀髮立時瀑布般傾瀉下來。

秦叔寶首先失聲道：「沈落雁！」說完這句話後，臉孔已隨網轉往另一邊去。

美女解下長袍，露出素黃的緊身武士服，腰束花藍色的寬腰帶，巧笑倩兮地瞧著一網成擒的三個手下敗將。

寇仲叫道：「我要氣絕，快要死了！還不放我們下來。呀！不要掙扎。」

沈落雁人如其名，確有沉魚落雁之容，那對眸子宛如一泓秋水，配上細長入鬢的秀眉，如玉似雪的肌膚，風姿綽約的姿態，確是罕有的美人兒，絕不比雲玉真遜色。最難得是她有種令人心弦震動的高貴氣質，能使任何男子因生出愛慕之心而自慚形穢。

她伸手撥弄秀髮，讓整張使人心迷神醉的臉容露出來，淡淡道：「你們稍安毋躁，待小女子說幾句話後，就把你們放下來。」再一聲嬌笑，柔聲道：「秦叔寶！你服了沒有？這是天下第一巧手魯妙子的『捕仙網』，神仙都要上當。」她的秀髮雲裳迎著河風，貼體往後飄拂，更凸顯出她窈窕的身段和絕世的風姿，幾使人疑為下凡的仙子。

兩個小子看呆了眼，秦叔寶卻怒道：「若非這兩個小子在那晚亂搞一通，壞了我的陣勢，現在作階下之囚者，將是你這臭婆娘。你不過是勝了點運道吧！」

徐子陵怒叫道：「聽到嗎？我們就是你的大恩公，你怎能這樣對待你的救命恩人？」

沈落雁大笑道：「當然不可以！」

左手一揮，漁網墮下來，重重掉在艙板上，接著張開來。

三人怒火中燒，羞辱難禁，齊聲發喊，拔出兵器便要往她殺去。沈落雁由船尾處抽出佩劍，挽起三朵劍花，衣袂飄飛中，分別接了三人一招。「叮叮噹噹！」每個與她長劍相觸的人，都感到她的長劍隱含無窮的後著變化，不但封死所有進手的招數，還覺得若強攻下去，必會為其所乘，駭然下三人先後退開，掠往漁網不及近船頭的位置。三人交換個眼色，都對她精妙絕倫的劍法生出懼意。

沈落雁好整以暇坐到船尾的小櫈上，劍橫膝上，微笑道：「你們三個大男人，有沒有膽量聽人家說幾句話呢？」

秦叔寶冷冷道：「秦某是敗軍之將，要取我項上人頭，悉隨尊便，但若要我背叛朝廷，加入瓦崗軍，秦某就得勸你打消妄想。」

沈落雁任由河風吹得秀髮在後方寫意飄拂，勾魂攝魄的美眸滴溜溜的掃過三人，最後停在秦叔寶的臉上，嬌笑道：「原來堂堂名將，竟連我一個婦道人家的話都不敢聽，好吧！你可以走了。但兩位小兄弟請留下來，讓落雁可好好表示謝忱。」

寇仲大喜道：「留下來就不必，現在我兩兄弟最欠缺的是銀兩，美人兒軍師你身上有多少，就給我們多少吧！」

沈落雁「噗哧」失笑，掩嘴嗔道：「誰想得到你們這麼貪財，想要錢嗎？隨人家回家拿好嗎？」她無論舉手投足，均媚態橫生，偏是秦叔寶視若無睹，兩個小子卻是看得目不轉睛。沈落雁目光又移到秦叔寶處，故作驚奇道：「大將軍爲何還戀棧不去呢？」

秦叔寶怒道：「這兩個小子和秦某半點關係也沒有。若眞要算起來，還是累我輸掉這場仗的大仇家。沈落雁你若以爲可拿他們來威脅我，是大錯特錯。」

徐子陵奇道：「就算她要留下我們，怕也沒有這本事，怎能拿我們來威脅老哥你呢？」

秦叔寶搖頭道：「千萬別小覷這婆娘，她除了『俏軍師』之名外，另有外號叫『蛇蠍美人』，瓦崗軍的天下，至少有四分之一是她打回來的，我們的大帥『河南道十二郡招討大使』張須陀就是中了她誘敵之計，遇伏陣亡的。」

沈落雁不悅道：「我對兩位小兄弟只有歡喜之心，你秦叔寶也算是個人物，不要造謠中傷我婦道人家好嗎？沈落雁亦當不起秦將軍的誇語。落雁說到底只是蒲山公旗下小卒，若說運籌帷幄，決勝千里，當今天下捨密公尙有何人。」頓了頓續道：「大海寺之戰前，密公有言，說『須陀勇而無謀，兵又驟勝，既驕且狠，可一戰而擒。但其旗下三將秦叔寶、羅士信和程咬金，卻是難得將材，若不爲我用，必須殺之！』爲了密公的囑咐，落雁才會費盡唇舌來勸將軍你棄暗投明。良將還須有明主，現在天命已定，隋室敗亡在即，天下萬民無不渴望明主。秦將軍若還要助紂爲虐，請隨便離開。但兩位小兄弟必須隨落雁回家。」轉向兩人甜甜笑道：「回家才有銀兩給你們嘛！」

寇仲和徐子陵對望一眼，均是頭皮發麻，看來秦叔寶說得不錯，此女比美人兒師傅更厲害。

秦叔寶環目四顧，仍是看不通她的手段布置，沉聲道：「秦某從不受人威脅的。」

沈落雁嬌笑道：「將軍不是要自盡於泗水吧！不若我們來個賭賽，現在落雁任由將軍和兩位小兄弟自由離開，六個時辰內你們可逃到別處去，然後在三天內我再活捉你們三次，但保證不損你們半根毫毛。假若你們輸了，要乖乖的加入我們蒲山公營，不得再有異心。」

徐子陵抗議道：「我們是你的恩人，為何要把我兩人算在內呢？」

沈落雁皺眉道：「人家是為你們好嘛！將來密公得了天下，你們就不須像小乞兒般四處問人討錢。」

秦叔寶仰天大笑道：「好！一言為定，剛才算一次好了，若你眞本事得可再活捉秦某兩次，秦某只好服了。」

沈落雁笑道：「秦叔寶確是英雄好漢。」轉向寇徐兩人道：「你們學曉秦兄一半的豪氣就好了。」

秦叔寶大喝道：「我兩位兄弟豈到你沈落雁來評定！我們走。」

三人同聲嘯叫，躍離風帆，往岸旁掠去，瞬眼間消沒不見。沈落雁瞧著三人消失的方向，嘴角逸出一絲高深莫測的笑意。

寇仲、徐子陵隨著秦叔寶奔上一座山丘之頂，後方群峰連接，前方則是一望無際的大平原，泗水在左方五里許外流過，窮山荒野，不見人蹤。

秦叔寶坐下來道：「先休息一會，定定神。」

兩人隨之坐在草地上，寇仲道：「魯妙子是甚麼人，竟能製造出這麼厲害的捉人網。」

秦叔寶搖頭道：「我不大清楚，唉！哪還有時間想別的人與事呢？」沉吟片晌，向兩人道：「你們既曾幫她對付我們大隋軍，為何有這麼好的機會，竟不肯加入瓦崗軍哩？」

寇仲和徐子陵對望一眼，想起祖君彥聯同外人暗算大龍頭翟讓一事，仍是猶有餘悸。後者答道：「我們最近見到瓦崗軍一些事情，再沒有加入他們的興趣。」

秦叔寶沒有追問，思索著道：「沈落雁乃李密手下第一謀士，智計過人，既有把握再活捉我們，必非虛語。我們就和她玩玩，先來一招分頭逃走，教她不能兼顧，好亂她陣腳。」

寇仲搖頭道：「我和小陵是死都不會分開的，自少就是那樣。」

秦叔寶點頭道：「就分為兩組吧！」指著下方平原道：「要活捉我們，首先要跟蹤我們，待會我奔往平原，你們留在這裏居高臨下，看看那臭婆娘用甚麼方法追蹤我，只要我知道她的方法，便知所趨避。」

徐子陵皺眉道：「但你都走遠了，我們怎樣通知你呢？」

秦叔寶由懷裏掏出一面小銅鏡，交給兩人道：「這是借反映陽光來聯絡的方法，等於晚上的燈號。」接著告訴兩人傳訊的方式，道：「三天後，我們在彭城東門會合，若真贏了那婆娘，我們三兄弟去吃他奶奶的一大頓，不醉無歸。」

大笑聲中，奔下山丘去。兩人聚精會神，看著秦叔寶逐漸遠去，同時環目四顧，觀察敵蹤。豈知到秦叔寶變作平原邊的一個小點，仍見不到再有另半個人影。

寇仲哈哈笑道：「原來那美婆娘只是虛聲唬嚇！」

徐子陵也輕鬆起來，催道：「還不傳出喜訊？」

寇仲得意洋洋持鏡向陽，打出訊號。遠方的秦叔寶呆了半晌，繼續逃走，逸出視野之外。

寇仲道：「該還有三個時辰方始入黑，不如我們再由水道往彭城去，此著必出乎沈婆娘意料之外的。」

徐子陵道：「照我看！該找個最高的山，在那裏躲他娘的三日三夜，一見人來便逃之夭夭，始是上著。」

寇仲搖頭道：「別忘了我們的絕世輕功仍未練成，怎都跑不過那婆娘。所以必須往像彭城那種地方去，若那婆娘來了，我們便在街上大叫瓦崗軍殺人啦！那時自有官兵干涉和抵禦，我們將可從容脫身。」

徐子陵認同他言之成理，再不打話，隨寇仲往泗水奔去。

兩人竄高伏低，專揀沒有道路人跡的荒山野嶺，繞道往泗水上游處，離開遇上沈落雁的河段足有三十里之遠。不知是否因戰亂，河道上久久才見有船駛過，但無論兩人如何「威逼利誘」，卻沒有人肯停下船來，他們又不慣恃強登船，只好望河輕嘆。再沿河疾走個許時辰，前方出現一個渡頭，泊著一艘小漁舟，卻不見有人。兩人大喜，急馳過去。臨近時聞得鼻鼾聲由船篷內傳來，兩人探首一看，有個老漁夫正作元龍高臥，睡得不省人事。

寇仲道：「假若這是個陷阱，我們就算輸都輸得心甘命抵。」

徐子陵抽出長刀，惡兮兮地道：「我才不那麼輕於相信，這定是她的人。」接著向寇仲打了個眼色。

寇仲會意過來，也拔出長刀，冷笑道：「這叫寧可我負人，莫要人負我。」跳將下去，搶到船篷旁，一刀往那老漁夫背心搠去。長刀點背而止。寇仲哈哈一笑，收回長刀，向徐子陵打出萬事妥當的手勢。

鼾聲忽止，老漁夫被驚醒過來，睡眼惺忪的坐起身，寇仲還未來得及向他打招呼，老漁夫一聲駭叫，由船篷另一邊鑽到船頭，大叫：「有強盜啊！」然後手顫腳抖的爬到岸上，沒命的走了。

兩人呆頭鵝般看著他消失在岸旁的林木裏，寇仲歉然道：「他老人家定是給強盜光顧過，反應方會這麼強烈。」

徐子陵聳肩道：「這艘漁船可能是他僅有的財產，若因我們失去，我們怎過意得去？」

寇仲依依不捨地看了漁船兩眼，跳回岸上去，苦笑道：「還是靠我們威震武林的輕功好了。」

兩人忍痛離開，沿河往前走去，走了十多丈，老漁夫又由林內閃閃縮縮走出來，往漁舟走過去。

兩人喜出望外，寇仲大叫道：「老丈！我們不是強盜哩！」

那老漁夫嚇了一跳，佝僂著身子三步化作兩步，竄上漁舟，死命要去解開把漁舟繫在渡頭上的繩索。兩人奔回去，老漁夫失魂落魄下仍解不開繩結，反是愈扯愈緊。

寇仲在渡頭蹲下來，一邊爲他解結，邊道：「老丈！你看我們像強盜嗎？」

老漁夫顯然沒有那麼害怕，喘著氣以他嘶啞的聲音道：「大爺們可是有甚麼事要找我？」

徐子陵客氣地道：「老丈要到哪裏去？若是逆流而上的話，可否載我們一程？」

老漁夫的膽子壯起來，道：「乘船可得給船資才成呀。」

寇仲爲難道：「我們身上沒有半個子兒，老丈可否當做做好心呢？」

老漁夫皺眉道：「你們要到哪裏去？」

徐子陵試探道：「最好是到彭城去，不過還是看老丈是否方便吧！」

老漁夫道：「那可不成，到彭城至少要一天時間，我哪還有時間打魚呢？沒錢的事我可不幹。」接著瞇上眼看他兩人好一會，笑道：「不如這樣吧！你們那兩把刀看來可賣幾兩銀子，給了老漢作船資吧！」

寇仲沒好氣道：「怎麼只是賣幾兩銀子，我們的刀是上等貨色——」

老漁夫不耐煩地道：「不答應就算了，老漢要開船哩。」

徐子陵把寇仲拉到一旁，低聲道：「看來有點不妥當，老頭說不定是沈落雁的人，否則怎會一點都不怕我們會惱羞成怒，恃強行兇。還要沒收我們的兵器？」

寇仲點頭道：「可再試他一試，若沒有問題，把刀給了他，可另搶兩把回來，並非甚麼大不了的事。」

話畢，向老漁夫揮手道：「我們不乘船了，老丈請吧！」

老漁夫咕噥兩聲，再不理兩人，把小帆船駛離渡頭。兩人疑心盡去，躍過河面，落到漁舟上，那老漁夫登時嚇得臉青唇白，說不出話來。

寇仲笑道：「老丈切勿誤會，只是我們忽然又想跟你交易，到彭城後，兩把刀就是你的了。」

老漁夫鬆了一口氣道：「我不敢要你們的刀。待會到青龍灘，你們幫手撒網打魚，然後到彭城去交貨，當是你們的船資好了。」

漁舟船速轉緩，老漁夫指使徐子陵到船尾搖櫓，又著寇仲執起撐竿，緊張地道：「前面轉彎處是『鬼石峽』，水流湍急，老漢每次經過，都提心吊膽，所以明知青龍灘最多魚，但等閒都不敢到那處去呢。」

寇仲和徐子陵朝前望去，由此而去，兩邊崖岸逐轉高起收窄，形勢險惡，同時想到若有人埋伏岸旁，確是不妙。忙集中精神，一邊操舟，一邊留意兩岸動靜。

漁舟逆水奮進，轉了個急彎，崖岸忽然收窄，水流湍急，近岸處以千百計巨石冒出水面，形體各異，使水流更像脫韁的野馬，橫衝急竄，沖得小舟左搖右擺。河面暗湧處處，頗令人動魄驚心。三人同心合力，徐子陵在船尾搖櫓操舟，寇仲則以長竿撐往礁石，阻止漁舟撞上，老漁夫則操控風帆，保持正確航向。漁舟艱苦前進。又再轉一個彎，漁舟忽地往左岸一塊巨石傾側靠去。

寇仲大笑道：「看我的！」

跳往船頭，長竿探出，猛點在石頭上。不知是遇上一股急流，還是寇仲用力過猛，漁舟船頭先往右擺，橫在河中，然後整艘船往右傾側。河水立時湧入艙裏，漁舟突然往右翻沉。三人齊聲驚叫，已到了河水內。寇徐兩人連大海都不怕，自不懼區區一道泗水。冒出水面，只見老漁夫像昏了過去般，隨水載浮載沉，往下游流去。兩人大吃一驚，拚命往老漁夫游去。這一發力，片刻後追上老漁夫，左右把他從水裏抓起來。正鬆一口氣，老漁夫雙目大睜，射出懾人精芒，兩人剛同叫不妙，全身一麻，已給老漁夫制著脅下要穴。老漁夫哈哈一笑，擒著兩人往左岸游去。

到兩人被扔在岸旁草叢，老漁夫本是佝僂的身體挺直起來，傲然道：「本人『野叟』莫成，奉小姐之命來擒拿兩位公子，請了！你們這次只有三個時辰可以逃走。」

言罷大笑去了。兩人回復氣力，坐起來對視苦笑。

寇仲苦惱道：「這是沒有道理的，為何他們能夠這麼清楚我們的行蹤？」

徐子陵嘆道：「老傢伙裝得眞是有模有樣。」

寇仲苦思道：「假若我們識不破他們跟蹤的手段，早晚要給他們再次擒拿，以後我們還怎樣抬起頭來做人。」

徐子陵環目四顧，低聲道：「不知秦叔寶是否也像我們般窩囊呢？」

寇仲沒好氣道：「沈落雁主要的目標是秦叔寶，自然由她親自對付，他更是難以倖免。唉！快動點腦筋吧！看！天快黑了。」

徐子陵凝望著往地平沉下去的紅日，皺眉道：「她定是在我們身上做了點手腳，故可以這麼容易跟上我們。」

兩人同時劇震，你眼望我眼。

寇仲拍腿道：「一定是那張魯妙子的漁網出了問題。」接著細看自己的手腳衣服，果然發覺多了一點點細若微塵的粉末，若不是全神留意，絕不會察覺。此時河水已沖洗大部分沾在皮膚上的粉末，但衣服仍有大量留了下來。

徐子陵警告道：「不要再查看！說不定有人在暗中監視我們哩！」

寇仲駭然道：「這是甚麼把戲？擦都擦不掉的！既無色又無味。美人兒眞厲害，可見她是早有預謀，要以活擒我們作賭賽，好教我們折服。」

徐子陵湊到他耳旁道：「衣服沾上，還可以脫下，但頭髮和手腳卻不可斬掉，這回怎辦好呢？敵人說不定又快來了。」

寇仲用鼻子猛嗅半晌，低聲道：「這種粉末，該與氣味沒有關係，否則就算對方能憑氣味追蹤，亦只能追在我們背後，不像先前般可先布下陷阱，在前頭等待我們。」

徐子陵苦惱道：「我們實在太過輕忽大意，茫然不知被人在身上作了手腳，不過即使派人守著附近方圓百里的所有制高點，又有特別手段可憑這些粉末不論晝夜的監視我們，但要像剛才般早一步布下陷阱讓我們上當，則必須有非常迅快有效的通訊方法，在晚上用的自是燈號，但怎瞞得過我們呢？」

寇仲頹然躺往草地上，仰望天空上的晚霞彩雲，沉吟道：「我們定是在猜測上出了岔子，記得秦叔寶離去時，我們曾居高臨下看了他一段時間，卻一點都沒發覺他身上沾上粉末。假若這些粉末在晚上會發光，你和我都該可以互相看到。而且他們還要在所有高處放哨，這既不容易更不切實際。假如我們找處深山躲起來，這方法更是毫無用處，假若如你適才所言，躲到最高的峰頂去，他們亦無所施其技，所以美人兒軍師定是另有妙法，否則不配她富饒智計之名。」

兩人在沈落雁的壓力下，被迫發揮才智，誓要週旋到底。事實上，自得到《長生訣》後，他們的生命起了天翻地覆的變化，不停地應付各式各樣的挑戰。就像頑玉不斷受到雕琢打磨，逐漸顯露出美好的本質。

徐子陵躺到寇仲身旁，剛好見到一隻藍色的小鳥在上方盤旋兩轉，投往附近的一座密林，心中一動道：「這些粉末或者不是給人看的，而是給受過訓練的鳥兒辨認，像獵鷹般助獵人追捕獵物。所以現在我們就算用布把整個人蓋著，又或躲進山洞裏，仍瞞不過鳥兒的眼睛，因牠已認準我們。」

寇仲一震坐起來，環目四顧道：「你說得對，這是最合理的解釋。剛才便有隻落了單的怪鳥在上面飛來飛去。他娘的，待我打了牠下來送酒。」

徐子陵啞然笑道：「現在打牠下來怕都沒有用。以沈落雁的才智，必會猜到我們因此趟失敗測破她的手段，別忘了剛才那老傢伙又碰過我們，說不定再做下另外的手腳。如果我們還傻頭傻腦的，窮於去對付隻扁毛畜牲，只會笑壞了這美婆娘呢。」

寇仲定神打量徐子陵一會，搔頭道：「平時若論出鬼主意，你這小子拍馬都追不上老子我。想不到在眼前情況下，你的思慮卻比我仲少更縝密。徐軍師大人，現在我們該怎辦好呢？」

徐子陵坐起身來，湊到他耳旁道：「這回我們怎都不可再輸給那婆娘。說到追蹤，不出人獸兩途。可是無論臭婆娘如何厲害，還有她的手下輕功比我們高明百倍，仍不知道我們可在水底不用換氣的來去自如。」

寇仲點頭道：「若我們躲在水底，除非那鳥兒能飛到水底來，否則我們就可變成無影無蹤。唉！不過這裏離彭城仍有三十里許的水路，要游到彭城去，累也累死我們。」

徐子陵低笑道：「爲何仲少你竟變成笨蛋，待會我們躲到水底去，只要有船經過，我們可附到船底，如此就不用費刀也有船搭。」

寇仲拍腿叫絕。此時天已黑齊，兩人怪叫一聲，跳將起來，先沿岸狂奔，到了一處密林，再潛入河底，然後往下游迅速順流游去，離開彭城更遠了。果然那頭怪鳥不知由何處疾飛而來，在河上盤旋幾圈，發出一聲鳴叫，再望空衝去，消失不見。三艘五桅大船由下游駛來，兩人大喜，浮了上去投附於其中一船的船底。

兩人離開不久，包括那「野叟」莫成在內的三個人由林中掠出來，來到兩人下水處，目光灼灼地掃視河道，當然不知道兩人竟以這種匪夷所思的方法脫身。要知精通水性的武林高手，雖有在水底換氣之術，但絕不能持久。像寇徐兩人以先天胎息，能在水底長時間逗留，已可與杜伏威、宇文化及、翟讓等第一流人物不相伯仲地媲美。此正是《長生訣》的特點，一是練至走火入魔，如若成功，打開始便是最上乘的吐納養生法，與第一流的玄功殊途同歸。所以兩人的武功輕功雖只能沾上點武林好手的邊兒，心法卻是宗師級的境界，爲他們的發展打下堅實無比的基礎。沈落雁這回的失著，實與才智無關，而是事情太荒誕離奇。莫成等沿河搜索，見到三艘大船逆流而來，忙駐足觀看。

到大船遠去，莫成神色變得凝重無比，低聲對另兩人道：「這三艘船扯的是李閥的旗幟，假若船上坐的是閥主李淵，彭城必有重大事情發生，我們立即回去向小姐報告。」

話畢三人消失在岸旁的暗黑裏去。

寇仲和徐子陵先後冒出水面，呼吸著泗水晚夜的清新空氣。他們勁隨意發，自自然然由掌心生出吸力，貼附船壁，連自己都不明白怎可辦到。

寇仲湊到徐子陵耳旁得意道：「這回還不教沈婆娘栽他奶奶的一個大觔斗，哈！沈婆娘的奶奶！」

徐子陵道：「不要這麼早自滿，還有半天才可算贏了這場賭賽呢，過分自鳴得意可能會百密一疏，功虧一簣的。」

寇仲點頭道：「我有分寸的，唉！我們眞愚蠢，立賭約時只有她說贏了會是如何，卻沒有我們贏了會是如何，否則摸她兩把也不錯。」

徐子陵低笑道：「少點癡心妄想吧！這婆娘渾身是刺，絕不可碰，唉！我擔心秦老哥鬥她不過呢！」

寇仲道：「鬥不過她才好，否則給那昏君殺了頭怎辦。嘿！這三艘船看來有點來頭，有沒有興趣借他兩套衣服和少許飯錢，好過現在渾身破爛又兩手空空乞兒般的模樣。」

徐子陵低聲道：「小心點！能擁有這麼三艘大船的人，若非高門大族，就是達官貴人，或是豪門霸主，一不小心，我們將獻上小命。」

寇仲皺眉道：「去還是不去？」

徐子陵低笑道：「我們既不怕老爹，還怕甚麼人來。跟著我這未來的武林高手吧！」說完貼壁緩緩上攀。

兩人此時對潛跡匿隱之術，已頗具心得；閉起口鼻呼吸，收斂精氣機能，小心翼翼下確是無聲無息。大船甲板和帆桅處掛上風燈，但向著他們那面的上下三層二十多個艙窗卻只一半亮著燈火。徐子陵揀了第二層其中一個暗黑的艙窗爬去，經過其中一個亮了燈的窗子，內裏傳來嬌柔的女子語聲。兩人少年心性，忍不住停下來，側耳傾聽。

女子的聲音忽地在兩人耳旁響起道：「二哥你最好還是不要勸爹哩，他對朝廷一向忠心耿耿，端叔苦勸多時，他還不是不肯聽半句嗎？」

兩人嚇了一跳，知這聲音嬌美的女子是移到窗旁，未敢稍作挪動。

另一把年輕男子的聲音苦惱地道：「爹最捨割不下就是和獨孤家的關係，卻不知獨孤峰老奸巨猾，視我們如眼中芒刺。現在天下紛亂，萬民怨怒，突厥人又虎視眈眈，隋朝再無可爲。而我們坐擁太原，兵源充足，糧草之豐，更可吃他個十年八載，現在鷹揚派劉武周和梁師都北連突厥，起兵反隋，先後攻陷樓闌和定襄，只要再破雁門，我們太原首當其衝，爹若再舉棋不定，最後只會被昏君所累，舟覆人亡。」

窗外兩人聽得直冒寒氣，裏面的男女究竟是何人子女？竟直接牽涉到獨孤閥和隋煬帝，駭得更不敢動彈。男子聲含氣勁，不用說是個一流的高手。

女子柔聲道：「你有和大哥商量嗎？」

男子道：「也不知說過多少次，他都想不出辦法，秀寧該知爹頑固起來時是多麼可怕。」

秀寧道：「不如我們由東溟夫人入手，爹最聽她的話。唉！若非娘過了身，由她勸爹最好了。」

窗外兩人駭得差點甩手掉進河裏去。他們終猜到爬上的是李閥的船，哪敢再偷聽下去，忙悄悄往上攀去。艙房內的對話忽然停了下來，兩人卻沒有留神理會。拉開窗門，看清楚房內無人後，爬了進去，兩人方鬆一口氣。環目一掃，見這是個特別大的臥房，布置華麗，除床椅等物外，還有個大箱子，放的該是衣衫一類的東西。

寇仲湊到徐子陵耳旁道：「我們盜亦有道，每人取一套衣服，若尋到銀兩，亦只拿足夠幾日飯錢和逛一次青樓的費用。」

此時一個男子的頭在窗門處冒起來，聽到寇仲的話，忽又縮回去。

徐子陵低聲道：「想不到我們竟會來偷李淵的東西，獨孤小子不是想害李淵嗎？不如我們反害他一害。留張字條警告李閥的人，當是還他們的偷債。」

寇仲低笑道：「你何時變得這麼有良心！哈！天下間恐怕只有我們有能力令李淵造反呢。卻不知這傢伙是好人還是壞人——」

徐子陵打斷他道：「少說廢話，若有人闖來就糟糕，快偷東西！」

兩人移到箱子旁，正要掀開箱蓋，窗門處忽地傳來「殊」的一聲，似在示意兩人不要吵鬧。寇仲和徐子陵立時魂飛魄散，駭然朝艙窗瞧去。一道黑影無聲無息穿窗而入，立在兩人身前。兩人定神一看，原來是個只比他們年紀長少許的魁梧青年，生得方面大耳，形相威武，眼如點漆，奕奕有神，此刻傲然卓立，意態自若，一派淵停嶽峙的氣度，教人心折。

寇徐呆若木雞，青年低聲道：「在下是太原留守李淵二子世民，兩位兄台相格清奇，未知高姓大名？」

兩人交換個眼色，心神稍定，同時大惑不解，爲何他把他們兩個小賊「捉偷在房」，仍是那麼彬彬有禮，就像他們只是不速而來的「貴客」。兩人站起來。

寇仲抱拳作禮，笑嘻嘻道：「世民這個名字改得好，哈！救世濟民，將來說不定是由你來當皇帝呢。」

李世民淡淡一笑道：「兄台切勿抬舉在下，不過這名字得來確有段故事，兩位請坐下來說話好嗎？」

李秀寧的聲音由下方傳上來道：「二哥！甚麼事？」

李世民退到窗旁，傳聲道：「待會再和你說吧！」

轉過身來，著兩人坐下，態度誠懇客氣。兩人隱隱猜到他心意，又自知闖不過他把守的窗口，硬著頭皮在靠壁的兩張太師椅坐下來。由於身上仍是濕漉漉的，故頗不舒服。

李世民從容一笑，在窗旁的椅子坐下，道：「在下四歲那年，我們家裏來了一位善相術的人，給我看相，批我『年屆二十，必能濟世安民』，娘那時最疼我，給我改名作世民。」

說話時，順手取過火種燃亮旁邊小几的油燈。

徐子陵見他提起娘時，眼中射出緬懷孺慕的神色，不由想起傅君婥，嘆道：「你定是很想念你的娘。」

李世民微微點頭，凝望地上兩人留下的水漬，沉聲道：「兩位和琉球東溟夫人單美仙是甚麼關係？爲何聽到她的名字，心臟急躍幾下，否則在下仍未能發覺兩位偷到船上來。」

兩人方知道岔子出在哪裏。亦訝異李世民思慮的精到縝密，從這點推測出他們和東溟夫人有牽連。

寇仲嘻嘻笑道：「自然是有關係哪！不如我們來作一項交易，假設我們可令貴老爹起兵作反，你就給我兩兄弟兩套衣服和——嘿！和二，不！三十兩銀子，哈！怎麼樣？」

這回輪到李世民瞠目結舌，失聲道：「三十兩銀子？」

徐子陵嚇了一跳，忙補救道：「若嫌多就二十五兩吧。」

李世民不能置信地看著兩人，緩緩探手入懷掏出一個錢袋，看也不看拋給寇仲道：「你看看裏面有多少銀兩。」

寇仲一把接著，毫不客氣解開繩結，一看下吁出涼氣道：「我的奶奶老爹曾高祖，是他娘的金錠子呢！」

徐子陵忙探頭去看，咋舌道：「最少值幾百兩銀子。」

寇仲雙目放光，一把塞入懷裏，深吸一口氣道：「拿人錢財替人消災，這事包在我兄弟身上。」

徐子陵比較有良心，不好意思道：「仲少你先把錢還人，等做好事情才收錢吧！」

李世民哂道：「拿去用吧！無論成敗大家都可交個朋友，這夠你們逛百多次窰子。」

兩人同時動容。

寇仲豎起拇指讚道：「我們就交了你這個朋友。」

李世民低聲道：「不要那麼大聲，我不想人知道你們在這裏。」

寇仲老臉一紅，把音量壓得低無可低地沙聲道：「告訴你一個驚人的大秘密吧！東溟夫人處有本詳列你老爹暗中向她買兵器的賬簿，上面還有他的押印，試想假若這本寶貝失竊，會出現甚麼情況？」

李世民精神一振，他自然知道兩人不是順口胡謅。因爲這回他率人到彭城去，正是要向東溟夫人訂購另一批兵器。自兩年前他爹李淵調任弘化留守兼知關右十三郡軍事，爲應付楊玄感的大軍，李淵終接受他勸告，向東溟夫人購入大批兵器，此事隋煬帝並不知曉，如若洩漏出來，又有眞憑實據的話，多疑的隋煬帝不當李淵密謀造反確是天下奇聞。

李世民呆了半晌，皺眉道：「東溟夫人乃天下有數高手，四位護法仙子各有絕藝，除非『散眞人』寧道奇或『天刀』宋缺出馬，否則誰可到她們的船上偷這麼重要的東西？」

徐子陵笑道：「見你這麼夠朋友，我們可以再告訴你一些秘密，但你可不能學其他人般來害我們，又或事成後使手段。」

李世民正容道：「若我李世民有此卑鄙行爲，教我不得好死。哼！竟敢這麼看我。」

寇仲若無其事道：「這叫一朝被蛇咬，又叫小心駛得萬年船。我們先要建立互相間的信任，則甚麼大計也可施行。」

李世民顯是看穿寇仲比較不老實，向徐子陵道：「由你來說！」

有人在外面走過，待足音遠去後，徐子陵問道：「這是誰的房間？」

李世民笑道：「正是我的房間，下一層是女眷用的，你們要偷衣服，剛好來對地方，我的身材和你們最相近呢！」

兩人都覺好笑。徐子陵於是由海沙幫欲攻打東溟號說起，當李世民聽到宇文化及和獨孤策牽連在內，兩眼寒芒閃閃，威稜四射。

寇仲總結道：「所以現在只我兩人有辦法混到船上去，而且她們以爲我們武功低微，所以戒心不大。當然，我們只是深藏不露，絕不會辜負老兄你的銀兩。」

李世民漸慣他的說話口氣，並不計較他是否深藏不露，苦思道：「有甚麼方法把東溟夫人引開呢！這事我要想想才行。」接著站起來，開箱取出兩套衣服，交給兩人道：「先換過乾衣衫，再好好睡一會，天亮到彭城時我會喚醒你們，我還要到下面向舍妹交代幾句。」

寇仲道：「我們睡地板就成。」

李世民笑道：「這麼大的一張床，盡夠三個人睡，睡甚麼地板？我們不但是交易的伙伴，還是兄弟朋友嘛。哈！你們的遭遇離奇得令人難信。」言罷穿窗去了。

兩人舉步踏進彭城，頗有點躊躇志滿的美好感覺。身上穿的是乾淨整潔的武士服，腰掛的是由李世民送的上等鋼刀，袋裏是充足的銀兩，他們自出娘胎後，何曾試過這麼風光。徐子陵身形挺拔，儒雅俊秀；寇仲驃悍威猛，意態豪雄。兩人並肩而行，不時惹來驚羨的目光。

寇仲哈哈一笑，挽著徐子陵臂彎道：「我們還差兩匹駿馬和十來個跟班，否則就先到窰子去充充闊少。」

徐子陵欣然道：「逛窰子是今晚的必備節目，現在我們先上酒館，大碗酒大塊肉吃個他奶奶的痛快，順便商量一下這宗買賣該如何著手進行，受人錢財，自然要替他做點事。」

寇仲舉目四顧，審視林立大街兩旁的酒樓門面，道：「想不到彭城這般興盛熱鬧，最奇怪是不似有逃難來的人，看！那群妞兒多俏，哈！」

徐子陵見他正向迎面而來的一群少女露出自己認為最有吸引力的微笑，而那群少女卻一點不避兩人的眼光，還報以更具吸引力的微笑。兩人破天荒第一次得到這種青睞，到少女們遠去，齊聲怪叫，轉入右方一間頗具規模的酒樓上。人要衣裝，兩人來到二樓，夥計殷勤招呼，公子長公子短的請他們到臨街窗旁的桌子坐下。此時二樓十多張枱子，大半坐了客人。

寇仲隨手打賞夥計，點酒菜，興奮道：「剛才那幾個甜妞兒的鼻子特別高，眼睛又大又藍，該是胡女，聽說她們生性浪蕩，很易弄上手的，哈！這回或者不用逛窰子。」

徐子陵卻擔心道：「你爲何要兩斤酒那麼多，你懂喝酒嗎？我只可喝一點點呢。」

寇仲探手抓著他肩頭道：「對酒當歌，人生幾何！想我兩兄弟由揚州的小混子，混到變成現在的武林大混混，如此遇合，還有甚麼可怨老天爺，又怎能不盡情樂一樂。」以手示意徐子陵去看窗外樓下車水馬龍的大街，嘆道：「看！人間是那麼美好，際此良辰美景，我們好應喝點酒慶祝，你一斤我一斤，沒有喝醉過的算哪門子好漢。」

徐子陵陪他呆望著大街，想起傅君婥，想起李靖和素素，心中一陣難以舒展的感觸，點頭道：「好吧！一斤就一斤好了。」

寇仲忽然低聲道：「左邊那張枱有個俊俏小子，不住看你，看來他定是喜好男風的。」

徐子陵愕然望去，果然見隔了三、四張枱靠近樓梯的一張大桌處，坐了三個男子，其中一個穿青衣儒服特別俊秀的，正打量他們，見徐子陵望來，還點頭微笑。

徐子陵想起寇仲的話，大吃一驚，忙避開他的目光，低聲道：「他像是認識我們的樣子呢，會否是沈落雁另一個陷阱，別忘了到今晚才結束那婆娘的三天賭約之期呢！」

寇仲點頭道：「我差點忘掉，你有看他的咽喉嗎？」

徐子陵一呆道：「有甚麼好看！」

寇仲摸摸自己的喉核，低笑道：「那小子俏秀得不能再俊俏，又沒有我們這粒東西，你說他是甚麼？」

徐子陵駭然道：「不是沈落雁扮的吧！」

寇仲道：「看來不像，糟了！她過來哩。」

徐子陵吃驚望去，女扮男裝的書生已到兩人身前，令人特別印象深刻的是她除了「俊秀」的俏臉上嵌著一對靈動的大眼睛外，就是下面的兩條長腿，使她扮起男人來有種挺拔的神氣。

兩人愕然望向她，她露出一絲淡淡的笑容，抱拳沉聲道：「五湖四海皆兄弟也，兩位兄台相格不凡，未知高姓大名，好讓我李志交個朋友。」

寇仲笑嘻嘻道：「我叫張三，他叫李四，若真是五湖四海皆兄弟，就不用四處都有人逃難，俏兄台請回吧！」

他既懷疑對方是沈落雁的第二個陷阱，故一口把她回絕。

徐子陵趁機往「李志」的兩個同伴瞧去，他們倒是貨眞價實的男人，身形彪悍，雙目閃閃生光，腰佩長劍，頗有點隨從保鑣的味道。

李志顯然想不到寇仲會這麼不客氣對待自己，俏臉陣紅陣白，鳳目生寒，想掉頭離開，又像下不了這口氣，狠狠盯寇仲一眼，轉向徐子陵道：「你是李四嗎？我——」

徐子陵灑然截斷她道：「我當然是李四，姑娘這麼在大庭廣衆間公然勾三搭四，是否沒有羞恥之心！」

李志「嬌軀一震」，「秀眸」射出森寒的殺機。「玉容」反是出奇的平靜。兩人暗忖「來了」，手都按到刀柄上去。這時他們更認定對方是沈落雁的人。

李志忽然斂去眸瞳的精芒，低聲道：「你們好好記著曾對我說過甚麼話。」言罷拂袖往下樓處走去，兩個中年男子慌忙結賬追隨，到三人離開，酒菜送到，兩人哪還有興趣去想她，伏案大嚼起來。杯來杯往，不片晌兩人酒意上湧，進入酒徒嚮往的天地裏。

寇仲捧著酒杯傻笑道：「開頭那杯確又辣又難喝，可是到第二杯便變成瓊漿，哈！酒原來是這麼好喝的。」

徐子陵看著仍剩下杯大半杯的烈酒，投降道：「有點酒意就夠了，說不定步出酒樓就給沈落雁暗算呢。唉！我現在很想睡覺，昨晚那李世民小子的腳壓到我那處去，累我睡得不好呢。」

寇仲按著徐子陵肩頭，醉態可掬湊在他耳邊道：「不如直踩進這裏最大的青樓，找兩個最紅的阿姑陪我們睡覺，這叫今朝有酒今朝醉，來！快喚夥計來，著他提供有關此地青樓一切詳盡資料。」

徐子陵欣然點頭，正要召喚夥計，鄰桌的兩名大漢其中之一忽提高少許聲音道：「張兄，你來到我們彭城，若不曾到過倚紅院，未見過那處的兩位紅阿姑白雲和秋燕，怎都不算來過彭城。」

兩人暗忖又會這麼巧的，忙聚精會神留心竊聽。

另一人道：「陳兄說的是落街後往左走一個街口的倚紅院吧！我怎會沒去過？不過現在是白天，姑娘們尚未起床，今晚再說吧！哈！那幾個妞兒眞是美得可滴出水來。」

姓陳的笑道：「現在是午時，倚紅院未時開始招待賓客，我們多喝兩杯再去逛逛吧！」

寇徐兩人聽得心中大喜，互相在檯底踢了一腳，下定決心，怎都要在今時今地一嘗女人的滋味。對他們這年紀的年輕人來說，還有甚麼比異性神秘的吸引，更能使他們動心？

第八章 絕地逃生

第八章　絕地逃生

兩人步出酒樓，秋風吹來，酒意更增兩分，寇仲扯著徐子陵朝倚紅院的方向走了十多步，低聲道：「似乎有點不妥，那兩人的對答來得太合時，似還怕我們不知怎樣到倚紅院去，說得清楚無遺。照我看這兩個定是沈落雁的人，見一計不成，又生一計。」

徐子陵正以他那對醉眼瀏覽街上人車爭道的熱鬧情景，聞言一震道：「你說得不錯。既然李志是沈落雁的人，這兩個傢伙也可能是她的人。唉！現在到哪裏去好呢？還是先找處躲藏的地方爲妙。」

寇仲心癢難熬地道：「不去倚紅改去倚綠如何？」

忽地朝著一個路過的行人，恭敬問道：「請問這位大叔，附近除倚紅院外，還有哪間是最有規模，最多漂亮姐兒的青樓呢？」

那被他攔著的是個中年書生，聞言露出鄙夷之色，「呸」的吐了一口痰，不顧去了。

徐子陵哈哈笑道：「你道是要問去哪裏考科舉嗎？找青樓定要揀些三世祖模樣，一眼看去便知是酒色過度的人來問才在行，看我的！」

環目四顧，剛好一輛華麗的馬車在後方停下，走下來一個貴介公子，還跟了兩個隨從。那公子年在二十三、四間，相貌俊俏，臉容帶點不健康的蒼白，似是弱不禁風，深合徐子陵「問道」的條件。寇仲猛地推徐子陵一把，累得徐子陵踉蹌跌前兩步，到了那貴介公子跟前。兩名隨從立即手按劍把，露出戒備神色。

徐子陵硬著頭皮，一揖到地恭敬道：「這位公子，在下有一事相詢，請公子勿怪在下唐突。」

那公子饒有興趣地上下打量他，微笑道：「仁兄有話請說。」

徐子陵不好意思地湊近了點，防怕給旁人聽到的壓得聲音低無可低道：「我兩兄弟想知道這裏除倚紅院外，還有哪間青樓是最好的？」

那公子大感愕然，旋又露出「志同道合」的笑容，嘆道：「你是問對人，我老爹正是開妓院的，就是在隔鄰鴻園街的翠碧樓。論規模和姑娘，倚紅院拍馬都追不上。不過現在時候尚早，你們先去隨處逛逛，到酉時才來。只要說是我香玉山的朋友，保證沒有人敢侍候不周。仁兄請了，我還有要事去辦呢。」

香玉山走後，兩人如獲綸音，心花怒放，沿街把臂而行，只差沒有引吭高歌而已。街道兩旁排列著各式各樣的店舖，例如肉店，大餅店、山貨店，又或布店、粉店、魚店等。因兩杯下肚影響，整個天地變得不眞實起來，秋陽高照下的石板街道，閃爍著奇異的光芒。道路、房舍、行人、車馬似像合成一個難以分割的整體，再無此彼的分野。

寇仲無意識地笑起來，半邊身靠到徐子陵肩膊去，摟著他滿足地嘆道：「現在我甚麼義軍或官軍都不想當，幹掉宇文化骨後，我們專心賺錢，幹我們的鹽貨買賣，閒來就到青樓醉生夢死，快快樂樂過完這一生了事。」

徐子陵喝得比他少，頭腦比他清醒，且酒醉三分醒，奇道：「你不是常說要建功立業嗎？爲何忽然又想當個囤積投機的奸商？」

寇仲笑嘻嘻道：「即使是奸商，我仲少都是最好的那一種奸商。難道見別人受苦受難，我們俠義之輩還會對他落井下石嗎？不過坦白說，美人兒師傅說得對，現在我們何德何能，憑甚麼去管別人的事。嘿！待我們武技大成，練至甚麼九玄大法第一百零八重境界，那時看到誰不順眼，一刀把他宰了，這叫爲民除害。」

徐子陵苦笑道：「世間哪有這麼簡單如意的事，但不管怎樣，先要宰了宇文化骨那奸賊。」

驀地眼前人影一閃，香風飄來。

兩人定睛一看，原來有位頗具姿色的半老徐娘攔在身前，眉開眼笑道：「兩位公子是否走錯路了？那邊才是倚紅院的大門，我們剛開始營業，兩位公子若是第一批客人，我們的紅姐兒們會特別用心侍候的。」

他們隨她纖手所指望去，見到倚紅院的大牌匾高掛左後方，恍然大悟，原來糊裏糊塗下步過倚紅院的門口，這奉命守候他們入彀的鴇娘慌起來，竟來一招攔路拉客。

寇仲借點酒意，探頭過去，狠狠瞪了她高聳的酥胸兩眼，眨著眼睛笑道：「俏娘子你去告訴沈落雁那奸狡婆娘，當只會上一次，絕不會上第二次的。有種就來抓我們，不過著她別忘了她是朝廷重犯哩！」

鴇娘聽得目瞪口呆，兩人跌跌撞撞，東倒西歪下揚長去了。

寇仲把床上的徐子陵搖醒，興奮得聲音都嘶啞起來，緊張地道：「快酉時了，我們去做翠碧樓第一批的客人，說不定有半價的優待。」

徐子陵頭重重地爬起床來，怨道：「喝酒原來有這種後遺症，若你是沈婆娘派來的，我便要完蛋大吉。」

寇仲笑道：「我是世上最有責任心的人，否則誰來爲你把風？剛才有夥計來過問這問那的，我偏不開門給他。哈！還有幾個時辰沈婆娘就要輸給我們，不知秦老哥命運如何？」

徐子陵取起放在枕後的佩刀，道：「待會先去東門看看有沒有他留下來的暗記。」又道：「還有別忘記我們曾答應李世民那小子的事。」

寇仲不耐煩道：「我怎會忘了，那有錢的傢伙不是說過東溟號明天由洛陽回來嗎？得趁今晚良辰美景，行樂及時啊！」

徐子陵心中一熱道：「說來眞好笑，以前在揚州，到妓院門口看看都給人像乞丐般趕走，現在連妓院老闆兒子的朵兒都任我們亮出來照寶。不過先作聲明，我的初夜可不肯隨便的，至少該有飄香院那恩將仇報的青青那種姿色才行。」

寇仲一拍錢袋，笑道：「有錢自然有面有勢，加上香玉山的朵兒撐腰，你陵少要哪件就哪件，包君滿意，還不快翹屁股滾下床來？」

徐子陵提氣輕身，本只想表現點敏捷的姿勢，豈知竟升了起來，順勢一個觔斗無聲無息地落在地上。兩人同時劇震，不能置信地你眼望我眼。

寇仲咋舌道：「天！你是怎麼辦到的，再來一次好嗎？怎麼坐著也可提氣的？」

徐子陵搔頭道：「再試怕就不靈，不如你自己試吧！」

兩人以前每次提氣發勁，都是先要運力飛躍，方可借勢爲之。像這次由靜生動的提氣，尙是破天荒第一次。寇仲卓立不動，神情古怪。

徐子陵催道：「不是要趕著去逛窰子嗎？還不快試試看？」

寇仲老臉一紅，尷尬道：「早試過十多次，連腳趾都沒有動。」

徐子陵默然半晌，頹然道：「我這次也不靈光。唉！或者眞該拜個大師傅，有難題時好有個明師來指點。」

寇仲搖頭道：「拜師傅有啥屁用，我們學的是《長生訣》上的怪功夫，天下無人通曉，只能靠自己去摸索。或者我們的問題是出在童男之身，故孤陽不長，破了身後立即武技大成。哈！定是這樣子。」

徐子陵笑罵道：「少說廢話，還不先滾！」

寇仲捧腹笑道：「我滾！我滾！」

跌跌撞撞往房門走去，剛拉開房門，一點寒芒，照額刺來。寇仲想也不想，竟像剛才徐子陵般提氣輕身，往後飛退。偷襲者顯然想不到出手竟會落空，「咦！」了一聲，閃電搶進房來。

徐子陵亦像寇仲般想也不想，踏步拔刀，當頭疾劈，動作一氣呵成，沒有絲毫猶豫或停滯，施出他活至這天最了得的一刀。

「叮！」來人以手中長金簪，硬架徐子陵凶厲無匹的一刀。一時間，雙方都使不出後續變化的招數。

「砰！」寇仲重重掉到床上，又彈起來，大叫道：「娘！我成功了！」

那人收簪退出房去，衣袂飄飛，美若天仙，不是李密的「俏軍師」沈落雁還有何人？徐子陵剛被她運勁震退兩步，沈落雁見門口正暢通無阻，乍退又進，本要追擊徐子陵，見寇仲衝至，刀光如濤湧浪翻，挾著激盪的刀風，狂擊而至。沈落雁嬌叱一聲，搶入刀影裏，施展出近身肉搏的招數，連擋寇仲十多招，每招都凶險無比，卻逼不開寇仲，又見徐子陵重整旗鼓，殺將過來，無奈下二度被迫出房外。

兩人守在房門裡，心中卻波濤捲天，翻騰苦思不已，想不到在突如其來下，竟能把「血戰十式」的精義發揮得淋漓盡致，連自己都不知使的是甚麼招數。只覺心到手到，勁隨刀發，痛快至極點。沈落雁卻是芳心劇震，她的「奪命簪」乃家傳絕學，名列江湖的「奇功絕藝榜」。平時秘而不用，今番出手，是希望一舉擒敵。怎知兩個小子會像脫胎換骨般，兩度把她逼退，假如讓此事傳揚出去，足可令他們在江湖中成名立萬。

寇仲提刀作勢，大笑道：「美人兒軍師，快滾進來挨刀。」

徐子陵亦威風八面道：「記著不可損我們半根毫毛，否則算你輸定了。」

沈落雁氣得差點發瘋，不怒反笑道：「外面院子地方大些，你們出來再比比看。」

寇仲哂道：「想叫手下圍攻我們嗎？哈！知否我懂得獅子吼，大聲一叫，保證彭城的總管大人都聽得一清二楚。」

沈落雁俏臉一寒，旋又露出一個動人的微笑，柔聲道：「不如這樣好嗎？假若我可闖關入房，算我贏了，你兩人乖乖歸降。」

徐子陵淡然道：「那是說你再沒有把握活捉我們，所以你已輸啦！」

寇仲殺得興起，信心劇增，得意洋洋道：「怕她甚麼，卻要有時間規限，我數十聲你若過不了關，算你輸。」

沈落雁把金簪插回頭上，笑道：「一言爲定，數吧！」

話畢大步朝門口走來。兩人愕然失措，她已一點沒有攔阻的由兩人之間穿進房內，到了床旁，轉身款款坐下，含笑看著兩人。兩人仍高舉著刀，但怎都沒法朝她劈下去，直到她轉過身來，仍是目瞪口呆。

沈落雁見兩人神情古怪，「噗哧」嬌笑，鼓掌道：「好了！我贏啦！」

徐子陵頹然還刀入鞘，嘆道：「這樣輸是不會心服的，因爲你只像上次般，利用我們善良的本性。」

沈落雁奇道：「你們除用刀劈人外，竟不懂其他制人的手法嗎？」

寇仲把刀垂下，笑嘻嘻道：「我們並沒有輸，因爲你雖然成功入房，卻沒有闖關，這個『闖』字是包含了動手的意思哩！」

沈落雁橫他一眼，含笑道：「大家坐下來談談好嗎？唔！你兩人現在看來順眼多了。」

兩人在她左方靠牆的椅子坐下來。寇仲看著她宛如一泓秋水的動人眸子道：「有話快說，我們還要去逛窰子呢！」

沈落雁狠狠瞪他一眼，不悅道：「你們知否窰子裏的姑娘身世可憐，你們恃著有幾個子兒，就覺理所當然的去玩弄人家，究竟有沒有感到慚愧？」

徐子陵一呆道：「我倒沒想過這點，但若沒有人去光顧她們，她們賺不夠贖身的銀兩，豈非更要一直淒涼下去嗎？」

寇仲哂道：「倚紅院不是你們瓦崗軍開的嗎？爲何卻來數落我們？」又冷哼道：「任何事物都是應需求而生，否則誰肯上戰場去殺人又或送死呢？」

沈落雁皺眉道：「你在說甚麼？倚紅院一向是杜伏威在這裏的眼線，干我們瓦崗軍屁事。」

兩人同時色變。

沈落雁微笑道：「你們愛到青樓鬼混去個夠好了。現在秦叔寶已歸降我軍，你兩個小子有甚麼打算？」

寇仲跳了起來，移到敞開的房門處，探首外望，奇道：「爲何我們打得殺聲震屋，仍沒有人過來看看？」

沈落雁淡淡道：「你像是忘了人家要活捉你們嗎？外面已布下天羅地網，你兩個小鬼插翼難飛哩。」

徐子陵苦笑道：「你知否這叫恩將仇報？」

沈落雁油然道：「人家爲你們好才是眞的。現在天下大亂，能撥亂反正者，惟密公一人而已。我若非念著你們曾幫了我一個大忙，才沒有閒情來勸你們加入我軍呢。」

接著有點不耐煩地道：「快作決定！我再沒有時間浪費在你們身上。」

兩人聽她語氣，自尊心受損，徐子陵冷哼道：「沒時間請自便吧！我兩兄弟只愛海闊天空，自由自在。」

沈落雁雙目閃過森寒的殺機，霍然而起，一閃到了門旁，背著他們冷冷道：「既不能爲我所用，便須爲我所殺，今天你們休想生離此處。」一閃消沒在門外。

兩人面面相覷，終於明白爲何這美賽天仙的俏軍師，會又被人稱爲「蛇蝎美人」。

他們頭皮發麻的呆了好半晌，見外面仍沒有甚麼動靜，寇仲深吸一口氣道：「怎樣？就那麼殺出去嗎？」

徐子陵冷靜地搖頭道：「這樣衝出去只是送死，說不定剛踏出門口，便有張羅網罩下來把我們呆子般擒著，我看她仍是想生擒我們。」又低聲道：「剛才我們聞老爹之名色變，憑她的眼力才智，怎會看不出來且不問半句，顯是知道我們的來歷，所以費盡心力收服我們，好讓我們心甘情願獻上『楊公寶藏』。」

寇仲訝道：「小陵你眞行，竟從她這麼一個反應推斷出這麼多事來。哈！我有辦法了。記得巨鯤幫陳老謀教過我們的建築學嗎？這旅館是由八個四合院組成，我們位於東院的西廂位置，門口對著本院中間的花園，向門的牆外是八院圍成的主花園，大樹參天，所以只要我們能竄到那裏去，逃生的機會大多了。」

徐子陵望往對著門口靠床那邊的牆壁，苦笑道：「我們又不是翟讓，憑甚麼破壁而逃？」再望往瓦頂，嘆道：「若我猜得不錯，上面定有敵人。」

寇仲卻是胸有成竹，先把門關上，向徐子陵道：「你給我把風，我先去弄鬆幾塊磚頭。」言罷拔出長刀，跳到床上去。

徐子陵移到門旁的窗子，往外瞧去，剛好見到十多名大漢，由對面屋的瓦面躍入小院裏，隨即散開沿著廊道圍攏過來。正要示警，上面「轟隆」一聲，瓦片狂灑而下，一個鐵塔般的大漢手提雙鎚，由上而降。徐子陵在這剎那，完全推翻沈落雁只是想活擒他們的猜測，清楚明白蛇蠍美人確是要下毒手殺死他們。就在這一刻，他重歷當日對著那批流氓往他殺來的境況。一切變得清晰無比，他清楚知道這大漢落地的時間速度，甚至他的後著變化。不同的只是他還有把握去應付他。他清楚地知道若讓對方展開這兩個重逾百斤的巨鎚，不但可輕易把自己逼出門外，靠牆的寇仲更是絕難倖免。際生死懸於一線的光景中，他的精神變得晶瑩通透，完全忘掉生死，集中意志和所有力量，覷準對方觸地的刹那，大步跨前，精芒電閃，運刀疾劈而去。

確如徐子陵所料，大漢本打定主意，只要腳一觸地，立即借力彈起，雙鎚以雷霆萬鈞之勢，把徐子陵轟出房外，好讓同黨把他亂刀分屍，再全力對付寇仲。豈知就在要發力之際，已刀氣罩體。但覺無論如何挪移閃躲，又或擋格還擊，都是有所不能。在破瓦而下之時，他實存輕敵之心，暗忖這麼兩個小子，還不是手到擒來，怎知徐子陵劈來的一刀，無論時間還是角度的拿捏，都達到一流好手的境界。他已無暇多想對方是眞的那麼厲害，還是碰巧的神來之招。魂飛魄散下，甩手把雙鎚分往徐子陵和寇仲擲去，同時雙掌下按，發出勁風，生出反力，狼狽不堪的由哪裏進來，由哪裏滾出去。

立在床上的寇仲這時正要回頭幫手，驟見大鐵鎚飛來，大叫道：「來得好！」一閃下，鐵鎚「轟！」的一聲狂撞牆上，登時磚石四濺，破壁而去。

徐子陵亦輕易避過鐵鎚，任它撞得木門碎飛，掉往外邊的院子去。同時一聲狂喝，功聚肩頭，往破壁撞去。寇仲哪還不明白他的意向，亦同時運勁往破壁撞去。「轟！」兩人隨著碎磚沙石，滾進鄰房去，門外就是八個四合院圍成的大花園。他們彈了起來，再破門而出。這一著顯是大出敵人料外，竟不見有攔阻之人，風聲卻在後方瓦面處傳來。兩人哪敢停留，把雲玉眞傳的鳥渡術發揮致盡，箭般竄入園內，幾個翻身，脫身去了。

兩人逃到一處橫巷，由這裏往外望去，正是香玉山老爹開的那間翠碧樓的外牆和大門，內中院落重重，規模確勝於倚紅院。天色隨著西下的太陽逐漸昏黑，翠碧樓的燈光亮起來，落在兩人眼中卻有種淒艷的感覺，反映兩人不安的心情。

他們像往常般靠牆坐地，呆了好半晌，寇仲咬牙切齒道：「那婆娘眞狠，竟想要我們的命，我們還可算是她的恩人。」

徐子陵道：「她是不想我們落入老爹的手上，這次怎麼辦好呢？我們又答應了李世民那小子要等東溟夫人來，但現在老爹的手下已盯上我們，此時不走更待何時。」

寇仲道：「小命要緊，李小子休要怪我們，我們立即出城，有多遠跑多遠，然後到滎陽去找素素姐。橫豎她的小姐都給人擄走，便帶她回到南方，再安心做我們雙龍幫的鹽貨買賣算了。」

徐子陵苦笑道：「如此大模大樣的出城，若不是給那臭婆娘拿著，就是自動把我們的羊身獻進老爹的虎口裏。上上之策還是找個地方躲起來，到深夜設法攀城逃走，憑我們現在的身手，若有繩鉤一類的東西，必可辦到。」

寇仲讚道：「愈來愈發覺你這小子若我般有頭腦。來！我們袋裏有的是銀兩，趁天尚未黑快點找間鐵舖買鉤，至於繩索，要偷一條絕非甚麼難事。」

兩人謀定後動，精神一振，由另一端鑽到街上，閃閃縮縮走了大段路，發覺除酒館青樓外，所有店舖全關上門。

寇仲靈機一觸道：「我們不如去找香玉山幫忙，這小子看來像有點義氣，現在朋友落難，他自是義不容辭。」

徐少陵懷疑道：「他像那種人嗎？」

寇仲摟著他肩頭，折入橫街，朝翠碧樓的方向走去，痛苦地道：「這叫走投無路，只好不理他是何方神聖也當作是好神聖。最慘我們本身是通緝犯，報官等於自殺。而且誰知這些官兒有沒有和臭婆娘或老爹等勾結？現在我甚麼人都不敢信了。」

徐子陵苦惱道：「給那臭婆娘說過有關青樓的事後，我眞不想到青樓去，究竟有沒有別的出城方法？」

寇仲道：「另一個方法是掘地道，恕老子不奉陪。不要這麼容易受人影響好嗎？別忘了在揚州我們知道的那群姑娘都是爲了賺錢自願賣身的。所謂當官的不也是賣身做皇帝的奴才嗎？做姑娘的至少不那麼易被殺頭。哈！到了！」

兩人橫過車馬喧逐的熱鬧大街，華燈高照下，路上人來人往，好不熱鬧。但兩人由於曾目睹戰爭的慘烈場面，總有點面臨末世的感觸。到了入門處，他們待一輛華麗馬車駛進門後，尾隨而入。

六、七名把門的大漢分出兩人迎過來，見他們衣著光鮮，神采照人，不敢怠慢，其中一人恭敬道：「歡迎兩位公子大駕光臨，不知——」

寇仲最懂充闊，隨手塞了一串錢到他手裏，擺出闊少模樣，傲然道：「我們是貴公子香玉山的老朋友，玉山來了嗎？」

衆漢更是肅然起敬，說話的大漢忙道：「小人何標，兩位公子請隨小人來。」

寇仲一挺胸膛，道：「帶路！」

何標再打躬作揖，領路前行。兩人隨他穿過擺了最少十輛馬車的廣場，往主樓走去。登上樓前的台階，一名頗有姿色的中年美婦花枝招展地迎過來。何標趨前湊到她耳旁說了幾句話，施禮走了。

美婦眉開眼笑的來到兩人中間，轉身挽著他們臂彎，嗲聲道：「原來是香少爺的好朋友，不知兩位公子高姓大名。噯！差點忘了，喚我作鳳娘便成。」

寇仲享受著她慷慨送贈的艷福，邊隨她往樓內走去，邊道：「我叫張世，他叫李民，哈！鳳娘你生得眞美，引死我們。」

鳳娘笑得花枝亂顫道：「張公子原來年紀輕輕已是花叢老手。不要隨便哄人哩！否則給奴家纏上你一晚時可不要後悔喲。」又拋徐子陵一個媚眼道：「李公子比你老實多啦。」

寇仲把臭婆娘或老爹等全一股腦兒忘個乾淨，心花怒放道：「這小子只是裝作老實模樣，鳳娘不信可以試試看。」

徐子陵大窘道：「不要聽他的，我——嘿！我——」

鳳娘挽著兩人來到大堂十多組几椅靠角的一組坐下，笑道：「不用說，我鳳娘怎會看錯人。」兩名十六、七歲的小婢迎過來，斟茶奉巾，侍候週到。他們環目一掃，堂內早坐了十多組賓客，鬧哄哄一片。

鳳娘吩咐下人去通知香玉山，媚態橫生道：「以兩位公子這樣的人材，哪位姑娘不爭著來陪你們呢？」

徐子陵亦輕鬆起來，正要說話。鳳娘一聲告罪，站起來趕去招呼另一組看來是大商賈的客人。

寇仲向兩位小婢道：「姐姐不用招呼我們，我們兄弟有密話要說。」

兩位小婢一道離開。

寇仲興奮道：「試過這麼風光嗎？不如我們今晚留在這裏歡度良宵如何？試問誰想得到我們會躲在

這裏？何況這些風光是拜李小子所賜，索性捱到明晚好混上東溟號去，也算爲他盡力。」

徐子陵囁嚅道：「嘿！不知如何，我的心又亂又慌，不知該怎辦才好。」

寇仲嘆道：「事實上我也有點怯意，不過凡事總要有第一次，否則如何算是男人大丈夫。待會要義氣山爲我們挑兩位最美的姑娘，且講明要負起『指導』之責。嘿！但這麼說將出來，我們豈非甚麼面子都沒有了？」

兩人正心亂如麻，香玉山來了，不知如何，在他的這個「老家」中，這小子分外意氣飛揚，絕不若今日在街上遇到他時的窩囊相。尤其背後還跟著四名大漢，更是氣派十足。

隔了丈許香玉山大笑道：「甚麼張公子李公子，原來是兩位仁兄，失敬失敬！」

兩人見他態度仍是那麼熱誠，不負「義氣山」的大號，放下心來，起立敬禮。

三人坐好，香玉山問道：「兩位仁兄此回來彭城，不知是有事要辦還只是遊山玩水、觀賞名勝呢？」

寇仲知他是想摸清楚他們的底細，笑道：「所謂行萬里路，勝讀萬卷書，我們兄弟兩人浪跡天涯，是爲要增廣見聞。」接著湊近點低聲道：「坦白說，我們到貴樓來亦是抱著這種增廣見聞的情懷。由於這是我們首次涉足青樓，萬望香兄多加指點和照顧。嘻！香兄是明白人，大概不用我再多說吧？」

徐子陵心中叫絕，寇仲確有他的一套，這麼尷尬失威的事也可說得如此自然。

香玉山恍然而笑，點頭道：「這個沒有問題，可包在我身上。」沉吟片晌，正容道：「張兄和李兄請恕小弟交淺言深，說到底我們男兒輩追求的不外是金錢和女人。我見兩位仁兄長得一表人材，又身佩上等兵刀，絕非平庸之輩，不知兩位仁兄對將來有何打算？」

寇仲笑道：「我們是今朝有酒今朝醉，現在只對今晚有打算，明天的事嘛，起床時再想，哈——」

香玉山陪他笑了兩句，道：「原來兩位囊中有散不盡的財寶，所以一點不用擔心明天的事，小弟非常羨慕。」

徐子陵坦然道：「香兄絕對比我們富有得多，我們只因最近做成一單買賣，手頭比較充裕，遲些散盡銀兩，又要重新開始攢錢哩！」

香玉山露出一絲高深莫測的笑意，道：「不知兩位一向慣做甚麼買賣？」

兩人呆了一呆，寇仲壓低聲音得意地道：「實不相瞞，我們幹的是鹽貨生意，嘿！是不用貨稅的那一種。」

香玉山欣然道：「原來如此，難怪我和兩位一見投緣，說不定以後還有更多合作的機會？」

徐子陵訝道：「香兄也是走鹽貨的嗎？」

香玉山從容道：「是比鹽貨更一本萬利的發財生意，不過恕小弟暫時賣個關子，待兩位享受過我翠碧樓的各種樂兒，才和張兄李兄研究發財大計。」

寇仲喜道：「竟有生意比海沙賺更多錢嗎？定要洗耳恭聽。」

香玉山淡淡道：「小弟尚有一事相詢，然後小弟可領兩位去增廣見聞。」

兩人大喜，同時點頭請他發問。香玉山頂多只比兩人大上兩、三歲，其老練卻像世故極深的成人，輕描淡寫下已套出想知道關於兩人的資料。

香玉山微笑道：「現在天下紛亂，群雄並起，兩位既是武林中人，自知武林規矩。現在小弟既渴想與兩位結交，故希望能告知小弟兩位的門派來歷，大家坦誠以對。」

寇仲與徐子陵交換個眼色，道：「我們的武功來自家傳，小民和我的爹都在揚州的護遠鏢局任職鏢師，也是拜把兄弟。嘿！不過他們在一趟出差中遇上賊子喪生了，所以我們結伴出來四處闖闖。」

香玉山哪想得到寇仲滿口胡言，哈哈一笑站起來道：「兩位請隨小弟來！」

兩人想起即可上人生最重要的一課，大喜下隨他去了。

寇仲和徐子陵既驚且喜的隨著香玉山步出主樓，見到後院原來宅舍相連，一條碎石路把主樓後門與另一道大門相連，兩旁是修剪整齊的花圃，此時貫通兩處的道路上人來人往，非常熱鬧。

寇仲聽到裏面傳來陣陣喧鬧之聲，似有數百人正聚在該處，奇道：「那是甚麼地方？」

香玉山得意洋洋道：「是彭城最大的賭場。」

徐子陵嚇了一跳道：「我們並不想賭錢！」

香玉山笑道：「小弟當然明白，不過在歷史上嫖和賭從來就分不開來。沒有妓院和賭場的地方，絕談不上興旺。我們翠碧樓之所以能雄視彭城，正是把兩種生意結合起來，帶旺整個彭城。你們不是要增廣見聞嗎？放心隨小弟去見識好了。」

兩人對望一眼，開始感到香玉山非如表面的簡單。像在揚州，最大的那間賭場是竹花幫開的。沒有強硬的背景，誰敢沾手這種發財大生意。

三人進入宏偉壯觀的賭場大門，香玉山大聲道：「兩位是我的朋友，你們要好好招呼。」

把門的幾名大漢忙恭敬應是。

踏入賭場，一名滿身銅臭、低俗不堪的胖漢迎上來道：「要不要小人爲三少爺預備貴賓室待客。」

香玉山揮手道：「我們只是隨便看看，你去招呼別的客人。」

胖漢應命退去。寇仲和徐子陵卻是看呆了眼。他們尚是首次有資格踏足賭場，只見由賭桌賭具以至傢俬擺設，無不華麗講究。而且地方寬廣，不但有前中後三進，每進還左右各有相連的廳堂，所以雖聚集四、五百人，這進進相連的大賭場一點不令人覺得擠迫。最引人注目是各座大廳裏由負責主持賭局的荷官，以至斟茶奉煙的女侍，都是綺年玉貌的動人少女，兼且她們衣著性感，身上穿的是抹胸、肚兜般的紅衣，襯以綠色短裳把玉藕般的雙臂和白皙修長的玉腿完全暴露出來，穿梭來往各賭桌之時，更是乳波臀浪，婀娜生姿，看得兩人神搖意蕩、目瞪口呆。偏是香玉山和其他賭客卻像對她們視若無睹。此時兩名女侍笑臉如花的迎上來，奉上香茗糕點，又為寇徐卸下外衣。不但體貼週到，動人的胴體更不住往他們挨挨碰碰。

香玉山見兩人露出內裏的勁裝，配以皮背心，肩闊腰窄，威武不凡，眼睛亮起來，嘆道：「兩位的身型眞帥，確是難得一見。」兩名女侍也看呆了眼，更是熱情如火。其中一位竟從後面緊擁徐子陵一把，然後嬌笑連連拿著他的外衣和另外那侍女去了。兩人還是首次受到這等厚待，一時魂銷意軟，不知身在何方。

香玉山伸手摸摸寇仲的皮背心，訝道：「這是上等的熊皮，只產於北塞之地，價比黃金，小弟千辛萬苦才弄來一件，不知張兄是在哪裏買來的呢？」

寇仲怎能告訴他是李世民送的，胡謅道：「香兄確是識貨的人，這兩件皮背心，是我們用鹽和一個行腳商換回來的，確是價比黃金。」

兩名女侍又轉回來，各自挽著兩人的臂膀，讓他們壓上高挺的酥胸，態度熱烈。

香玉山介紹兩女，一名翠香、一名翠玉，然後道：「張公子和李公子暫時不用你們侍候，有事再喚你們。」

兩女失望的回去工作。

寇仲大樂道：「現在我明白甚麼叫嫖賭合一，香兄的老爹確有生意頭腦。」

香玉山傲然一笑。

徐子陵問道：「這些美人兒是否都以翠字行頭，不知翠碧樓的翠碧兩字又有甚麼來歷？」

香玉山雙目露出嚮慕神色，徐徐道：「那是位千嬌百媚的美人兒的芳名，不過她已名花有主，是我幫龍頭老大最得寵的愛妾。」

寇仲訝道：「香兄原來是幫會中人，不知貴幫的大號——」

香玉山打斷他道：「這事遲些再說，來！何不先賭上兩手，贏了是你們的，輸了入我的賬，兩位這邊請。」

寇仲和徐子陵對香玉山過了分的「義氣」大感錯愕，首次生出疑心。兩人雖整天想發財，卻是基於生活所需，本身絕不貪財嗜貨。他們自少在市井中混，深明便宜莫貪的至理，何況最近剛有美人兒師傅的前車之鑑，怎會輕信剛相識且又言辭閃爍的新交？

徐子陵乾咳一聲道：「我們對賭博興趣不大，不如還是找剛才那兩位美人兒來——嘿！來——甚麼的！好嗎？」

香玉山不以爲意地道：「若論漂亮，那兩個丫頭尚未入流，我們這裏最紅的是翠凝和翠芷兩個妞兒，不過只能在貴賓室見到她們，我們先在這裏逛逛，待會帶你們去和她們喝酒作樂吧！保證兩位不虛此行。」

兩人見他沒逼他們賭錢，心下稍安，欣然隨他在擠滿賭客的賭桌間左穿右行，往最廣闊的中堂走去。

香玉山介紹道：「我們這賭場是由精通五行遁法的高手精心設計，一大八小九個賭堂採的是九宮陣法，中間最大的賭堂屬土，鎮壓八方，所以顏色以明黃爲主，暗黃就太沉滯了。枱子是二十五張，因五爲土數，而二十五則是五的自乘數，有盈利倍增的含意。」

兩人方知道原來開賭場也須有學問，爲之茅塞頓開。兩個小子是好奇心重的人，聽得興趣盎然，不免左問右問，竟忘了去看那些對他們眉挑眼逗的美麗侍女。

香玉山領著他們來到一桌擠了二、三十人的賭桌旁，看著那動人的女荷官把一枚骨製的巨型骰子投入一個方盅內，蓋上盅蓋後高舉過頭，用力搖晃一輪，再放在枱上，嬌喝道：「各位貴客請下注！」

賭客紛紛把賭注放在要押的一門上。

香玉山道：「這叫押寶，押中骰子向上的點數，可得一賠三的賭注。」

寇仲嘆道：「那是六分之一的贏面，而你們賭場卻是六分之五的彩數，難怪開賭場會發大財。」

香玉山笑道：「你也可以賭骰子顏色，那是一賠一，公平得很。」

徐子陵定神一看，大多數人都押點數，可知任誰都希望以一贏三，所以雖可賭顏色，仍只是聊備一格而已。

香玉山慫恿道：「要不要玩兩手湊興？」

兩人只是搖頭。香玉山不以爲意的領他們步進中堂去。寇仲和徐子陵同時眼前一亮，靠左的一張賭桌處，一位有如萬綠叢中一點紅的動人美女，正起勁賭著。她不但長得眉目如畫，最惹人注目是她的襟口開得極底，露出小半邊玉乳和深深的乳溝，浪蕩非常。兩人常聽到北方人多有胡人血統，風氣開放，但仍是首次見到有婦女公然穿著這種低胸衣在大庭廣衆間亮相，不禁看得發呆。

香玉山苦笑道：「這個女人千萬沾惹不得，別看她風騷迷人，其實她是『彭梁會』的三當家，人稱『騷娘』的任媚媚，武技高強，最擅玩弄男人，渾身是刺，碰上她的男人都要倒楣，連我都不敢招惹她呢。」

寇仲吞了一口涎沫，低聲道：「甚麼是『彭梁會』？」

香玉山奇道：「你們竟連彭梁會都未聽過，彭是彭城，梁指的是彭城西北六十里的梁郡，彭梁會名列『八幫十會』之一，走到哪裏，江湖中人都要賣面子給他們。」

言罷正要扯兩人離開，豈知任媚媚目光離開賭桌，朝他們望來，看到寇徐兩人，美目亮起采芒，嬌笑道：「玉山你在那裏呆頭呆腦看甚麼，還不過來和奴家親近親近？」

香玉山一邊揮手回應，一邊低聲道：「無論她要你們做甚麼，記得全推到我身上去。」

言罷應聲先行。兩人聽到又是幫會中人，立感頭痛，無奈下只好硬著頭皮隨香玉山往任媚媚走過去。

任媚媚離開賭桌，迎了上來。寇仲和徐子陵發覺她的衣服把她包裹得緊緊的，極度地強調她飽滿玲瓏的曲線，登時怦然心跳。

這煙視媚行的美女把充滿青春活力的胴體移到三人眼前，再打量寇仲和徐子陵，向香玉山笑道：

「兩位公子面生得很，是你的朋友嗎？」

香玉山苦笑道：「媚姑你最好不要惹他們。」

寇仲和徐子陵想不到香玉山如此坦白直接，嚇了一跳。

任媚媚卻一點沒生氣，繞到兩人背後，嬌笑道：「香三少定是在背後說了我任媚媚很多壞話，但兩位千萬勿信他，若他算是好人，我就是拯救世人的觀音大士。」

香玉山乾咳一聲道：「媚姑你莫要破壞我們的友情，別忘記彭梁會和我們巴陵幫一向相安無事——」

任媚媚又轉到兩人前方，掩嘴嬌笑道：「你們看啊！香三少爺動不動就拿巴陵幫來欺壓我這弱質女流，算甚麼英雄好漢。唔！兩位小哥兒眞帥，難怪給三少爺看上，你們叫甚麼名字。」

兩人感到巴陵幫有點耳熟，一時卻記不起誰人向他們提及過。

香玉山不悅道：「媚姑你是否賭輸了錢？讓我賠給你好了，不要盡在這裏胡言亂語。」

任媚媚顯然毫不怕他，嬌媚地橫香玉山一眼道：「我任媚媚是這種沒有賭品的人嗎？你才是胡言亂語。」

忽地一手往香玉山抓去。香玉山冷哼一聲，右手揚起，拂向她脈門。

任媚媚笑道：「我不是要動手啊！」嘴巴雖這麼說，但玉掌一翻，沉到香玉山攻來右手的下方，曲指反彈往香玉山脈門。

香玉山縮手成刀，再曲起手掌，以掌背反拍往她的彈指。這幾招往來全在方尺的窄小範圍內進行，既迅捷又深合攻守之道，看得寇徐兩人眼界大開，對這種精巧的過招大生興趣。任媚媚嬌笑道：「沒見你幾個月，原來是躲起來練功，怪不得這麼氣燄沖天。」說話時，玉手微妙地擺動幾下，似攻非攻，似守非守。

寇徐兩人看得心領神會，清楚把握到她的招數與戰略。香玉山顯是摸不清楚任媚媚這著奇異的手法，竟往後退。兩人知道要糟糕，任媚媚已一陣嬌笑，閃電般探指點在香玉山掌背上。

香玉山觸電的震了一下，任媚媚抓著他衣袖，扯得他隨她踉蹌地往一旁走去，還不忘回頭向兩人媚笑道：「我和玉山說幾句密話，再回來陪你們。」

眼見兩人到了廳子的一角密斟低語，徐子陵忽地臉色劇變，失聲道：「我記起了，美人兒師傅不是說過巴陵幫乃皇帝小兒的走狗，專事販賣人口嗎？」

寇仲倒抽一口涼氣道：「那他看上我們還有好事可言嗎？快！我們立即開溜。」

徐子陵扯著他道：「且慢！他們回來了，我們隨機應變。唉！眞看不出這『人販山』也是個好手，我們竟然在街上隨便亂揀都揀了個高手兼壞蛋出來。」

任媚媚和香玉山雙雙朝他們走來，只看兩人的融洽情態，知兩人私下有了協議。寇仲和徐子陵均是頭皮發麻，感到自己變成貨物。

任媚媚隔遠浪笑道：「原來兩位小哥兒到這裏來是想一嘗女兒家的溫柔滋味，這事包在姐姐我身上。」

香玉山則口風大改道：「難得媚姑這麼看得起你們，待我教人開一間貴賓廂房，大家喝酒談笑，共賞風月。」

寇仲笑嘻嘻道：「這種事何須著急，我忽然又想先賭兩手，我最精擅是賭牌九。」

香玉山笑道：「既是如此，更應到貴賓廂房去，媚姑也愛賭牌九，你們肯陪她玩就最好。」

寇仲爲之語塞。

徐子陵瀟灑地聳肩對寇仲道：「你想賭錢理該先徵求我同意，我對牌九一竅不通，但卻想在賭場隨處逛逛，以增廣見聞。」

任媚媚嬌軀移前，挽上兩人臂彎，向香玉山打個眼色，微笑道：「由我來招呼他們。」

香玉山笑應一聲，轉身便去。

任媚媚親熱地挽著兩人，朝內進的大堂走去，媚笑道：「你們不要聽香玉山那傢伙說人家的任何閒言閒語。」

寇仲和徐子陵正要說話，朝她望去，見到她走路時胸前雙峰隨著她的步履，不住跌盪聳動，誘人之極，心兒不由急速躍動，忘了說話。忽然間，他們再不覺得她可怕，尤其是她的體態神情，無不顯現出使人心動的美態，不自覺生出縱是爲她而死，亦心甘情願之心。

任媚媚卻是心中得意之極。她閱人千萬，一眼看穿兩人仍是童男之身，對她精擅採補之術的人來說，他們不啻瓊漿甘露，可令她的元氣大有裨益，故不擇手段，務要由香玉山處搶他兩人到手。此刻她正利用自己的身體，施展上乘媚術，勾起兩人原始的情慾。

徐子陵的定力要比寇仲稍佳，略一迷糊，隨即清醒過來，見到寇仲正不知不覺地氣促舔唇，一副色迷迷的樣子，還故意以肩膊挨碰她的酥胸，知道不妙，人急智生道：「老爹來了！」

寇仲大吃一驚，醒悟過來，惶然道：「他在哪裏？」

任媚媚亦奇道：「他的老爹不是過世了嗎？」

徐子陵暗中鬆一口氣，胡謅道：「是我們慣開的玩笑，意思即是鬼來了，那自然是沒人來哩！」

寇仲極力把持，再不敢看她的胸脯。任媚媚爲之氣結，嬌軀一扭，立即使兩人感覺到她豐滿的肉體，火熱地碰觸得他們心旌搖蕩。不過兩人既生出戒心，硬壓下湧起的綺念，同時暗暗叫苦，不知如何脫身。若給她這麼「肉誘」下去，一個把持不住，可不知會有甚麼可怕後果，香玉山早先的警告，仍是餘音縈耳。

寇仲剛好見到左旁的賭桌只有五個客人，騰空了七、八個位子，靈機一觸道：「我們先賭兩手吧！」

掙脫任媚媚的糾纏，坐入其中一個空位裏。任媚媚毫不介意，笑意盈盈的坐到他左旁去，而徐子陵則坐到寇仲的另一邊。這美女坐下，立時把幾個客人的目光全吸引到她的胸脯去，任媚媚妙目一掃，五個男人立時色授魂與，有人連口涎都流出來。女荷官是個二十歲許的女子，頗有姿色，但與任媚媚相比，立即黯然失色，再顯不出任何光采。此桌賭的正是牌九，寇仲和徐子陵雖沒眞的賭過錢，但在市井長大，看人賭得多了，自然熟諳門路。

任媚媚忽地意興大發，對女荷官道：「讓我來推莊！」

女荷官當然知道她是甚麼人，不迭答應，退往一旁。

任媚媚坐上莊家的位置，嬌笑道：「還不下注！」

衆人連忙下注，氣氛熱烈。寇仲和徐子陵卻是心中叫苦，要他們把辛苦得來的銀兩拿出來賭，確是心痛兼肉痛。

任媚媚美目來到他們身上，催道：「不是要賭兩手嗎？快下注呀！」

寇仲笑嘻嘻道：「我們先要按兵不動，看清楚你這新莊家的手風氣數，才好下注嘛？」

任媚媚嬌笑不語，以熟練的手法抹起牌來，堆成一疊疊後，再擲骰發牌。

不知她是否蓄意使了甚麼手法，竟連輸三鋪，賭客的歡呼和喝采聲，立時把附近幾桌的客人吸引了過來，擠滿所有座位。

任媚媚向寇仲和徐子陵媚笑道：「姐姐手風不順，要贏錢快下注。」

後面有人嚷道：「若不下注，就把座位讓出來。」

任媚媚瞪那人一眼，喝道：「誰敢叫他們讓位，我就把他的手扭斷。」

那人顯然知道她的厲害，立即噤若寒蟬，不敢說話。寇仲無奈下，只好把一兩銀子掏出來下注。任媚媚一陣嬌笑，橫兩人一眼，在數十對目光灼灼注視下，正待抹牌，忽地一聲嬌柔的「且慢」，起自寇徐兩人背後，接著一隻纖美無比的玉手，由兩人間探出賭桌，把一錠少說也有十兩重的黃金，放在寇仲那可憐兮兮的一兩紋銀旁。

眾賭客一陣起哄，這錠黃金至少值數百兩銀，可是罕有的豪賭和重注。任媚媚雙目寒芒電閃，冷冷看著這把好幾個人擠得東倒西歪的美女。寇仲和徐子陵愕然轉頭仰臉望去，一雙纖手已分別按著他們肩頭，定睛一看下，不禁齊聲喚娘，原來竟是「蛇蠍美人」沈落雁。

沈落雁低頭對兩人露出一個甜甜的笑容道：「早叫你兩個小孩子不要隨處亂走，看！差點給人騙財騙色。」

任媚媚秀目掠過森寒的殺機，冷然道：「來者何人？」

沈落雁與她對視半晌後，微笑道：「做莊的管得下注的是甚麼人，三當家既要推莊，該守莊家的規矩，若賭不起的話，乾脆認輸離場。」

任媚媚見對方明知自己是誰，還擺出強搶硬要的姿態，心中懍然，臉上回復春意洋溢的狐媚樣兒，笑道：「這麼一錠黃金，我們彭梁會還可以應付。」

圍觀的賓客中，有十多個怕事的聽到彭梁會之名，嚇得立即悄悄離開，連下了的注錢都不敢取回去。賭桌立時疏落起來，還空出兩個位子。

寇仲定過神來，拍拍沈落雁按在肩上那充滿威脅性的玉手，道：「美人兒啊！我旁邊有位可坐，何必站得那麼辛苦呢？」

沈落雁微微一笑，俯頭分別在兩人臉頰各香一口，竟依言坐到寇仲旁的空椅子去。寇徐見她一副吃定他們的樣子，又給她香軟柔膩的櫻唇和親熱的動作弄得魂爲之銷，眞不知是驚還是喜。任媚媚一聲不響，逕自抹牌。賭桌旁忽又多了幾個人出來，都是賭場方面的人，包括香玉山在內，他旁邊還有一個錦袍胖漢，面闊眼細，但眼內的眸珠精光閃閃，使人知他絕不是好惹的人物，而他和香玉山正目光灼灼的打量沈落雁。

沈落雁卻像不知道有人注意她的模樣，湊到寇仲耳旁道：「這趟人家救回你們一次，你們的甚麼大恩大德，算扯平了。」

任媚媚把牌疊好，向那錦袍胖漢拋了個媚眼道：「香爺親自來啦！要不要賭一手。」

那香爺哈哈一笑，在對著沈落雁三人的空位傾金山倒肉柱般坐下來，嘆道：「難得三當家肯推莊，瓦崗寨的俏軍師沈姑娘又肯陪賭，我香貴怎敢不奉陪？」

任媚媚嬌軀一震，望向沈落雁，寒聲道：「原來是『俏軍師』沈落雁，難怪口氣這麼大，不過我任媚媚無論輸贏都奉陪。」

沈落雁盈盈淺笑，美目滴溜溜掠過香貴和任媚媚兩人，淡然道：「兩位太抬舉小女子，我沈落雁只是密公的跑腿，有甚麼大口氣小口氣的？今天來只是爲密公尋回兩個走散了的野孩子。請兩位多多包涵，免得將來密公攻下彭城，大家見面不好說話。」

剩下的十來人聽到瓦崗軍之名，哪還敢留下，走得一個不剩，連內進大廳的百多賭客都聞風離開。

卻仍有一個人留下來，此人頭頂高冠，臉容死板古拙，直勾勾看著對面的任媚媚，冷冷道：「還不擲骰發牌？」

最奇的是以這人比一般人都要高的身形，又是負手傲立，但衆人偏要待所有賭客散去，而他又開口說話，始注意到他站在那裏。賭桌只剩三組人，就是推莊的任媚媚，寇徐兩人和沈落雁，再就是香貴和站在他身後的兒子香玉山及兩名得力手下，三組人同時色變望去。

寇仲和徐子陵首先魂飛魄散，失聲叫道：「老爹來了！」

來人自是杜伏威，亦只他有這種來而無影的通天手段。

他露出一個出奇溫和的笑意，柔聲道：「我兩個乖兒子眞本事，差點連老爹都給你騙倒。現在見到你們還沒有到了餓狼的肚皮內去，高興得連你們的頑皮都要忘掉。」

沈落雁一向對其他義軍領袖最有研究，首先認出他是誰，吁出一口涼氣道：「江淮杜伏威！」

任媚媚和香貴等同時一震，更弄不清楚杜伏威的老爹和兩個小子的關係。

杜伏威仍只是直勾勾的看著寇仲和徐子陵，眼尾都不看沈落雁地應道：「翟讓還未給李密害死嗎？」

沈落雁嬌軀微顫，低聲道：「杜總管說笑。」

杜伏威大模大樣坐下來，眼睛移到任媚媚臉上，淡淡道：「杜某沒見『鬼爪』聶敬已有好幾年，他仍是每晚無女不歡嗎？」

自知對方是杜伏威，任媚媚立即由老虎變作溫馴的小貓，有點尷尬地應道：「大當家仍是那樣子。」

寇仲和徐子陵見杜伏威甫一登場，立時壓得各方人馬貼貼服服，心中既高興又叫苦，卻又全無辦法。無論比武鬥智，他們都遠非這頭老狐狸的對手。以前因著種種形勢，又兼之杜伏威的輕忽大意，他們方有可乘之機。現在形勢大變，杜伏威再不會那麼輕易上當。

杜伏威轉向香貴道：「聽說你乃『煙桿』陸抗手座下四大高手之一，專責為陸抗手找尋俊男美女，不是看上我兩個劣兒吧？」

香貴嚇了一跳，忙道：「杜總管誤會，令郎們只是本賭場的貴客，大家沒有一點關係。」

杜伏威點頭道：「那就最好！」

眾人都知他心狠手辣，動輒殺人，哪敢發言。當日以雲玉眞身為一幫之主，又有獨孤策為她撐腰，對上杜伏威，亦只有俯首稱臣。現在除了李密親臨，其他人連和他平起平坐的資格都沒有。

杜伏威眼睛落回任媚媚俏臉處，柔聲道：「還不擲骰！」

任媚媚那敢說不，將三粒骰子擲到枱上。三粒骰子先是飛快急轉，逐漸緩下來之時，忽然像給某種力道牽制，驀地停止，全體一點向上。眾人注意到杜伏威左手正按在桌沿處，不用說是他以內勁借桌子傳到骰子去，控制骰子的點數，只是這一手，其他人自問辦不到。杜伏威露了一手，連正在猶豫是否該出手的沈落雁亦立即打消這念頭。她這次來此，不但帶了座下十多名高手同來，還包括與她地位相同的祖君彥，非是沒有一拚的實力。

杜伏威笑道：「該是杜某取頭牌。」

話才完其中一疊牌像是給一隻無形之手掇取了般，滑過桌面，移到他身前，同時翻了開來，竟然兩隻是「天」，另一雙是「至尊」，一副通贏的格局。衆人看得頭皮發麻，不但懍於他出神入化的內功，更對他看穿任媚媚做的「手腳」而駭然。

寇仲嘆道：「可惜老爹你沒有下注，若下他娘的十多錠黃金，再分幾個子兒給孩子，那我們就發達哩。」

杜伏威笑道：「我早下注，注碼正是你這兩個不肖兒，來吧！回家的時間到了。」

徐子陵哈哈笑道：「請恕孩兒們不孝，既踏出家門，就永不回頭，最多用娘教下的自斷心脈之法，一死了之，好過再回去給老爹你打打罵罵。」

沈落雁等聽他們又爹又娘，弄得一頭霧水，卻知兩人絕不會眞是杜伏威的兒子，亦不由佩服他們敢於頂撞杜伏威的勇氣。

豈知杜伏威絲毫不以爲忤，只是嘆道：「先不說爹不會任你們自斷心脈，更不會再相信你們的鬼話。但爹自你們離開後，眞的好掛念你們，不但不忍苛責，還準備眞個認你們作兒子，好繼承我杜家的香火。」

兩人哪會相信，但給他看穿把戲，動手不是，溜也不是，一時都不知該做甚麼好，無計可施。

就在此時，一陣嬌笑由中間大堂方向傳送來道：「杜總管啊！你的頑皮孩子既不聽話，不如交給我們管教如何？」

眾人大訝，誰人明知是杜伏威，仍然敢在老虎頭上釘虱子？

杜伏威頭也不回道：「來者何人？先說出身分來歷，看看有否資格代管杜某的劣兒？」

一高一矮兩名女子在杜伏威背後三丈許處現身出來，其中一人道：「琉球東溟派護法單秀、單玉蝶，見過杜總管。」

杜伏威大訝道：「東溟派一向專事兵器買賣，從不直接介入中原紛爭之內，不知所因何事，竟關心起我的兩個孩子來。」

寇仲兩人你眼望我眼，又喜又擔心，喜的當然是終給東溟派的護法仙子找到，驚的卻是怕她們敵不過這該算世上最可怕的老爹。兩位女子無論臉貌輪廓，皮膚身材，均與一般人心中想像的仙子扯不上任何關係，可是她們雖沾不上美麗的邊，卻絕不平凡。單秀瘦骨嶙峋，瘦得只有一層皮包著骨頭，卻長得有杜伏威那種高度，配上頭上斜傾的墮馬髻，似有神若無神的眼睛，寬大的長袍，假若在夜深荒郊遇上，不以爲她是孤魂野鬼才稀奇。但她卻予人一種潔淨整齊的感覺，乾枯得像能免受任何疫患的傷害。單玉蝶卻是隻肥胖的蝶兒，矮了單秀整個頭，年紀看來比單秀年輕上十多年，臉如滿月，一團和氣，令人很難想像她是東溟派的領袖級高手。最惹人注目是她們在腰間纏了幾轉節節相連的軟鋼索，可是非常難使得好的奇門兵器。東溟派既以打造兵器名震天下，這兩條別出心裁的軟鋼鞭自然非是凡品。廳內諸人還是首次見到兩位護法高手，均生出原來是這般模樣的奇異感覺。

高枯的單秀淡淡道：「他兩人於敝派曾有示警之恩，使敝派免去被宇文化及偷襲之禍，如若杜總管肯高抬貴手，敝派必有回報。」

這番話說得非常客氣，給足杜伏威面子。

杜伏威想都不想，道：「恕杜某辦不到，兩位仙子請回吧！」

任媚媚和香貴等更是大惑不解，要知東溟派執掌天下兵器供應的牛耳，若得她們鼎力支持，對杜伏威的爭霸天下實是非常有利。而他竟爲兩個名不見經傳的小子一口回絕東溟護法仙子的提議，自是教他們百思不解。同一時間，寇仲和徐子陵兩人耳內響起東溟夫人的熟悉聲音，作出指示。

單秀幽幽嘆道：「那我們只好動手見個眞章。」

就在這時，杜伏威已首先出手，目標卻是寇仲和徐子陵。有了上回的經驗後，他怎還會再次疏忽。整張堅硬的長方賭桌沙石般四分五裂，他已往兩人欺去。驀地沈落雁手中射出萬道劍芒，朝杜伏威攻去。衆人中，只有她清楚寇徐兩人的底細。早前她收服不了兩人，狠下決心把兩人除去，皆因她想剔除「楊公寶藏」這不測的因素。若論形勢，義軍中現時以瓦崗軍最是聲威壯大，但若讓任何一方得到「楊公寶藏」，這形勢說不定會改變過來，所以她寧願把兩人殺死，讓秘密石沉大海。這刻有了東溟派這強援，配合祖君彥和其他高手，她還怎肯讓杜伏威得到兩人。

任媚媚等則往廳外退開去。杜伏威像早料到沈落雁會攔阻般，左袖揚起，掃在沈落雁劍芒的外緣處。「叮！」沈落雁劍芒消去，變回一把長劍，觸電般往外疾飄，硬是被杜伏威的袖裏乾坤迫退。寇仲和徐子陵則是連人帶椅翻倒到地上，朝向門的另一邊牆壁滾過去，迅快得連杜伏威都大感意外。單秀和單玉蝶兩大東溟派護法仙子飄飛過來，同時往腰間抹去，抖手射出那兩條幼若手指，以十八節鋼環連成，長達丈許的軟鋼鞭，往杜伏威後腦和背心點去。杜伏威腦後像長了眼睛般，兩袖後揚，拂在鞭端處。「叮叮！」單秀和單玉蝶同時給他以兩袖傳來的驚人氣勁，震得往後倒退。從容自若下，杜伏威把三大高手先後逼退，身法加速，刹那間飛臨仍在地上滾動的兩名小子上空。眼看寇仲和徐子陵要落入他的魔爪之際，「轟！」的一聲巨響，牆壁爆開一個大洞，沙石像有眼睛般只朝杜伏威激射而去。杜伏威首次露出凝重神色，顧不得擒拿兩人，兩手幻出萬千袖影，把沙石迫得反往破洞倒射回去。同時嘬唇發出震徹大廳的厲嘯，命令隨來的十大近衛高手出手相幫。

「轟！」瓦面竟又爆開了一個大洞，劍芒暴閃，由上方似芒虹般直射往杜伏威的天靈穴。凜冽的劍氣，籠罩著杜伏威所有進退之路，聲勢驚人至極點。以杜伏威之能，亦只有捨下正跳起身來鑽洞而去的寇仲和徐子陵，集中全力來應付這可怕的一劍。

「轟！」袖劍相交，發出悶雷般氣勁交擊的低鳴。一朵白雲，凌空橫移丈許，再冉冉落到廳內，現出位持劍遙指杜伏威的絕色美女。

她玉臉朱唇，既嬌艷又青春煥發。她的秀髮烏黑閃亮，把皙白的膚色更是襯托得玉骨冰肌，動人之極。只是在頭上紮了個男兒髻，綁上白色英雄巾，可是她的容色姿采，連沈落雁都給比下去。

杜伏威本以爲出手的定是東溟夫人，這刻一看下立即呆了起來，愕然道：「姑娘何人？」

打鬥聲由中堂傳來，顯是己方的人給截著了。而寇徐早由破洞逃之夭夭，沈落雁和兩位護法仙子等則在三丈許外駐足旁觀。

那美女淡淡的看杜伏威一眼，旋即秀眉輕蹙，自然地流露出一絲教人不敢冒犯的不悅之色，輕柔地道：「晚輩單琬晶，領教杜總管的絕藝。」

杜伏威眼中閃過森寒的殺機，點頭道：「原來是東溟公主，難怪有此身手。」接著定睛望著寇徐逃去的破洞，沉聲道：「久聞東溟夫人以『水雲袖法』名揚天下，既已來到，爲何不親自落場讓杜某見識一下，否則杜某將全力出手，冒犯令千金。」

只是這幾句話，單琬晶已可非常自豪，試問當今江湖上，有哪些人夠級數令杜伏威全力出手？

東溟夫人柔和悅耳、低沉而帶磁性的聲音由破洞傳來道：「杜總管生氣了。這是何苦來由？我東溟派最重恩怨，有恩必報，有怨必還。與我們結下樑子，於總管大業有害無利。而且總管今晚多番失著，銳氣已洩，不若化干戈爲玉帛，大家也好和氣收場。」

杜伏威心中凜然，事實上他確感窩囊洩氣，何況現在他已露出行藏，在這朝廷勢力佔優的地方，無論如何不宜久留，偏又下不得這口氣，沉吟片晌，仰天大笑道：「好！我杜伏威亦是恩怨分明的人，此事必有回報，夫人請了。」

身形一閃，已到了中堂，接著慘叫聲連串響起，旋又沉寂下來。

沈落雁色變之時，東溟派三人同時破瓦而去，祖君彥奔了進來，嘆道：「給他連殺五個人後逃走了。」

沈落雁早知有此結果，神色如常地低聲道：「立即通知密公，若能趁他回江淮時加以截殺，我們至少多了四分之一的天下。」

秀目轉往那破洞外星月灑射下的後院，想起寇仲和徐子陵兩人，竟勾起淡如薄霧的惆悵。她雖曾狠下心要殺死這兩人，但只是爲大局著想，其實芳心對他們已生出微妙的好感。兩個小子確是非常奇妙的人。

快艇離岸往泊在河心的東溟號駛去。寇仲和徐子陵坐在船頭，划船的是東溟派另一護法仙子單青，正含笑打量兩人，卻沒有說話。穿過了岸旁舳艫相接、船舶如織的水域，東溟號的燈光，映射到快艇上。在燈火下，衣袂飄飛的單青雖只有三分姿色，但在這氣氛下卻多添了神秘的丰采。

寇仲賣口乖地讚道：「仙子姐姐，你長得眞美！」

單青當然知他在拍馬屁，微笑道：「不要貧嘴，夫人最不歡喜滿口胡言的孩子，若觸怒她，會有你們好受呢。」

徐子陵不悅道：「不要以為救了我們，就可隨便怎麼待我們都——噢！」

給寇仲一肘撞在臂膀，立時記起李世民的重任，連忙閉口。單青那想得到內中竟有此轉折，把艇泊往東溟號，領兩人登船後，立即命令手下升帆預備起航。

寇仲大訝問道：「這麼晚了，還要到哪裏去？」

一名英挺的白衣青年，領著兩名中年大漢來到三人身旁，向兩人行見面禮。

單青道：「我們東溟派分男女兩系，女以單為姓，男則姓尙，若將來你們歸入我派，亦須改以尙姓。」

白衣青年淡淡道：「在下尙明。」又介紹那兩個相貌堂堂的中年人，分別為尙邦和尙奎泰。

單青淡然道：「我們女系有四大護法仙子，男系則有護派四將，另兩位是尙仁和尙萬年，目下不在這裏。」

寇仲和徐子陵很想問尙明又是甚麼身分，可是見到尙明冷冷淡淡的樣兒，忙把說話吞回去。

單青吩咐兩人道：「你們最好留在艙房內，宇文閥的高手已聞風東來，形勢險惡異常。」

兩人想起大仇人宇文化及，嚇了一跳，乖乖的隨另一名白衣大漢入艙去。

兩人隨大漢舉步入艙，那條熟悉的通道呈現眼前，正希望那大漢領他們到下層去，大漢到了通道尾端的房前，推門請他們進去，道：「兩位公子肚子餓嗎？」

給他提醒，兩人立即腹如雷鳴，猛力點頭。

大漢笑道：「兩位公子請休息一下，回頭我給你們送兩籠包子來。」

徐子陵感激道：「大叔怎麼稱呼？」

大漢道：「叫我作柳叔便成！」

大漢去後，關上房門，兩人到窗旁坐下，心中也不知是甚麼滋味。

徐子陵低聲道：「這個東溟派古裏古怪的，男是一種姓，女又一律姓單，顯見組織嚴密，還好像想硬拉我們入夥的樣兒，教人難解。」

寇仲低笑道：「理得他娘的那麼多，只要把賬簿盜到手中，再往大河躍進去，便大家各行各路，不過記得不可浸壞賬簿，那或者還可用來害宇文化骨，一舉兩得，何樂而不為。」

徐子陵苦笑道：「你倒說得容易，這裏隨便挑個人出來，都可把我們打得落花流水。」

寇仲哂道：「現在是叫你去偷而不是去搶去打，怕他甚麼呢？」

一名小婢端來美點，卻不是那回領他們去見東溟夫人的美婢，姿容差了兩籌。小婢去後，兩人伏案大嚼，吃畢仍是回味無窮，巨舶震動，終於啓碇開航。

寇仲探頭窗外，見大船轉往北上的水道，嚷道：「咦！為甚不是西行而是北上，這麼去該很快到微山湖。」

徐子陵把他扯回來道：「不要大叫大嚷好嗎？東溟夫人確是了得，竟連老爹都給她架住。」

寇仲坐回靠窗的椅裏，啜一口熱茶，同意道：「能開船自然代表她老人家安然回來。」見徐子陵皺眉苦思，奇道：「你在想甚麼？」

徐子陵頹然道：「我們舞刀弄劍時雖似模似樣，其實道行仍是很低，記得在賭場的時候，沈婆娘按上我們的肩頭，我們兩個呆子才知道她來了，眞正高手怎會這麼窩囊？」

寇仲點頭同意道：「我們確是未夠道行，更不夠江湖——嘿！不是江湖，而是欠缺當高手的經驗，我們兄弟做高手的時日實在太短，好多時候更忘了自己是高手。」

徐子陵啞然失笑，敲門聲響。兩人大感尷尬，言猶未已，竟給人到了門外仍不知曉。

寇仲乾咳一聲道：「請進來！」

門開，如花俏臉先探進來喚了聲「公子們好」，才把嬌軀移進房內，正是那天領他們往見東溟夫人的美婢。兩人起立施禮。

美婢秀眸亮了起來，欣然道：「你們又長高了，比那回神氣多哩。」

寇仲心中湧起親切的感覺，笑嘻嘻道：「是否因爲我們穿上較像樣的衣服，所以顯得高了點；更因身上多了兩個子兒，故而人也變得神氣。」

美婢掩嘴笑道：「寇公子最愛說笑，徐公子比你正經多了。」

寇仲失笑道：「只是他尚未露出眞面目吧！」

徐子陵奇道：「姐姐竟連我們的姓名都知道了？」

美婢似乎覺得自己和他們說了太多話的樣子，斂起笑容，輕輕道：「現在朝野給你們鬧得天翻地覆，除非是聾子才會不知道你們的身世來頭，好了！我要帶你們去見夫人。」隨之又「噗哧」笑道：

「千萬不要再露出你們貪財貪利的眞本性。」

寇仲移到她旁，湊近她俏臉涎著臉道：「姐姐叫甚麼好聽的名字。」

美婢因他的親近，現出似嗔非嗔的動人表情，低聲道：「你對我胡言亂語不要緊，但和夫人說話可不要這麼耍潑皮的樣子。唉！最教人擔心的是小姐，她對你們的印象壞透哩。」

徐子陵蹙起劍眉道：「我們又不是有甚麼事要求她們，爲何卻要看她們的喜惡做人呢？」

美婢嘆道：「我知道你們是眞情眞性的人，所以告訴你們這番話。很多話我因派規所限，不能隨便說出來。只要小心點，一切該可安然度過。」

寇仲奇道：「究竟有甚麼危險？嘿！這回夫人把我們救回來，是否要爲她的女兒選婿？」

美婢愕然道：「你想到哪裏去？公主的夫婿早有人選哩。」

寇仲笑嘻嘻道：「那定是爲姐姐選夫君！」

美婢俏臉飛紅，大嗔道：「你再胡言亂語，看我還睬不睬你。」

徐子陵也覺得寇仲過分了點，皺眉道：「寇仲你積點口德好嗎？」

寇仲若無其事的聳肩道：「這叫好奇心，姐姐長得這麼美，我又未娶妻，問問都不可以嗎？」

美婢紅透小耳，狠狠橫寇仲一眼，旋又垂首道：「我並沒有眞的怪他，但我已早定有夫君，只是他尚未過門吧！」

兩人同時失聲道：「尙未過門？」

美婢顯然不想在這問題上糾纏，低聲道：「來！隨我去見夫人。」帶頭往房門走去。

兩人追在她身後，美婢在推門而入前，停步柔聲道：「記住了，我叫單如茵。」

兩人又來到那天見東溟夫人的大艙房裏，美婢如茵著他們面對垂簾坐下，退了出去。

他們你眼看我眼的苦待好半晌，簾內的暗黑處傳來東溟夫人的柔和聲音道：「又見到兩位。」

兩人恭敬地道：「夫人你好！」

東溟夫人沉默片刻，道：「那天我也看走眼，原來你們的功夫相當不錯。」

寇仲扮作謙虛道：「夫人誇獎，我們的功夫連自保都不足，算得甚麼？」

東溟夫人淡淡道：「對著像杜伏威那種高手，有多少人敢言自保。我也是利用種種形勢，以有心算無心，僥倖由他手中把你們救回來。但你們卻能屢次由他手底下逃生，只是這點，足使你們名動江湖。」

雖聞讚賞之語，兩人並不覺得光采，因為兩次逃生，憑的只是狡計和運氣，與實際本領扯不上半點關係。

東溟夫人忽然幽幽嘆一口氣道：「我有一個問題，得要你們坦白回答我。」

兩人點頭答應。

東溟夫人道：「那晚有人想暗襲我們，為何你們要冒險示警呢？」

徐子陵若無其事的道：「只是看不過眼，要耍那些壞蛋。早知夫人這麼有本領，該任得海沙幫的人栽個大觔斗。」

東溟夫人淡淡道：「海沙幫的人憑甚麼資格來惹我們，但為他們撐腰的卻是大有來頭，那晚的形勢其實對我們非常不利，宇文閥的第三號人物宇文仕及親率高手，混在海沙幫的人中，若給他們把船弄沉，眞不知會有甚麼後果，所以我實在感激你們。」

寇仲和徐子陵吃了一驚，想不到那晚竟有宇文閥的高手混在其中。

東溟夫人平和地道：「以前想不通的問題是既然你兩人一心只為求名求利，為何卻要開罪宇文閥？不過為今子陵已給了我最眞誠的答案，是因看不過眼，我聽得心中很是歡喜。」

寇仲老臉一紅道：「夫人太抬舉我們。其實還有個原因，是我們聽韓仆地那傢伙說是奉了宇文化骨之命。而宇文化骨則是我們的大仇人，所以有機會怎可不趁機害他。」

東溟夫人破天荒失笑道：「韓仆地、宇文化骨，虧你們想得出來，順帶提醒你們，宇文化骨被羅刹女所傷後，覓地潛修竟年，據聞武功反突飛猛進，直追閥主宇文傷，所以你們若沒有把握，千萬不要去招惹他。」

兩人不置可否，更沒將她的話放在心上，皆因自知即使宇文化骨武功依然故我，他們仍是差很遠。

東溟夫人續道：「我很歡喜你們的居功不驕和坦白，當日你們在餘杭城的碼頭被人追殺，我已看出你們根基佳絕，世所罕見。除了李家一人外，再無能與比較之輩，因而動了愛材之心，讓你們上船相見。」

寇仲苦笑道：「最後卻給夫人趕跑。」

東溟夫人道：「要趕你們走的不是我，而是小女琬晶，她最恨貪財好名的世俗之徒，現在我在派內的職務正逐漸由她接管，我只是負上指導之責，所以事事由她作出決定。」

兩人心中恍然，終於明白為何如茵說東溟公主對他們印象很壞。

東溟夫人道：「我這女兒生性執著，認定的事很難改變過來，但出奇地這回卻是她找到你們，且下令出手援助你們。」

她不明白，兩人自然更不明白，只有聆聽的分兒。

東溟夫人話題一轉道：「無論是杜伏威、李密，又或宇文化及，甚至所有知道你們行蹤的幫會，都不肯對你們罷休，你們今後有甚麼打算？」

兩人茫然搖頭，表示不知道。

東溟夫人的聲音注入少許感情，柔聲道：「在我們尚未知你們牽涉入《長生訣》和『楊公寶藏』的爭端之前，我們確有意把你們吸納入派內，以加強我們的男系，但現在我卻改變主意。不要以爲我們是怕給捲入此事內，而是怕浪費你們這等人材。不知是否出於天意，你們的苦難，正是你們歷練的好機會。只不過年許時間，現在的你們已是脫胎換骨的兩個人。最奇怪是能神氣內斂，那是眞正的高手方能達到的境界。偏是你們內功不高，卻已可辦到，再有一點時日，你們的成就確是無可限量。」

兩人嚇了一跳，暗忖若不能留下來，豈非沒有機會去施偷雞摸狗的技倆嗎？

東溟夫人續道：「明天正午時分，我們將抵達微山湖，待我辦妥一些事，會再沿運河北上，到達鉅野澤，由於該水澤煙波百里，我們可輕易擺脫敵人的追蹤，再安排你們溜到岸上去，之後便要看你們的造化。」

兩人放下心來，有這麼的十天八天，大可完成李世民交託的重任。

徐子陵緩緩由深沉的睡眠中漸漸地甦醒過來。似若在一個最深黑安靜的淵底，逐漸冒上水面，接觸到水面的刹那，回復對外面世界的知覺。每晚的安眠，是他修練《長生訣》的好時光。

「砰！」睡在旁邊的寇仲一腳踹在他的腿側，對此徐子陵早習以爲常。當寇仲的腳踢上他，一股眞氣立時傳入他經脈內去，而他亦自然而然地反輸給他一道眞氣。那種感覺眞是說不出的舒服。寇仲睡眠時總是動個不停，而自己卻是靜若深海。陽光由窗外透入，灑在窗旁的小幅空間處，一切是那麼寧恬美好。徐子陵心靈一片寧洽，像一泓清潭，反映著眼前的事物。他仰望方形的帳頂。睡帳那由絲線織成的網孔，充盈著某種難以言喻的道理，豐富多姿，看似相同的小方孔其實每個孔間都有微妙的差異，光暗大小均有不同。而它們卻連成一片不能分割的整體，既是獨立亦是互相影響著。

他從未想過睡帳也可以那麼耐看和吸引。「嗡嗡」之聲在帳頂響起。一隻蚊子想闖入帳來，卻給帳網拒之於網外。蚊子嘗試幾趟後，飛往一角去。牠立時惹起一條伏在房頂天花上的壁虎的注意，迅速橫移數寸，又再俯伏不動。壁虎的動作既穩重又靈活，動中含靜，靜中含動。徐子陵心中湧起難以言喻的感覺，隱隱捕捉到動靜間的眞義。

在這無比豐饒動人的一刻，輕碎的腳步聲由遠而近，到了房門前略停一停，接著房門被推開。寇仲立生感應，睜眼坐起來。兩人定睛一看，來的原來是個高大壯健的婢女。她長得已頗爲醜陋，但最令人難過的是她一副拒人於千里之外的表情，冰冷木然，像世上所有人都欠了點她甚麼似的。甫進門目光掠過帳內的他們，再沒有看他們的興趣。把一盆水和梳洗用的毛巾梳櫛等物放在窗旁的小几上，毫不客氣地粗聲喝道：「快起來！明帥在等你們吃早膳。」

兩人交換個眼色，都不知「明帥」是何方神聖。

寇仲鑽出帳外去，來到醜婢前恭敬一揖道：「這位姐姐怎樣稱呼？」

醜婢不屑地道：「我不是你的姐姐，你們更不用理我叫甚麼。」

徐子陵撥帳坐在床沿，正俯頭找尋靴子，聞言道：「若我們做錯甚麼事，姐姐儘管罵我們，好使我們改正過來。」

醜婢想不到兩人被她這麼薄待，仍是謙虛有禮，呆了一呆，才往房門走去，道：「我在外面等你們。」語氣溫和了少許。

兩人匆匆穿衣洗面，出房時醜婢已一面不耐煩道：「快隨我來！」

寇仲笑嘻嘻追在她旁，特別恭敬道：「敢問姐姐，明帥是誰？」

醜婢領他們往長廊內端通往上層的樓梯走去，似乎不會回答，忽又冷冷道：「你不是見過他嗎？」

寇仲和追在後面的徐子陵醒悟過來，知她口中的明帥是尙明，既有「將」自該有「帥」，看來年輕英俊的尙明在東溟派的身分地位絕對不低。登上上層，原來是廣闊若大廳的艙堂，尙明、尙邦、尙奎泰三人正圍坐在擺滿早點的圓桌前低聲說話。

見兩人到來，尙明並沒有特別站起來歡迎那類動作，淡淡笑道：「兩位小兄弟請坐。」

兩人坐下後，醜婢離廳去。艙廳兩邊排列了十多個大窗，垂下簾子，卻不影響視線，兩岸青山綠野的景色，盡收眼簾。

尙邦道：「兩位昨夜睡得好嗎？」

兩人嘴內早塞滿食物，聞言只能點頭。

尙奎泰道：「還有兩個許時辰到微山湖，到那裏後，再不怕被人追蹤。」

尙明道：「你們所用的兵器是哪處買到的，質料和手工相當不錯。」

寇仲當然不會說出眞相，隨口編道：「是沈落雁那婆娘給我們的。」

尙明哪能分辨他說的是眞話還是假話，失笑道：「江湖上敢稱她爲婆娘的沒有多少個人，你們都算夠本事，給這麼多江湖上談虎色變的人物追捕，仍可屢屢逃生，逃亡千里，成爲江湖上的美談。」

徐子陵好奇問道：「琉球是甚麼地方？」

尙明傲然道：「那是天下間最美麗神秘、虛懸於汪洋中的一個大島，氣候宜人，大半仍是未經開墾的沃野，奇禽異獸隨處可見。」

兩人聽得悠然神往。

尙奎泰道：「你們的武功是否傳自羅刹女？」

寇仲點頭道：「正是如此！」

尙邦正容道：「若是如此，可推見高麗的『弈劍大師』傅采林果然有鬼神莫測之機。」

尙明道：「人的名兒，樹的影子，傅采林既能與『武尊』畢玄和『散眞人』寧道奇並稱當世，垂名數十年不衰，自有驚天動地的絕藝。只看他派了個徒弟出來，鬧得中原武林天翻地覆，宇文化及也要負傷而回，可知他確有眞材實料。」

兩人想起傅君婥，立時吃不下嚥。此時那醜婢又來了，尙明等三人無不露出厭惡神色。

醜婢略一施禮，粗聲粗氣道：「公主要見徐子陵。」

寇仲奇道：「那我呢？」

醜婢冷然搖頭，卻沒說話。尙明等亦露出訝異神色，特別是尙明，神情頗不自然。

醜婢催道：「還不快隨我來。」

徐子陵無奈聳肩去了。

徐子陵終於踏足甲板下的一層艙房，表面看來差異不大，也是一道長廊，兩旁排開十多道門戶，裝飾卻考究多了，由廊頂垂下十多盞精美的宮燈，映照出廊壁的暗雕花紋，地上更是繡有幾何紋樣的素綠地氈，像茵茵的草地，卻是靜悄無人。

醜婢默然領路，到達盡端的門戶，轉頭道：「你站在這裏等候，公主要見你時自會喚你。」言罷走了。

徐子陵暗忖東溟公主的架子眞大，若沒空的話，大可遲一些召他見面，到這刻他仍不明白東溟公主爲何要單獨召見自己。不過他的腦筋很快轉到帳簿上，若眞有這本帳簿，究竟會藏在哪一間房內？這些房門和艙壁非常堅固，不容易破開。

胡思亂想間，耳鼓響起一把嬌甜但冰冷的聲音道：「進來！」

徐子陵懷著一顆好奇的心，推門而入，立時眼前一亮，原來房間非常寬大，光線充足，四周全是書櫃書架，靠窗處還擺了一張大桌子。一位妙齡絳衣女郎，背著他坐在桌前，似在埋首工作。她烏黑閃亮的秀髮垂至背上，予人一種輕柔纖弱的動人感覺。

徐子陵躬身施禮道：「徐子陵拜見公主！」

女子別過頭來，冷冷瞅他一眼，又回頭埋首在一份卷宗上繼續書寫。徐子陵卻是虎軀劇震，那不單因她美得令他動魄驚心，更因她使他湧起熟悉的感覺，似乎在不久前曾見過她一面。她剛才瞅自己那一眼，流露出一種厭惡的神色，更使徐子陵大感不是味兒。他呆在她背後，說話不是，退也不是，尷尬之極。

東溟公主的聲音傳來道：「爲何前倨後恭，只從這點，可知你只是卑鄙之徒。」

徐子陵奇道：「我眞的曾見過公主？」

東溟公主單琬晶倏地立起，轉過身來，美秀的眼睛射出深刻的恨意，狠狠盯著他道：「你不是叫張三或李四嗎？爲何這麼快忘了？」

徐子陵一震道：「我的娘，原來是你！」

昨天兩人剛抵彭城，到館子進膳，遇上個女扮男裝的人，他們還以爲她是沈落雁派來誆他們的敵人，對她毫不客氣。怎知竟就是眼前的東溟公主。徐子陵的目光不由落到她那對長腿上，勾起回憶。單琬晶怒道：「你看甚麼？」

徐子陵張口結舌囁嚅道：「我——嘿！我們那天還以爲——」

單琬晶回復平靜，淡淡道：「不用解釋，縱解釋我也不會聽，我這回喚你來此，是要當面告訴你，你雖曾幫了我派一個大忙，但我們亦由杜伏威手上救了你兩個小子出來，兩下相抵，算扯平哩。」

徐子陵見她當足自己是仇人，又不肯聽解釋，頗爲蠻不講理。但偏是對著她如詩如畫、秀氣逼人的玉容卻生不起氣來，惟有瀟灑地擺擺手作個無可無不可之狀道：「扯平最好，大家各走各路，以後恩清義絕，兩不相干，哈！」最後的「哈」的一聲，是因想起這兩句話乃寇仲的口頭禪。

單琬晶卻是玉面生寒，生氣道：「恩已算過，現在該是算怨的時候。」

徐子陵大吃一驚道：「要算甚麼怨呢？」

單琬晶深吸一口氣道：「我眞不明白爲何娘這麼看得起你這兩個滿身俗氣的小子？我第一眼見你已看不順眼。」

徐子陵苦笑道：「若以雅俗作標準，我們確沒資格入公主的雅眼，不過公主若以雅俗定恩怨，恐怕街上走的大部分人，都和公主有怨。」

單琬晶連自己都不明白為何這眼前軒昂的年輕小子特別可恨，怒道：「不要胡扯，我指的是你那天對我說的侮辱言詞，人家一片好心客氣的來和你們打招呼，你竟然這麼沒有禮貌。」

徐子陵鬆了一口氣，道：「這就易解決了，那天只是一場誤會，我們以為——」

眼光巡到桌面，立即一震住口。我的天！那不就是要偷的賬簿嗎？

東溟公主卻以為他理屈詞窮，難以為繼，臉寒如水道：「沒話說了吧！現在我打你一掌，取的是你胸口的位置，若你避不了，就要賠上一命。」

徐子陵清醒過來，駭然道：「我們往日無怨，今日無仇，公主莫要動粗。」

單琬晶平靜下來，淡淡道：「我要動手了。」

徐子陵嚇得退後兩步，搖手道：「有事可慢慢商量，啊！」

單琬晶倏地欺身過來，舉起右掌，輕飄無定的往他胸口按去。徐子陵無暇多想，凝神看她的掌勢，看來飄柔無力、不帶絲毫風聲勁氣，只像她想摸自己一把的玉掌，實循著某一微妙的軌跡朝自己拍來，更不住變化繼生，教人難以捉摸。奇怪的是自己似能清楚把握她的變化，甚至可先一步掌握她的心意。亦知道若讓她擊中胸口，說不定眞要一命嗚呼，完蛋大吉。際此生死關頭，哪敢怠慢，大刀離鞘而出，閃電往她玉掌劈去。

單琬晶冷笑一聲，欺身而上，左手揚起，手背橫掃刀鋒，竟是近身肉搏的狠辣招數。豈知徐子陵刀招突變，硬把刀後抽，切往她仍不改攻來的右掌腕口處。

單琬晶想不到他能把刀子使得這麼靈活，假若要躲避，自是易如反掌，但卻應了一招之數，那時怎能下台，猛咬銀牙，左手變化，往刀鋒抓去，同時側身撞入徐子陵懷裏，右手幻出千萬掌影，使出眞實本領。

早先她雖說得惡兮兮的，其實只是想打得他跌個四腳朝天，好出了心中一口惡氣，此刻全力出手，再難以收發自如。徐子陵想起今早起床時看到的壁虎，自然而然橫移開去，不但讓單琬晶的左手抓空，還迴刀削往她化成漫天掌影的一掌。單琬晶哪想得到他的反應如斯高明靈動，再難留有餘力，使出精妙絕倫的手法，先一掌拍在徐子陵的刀鋒上，如影附形地隨他移動，掌背拂上徐子陵胸口。徐子陵慘叫一聲，往後拋飛，撞開房門，跌往長廊去，同時凌空噴出一口鮮血，重重掉在門外的地氈上。

單琬晶大吃一驚，待要追去看個究竟，東溟夫人的聲音已傳來道：「甚麼事？」

單琬晶停下來，冷然道：「這人得罪女兒，死了是活該。」

東溟夫人出現門前，一身湖水綠的華服，高髻雲鬢，身段體態高雅優美，臉上卻覆著一層輕紗，像迷霧般把她的樣貌隱藏起來。走廊另一端傳來人聲，顯是這番動手已驚動其他人。東溟夫人看了單琬晶好一會，再低頭細看徐子陵。

徐子陵一陣氣悶，醒轉過來。

剛才給她一掌拍實，確是全身經脈欲裂，痛得一佛出世、二佛登天，但噴出那口血，腳心氣暢，痛楚大減，連忙爬起來，揉著胸口苦笑道：「我沒有事，公主確是厲害，哈！」

竟笑著踉蹌去了，心中想到的只是她書桌上那本誘人的賬簿。本來他對要偷賬簿一事頗不好意思，現在當然沒有這重心理障礙。

第九章

井邊悟道

黃易作品集

第九章 井邊悟道

寇仲一邊幫徐子陵搓揉胸口，擔心地道：「眞的沒事嗎？那雌兒眞辣手，只不過沒興趣和她兜搭吧！竟認作是甚麼仇仇怨怨的。」

徐子陵低聲道：「細聲點好嗎？給她偷聽到就麻煩透頂。嘿！告訴你一件奇事，當時我體內眞氣發動，竟一下子好了很多，假若能再早點運氣，說不定可輕易擋她那一掌。」

寇仲道：「這一掌算物有所値，只要死不了就行啦！」旋又笑嘻嘻道：「莫要看她凶兮兮的，事實上她卻是不自覺地愛上你，只是因自己身有所屬，你又當她不是東西，急怒攻心下，於是因愛成恨出手傷你。」

徐子陵沒好氣道：「去你娘的愛上我，這種愛不要也罷。」

寇仲愈想愈眞實，分析道：「雖然你曾罵她勾三搭四，沒有羞恥心，開罪她來得比我嚴重，但我對她亦好不了多少，而她偏只是找上了你來洩憤，這種女兒家心事最爲微妙。你去見她時，那小子尙明坐立不安，神情不知多麼精采。」

徐子陵乘機岔開話題道：「這麼說尙明該是惡婆娘公主的未過門夫婿了，唉！就算整個東溟派的人跪在身前我也不會入派，男人變成娘兒有甚麼癮頭。」

寇仲笑嘻嘻道：「最大的癮頭是由女人來養我們。」接著正容道：「今晚到微山湖後，東溟夫人和惡婆娘公主會去見李世民的老爹，那就是我們下手偷東西的良辰吉時，從這裏攀窗下去，只是舉手之勞吧！」

窗外景色一變，再不是山崖峭壁，而是粼粼江水，冉冉白雲，遠岸田野連結，一望無際，原來已抵達微山湖。

房門被推開來，醜婢悶聲不響走進來，打量徐子陵兩眼，粗聲粗氣道：「還痛嗎？」

徐子陵受寵若驚，正要答沒有大礙，給寇仲揑了一把，忙道：「休息兩天該沒事的，多謝姐姐關心。」

醜婢冷冷道：「誰關心你，只是夫人今晚想和你們吃飯，教我來看你們的情況吧！既沒甚麼事就成。」話畢掉頭走了。

兩人愕然以對，敲門聲響，美婢如茵的聲音在門外響起道：「可以進來嗎？」

寇仲跳了起來，把門拉開，施禮道：「好姐姐請進！」

如茵「噗哧」嬌笑，橫寇仲一眼，婀娜而入，見到徐子陵坐在窗旁椅內，神色如常，奇道：「夫人說得不錯，表面看來你雖傷得厲害，其實並不嚴重。」

徐子陵不忍騙她，點頭道：「只是尚有點疼痛吧！」

如茵來到他旁，伸手溫柔地探探他額頭的熱度，收回玉手道：「你的內功眞怪，虛虛蕩蕩的，教人難知深淺。」

寇仲來到她旁，乘機靠近她，鼻子先湊到她髮間大力嗦了一下香氣，再在她耳旁道：「這叫莫測高深。」

如茵沒好氣道：「你正經點好嗎？說眞的，我對你們的印象並不比公主好多少。竟與巴陵幫那些喪盡天良的人鬼混，想學他們般販賣人口嗎？」

寇仲尷尬道：「我們不知香玉山是巴陵幫的人嘛！」

如茵愈說愈氣，扠起小蠻腰嗔道：「爲何要到他們開的賭場去？不要說你們不知那是賭場吧！」

寇仲見她杏眼圓瞪，慌失失道：「我們確不知那是間賭館，還以爲是所妓院。」

如茵失聲道：「甚麼？」

寇仲此時來不及改口，心知要糟，嘆道：「唉！姐姐你怎知我們當時的處境，走投無路下，只好找個地方躲起來。」

如茵俏臉脹紅怒道：「只是藉口，你們想到那種低三下四的地方鬼混才眞。看你兩人好眉好貌，底下裏卻壞成這樣子，看我以後睬不睬你們。」跺足便去。

寇仲探手往她抓去。

如茵一閃避開，眼睛紅起來，尖叫道：「你的臭手敢碰我？公主說得對，男人沒多少個是好人來的。」

兩人哪想得到本是溫柔體貼的她，變得這麼激動，噤若寒蟬地呆瞪著她。

如茵的酥胸急速起伏幾下，平復下來，見到兩人有如大難臨頭的樣子，神情軟化了些，幽幽道：「我很少這樣動氣的，都是你們不好。這樣吧！若肯答應我以後不到那種地方去，我就原諒你們！」

徐子陵正要答應，豈知寇仲已搶著道：「我們豈非要改行修練童子功？」

如茵呆了一呆，接著俏臉飛紅，狠狠瞪寇仲一眼，忿然去了。

看著「砰」一聲大力關上的房門，寇仲鬆了一口氣道：「幸好沒給你搶先答應，否則以後做人還有啥樂趣。」

徐子陵苦笑道：「又開罪多一個人，現在船上我們除東溟夫人外，可說舉目無親。」

寇仲哂道：「這條船載的全是怪人，幸好我們快要走了，否則遲早成了他們一夥。琉球還是不去為妙，肯定半個耍樂的地方都沒有。」

徐子陵嘆道：「要甚麼樂？每回要到青樓去都是處處碰壁，看來我們兩條命都欠了青樓運。」

寇仲笑道：「我才不信邪，來！我們先練我們的絕世神功，只要能耳聽八方，便可進行大計。」言罷在房內來回走動起來。

暮色蒼茫中，東溟號在煙波浩淼的微山湖內滿帆行駛，朝某一目的地全速進發。在巨船的大艙廳內，設了一席素菜，東溟夫人仍是輕紗遮臉，一副神秘莫測的意態。寇仲和徐子陵分別坐在她左右。三位護法仙子均有出席。那天出手對付杜伏威的單秀和單玉蝶臉無表情，反是單青神態溫和一點，不過顯然亦對東溟夫人這麼隆而重之的款待兩個名不見經傳的小子大不以為然。其他列席的還有尙明和一位看來老態龍鍾的老者。此老東溟夫人稱他為尙公，身材高大佝僂，但皺褶重重下的眸子常閃映著奇異的紫芒，似有神若無神，非常懾人。東溟派諸人對他非常恭敬。除介紹時他無不可地看了兩人幾眼，其他時間他都是默默拿著桌上唯一的酒壺自斟自飲，對精美的素菜沒有看一眼的興趣。很快兩人忘記他的存在。

單琬晶看來仍在鬧脾氣，沒有出席。不知是否單琬晶的關係，尙明對他們充滿敵意，比早先更不友善。如茵該是東溟夫人的貼身侍婢，親自侍候各人，一副氣鼓鼓的樣兒，當然是對寇徐餘怒未消。總之這一頓飯吃得並不愉快。東溟夫人在開始時除爲女兒向他們說了幾句道歉的話，便與尙明他們閒談起來，把兩人冷落在一旁。兩人早習慣這類待遇，哪管得他娘這麼多，全力掃蕩桌上的素菜，他們吃慣了肉，這些素菜無論送多少入肚，都似難令他們有滿足感。看到他們的吃相，除了東溟夫人和尙公外，其他人無不露出鄙夷神色。

尙明這時說起義軍的變化，道：「最令人憂慮是突厥人的動向，現在鷹揚派的梁師都和劉武周投向了他，分別被封爲大度毗伽可汗和定揚可汗，兩個叛賊還奉突厥可汗之命進逼太原，若李淵守不住太原，突厥人必會乘機進侵，那時中原危矣。」衆人露出注意神色。

單秀道：「李閥現在是腹背受敵，獨孤閥和宇文閥恨不得他們全軍覆沒。此事誰都幫不上忙，只好看李閥的造化。」

單玉蝶道：「幸好李淵有幾個好兒子，而太原位於汾水上游，在太行山和黃河之間，控山帶河，踞天下之肩背，爲河東之根本，兵精糧足。加上李淵父子廣施恩德，結納豪傑，勢力正不住擴展，非是沒有一戰之力。」

尙明不以爲然道：「可惜李淵是優柔寡斷之輩，終日念著自己是昏君的姨表兄弟，終有一天會給昏君累死。若我是李淵，趁現在昏君把關中軍隊調往江都一帶鎭壓杜伏威，而瓦崗軍更牽制了隋軍在洛陽的主力，索性攻入京師，起兵造反。」

寇仲和徐子陵聽得心中發熱，暗忖原來形勢如此，難怪李世民這麼想老爹作造反。

單青道：「可惜我們受祖規所限，不能插手中原的事，否則見到世民，可向他痛陳利害。」

東溟夫人淡淡道：「我們看得到的事，難道別人想不到嗎？這事再不必談論。」

衆人哪還敢討論下去。

一陣難堪的沉默後，尚公忽地瞅著寇徐兩人，看得兩人心中發毛，食難下嚥，尚公以沙啞得難以聽清楚的聲音道：「你們的功夫是誰教的？」

寇仲硬著頭皮道：「是娘教的！」

東溟夫人訝道：「誰是你的娘？」

徐子陵解釋道：「他的娘就是我的娘，別人喚她作羅刹女。」

東溟夫人道：「羅刹女傅君婥有名心狠手辣，想不到不但收你們作義子，更爲你們犧牲性命，也算異數。」

兩人均現出悲痛之色。

尚公搖頭道：「不對！你們的功夫練了多久？」

寇仲數數指頭，老實答道：「超過一年。」

單青等無不露出訝色，他們的武功雖算不了甚麼，但只是年許時間，竟有硬捱單琬晶一掌的成就，確是駭人聽聞。

尚公沉吟片晌，嘆道：「假若你們能避過走火入魔之厄，將來該可有一番作爲。」

東溟夫人道：「美仙曾察看過他們的行氣法門，卻是茫無頭緒，不知從何入手，方打消收他們入派傳功之念。尚公若有辦法，何不指點他們兩手？」

尚公只是搖頭，不再說話。

回到艙房，兩人都有脫困的輕鬆感覺。

寇仲低聲道：「世上太多恩將仇報的人，你看尙明，狗仗主人威，對我們擺出一副高高在上的不屑神態。哈！幸好本少心胸廣闊，不會和他計較。」

徐子陵哂道：「若眞不計較，提也不該提。」

寇仲一拍額頭道：「說得對！由這刻開始，我們再不說這傢伙。」

徐子陵苦惱道：「如何可以掌握夫人她們幾時離船去見李小子呢？」

寇仲笑道：「還不簡單嗎？船停的時候，將是她們離船的時候。」

徐子陵道：「假若夫人約了李小子到船上來見面，我們豈非好夢成空？」

寇仲呆了半晌，低聲道：「不理得這麼多，只要她們集中到上面的大廳去，我們立即動手偷東西，李小子和他老爹的命運，全操於我們的手上。」

徐子陵探頭窗外，看了好一會縮回來道：「不是說過宇文閥的人想偷襲東溟號嗎？爲何全不見蹤影呢？」

寇仲道：「你問我？我去問誰？咦！」

船行聲音忽生變化，舟行減緩。兩人緊張起來，耐心靜候。這晚天朗氣清，半闕明月斜掛天空，景色迷人。在星月的映照下，東溟號緩緩靠往湖中一座小孤島，那裏早泊著另一艘大船。兩人探首外望，認得是李世民那艘戰船，心兒更是忐忑狂跳。到東溟號完全靜止，兩人伏在艙板處，以耳貼板，運功細聽。下艙靜悄無聲，若如無人的鬼域。就在此時，一聲嘆息，在兩人耳鼓內響起。兩人駭然坐起來，都發覺對方驚得臉無人色。

寇仲駭然道：「是尙公的聲音，化了灰都可認出來。」

徐子陵道：「老傢伙的嘆息聲爲何會這麼大聲呢？像在我們耳旁嘆氣的樣子。」

寇仲深吸一口氣道：「不理得這麼多，我們在半炷香後，攀窗下去偷東西，然後再藉水遁。」

兩人坐回椅子裏，心驚膽跳的等待著。廊外忽傳足音，兩人心中叫苦，幸好來人過門不入，轉瞬去遠。

寇仲跳起來道：「是時候了！」

就在這要命的時刻，敲門聲響。

兩人心中正叫苦連天，醜婢的聲音在門外響起道：「快出來！公主要見你們。」

兩人苦著臉隨醜婢來到下層東溟公主單琬晶的辦公書房的門外，醜婢臉無表情把門推開，冷冷道：「進去吧！」

寇仲和徐子陵只好硬著頭皮步入房內。東溟公主單琬晶回復男裝，一副整裝待發的樣兒，正坐在大桌旁的椅子裏，神色平靜地面對兩人。在她逼人的目光下，兩人都有矮了半截、自慚形穢的失落感覺。偷眼看去，那本賬簿早不見影蹤。兩人心情之劣，實非言語所能形容於萬一。

單琬晶淡淡道：「那天我心情不大好，一時錯手傷了徐公子，現在算我道歉好了。」

她表面雖客客氣氣的，而且又是當面道歉，但兩人都清楚感到她並不將他們放在心上，連讓他們坐下說話的客氣也欠缺，像他們只配如下屬般恭立聽她發號施令。

單琬晶冷冷地打量兩人幾眼，續道：「你們爲何不說話。」

寇仲一肚氣道：「我們有甚麼好說的，你要說儘管說個夠吧！」

單琬晶香唇旁逸出一絲笑意，美目深深瞧了徐子陵一眼，柔聲道：「我對你們確不算好，但這是由你們一手造成的，幸好一切立即結束，我已爲你們安排好去處。」

徐子陵和寇仲同時失聲道：「甚麼？」

單琬晶淡淡道：「莫要大驚小怪，現在江湖上有能力保護你們的人數不出多少個來，李閥是其中之一，憑我們和李閥的關係，只要我們肯開口，他們自然會照顧你們。」

兩人暗中叫娘，若這麼隨她到李小子的大船去，他們還有面目見李小子嗎？

寇仲忙道：「有勞公主費心，我們這種人自在慣了，最怕寄人籬下，看別人臉色做人，公主若看我們不順眼，我們立即跳湖溜之，如此皆大歡喜，兩家高興。」

單琬晶美目寒芒亮起，怒道：「你在說甚麼？」

徐子陵亦心中有氣，訝道：「仲少說得這麼口齒伶利，公主竟會聽不清楚嗎？我們絕不會去求人收留可憐，更不用受你這種所謂的恩惠，現在我們回房收拾東西，自行離去，請了！」

其實兩人哪有東西可收拾，只是希望拖延時間，待東溟夫人和眼前的惡婆娘離開，再摸回來尋取帳簿離去。

單琬晶怒喝道：「給我站著！」

兩人嚇了一跳，立定狠狠瞪著她。

單琬晶酥胸急速起伏，事實上她自己並不明白爲何這麼容易因徐子陵而動氣，大不似她一向的沉狠冷靜。片晌令人難堪的沉默後，單琬晶平復過來，聲音轉柔道：「這樣好嗎？我們只請李閥的人送你們一程，到了安全的地方，任你們離去。你們或者仍不知道，昏君已下嚴令，怎樣都要由你們身上把《長生訣》追回來。」破天荒第一趟地，她語氣裏洩露出少許對他們的關懷。

不過由於已有成見，兩人自然沒有任何感覺，而且縱有亦不能接受。寇仲哈哈笑道：「若是如此，我們更不可登上李閥的大船，說到底李閥是皇帝小兒其中一條走狗，怎知會不會見利忘義，出賣我兩兄弟。」

對寇仲，美麗的公主顯然容忍力高多了，微笑道：「不要把人看扁，當你見到李世民，會明白甚麼是眞正使人心悅誠服的英雄人物。勿要過慮，我可以東溟派之名，保證不會發生這種事。」

當她說到李世民，不斷拿那對水靈靈的美目去瞧徐子陵，言下之意，似在說若比起李世民，你徐子陵差得遠了。

徐子陵卻沒有絲毫感覺，瀟灑地聳肩道：「理得他是眞英雄還是假英雄，我們自由自在慣了，故沒有興趣去攀附公主心中看得起的英雄人物。」

寇仲想起東溟夫人曾說過他們該到江湖多歷練，心中一動道：「公主這提議，恐怕並未得到夫人的同意吧！」

單琬晶玉容轉寒，拂袖道：「給我滾，待會回來，不要再給我見到你們，你們要去送死，去死好了。」

兩人如獲皇恩大赦，歡天喜地退出房外。

兩人駕輕就熟的攀壁而下，無驚無險來到書房窗外。書齋燈火全滅，靜悄無聲。他們哪敢猶豫，先探頭肯定內裏無人，穿窗而入，來到齋內。兩人依著陳老謀教的手法，有條不紊地分頭對書房展開無有遺漏的搜索。忙足有半個時辰，搜遍每一寸的地方，卻仍找不到那本賬簿。兩人頹然坐到地上，失望得差點要大哭一場。若得到賬簿，不但可幫李小子一個大忙，說不定還可害得宇文化骨滿門抄斬。現在一切完了。賬簿根本不在書房裏。

寇仲痛苦地道：「那婆娘定是把那本東西帶去和李小子算賬，這次完哩，最苦是我們須立即離去，否則會被惡婆娘廢物般丟往水裏去。」

徐子陵頹然道：「要走趁早走吧！」

尙公那像獨家老號招牌般易認的聲音，又在兩人耳鼓內響起。兩人知大禍臨頭，跳了起來，正要穿窗投入湖水裏，尙公靈巧得像頭野貓般穿窗鑽了進來，再沒有絲毫龍鐘老態。寇仲和徐子陵給他堵著唯一逃路，進退不得，狼狽之極。

尙公左手一揚，低聲笑道：「你們要找這本賬簿嗎？有本事來拿吧！」

兩人立時看呆了眼，瞪著他左手拿著的寶貝賬簿，當然不敢動手去搶。

尙公淡淡道：「夫人將保安之責，交給老頭我，老夫自然不會令她失望，這些天來老夫一直留意你們，聽你們的說話，更曾作出警告，可是你們仍是賊性難改，令老夫非常失望。」

寇仲苦笑道：「我們是受朋友所託——」

尙公冷然打斷他道：「老夫哪理得你們是爲了甚麼理由，只知賬簿關係到我們東溟派的信譽。不過若非給你兩人一鬧，我們也不知道這麼一本賬簿，竟是禍亂的根源。夫人回來時，老夫會請夫人把它毀掉，免得再被人利用來作爲鬥爭的工具。」

兩人關心的再非賬簿，而是自己的命運。說話至此，尙公仍是壓低聲音，似怕給其他人聽見，又使他們生出希望。

尙公把賬簿隨手拋在桌上，露出入來後第一個笑容道：「你們的本質還不算壞，未失天眞，有時我聽你們說話，自己竟忍不住笑起來呢。」

寇仲打蛇隨棍上，低聲道：「尙公可否放我兄弟兩人一馬呢？」

尙公搖頭道：「公歸公，私歸私，我東溟派最重法規，我尙平一生從沒有半步行差踏錯，怎能爲你兩個小子晚節不保。夫人回來後，我可爲你們說兩句好話。現在給老夫跪下。」

兩人同時想起東溟公主，暗忖士可殺不可辱，手都握到刀柄去。

尙公搖頭嘆道：「若這是換了十年之後，老夫眞不敢包保自己這副老骨頭能否捱得起你兩人聯手一擊，但現在你們的斤兩差太遠了，來吧！」

兩人交換個眼色，知道事情再無轉圜餘地，同時拔刀攻去。尙公露出訝色，不慌不忙，雙袖揚起，發出兩股勁氣，迎上閃電劈來的兩把長刀。兩人刀勢之凌厲疾勁，大出他意料之外，逼得他竟全力出手。以他的身分地位，自然須勝得乾淨利落，若驚動其他人方能制得伏他們，他便要顏面受損。

「蓬蓬！」兩聲震響，寇仲和徐子陵虎口爆裂，長刀脫手甩脫，整個人被震得往後跌退，胸臆痛楚欲裂。兩人心知要糟，尙公忽地慘哼一聲，踉蹌橫跌。他們大惑不解之際，一個黑衣人越窗而入，凌空追擊尙公，左右手各持一把長只尺許的短劍，招招不離尙公的要害，狠辣凌厲至極點。剎那間，被暗襲受傷的尙公已和對方交換十多招，他兩人才驚魂稍定跌坐地上。

寬敞的書齋中，黑衣人像鬼魅般在尙公頭頂和四周一溜煙地移形換影，對落在下風的尙公展開長江大河似的驚人攻勢，不教對方有絲毫喘息的機會。兩人的眼力已比以前好多了，感到此人身手比之杜伏威仍相差不遠。他們正不知是否要高呼召人來援，尙公發出了一聲驚天動地的怒吼，硬生生退出敵人的劍網，「砰！」的一聲撞破艙壁，到了鄰房去。那人顯然志不在尙公，閃電掠到桌旁，一手拿起賬簿，眼尾不看兩人，穿窗去了。

腳步聲和呼喝聲由遠而近，兩人一聲發喊，跳了起來，全力撲出窗外，往下方的湖水投去。「噗通」一聲後兩人深深潛進冰寒的湖水裏，正要拚命游離東溟號，忽感不妥，背心已給人抓著，同時眞氣透背而入，接連封閉十多處大穴。那人顯然以爲已封死他們的穴道，改爲抓著他們的手臂，在水底以驚人的高速前進。潛過十多丈的距離，在水面冒起頭來。東溟號處不時傳來呼喝之聲，情勢混亂至極點。那人冷笑一聲抓著兩人衣領，改以雙足撥水，像魚兒般迅快游動。

兩人體內的奇異眞氣，已先後自發地衝開被制的大穴，他們正不知是否該動手，那人怒罵道：「不知死活的傢伙。」

兩人偷偷睜開少許眼簾，十多艘快艇，正像炮彈般往他們追來。那人又扯著兩人到了水裏去，不住下潛。兩人知道機會來臨，寇仲輕碰了徐子陵一記，同時集起全身勁力，運肘分別撞在那人脅下和肚腹處。那人痛得整個人彎起來，鬆開了抓著兩人的手，同時噴出大口鮮血。寇仲早已探知他以防水油布把賬簿包紮好綁在腰間，乘機施展扒術，手到擒來。徐子陵再揮拳擊往他面門，那人果是功力高絕，竟仍能忍痛移開去，避過他的拳頭。兩人哪敢追趕，拚命往下潛去，到湖底時，再展開全力，朝孤島游去。

這正是他們聰明的地方，要躲開剛才那高手的追截，絕非容易的事。但無論那高手如何強橫，總不敢回到有李閥和東溟派的人在的地方去。最妙是東溟派的人只會搜尋附近的水域，而絕不會懷疑他們會返回頭來。兩人活像水裏的魚兒，不片刻來到李世民那艘大船的底部。浮上水面，東溟號燈火通明，而李世民那條船卻是烏燈黑火，靜悄無聲。

寇仲低聲道：「希望李小子的人不要當我們是賊就好了。」

徐子陵道：「上去吧！剛才我差點給那老傢伙震散我的嫩骨頭哩！」

千辛萬苦下，終完成任務，心安理得的賺了李小子的銀兩，心情的興奮，確是難以形容。兼且他們是由那神秘高手身上將賬簿勇奪回來，少了當小偷的內疚，更使他們的良心舒服得多。他們駕輕就熟的往上爬去，經過李世民妹子所住艙房，寇仲想起那把溫柔好聽的聲音，忍不住探頭望進去。在全無防備下，一把匕首閃電探出，抵著他咽喉。寇仲嚇得差點掉下去，不敢動半個指頭，就那麼凝止了所有動作，掛在窗沿處。一張宜喜宜嗔，俏秀無倫的臉孔移到寇仲鼻端前尺許處，冷冷打量他。徐子陵剛爬到他旁，還推他一把，示意他不要停在那裏，茫然不知寇仲隨時小命不保。

這美色絕對可比得上東溟公主的妙齡女郎低聲道：「你是誰？」

寇仲呼吸困難地道：「我叫寇仲，是李──」

美女收起匕首，低呼道：「還不快進來，給人看到就糟。」

寇仲大喜，把徐子陵召過來，兩人濕漉漉的爬進人家女子的閨房裏。寇仲第一件事是掏出那包東西，打開油布。賬簿赫然入目，兩人齊聲歡呼。

美人兒顯然清楚他們和李世民的交易，拿起賬簿，翻了一遍，欣然道：「果然沒錯，你兩人在這裏待上一會，讓我去看二哥回來了沒有。」又甜甜一笑，出門去了。

兩人挨著艙壁，坐了下來，頗有再世爲人的感覺。

寇仲嘆道：「這妞兒眞美，早知不要銀兩而要人就爽哩。」

徐子陵笑道：「這次這個讓給你，下次再遇上同等級數的甜妞兒，該輪到我。」

寇仲苦笑道：「你的我的，也不想想我們是甚麼東西，人家是千金小姐，生於高門大族，何時輪得到我們？」

徐子陵失聲道：「仲少何時變得這麼謙虛，你不是常說自己將來是武林高手嗎？又說可封侯拜將，爲甚麼忽然這麼洩氣？」

寇仲嘆道：「說說可以，我們的功夫比起剛才那失運的高手便差遠了。他毫無防備下任我們打，亦只是吐那麼鳥兒的一口血了事。還有那姓尙的老傢伙也說沒個十年八年，我們的功夫都拿不得出來見人。是了！待會記得問李小子再要兩把刀，沒了刀怎打架？」

徐子陵道：「千萬不可，否則這一世我們也休想學懂拳腳功夫，沒有刀便用手，一樣可使出李大哥教的血戰十式。」

苦待整炷香的時間，李世民的美人兒妹子回來了，兩人這才看清楚她一身色彩淡麗的華服，身材窈窕動人，風神高雅，教人無法挑剔。

美女見兩人小乞兒般坐在地板上，大嗔道：「爲甚麼坐在地上？還不起來？」

兩人傻兮兮站起來，房門敞開，李世民衝進來，不理他們濕透的身子，一把將兩人抱個結實，激動地道：「成功了！適才東溟夫人還親筆寫了一封信，要我立即趕往太原交給爹。我李家將來如得天下，必不會薄待兩位。」

徐子陵一覺醒來，天剛微亮，見到寇仲破天荒第一次比他更早起床，呆站在艙窗旁，茫然望往外方。這是李小子安排給他們的宿處，鄰房就是李閥的美女李秀寧，李小子的動人妹子。

徐子陵移到寇仲身旁，寇仲道：「小陵！我有心上人了！」

徐子陵失聲道：「甚麼？」

寇仲低聲道：「你不覺得李小子的妹子長得很標緻嗎？既大方又溫柔，那對眼秀而媚，胸脯玲瓏浮凸，兩條腿嘛，唉！更可把所有男人引死。臉蛋兒紅撲撲的，肯定是人世上最可愛的臉蛋。皮膚則嫩滑如緞錦，白裏透紅。天啊！若能每晚都摟著她光脫脫的身子睡覺，我將不會再作他想，世上還有比這更愜意的事情嗎？她說話的聲音和神情才教人傾醉；間中來個甜甜的微笑，横你娘的那麼一眼，小陵啊！我快要愛死哩。」

徐子陵抓著他肩頭，笑得喘了起來道：「這就叫做愛嗎？你這混蛋只是見色起心。」又奇道：「你不是常說娘兒愈多愈好嗎？爲何這回只她一人於願已足。」

寇仲苦惱道：「不要翻我的舊賬好嗎？我說那種話的時候，只因我半個對象都沒有，故以此豪語來安慰自己。現在有了她，自然須專心一志。明白嗎？」

徐子陵改爲擁著他寬厚的肩頭，愕然道：「看來你是認眞的。」

寇仲憤然道：「當然是認眞的。現在李小子趕赴太原，逼他老子造反。憑李閥的聲威，又有太原作基地，兵精糧足，大有機會做皇帝。我們横豎投靠義軍，不如投靠李小子好了。李小子怎都該念著我們爲他立下大功，封給我們的官職應該不會太低吧！」

徐子陵呆了半晌，低聲道：「你對甚麼他娘的義軍仍不心灰嗎？不如我們專心去走私鹽發點亂世財，有了錢再幫助人，豈不勝過替人打生打死？」

寇仲陪笑道：「此一時彼一時也。嘿！你看看李小子那正義的模樣，怎都像樣過杜伏威、李密那些半人半鬼的傢伙吧！」

徐子陵苦笑道：「不要說這些話，說到底你只是想親近李秀寧。不要怪我在你興頭上潑冰水，這位貴家女表面雖似對我們客客氣氣的，但我總覺她有種拒我們於千里之外的味兒。像她這類高門大族出生的女兒家，絕不會看得上我們兩個市井小流氓的。」

這次輪到寇仲反手摟著他的肩頭，笑嘻嘻道：「人家第一次見到我們，仍是陌生，難道便納你於方尺之內嗎？世上沒有不可能的事，對娘兒自要用點心機和水磨功夫。待會李小子會邀我們這兩個有用的小子加入他的陣營，記著一切由我來說。」

徐子陵皺眉道：「誰去救素素姐呢？」

寇仲顯然沒想及此點，愕然語塞。

徐子陵嘆道：「你儘管去追求你夢寐以求的秀寧小姐吧！素素姐交由我負責。但我卻絕不想加入任何一方的陣營，不過那本賬簿卻須取回來給我，好讓我去給娘報仇。」

寇仲呆若木雞，敲門聲響。

兩人隨著婢女來到上層的艙廳，李世民擺開酒席款待他們，列坐陪同的尚有一英挺青年和一位四十來歲，高瘦瀟灑的儒生。

李世民起立歡迎道：「寇兄、徐兄請坐，大家是自己人。」

另兩人亦客氣地起立施禮，教兩人頗有點受寵若驚。

李世民先介紹中年儒生道：「這位是裴寂先生，一手『忘形扇』會盡天下英豪，乃晉陽宮副監，家父的棋友。」

裴寂淡淡看他們兩眼，謙虛道：「世民姪過譽。我那手跛腳鴨的功夫，怎拿得出來見人，更不要說會盡天下豪傑。」

接著向英挺青年笑道：「論功夫可要留給柴紹世姪去顯威風。」

柴紹連忙謙讓。寇徐見柴紹華劍麗服，氣派高雅，比之李世民只遜了氣魄風度和某種難以形容的大將之風，但已心生好感，忙與他客氣寒暄。可是柴紹對他們的神態總帶點傲氣，不如李小子的親熱。裴寂更是只把他們當作兩個碰巧立了大功的後生小輩，坐下後，只顧和李柴兩人說話，不再理會他們。兩人受慣白眼，亦不在意，專心對付桌上的珍饈美食。

在李世民心中，裴寂和柴紹顯然比寇徐兩人更重要。不過他仍不忘殷勤待客之道，親自夾了兩個油餅給兩人，笑道：「這是蒸胡餅，中間有羊肉蔥白造的餡，以豉汁、芝麻和鹽熬熟，非常美味。」

兩人還是首次吃到北方流行的胡餅，津津有味。

柴紹道：「這次世叔是不得不起兵，若起兵則必先取關中，就怕屈突通在蒲關和宋老生守霍邑的兩支精兵，世叔看來不無顧忌。」

裴寂道：「屈突通和宋老生固是可慮，但我擔心的卻是突厥人，其勢日大。東自契丹、室韋，西到吐谷渾、高昌等國均臣附之。且凡於北方起兵者，如劉武周、郭子和、梁師都等輩，無不依靠突厥而自立。我們進軍關中，最怕是遭受突厥和劉武周等的從後偷襲。」

李世民胸有成竹道：「這個無妨，力不足可以用詐，我現在唯一擔心的事，是爹他仍是猶豫不決，致坐失良機。」

裴寂拍胸保證道：「這事包在我裴寂身上。只要我和文靜多下說辭，且眼前又確是形勢危急，你爹哪還有選擇餘地呢？」

李世民欣然點頭，轉向寇徐兩人道：「這回全賴兩位，若不是賬簿失竊，恐仍難營造出這種形勢。最妙是昏君剛好到江都應付杜伏威，此實千載一時之機。」

兩人對望一眼，暗忖原來皇帝小子到了自己的老家江都揚州去。環佩聲響，兩人別頭望去，剛好捕捉到李秀寧美麗的倩影，一時都看呆了眼。她頭戴胡帽，形圓如缽，四周垂以絲網，帽上綴以珠翠，式樣別致，既華麗又充滿若隱若現的神秘美。她穿的衣服更與中原和南方的寬襟大袖完全兩樣，是大翻領窄袖的衣裝，與他們在彭城見的胡女衣著相若，但質料更佳。這種衣服不但突顯了女性玲瓏的曲線，行動上亦遠較方便。

第一個站起來的是柴紹，這小子雙目放光，熱情似火般欣然道：「寧妹終於來了，愚兄等得心都快要燒成火炭呢。」

李秀寧像看不到其他人般，對柴紹嫣然一笑，把嬌軀移到柴紹旁，讓他輕扶香肩，侍候入座，然後向乃兄及裴寂打招呼，最後輪到寇仲和徐子陵。

寇仲如遭雷殛，愕然看著神態親暱的柴紹和李秀寧，臉如死灰。徐子陵雖替他難過，卻是毫無辦法。

李世民見寇仲神色不對，湊過來低聲道：「寇兄是否身子不舒服呢！」

李秀寧淺笑道：「定是昨晚因浸了湖水而著涼。」又向柴紹解釋道：「昨晚秀寧見到他們，還以爲有兩隻小水鬼由湖裏爬出來害人呢。」

看她與柴紹眉目傳情、口角春風的神態，再瞧著絲網內她對柴紹含情脈脈的玉容，徐子陵替寇仲難過的心直沉下去。恍然李秀寧只當他們是給她二兄辦事的小跑腿，而裴柴兩人顯然亦持同樣的看法。

寇仲垂下頭，沙啞著聲音道：「沒甚麼？只因我除了是水鬼外，也是餓鬼，吃得太飽。」

李秀寧冰雪聰明，聽出他的語氣不悅，歉然道：「我只是打個譬喻，寇兄莫要見怪。」

這麼說，反令人覺得寇仲心胸狹窄，裴寂和柴紹露出不屑之色。

李世民心中卻是非常感激寇徐兩人，亦惟他才深切感受到他兩人高絕的才智，致能妙想天開弄出這麼一條妙計來。爲了沖淡氣氛，微笑道：「寇兄是在說笑吧！嘿！昨晚那個到東溟號奪賬簿的究竟是何方神聖？」

柴紹要在玉人面前逞強，冷哼道：「看來不該是甚麼厲害人物，否則寇兄和徐兄哪能有機可乘。」

此語一出，寇仲和徐子陵都不自然起來，因爲那等於說他兩人不算甚麼人物。

李秀寧的思慮顯是比柴紹週詳，黛眉輕蹙道：「那人夠膽子單槍匹馬到高手如雲的東溟號上偷東西，怎也該有點斤兩。」

柴紹微笑道：「他是趁東溟夫人和公主離船來會我們時才敢下手呢？」

李秀寧偷瞥了李世民一眼，曖昧地道：「琬晶姐若不是心切要見二哥，仍留在船上，就不會容那賊子偷襲得手，還傷了尙公哩！」

李世民眼內掠過悵歉神色，責道：「秀寧莫忘了我是有家室的人，但話也可反過來說，若非那人傷了尙公，我們休想得到夫人至關緊要的一封書信。」

裴寂沉聲道：「紹賢侄切莫小覷此人，只看他打得尙公全無招架之力，可見後來雖給兩位小兄弟奪去賬簿，想來只是失諸輕敵吧！」

李世民點頭道：「此人應是宇文閥的人，論水性，宇文閥內自以宇文成都排首位，不過該不會是他親來，否則寇兄和徐兄就難以解開穴道。」

寇仲和徐子陵見包括李世民在內，都不大看得起他們的身手，大感不是滋味。寇仲朝徐子陵打了個眼色。

徐子陵和他心意相通，自知其意，略微點頭，正容道：「我們兄弟希望能取回賬簿好去辦一件大事。」

李世民等大感愕然。

裴寂倚老賣老道：「賬簿關係到各方面與東溟派的兵器買賣，留在我們手上較爲適合點。」

李秀寧顯然對兩人頗有好感，勸道：「若讓人知道賬簿在你們手上，只是東溟派已絕不肯放過你們。」

柴紹則是一副不耐煩的神情。

徐子陵心中坦然，理直氣壯道：「這可是我們兄弟倆的事，李兄意下如何？」

李世民皺眉道：「我和兩位一見投緣，若兩位沒有甚麼地方非去不可，大可與我李世民同心合力闖他一闖，將來我李家有成，兩位可享盡富貴。」

寇仲硬綳綳地道：「李兄的好意心領了。由於我們另有要事去辦，只望李兄把賬簿還給我們，再隨便把我們送上附近的岸邊就成。」

柴紹不悅道：「這怎——」

李世民舉手阻止他說下去，細看兩人好一會，嘆道：「假若我說不行，就是不夠朋友和義氣。一切依兩位所說的辦吧。但別忘了將來你們改變心意，隨時可再來找我李世民。」

鉅野澤在兩人眼前無限地延展開去，湖上煙霧迷濛，隨風變化。寇仲瞧著沒入霧中的李閥巨舟，雙目茫茫，出奇地沉默。

徐子陵陪他立在大湖西岸，一時找不到安慰他的話。好一會試探道：「仲少！你沒有甚麼吧？」

寇仲淡淡道：「我可以有甚麼嗎？」

徐子陵聽他語氣，知尙未釋然，只好道：「大丈夫何患無妻？何況仲少你此回是非戰之失，只是給柴小子捷足先登。」

寇仲一對虎目閃過複雜的神色，好一會沉聲道：「我情願她恨我！」

徐子陵失聲道：「甚麼？」

寇仲旋風般轉過身來，握拳叫道：「像東溟公主恨你般那樣恨我，那起碼我還可在她心中佔個位置。但現在看她對我的離開毫不在意，根本上我們只是爲她李閥奔走出力的兩個小嘍囉，連令她不歡喜的資格也沒有。」

徐子陵見他說得兩眼通紅，咬牙切齒，不由想起東溟公主單琬晶，頹然道：「我能比你好多少，你聽不到刁蠻公主只會看上李小子那種身分地位的人嗎？」

寇仲呆然半晌，轉回身去，看著逐漸消散的秋霧，忽然笑起來。

徐子陵不解道：「很好笑嗎？」

寇仲捧腹蹲了下去，喘著氣道：「我想通了，所以覺得很好笑。」

徐子陵學他般蹲下，欣然道：「快說出來聽聽。」

寇仲昂頭凝視他片刻，道：「若論才貌，我才不信我們會比李小子或柴小子差得多少。爲何他們都不當我們是東西呢？因爲我們欠缺了成就。無論在江湖上又或社會間，沒有成就的人都不會被重視。」

徐子陵皺眉道：「但若只是爲了別人而去爭取名利地位，那不是等於讓人牽著鼻子走嗎？」

寇仲哂道：「說到底仍是爲了自己，被人敬重只是隨之而來的後果。大丈夫立身世上，若不能成就一番功業，讓寶貴的生命白白溜走，豈不可惜。」

徐子陵苦笑道：「這回你又有甚麼鬼主意呢？不是又要當鹽商吧？」

寇仲搖頭道：「我要當皇帝！」

徐子陵大吃一驚道：「甚麼？」

寇仲霍地起立，振臂高呼道：「我寇仲要爭霸天下，建立起萬世不朽的功業。」

徐子陵跳起來，伸手摸上他額頭。

寇仲生氣地揮開他的手，反抓著他雙肩，兩眼神光閃閃道：「立志必須遠大，做不成時，打個折扣還是有些兒斤兩。今時再不同往日，論才智，我們不比任何人差，論武功，我們欠的只是經驗火候。現在我們先去滎陽找素素姐，假若一併找到李大哥就更好。一世人兩兄弟，你究竟幫不幫我。」

徐子陵頭皮發麻，但在這種情況下怎說得出拒絕的言詞，只好點頭答應。

寇仲一聲歡呼，翻身打了個大觔斗，落到丈許外一方大石上，大笑道：「來！讓我們先比較腳力，再練習一下拳腳功夫，橫豎我們連割肉刀都沒半把，只好將就點。」

徐子陵雄心奮起，和他一追一逐去了。

在離寇仲和徐子陵登岸處約十多里的東平郡鬧市中一座酒樓二樓處，他們叫來酒菜，大吃大喝。臨別時，李世民贈了他們一筆可觀的錢財，寇仲當然不會客氣，所以立時變得意氣風發，出手闊綽。

徐子陵按著酒壺，勸道：「不要喝了，看你快要醉倒哩。」

寇仲推開他的手，自斟自飲道：「就讓我醉他娘的這一趟吧！保證以後再不喝酒。」

徐子陵氣道：「不是說自己看通了嗎？現在又要借酒澆愁，算甚麼英雄好漢？」

寇仲瞇著醉眼斜兜著他，推了他一把怪笑道：「這叫借酒慶祝，慶祝我仲少頭一遭學人戀愛便愛出了個大頭佛來。哈！就爲她奶奶的醉那麼一次，將來我定要她因嫁不著我而後悔。柴小子算甚麼東西，竟敢看不起我。來！乾杯！」

徐子陵拿他沒法，見酒樓內僅有的幾枱客人都拿眼來瞧，只好舉杯相碰，閉口不言。

寇仲此時不勝酒力，伏到檯上咕噥道：「夠了！現在讓我們到隔鄰那所青樓去，揀個比她美上百倍、千倍的女人，看看是否沒有她就不成。」

徐子陵乘機付賬，硬把他扯起來，扶他下樓，口中順著他道：「去！我們逛窰子去。」

寇仲登時醒了小半，道：「可不要騙我，你定要帶我到青樓去，還要給我挑選個最可愛的俏娘兒。」

兩人來到街上，正是華燈初上的時刻，本應熱鬧的大道卻是靜似鬼域，秋風颯颯下只間中有一兩個匆匆而過的路人，一片蕭條景象。

徐子陵苦笑道：「看來你仍然清醒！」

寇仲色變道：「原來你並不打算帶我到青樓去，這樣還算兄弟？」

徐子陵硬撐道：「我有說過嗎？」

寇仲忽地掙脫徐子陵的扶持，踉蹌走到道旁，蹲身俯首，「嘩啦啦」的對著溝渠嘔吐大作。徐子陵撲了過去，蹲低抓著他肩膊，另一手爲他搓揉背心，心中難過得想哭。他從未見過寇仲這麼不快樂的。

寇仲嘔得黃膽水都出了來後，低頭喘著氣道：「小陵！我很痛苦！」

徐子陵嘆道：「你的愛情大業尚未開始，竟苦成這樣子，假若李秀寧曾和你有海誓山盟之約而又移情別戀，你豈非要自盡才行。」

寇仲搖頭道：「你不明白的了，昨晚你和李小子研究賬簿，我逗她說話都不知多麼投契，她還表現得很關心我的。」旋則淒然道：「現在回想起來，才知道她只是代李小子盤問我們的來歷，由始至終她半點沒有放我寇仲在心上。」

徐子陵頹然道：「早該知道高門大族是不會看得起我們這種藉藉無名的小角色的！這回你是否自尋煩惱呢？」

寇仲顯已清醒過來，虎目異光爍動，沉聲道：「好兄弟放心，經過這回後，我寇仲再不會那麼輕易對女人動情。」

徐子陵試探道：「還要去逛窰子嗎？」

寇仲淒然搖首，讓徐子陵扶著他站起來，道：「找家客棧度宿一宵，明早立即起程到滎陽，待找到素素姐後，我們便──哈──」

徐子陵扶著他沿街緩行，奇道：「有甚麼好笑的？」

寇仲搭著他肩頭，愈想愈好笑道：「事實上老天爺待我們算是不薄，至少我們已能進窺上乘武功門徑，練成娘說的第一重境界。囊裏既有充足銀兩，又起碼知道『楊公寶庫』在京都躍馬橋附近某處，更得到了可害得宇文化骨眞的化骨的賬簿，我卻仍要爲一個女人哭哭啼啼，確不長進。」

徐子陵欣然道：「這才是我的好兄弟，但你還想當皇帝嗎？」

寇仲默然片晌，停下步來，認眞地道：「我們自懂事開始，一直看別人臉色做人，這樣有啥生趣？是否想當皇帝我不敢說，但總之我不想再屈居人下，我們有甚麼比別人不上呢？」

徐子陵同意道：「我們確不輸任何人。」

寇仲呵呵笑道：「讓我們闖出一番事業來吧，娘在天之靈會感欣慰，以後再沒有人敢當我們不是東西。」

徐子陵聽得豪情大發，高唱當時流行的曲子道：「本爲貴公子，平生實愛才。」

寇仲接下唱道：「感時思報國，拔劍起篙萊。」

兩人邁開步伐，朝前奮進，齊聲唱下去道：「西馳丁零塞，北上單于台。登山見千里，懷古心悠哉。誰言未忘禍，磨滅成塵埃。」

歌聲在昏黑無人的街道上激盪迴響。寇仲和徐子陵終暫別了東躲西逃的生涯，可放手去做自己喜歡的事情。

兩人來到一口水井處，坐到井欄旁。

寇仲探頭瞧進水井去，見到井底的水正反映著高掛晴空的明月，笑道：「這該叫井內乾坤，比老爹的袖裏乾坤更深不可測。」

徐子陵學他般伏在井口處，苦笑道：「東平郡不知發生甚麼事，所有客棧全告客滿，偏是街上冷冷清清的。咦！」

寇仲奇道：「你在看井中之月嗎，有甚麼好大驚小怪的？」

徐子陵露出深思的神色，虎目放光道：「我好像把握到點甚麼似的，卻很難說出來。」

寇仲呆了半晌，再低頭細看井內倒影，恰好有雲橫過正空，月兒乍現倏隱，心底確泛起某種難以形容的味兒。

徐子陵夢囈般道：「娘不是說過她師傅常謂每個人都自給自足嗎？這口井便是自給自足。井內的水等於人體內的寶庫，可擁有和變成任何東西，像這一刻，明月給它昇到井底去，你說不眞實嗎？事實卻是眞假難分，只要覺得是那樣子，就該是那樣子。」

寇仲一對大眼閃閃生輝，一拍井欄道：「說得好！再看！」

隨手執了塊石子，擲進井內去。「噗通！」一聲，明月化成蕩漾的波紋光影，好一會才回復原狀。

徐子陵喜叫道：「我明白了，這實是一種厲害的心法，以往我對著敵人，開始時仍能平心靜氣，像井內可反映任何環境的清水。可是打得興起，一旦咬牙切齒，甚麼都忘了。」

寇仲嘆道：「你仍未說得夠透徹，像我們見著老爹，像老鼠見到貓般，上回對著尙公亦是那樣。假若我們能去盡驚懼的心，像平常練功那樣守一於中的境界，將會變成這井中清水，可反映出一切環境，與以前自有天淵之別。」

徐子陵側頭把臉頰貼在冰涼的井緣上，嘆道：「我高興得要死了，若能臻至這種無勝無敗，無求無欲，永不動心的井中明月的境界，短命十年都甘願。」

寇仲尙要說話，足音把兩人驚醒過來。

兩人循聲望去，見到兩名配著長劍的大漢正朝水井走來，其中穿灰衣的喝道：「小子不要阻著井口，老子要喝水呢。」

寇仲笑道：「讓小子來侍候大爺吧！」

兩人七手八腳放下吊桶，打清水上來。兩名大漢毫不客氣接過喝了。

另一人道：「小子都算精乖，這麼夜，還磨在這裏幹嘛？」

徐子陵道：「閒著無事聊天吧！請問兩位大叔要到哪裏去？」

灰衣大漢冷冷瞪他一眼，冷笑道：「告訴你又怎樣，夠資格去嗎？」話畢和同伴走了。

兩人對望一眼，丈二金剛，摸不著頭腦。

寇仲道：「橫豎無事，不如吊尾跟去，看他們神氣甚麼？順便找個地方將就點度夜如何？」

徐子陵欣然同意。

兩人童心大起，展開輕功，飛簷越壁，如履平地，眞個得心應手。忽然間他們進入以前只能於夢想得之的天地間，那種與一般人的世界雖只一線之隔，但又迥然有異；只屬於高手方可臻致的輕功境界，使他們充滿神秘不平凡的感覺。他們的心化成井中之水，無思無礙，只是客觀地反映著宇宙神秘的一面。當他們的頭由一處屋簷探出來，兩名大漢剛由橫巷走到一條大街上。座落城南的一座巨宅門外，車水馬龍，好不熱鬧。門內門外燈火輝煌，人影往來，喧笑之聲，處處可聞。

寇仲湊到徐子陵耳旁道：「原來所有人都到了這裏來，定是壽宴婚宴一類的喜事，我們也去湊個興如何？」

徐子陵道：「難怪兩個混蛋笑我們沒資格去，只看派頭，便知辦喜事的人非同小可，沒有請帖，怎樣混得入去。」

寇仲似從李秀寧的打擊完全回復過來，充滿生趣的道：「前門進不了，走他娘的後門，現在我們衣著簇新，只要混得進去，誰都不會懷疑我們是白撞的！」

寇仲不待他答應，逕自躍下橫巷，舉步走出大街。徐子陵只好追在他身後。兩人肩並肩朝街角的大宅走去，發覺剛才那角度看不到的府門對街處，擠滿看熱鬧又不得其門而入的人群，少說也有數百之眾。一群三十多名身穿青衣的武裝大漢，正在維持秩序，不讓閒人阻塞街道，防礙賓客的車馬駛進大宅去。

寇仲大感奇怪道：「我的娘！究竟是甚麼一回事？即使是擺酒宴客，也不會吸引到這麼多人來看吧？」

徐子陵見到前面的一群閒人給數名大漢攔著，趕了回頭，忙截住其中一人問道：「有甚麼大事呢？」

那人兩眼一瞪，把氣發洩在他倆身上，怒道：「石青璇來了都不知道，快滾回窩去湊你們老娘的奶子！」言罷悻悻然走了。

兩人聽得好奇心大起，心忖石青璇當是像尚秀芳一類名聞全國的名妓。寇仲一肘打在徐子陵脅下，怪笑道：「今晚不愁寂寞，既有戲看又有便宜酒喝。」

徐子陵心中一熱，笑道：「若你喝酒，恕小弟不奉陪。」

寇仲忙道：「不喝酒哩，來吧！」

他見前路被封，領徐子陵繞個大圈，來到佔地近百畝的豪宅後牆處。他們輕易越過高牆，到了宅後無人的後院，往前宅走去，主宅後的大花園內花燈處處，光如白晝，擠滿婢僕和賓客。兩人撥掉衣衫塵埃，大搖大擺地混進人群裏，心中大感有趣。寇仲金睛火眼的打量那些刻意裝扮得花枝招展的女客，不時指指點點，評頭品足，似眞的把李秀寧完全置諸腦後。擠入華宅的主堂內，氣氛更是熾烈，人人興奮地討論石青璇，像都是研究她的專家那副樣子，兩人留心聆聽，方知石青璇得乃母眞傳，精於簫藝。廳內靠牆一列十多張枱子，擺滿佳餚美點，任人享用。

寇仲摟著徐子陵在人群中左穿右插，嘆道：「早知有此好去處，剛才的那頓晚飯該留到這裏吃呢！」

徐子陵忽地低呼一聲，扯著寇仲閃到一條石柱後，似要躲避某些人。

寇仲一頭霧水，不解道：「甚麼事？」

徐子陵伸手一指道：「看！」

寇仲探頭望去，見到六七個貴介公子，在男女紛沓的賓客群中，正團團圍著兩個美麗的少女在說話，相當惹人注目。精神一振道：「兩個妞兒的確長得很美。」

徐子陵氣道：「我不是說他們，再看遠一點好嗎？還說不那麼容易對女人動心。」

寇仲依依不捨的移開目光，改投往堂側的一組酸枝椅中，坐了三個人，其他人只能立在一旁，更凸顯三人的身分地位。中間一人鬚髮皓白，氣度威猛，卻是衣衫襤褸，雖是坐著，仍使人感到他雄偉如山的身形氣概。另一人身穿長衫，星霜兩鬢，使人知道他年紀定已不少，但相貌只是中年模樣，一派儒雅風流，意態飄逸，予人一種超凡脫俗的感覺。寇仲這些日子來閱歷大增，仍感到兩人超然出衆之處。陪這兩人坐著說話的是個大官模樣的中年人，非常有氣派，亦給人精明厲害的印象。寇仲心中奇怪，三個人雖看來像個人物，徐子陵仍不該大驚小怪。

徐子陵的聲音在他耳旁響起道：「那不是我們遇過的沈乃堂嗎？」

寇仲嚇了一跳，迅速在圍著三人說話的十多人間找到沈乃堂。當日兩人被杜伏威押著去取《長生訣》，途中遇上沈乃堂和梁師都的兒子梁舜明等人，發生衝突，致兩人乘亂溜走。這些日子來早忘掉，現在見到沈乃堂，登時記起他的美人兒姨甥女沈無雙。

徐子陵低聲道：「還不快溜！」

寇仲硬撐道：「爲甚麼要溜？不聽過石青璇的簫聲，怎都不會溜，何況沈老頭見不到我們。」又道：「那官兒看來是主人，不知另兩個是甚麼人物呢？」

徐子陵暫時拋開沈乃堂，應道：「看其他人對他們的恭敬模樣，肯定是非同凡響之輩。嘿！絕頂高手應該是這種氣派哩！」

就在此時，那威猛老者和長衫儒生，像察覺到兩人在注視他們般，眼神不約而同向兩人射來。兩人大吃一驚，忙縮回柱後去。

寇仲低呼道：「我的娘！高手眞是高手，不是玩的。」

心慌膽跳中，徐子陵感到後側有人欺近，還以為是其他賓客走過，卻清楚感到對方的手正向自己肩頭拍過來。那是一種難以言喻的微妙感應，他一點看不到對方的動作，偏是清楚知道。在這刹那，他的心神進入能反映天上明月的不波井水境界裏，把握到對方並非是要下手傷害自己。手掌拍上肩頭，溫潤柔軟。寇仲也感有異，與他同時轉身朝來人望去。一瞧下，兩人立即魂飛魄散。竟是扮作俏書生的東溟公主單琬晶，一個他們目下最不想遇上的人。

忽然間，兩人陷進重圍中。東溟派的年輕少帥尙明和兩名大將尙邦、尙奎泰同時由人群中鑽出來，與一面煞氣的單琬晶把兩人逼在木柱前，封死所有逃路。

寇仲勉強笑道：「諸位好！來看表演嗎？」

尙明冷哼一聲，不屑地沉聲道：「卑鄙小人！」

單琬晶更是玉臉生寒，狠狠盯著徐子陵，冷冷道：「還以為你們給人擄走，現在看到你們生龍活虎，才知你們與宇文成都同流合污來打我們主意，此趟是天網恢恢，疏而不漏。」

徐子陵搖手道：「公主切勿誤會，我們不但不認識宇文成都，他宇文閥還是我們的大仇人呢。」

尙邦怒道：「難得夫人那麼看得起你們，可你們卻偏要傷她的心；無論你兩個是否認識宇文成都，和他是甚麼關係，但你們偷東西卻是不移的事實。」

尙奎泰目露殺機道：「究竟是誰指使你們？」

寇仲陪笑道：「有話好說，怎會有人指使我們呢？」

因雙方都在低聲說話，在其他賓客看來，只像朋友遇上閒聊幾句，誰都不知道箇中劍拔弩張的凶險形勢，動輒弄出人命的局面。

單琬晶一副吃定他們的惱恨樣兒，淡淡道：「若不是有人指點，你怎知會有這麼一本賬簿呢？」

尙明接著道：「與這種小角色說話只是浪費時間，押他們出去。」

寇仲和徐子陵燃起一線希望。知道他們礙於主人的面子，不敢貿然動手，致破壞這裏的和諧氣氛。

寇仲嬉皮笑臉道：「假若你們動手，本高手立即大叫救命，所以動手前最好三思。」

話猶未已，單琬晶和尙明同時出手。單琬晶的玉手由袖內滑出來，迅疾無倫地朝徐子陵腰眼點去，發出「嗤」的一聲勁氣破風聲。尙明則五指箕張，往寇仲臂膀抓去。他們是同一心意，趁兩人叫救命前，制住兩人。單尙兩個雖是動作凌厲，因雙肩文風不動，配上尙邦和尙奎義阻擋別人視線，廳內雖不乏武林好手，仍沒有人察覺到這處的異動。寇仲和徐子陵知道是生死關頭，若給東溟派的人發覺賬簿在他們身上，跳下黃河都洗不清嫌疑。剎那間，兩人進入了不波井水的精神境界中。一切動作變化變得緩慢起來。徐子陵一點不漏地把握到單琬晶手指戳來的速度、角度和力道。更清楚若和她比拚手法速度，必敗無疑。而自己唯一抵擋之法，是乘對方的輕敵之心。這些念頭以電光石火的高速裏閃過腦際，他已擬好對策。指尖尙未觸體，單琬晶的眞氣已破體而入，攻進他的右腰穴去。眞氣循脈延伸，襲往他的脊椎大穴。此時單琬晶的纖指才戳上他的腰眼。徐子陵心中澄明一片，以意御氣，迎上攻入脈穴的眞氣。跟著腰肢一擺，不讓對方戳個正著。單琬晶正慶得手，忽覺指尖觸處不但軟綿綿地毫不著力，對方還生出一股卸勁，使她手指滑了開去。大吃一驚時，徐子陵竟探手往自己臉蛋摸過來。

寇仲此時則與尙明實牙實齒的硬拚一記，橫掌切在尙明爲應他攻勢由爪化拳的右手處。「蓬！」的一聲暗響，尙明軀體一震，移後半步，寇仲則給他震得撞在後方石柱上，痛得悶哼一聲。

單琬晶和尙明哪想得到兩人有此頑抗之力，前者低聲嬌呼，避過徐子陵的輕薄，還未有時間再展攻勢，徐子陵扯著寇仲轉往柱子的另一邊去。若眞的動手，以單琬晶足可架著杜伏威的身手，恐怕兩人加起來都不是她全力進擊的十招之敵。可是一來她並非痛下殺手，只是要把徐子陵制住；二來因不想驚動他人，所以只用上三、四成功力。又因錯估徐子陵的本領，才如此眼睜睜的讓兩人溜走。

寇徐轉到柱子另一邊時，恰好與那威猛老者和瀟逸儒生面面相對。兩人目光再射到他們身上，同時閃過奇異的光芒。最糟是沈乃堂終看到他們，大感愕然。寇仲和徐子陵這刻哪還有暇理會其他人，搶前幾步鑽入分作數十堆喧聲震天的男女賓客內，朝大門奔去。

尙差數步可踏出大門，人影一閃，兩男一女攔著去路，女的扠腰低喝道：「小狗想逃嗎？」

兩人連忙止步，朝前一看，原來是杏目圓瞪的沈無雙，左右則是刁蠻女的兩個師兄孟昌和孟然，一副仇人見面，分外眼紅的樣子。剛好單琬晶四人趕到兩人身後，因弄不清楚他們和沈無雙三人的關係，停下步來，靜觀其變。

沈無雙顯是不認識單琬晶，臉色微變道：「原來另有同黨，怪不得這麼威風。」

寇仲最懂玩手段，呵呵一笑道：「無雙妹誤會了，他們只是要求我們到門外去，好研究一下拳腳功夫吧！」

沈無雙尖叫道：「誰是你的無雙妹？」

徐子陵插口道：「自己人不要那麼吵？我們只是來作客，不是來和人吵架動手的。」

後面的單琬晶已不耐煩道：「快讓路！」

沈無雙正給寇徐氣得七竅生煙，聞言把火頭燒向單琬晶，怒道：「你給我滾才對，讓我整治了兩隻小狗，再和你們算賬。」

尚明見她辱及公主，冷笑道：「臭丫頭憑甚麼資格來和我們算賬？」

這回是孟昌、孟然要爲師妹出頭，齊聲怒喝道：「好膽！」

雙方人馬愈罵愈失去節制，惹得附近賓客人人側目。

沈乃堂見狀走過來，責道：「你們幹甚麼？知否這是甚麼地方？」他倚老賣老，出口便把三方面的人全部責怪在內。

寇仲和徐子陵偷眼一看，賓客們潮水般退往兩旁，好讓坐著的那三個人可以視線無阻的看到這邊近門處的情況。從賓客自發性的舉動，可知三人身分非凡，人人尊敬。一時間他們成了衆矢之的。

寇仲打個哈哈，抱拳作揖道：「不關我們兄弟的事，是他們鬧起來的！」

沈無雙氣得鐵青了俏臉，正要反唇相稽，沈乃堂立時喝止。衆人目光自然落在單琬晶四人身上。

單琬晶此回是慕石青璇之名而來，用的是李世民給她的請柬，並不想張揚身分，更不願開罪此豪宅主人。故雖是氣得七竅生煙，恨不得殺死兩個小子，仍只好微微一笑，朝那儒生道：「驚動通老。哈！沒事哩！」

領頭往一邊的賓客叢中擠進去。一場風波，似就此平息。寇仲和徐子陵卻是心中叫苦，留下不是，離開更不是。

那狀似大官的人忽然開腔道：「兩位小兄弟，可否過來一聚。」

堂內數百賓客，正要繼續詢問事情眞相，聞言均露出訝色，不明白他為何會對兩個小子生出興趣。原來大官並非如寇徐猜想是此宅的主人，只是賓客之一，且是隋皇朝舉足輕重的人物，更乃朝廷中有數的高手。此人名王世充，奉煬帝之命領兵對付翟讓和李密的瓦崗軍，是忙裏偷閒到這裏來一睹石青璇的風采。他對宇文化及追捕寇徐兩人的事亦有耳聞，故動了疑心。至於那衣衫襤褸的威猛老者和貌似中年的老儒生，亦是非同小可。前者是人稱「黃山逸民」的歐陽希夷，乃成名至少有四十年的頂尖高手，與玄門第一人「散眞人」寧道奇乃同輩分的武林人物，早退隱多年，此回因來探望宅主人，偶爾逢上這場盛事。至於老儒生則是此宅的主人王通，乃當代大儒。以學養論，天下無有出其右者；以武功論，亦隱然躋身於翟讓、竇建德、杜伏威、歐陽希夷，以及四閥之主那一級數的高手行列中。王通生性奇特，三十歲成名後從不與人動手。棄武從文，不授人武技，只聚徒講學，且著作甚豐。最為人樂道者莫如他仿《春秋》著《元經》，仿《論語》成《中說》，自言其志曰：「吾於天下無去也，無從也，惟道之從」。亦只有他請得動孤芳自賞，從不賣人情面的石青璇。

故以單琬晶的自負，亦不敢因兩個小子而開罪這個誰都惹不起的超然人物。此趟能來此赴會的人，都是附近各郡縣有頭有臉的人物，不是一派之主，便是富商巨賈、達官貴人，最驕橫的人都不敢在這種場合撒野。寇仲和徐子陵交換個眼色，心叫不妙，進退維谷時，入門處驚叫連起。接著有兩個人凌空仰跌進來，「蓬蓬」兩聲跌個四腳朝天。賓客潮水般裂開來，空出近門處大片空間。看著一時只懂呻吟而爬不起來的兩個把門大漢，人人面面相覷，想不通有誰敢如此膽大包天，闖到這裏來生事？人人驚訝顧視，寇仲和徐子陵乘機退入人叢裏。廳內本已擠迫，此時又騰空出大片空間，變成各人緊靠在一起，縱使視他們為獵物的東溟公主等一時也難以擠近過來。

破風聲起，一名藍衣大漢掠了出來，探手抓起兩人，怒喝道：「誰敢來撒野！」當下自有人上來把被打倒的兩人扶走。

一聲冷哼，來自大門外。一男一女悠然現身入門處。男的高挺英偉，雖稍嫌臉孔狹長，卻是輪廓分明，完美得像個大理石雕像，皮膚更是比女孩子更白皙嫩滑，卻絲毫沒有娘娘腔的感覺。反而因其凌厲的眼神，使他深具男性霸道強橫的魅力。他額頭處紮了一條紅布，素青色的外袍內是緊身的黃色武士服，外加一件皮背心，使他看來更是肩寬腰窄，左右腰際各掛一刀一劍，年紀在二十四五間，形態威武之極。

在場大多是見慣世面的人，見此人負手而來，氣定神閒，知此人大不簡單，且因他高鼻深目，若非是胡人，亦該帶有胡人血統，無不心中奇怪。

那女的樣貌亦不類中土人士，卻明顯不是與男的同一種族，但無論面貌身材，眉目皮膚，都美得教人怦然心動。只是神情冷若冰霜，而那韻味風姿，卻半分不輸於單琬晶、李秀寧那種級數的絕色美人。她也是奇怪，跨過門檻後故意落後半丈，似要與那男子保持某一距離。

一聲長笑，起自歐陽希夷之口，接著是這成名數十年的武林前輩高手大喝道：「好！英雄出少年，來人與突厥的畢玄究竟是何關係？」

本是議論紛紛的人立時靜下來，連準備出手的藍衣大漢也立時動容，不敢輕舉妄動，可見畢玄在中外武林中聲威之盛。年輕高手臉露訝色，雙目精芒一閃，仔細打量歐陽希夷，淡淡道：「原來是『黃山逸民』歐陽希夷，難怪眼力如此高明，不過在下非但與畢玄毫無關係，還是他欲得之而甘心的人。」

衆人一聽下，大半人都驚訝得合不攏嘴來。他能認出歐陽希夷來並不稀奇，因爲像歐陽希夷那樣雄偉威猛的老人實是江湖罕見，加上一身爛衣衫，等於他的獨特招牌。他們驚奇的是此子明知對方是歐陽希夷，仍敢直呼其名，又竟連被譽爲天下最頂尖三大高手之一的畢玄都似乎不怎麼放在眼內，才是教人爲他動容的地方。

寇仲湊到徐子陵耳旁道：「那美人兒有點像娘。」

徐子陵點頭同意，知他非是指這不速而來的白衣女樣貌長得似傅君婥，而是衣著和神態都非常神似，只是比傅君婥要年輕上七、八年。

寇仲又道：「這小子看來厲害得很，否則眼神不會那麼亮如電閃。」

徐子陵尚未來得及回應，歐陽希夷倏地起立，登時生出一種萬夫莫擋的氣勢，壓得在場各人有種透不過氣的感覺。

一把陰柔的聲音適時響起道：「小子憑甚麼資格令畢玄要著緊你的小命呢？」

那青年眼尾不看那在人叢裏說話的人，微微一笑道：「這種事看來沒有解釋的必要吧！」

王通凝坐不動，目不轉睛地注視那人，淡淡道：「閣下闖門傷人，王某雖不好舞刀弄棍，仍不得不被迫出手，給我報上名來！」

誰都知道王通動了眞怒。

王世充亦在打量英偉青年，露出凝重神色，沉聲道：「有王老和歐陽老作主，陳當家請回吧。」

此語一出，廳內數百人更是靜得鴉雀無聲。這番話雖說得客氣，但不啻指被王世充稱爲陳當家的惹不起這人。王世充乃江湖公認的高手，眼力自是高明之極，若他亦這樣說，英偉青年的武功當達到驚世駭俗的地步。要知這陳當家是東平郡第一大派青霜派的大當家陳元致，一手青霜劍法遠近馳名，足可躋身高手之林。陳元致臉色微變，猶豫片晌，往一旁退開。

英偉青年嘴角飄出一絲冷笑，好整以暇道：「在下跋鋒寒，此次與這位小姐結伴而來，是——」

白衣美女冷冷道：「你是你，我是我，誰是你的伴兒？哼！害怕了嗎？」

眾人大感愕然，跋鋒寒露出啼笑皆非的神色，竟是非常瀟灑好看，在場男女都不由被他吸引，連單琬晶那麼心高氣傲的都怦然心動。

寇仲又湊到徐子陵耳旁道：「小子賣相倒不俗，喂！溜吧！」

徐子陵苦笑道：「怎麼溜？」

寇仲環目一掃，頹然打消念頭，此時由於原在花園裏的人都擁進來看熱鬧，更是擠得堂中難作寸移。兼之對面人叢裏的單琬晶等正狠狠盯著他們，離開與送死實沒有多大分別。

歐陽希夷的手緩緩落在劍把處，霎時間，大堂內近七百人都感到堂內似是氣溫驟降，森寒的殺氣，瀰漫全場。眾人知這數十年來沒有動劍的前輩高手出手在即，不由儘量往外退開，讓出空間。

跋鋒寒虎目神光電閃，外衣無風自動，飄拂作響，威勢竟一點不遜於對手，宛若自信能無敵於天下，不可一世。王通和王世充兩人神色凝重。明眼人都知道自歐陽希夷長身而起開始，老少兩人便在氣勢上比拚高低。而使人吃驚的是這來自外邦的跋鋒寒竟能在氣勢上與擅長硬功的歐陽希夷分庭抗禮，只這事傳到江湖去，足可使本是藉藉無名的跋鋒寒名動天下。白衣女凝立不動，目光在人群中搜索，似對即將而來的大戰毫不關心。眾人卻是屏息靜氣，等待兩人正面交鋒的一刻。

《大唐雙龍傳》卷一終

新人間叢書108

大唐雙龍傳修訂版〈卷一〉

作　者—黃易
主　編—葉美瑤
編　輯—邱淑鈴
美術編輯—林麗華
校　對—李慧敏・黃易・邱淑鈴
企　畫—王嘉琳
董事長
總經理—趙政岷
總編輯—余宜芳
出版者—時報文化出版企業股份有限公司
10803台北市和平西路三段二四〇號三樓
發行專線—(〇二)二三〇六—六八四二
讀者服務專線—〇八〇〇—二三一—七〇五・(〇二)二三〇四—七一〇三
讀者服務傳真—(〇二)二三〇四—六八五八
郵撥—一九三四四七二四　時報文化出版公司
信箱—台北郵政七九～九九信箱
時報悅讀網—http://www.readingtimes.com.tw
電子郵件信箱—liter@readingtimes.com.tw
印　刷—盈昌印刷有限公司
初版一刷—二〇〇二年九月十六日
初版十一刷—二〇一五年一月十五日
定　價—新台幣二五〇元
⊙行政院新聞局局版北市業字第八〇號

ISBN 978-957-13-3737-4
Printed in Taiwan

國家圖書館出版品預行編目資料

大唐雙龍傳／黃易著．--初版．-- 臺北市：
時報文化，2002〔民91- 〕
冊；　公分．--（新人間；108）

ISBN 978- 957-13-3737-4（卷1：平裝）

857.9　　　　91013842

編號：AK0108	書名：**大唐雙龍傳**〈卷一〉
姓名：	性別：________ 1.男 2.女
出生日期： 年 月 日	身份證字號：

________ **學歷**：1.小學 2.國 中 3.高中 4.大專 5.研究所（含以上）

________ **職業**：1.學生 2.公務（含軍警） 3.家管 4.服務 5.金融
6.製造 7.資訊 8.大眾傳播 9.自由業 10.農漁牧
11.退休 12.其他

地址：__________縣（市）__________鄉鎮區__________村__________里
________鄰__________路（街）______段______巷______弄______號______樓
郵遞區號 __________

（下列資料請以數字填在每題前之空格處）

________ **您從哪裡得知本書／**
1.書店 2.報紙廣告 3.報紙專欄 4.雜誌廣告 5.親友介紹
6.DM廣告傳單 7.其他 ______

________ **您希望我們為您出版哪一類的作品／**
1.長篇小說 2.中、短篇小說 3.詩 4.戲劇 5.其他 ______

您對本書的意見／
________ 內　　容／1.滿意 2.尚可 3.應改進
________ 編　　輯／1.滿意 2.尚可 3.應改進
________ 封面設計／1.滿意 2.尚可 3.應改進
________ 校　　對／1.滿意 2.尚可 3.應改進
________ 翻　　譯／1.滿意 2.尚可 3.應改進
________ 定　　價／1.偏低 2.適中 3.偏高

您的建議／

請沿虛線撕下後對折裝訂寄回，謝謝！

請沿虛線摺下裝訂，謝謝！

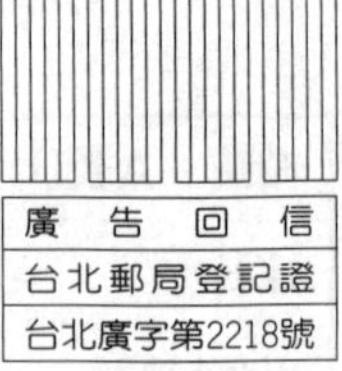

時報出版
CHINA TIMES PUBLISHING COMPANY
尊重智慧與創意的文化事業

地址：10803台北市和平西路三段240號3樓
讀者服務專線：0800-231-705．(02)2304-7103
讀者服務傳眞：(02)2304-6858
郵撥：19344724 時報文化出版公司

請寄回這張服務卡（免貼郵票），您可以——

●隨時收到最新消息。

●參加專為您設計的各項回饋優惠活動。

新感覺・新人間・文學的新版圖

新人間

寄回本卡，掌握新人間系列的最新訊息